Anonymous

Würzburger Stechäpfel

Ein satyrisches Originalblatt. 1865,1/9

Anonymous

Würzburger Stechäpfel
Ein satyrisches Originalblatt. 1865,1/9

ISBN/EAN: 9783743698406

Hergestellt in Europa, USA, Kanada, Australien, Japan

Cover: Foto ©Andreas Hilbeck / pixelio.de

Weitere Bücher finden Sie auf **www.hansebooks.com**

Stechäpfel.

Ein humoristisch-satyrisches Originalblatt

von

Stephan Gätschenberger.

1865.

(Siebenter Jahrgang.)

Würzburg.
Druck der J. M. Richter'schen Buchdruckerei.

Würzburger

Stechäpfel.

Ein humoristisch-satyrisches Originalblatt

von

Stephan Gátschenberger.

1865.

(Siebenter Jahrgang.)

Würzburg.

Druck der J. M. Richter'schen Buchdruckerei.

Würzburger Stechäpfel.

Ein humoristisch-satyrisches Originalblatt.

Ganzjährig fl. 1. 36 kr., halbjährig 48 kr., einzelne Nummern 3 kr.
Alle Postämter nehmen Bestellungen an. Die Stechäpfel erscheinen jeden Freitag,
Trägerlohn 1 kr. das Monat. Passende Einsendungen werden erbeten und auf Verlangen honorirt.

(Siebenter Jahrgang.)

Freitag	Nr. 1.	6. Januar 1865.

Politisches Allerlei.

Am Neujahr.

Prof. Rothhaut.   Prost! Neujahr, Herr Seifenschaum!

Dr. Seifenschaum.   Prosit, Herr Professor!
Geben Sie der Hoffnung Raum,
Daß dies Jahr wird besser?

Prof. Rothhaut.   Nichts Gewisses weiß man nicht,
Noch was uns beschieden,
Eins von Beiden doch geschicht; —
Krieg giebt's oder Frieden.

Dr. Seifenschaum.   Wird es wohl ein fruchtbar Jahr,
Oder wird es Mißwuchs?

Prof. Rothhaut.   Doktor, jedenfalls ist klar,
Daß wir zahlen Steuer.

Dr. Seifenschaum. Wird der Herzog eingesetzt,
Der in Holstein droben?

Prof. Rothhaut. Ja, wenn Bismark ihn nicht setzt,
Will ich es noch loben.

Dr. Seifenschaum. Oesterreich, wie man jetzt mir sagt,
Neigt zu uns herüber.

Prof. Rothhaut. Wenn es diesen Schritt nicht wagt,
Zieht es uns hinüber.

Dr. Seifenschaum. Es schlägt Preußen, hoffe ich,
Doch noch auf die Tatzen.

Prof. Rothhaut. Freundchen, es vertragen sich
Hunde oft und Katzen.

Dr. Seifenschaum. Ich geb doch der Hoffnung Raum,
Pforbten wird uns führen.

Prof. Rothhaut. Freundchen, nur nicht so viel Schaum,
Zu den Mund mir schmieren!

Dr. Seifenschaum. In der Rhön, den Bauersberg
Will Napoleon holen.

Prof. Rothhaut. Doktor, ich lauf' an schon blau
Von den braunen Kohlen.

Dr. Seifenschaum. Herr Professor, nach wie vor,
Bleiben mir gewogen?

Prof. Rothhaut. Ja, bis dort am Krahnenthor
Wird die Grenz' gezogen.
Freundchen! dann als Kundschaft mich
Müssen Sie verlieren,
Denn von Oesterreich läßt sich
Doch kein Preuß' barbiren!

———

Der Lieutenant v. Loßberg in Kassel ist wirklich bestraft worden, weil er
die Dänen geschlagen hat. Derjenige, welcher die Kammerdiener geschlagen
hat, ist bis jetzt noch unbestraft geblieben.

In Unna in Preußen wird ein ministerielles Blatt durch Polizeidiener expedirt, wahrscheinlich weil man glaubt, die Polizei zu Hülfe rufen zu müssen, wenn Jemand nicht gehen will.

———

Die Sonne sank, der Mond stieg auf. —
Herr Bismark steigt noch höher auf!!
Nur immer Mond, kein Sonnenstrahl!
Das ist doch Deutschland's arge Qual!

Der deutsche Michel schaut dazu
Und spricht in ungetrübter Ruh':
Wozu soll nur die Sonne sein?
Wir schwärmen für den Mondesschein.

Wir gute Deutsche sind einmal
Nicht mehr gewohnt an Sonnenstrahl,
Und ist's uns frostig und ist's uns kalt —
Herr Bismark hat dazu die Gewalt.

Er schlägt mit seinen Knüppel b'rein,
Das ist dann unser Sonnenschein,
Wir sagen das hat gut gethan!
Und sehen uns verwundert an.

Wir sehen auf einander zwar,
Doch wächst darob kein grau's Haar,
Wir sagen: „Wie es immer kommt,
Er weiß, was deutschem Michel frommt!"

Zum neuen Jahr.

———

Das neue Jahr ist angebrochen,
In einer dunkeln kalten Nacht,
Des alten Urtheil ist sprochen:
Für Deutschland hat's nicht Ehr' gebracht!

Zur Nordsee zogen deutsche Brüder
Zum Schutz des Bruderstammes hin
Und fröhlich klangen ihre Lieder: —
Doch spöttisch lächelte Berlin!

Nicht, Deutsche sollten Deutsche retten
Weil Bismark es für gut befand,
Zerbrochen wurden Dänenketten,
Durch Polen- und Croatenband.

Und fragt Ihr, was der Bund gesprochen? —
Er protestirt — er redet wie,
Auch hat den Schwachen jetzt gebrochen
Die preußische Hegemonie.

Was brauchen Oestreich wir und Preußen,
Die niemals Deutschland Glück gebracht?
Laßt nur das alte Band zerreißen
Zu neuer Kraft, zu neuer Macht.

Mag aller Zwiespalt, aller Hader
Auch mit dem alten Jahr vergehen,
Mag endlich Deutschland seine Söhne
Zum kräftigen Wirken einig sehn.

D'rum laßt mit Hoffnung uns begrüßen
Das neue junge Zukunftsjahr,
Sei unser Deutschland fortan einiger
Als es im alten Jahre war.

❧ ⚬⚬⚬ ❧

Jetzt ist die Zeit der Narrethei,
Die Narren sind jetzt überglücklich,
In Deutschland ist doch, meiner Treu
Die Narrheit jetzt nicht sehr erquicklich.

Wie man hört, sind die preußischen Kammern in kürzester Zeit wieder einberufen. Die Mitglieder derselben haben sich jedoch keine Wohnungen in Berlin bestellt, denn sie sind fest überzeugt, daß sie eben so schnell wieder fortgeschickt werden, wie sie einberufen worden. Eine Kammer soll neulich Hr. v. Bismark gesagt haben, ist ein wahrer Jammer, der Minister spricht, die Kammer spricht, sie verstehen einander nicht, und das Ende der Geschichte ist, daß er geschickt oder unschickt, sie nach Hause schickt.

Europa's Einigkeit durch den Wein.

(Hymnus auf Aufhebung der Ausgleichungssteuer vom Rheine uns zugesandt.)

Was kümmert uns die Politik,
Was Charten und Constitutionen,
Wir suchen weder Völkerglück
In Republiken, noch in Thronen;
Und Häuser, Kammern, Parlament,
Beschränkte oder freie Wahlen,
Noch was man sonst als Heil erkennt,
Macht uns heut keine Qualen.

Dem Zollvereine wär ich hold,
Wenn er des Weines Zufuhr pflegte
Und mit entsetzlich schwerem Zoll
Nicht allen Rebensaft belegte;
Denn Most- und Nach- und Eingangszoll
Sind viel zu übertrieben theuer,
D'rum opponiren wir wie toll,
Verwerfen die verhaßte Steuer.

Auf, für den freien Wein mit Kraft
Zum Kampf! Bachus wird Hülfe senden,
Sind erst die Zölle abgeschafft,
Wo wird das Reich des Frohsinns enden?
Dann sind wir erst in Wahrheit frei,
Wenn Nord und Süd und West und Osten
Der Rebs-Gaben, einerlei
Woher sie stammen, zollfrei kosten.

Dann wird der Franke deutschen Wein,
Der Deutsche Franzmann's Weine trinken,
Und Beide sich am freien Rhein
Einander in die Arme sinken.
Dann wird der Russe selbst die Pest
Des Schnapses, seine Geißel fliehen,
Und aus der Flasche letztem Rest
Humanität und Freisinn ziehen.

Briefkasten.

Da der Zudrang zur Eisbahn in der Nähe des Krahnen nun täglich zunimmt, so daß sich oft 2—300 oft noch mehr Menschen auf der dortigen Bahn befinden, wäre es am Platze, daß die Behörde den Schiffern das Aufeißen am Ufer verbiete, um einem größeren Unglück durch Lostrennung von Eis vorzubeugen. Das Publikum, welches die Bahn besucht, würde sich dennoch gerne herbeilassen, den Schiffern eine kleine Abgabe zu entrichten, ohne durch Kähne übergesetzt zu werden.   (Jetzt nicht mehr nöthig.)

Wie man hört, soll die Erhöhung der Vierteljahresbeträge der Liedertafel darin ihren Grund haben, daß der Gehalt der Dirigenten auf 600 fl. und des Sekretärs auf 300 fl. — stipulirt worden sein soll. Zu ersterem Gehalte wolle man nichts sagen, allein daß der Sekretär einer Gesellschaft, was ein Ehrenposten ist, auch noch bezahlt werden soll, ist doch zu stark. —

Bei anderen Vereinen bekommt nicht einmal der Dirigent Gehalt.

Wir wissen nicht, ob der Einsender recht berichtet ist.

Die Redaktion.

Folgender origineller Theaterzettel liegt uns vor. Hof-Theater in Amorbach. Sonntag den 27. November 1864: Weiberthränen wirken! Lustspiel in 1 Akt von Görner. Hierauf: Jettchen am Fenster. Soloscherz in 1 Akt.

☞ Das Rauchen im Theater, sowie das Uebersteigen vom dritten auf den zweiten Platz, ist bei sofortiger Ausweisung aus dem Theater und Verlust des Eintrittgeldes verboten. Ein gesundes Hoftheater!

Sylvester-Klage aus Sommerhausen an Hektor den Großen.

Will sich Hektor! ewig von mir wenden,
Er, der jüngst bahier aus zarten Händen
Ein so nettes Körbchen erst erhielt? —
Wer wird künftig hier der Minne Künste lehren
Und zur Kirmes unsere Post beehren
Wo er Ihr Stern so schön gespielt?!

Ein Gast spricht seine Anerkennung aus, daß der Sängerverein so im Aufblühen begriffen, auch habe ihm der so billige Neujahrsscherz besser gefallen, als die langweiligen Verlosungen anderer Gesellschaften, die meist nur Verstimmung im Gefolge haben.

In einer Stadt, die nicht hundert Meilen von Würzburg entfernt ist, passirte dieser Tage eine recht drollige Geschichte. Seufzend stand ein Jüngling unter dem Feste seiner Inamorata (Geliebte). Plötzlich klang es: »Heinrich bist du es?« – Der Jüngling, der zufällig anders hieß, schwieg. Stillschweigen ist eine Antwort! Das Hausthor wurde geöffnet und das schöne Fräulein, auf deren Kammermädchen oder einfach gesagt Köchin, der schöne Jüngling wartet, stürzte heraus. Sie wollte mit ihren runden, etwas alterfesten Armen den Jüngling umfangen, als plötzlich! »Du Laufebub« und der Klang einer tüchtigen Ohrfeige erscholl. Der Jüngling schlich beschämt nach Hause. Wer sich getroffen fühlt, der kratze sich!

———

Die Semmelsstraße scheint wahrscheinlich den Namen Händel- oder Krawallstraße verdienen zu wollen. Wieder war dieser Tage am Eingange einer Wirthschaft eine noble Keilerei, die Waffen waren Stock und Faust, und wenn auch Mancher mit einem blauen Auge davon gekommen ist, so ist doch dabei nicht gesagt, daß Alle unschuldig waren. Die Schuld an der noblen Schlägerei war Liebe, die selbst Troja den Untergang gebracht hat. Jünglinge liebet, prügelt euch wenn es nöthig ist, schreckt aber nicht die Nachbarschaft aus dem Schlafe!

———

(Eingesandt.) Der argen Thierquälerei sollte doch einmal ein Ende gemacht werden. Einsender dieses war ohnlängst Augenzeuge, daß lebendige Schweinchen und Gänse an den Füßen vom Markte nach Hause geschleift wurden, und zwar so, daß die Köpfe der armen hilflosen Thiere auf dem Pflaster hingen, und diese jämmerlich bluteten.

Die Polizei-Soldaten stehen immer umher, aber für solchen Unfug und solche Quälerei haben sie keine Worte. Und zu diesen rohen Quälereien gehört noch, daß Kärner beim Holzfahren ihre Pferde, die oft vor Elend kaum gehen können, so entsetzlich hauen und stoßen. Man sollte schon der Schuljugend Mitleid und Schonung für die Thiere einprägen, dann wäre es gewiß anders.

Daß fromme Wünsche auch berücksichtigt werden, bewies gestern der Hervorruf des wackern Theatermeisters Fromm.

Verantwortlicher Redakteur und Verleger: Stephan Gätschenberger.
Druck der Becker'schen Buchdruckerei in Würzburg.

Würzburger Stechäpfel.

Ein humoristisch-satyrisches Wochenblatt.

Ganzjährig fl. 1. 30 kr., halbjährig 48 kr., einzelne Nummern 3 kr.
Alle Postämter nehmen Bestellungen an. Die Stechäpfel erscheinen jeden Freitag.
Trägerlohn 1 kr. das Monat. Passende Einsendungen werden erbeten und auf Verlangen honorirt.

(Siebenter Jahrgang.)

Freitag 13. Januar 1865.

Allerlei Gedanken.

Ein mittelstaatlicher Minister soll sich ein Großleben durch sein allzueifriges Vorgehen in der deutschen Frage zugezogen haben.

Sonderbar, daß der hohe Zoll gefallen ist durch Hohenzollern.

Die freudige Nachricht durchläuft Hessen-Kassel, daß Dietrich I. eine neue Bahn betreten hat — auf seinen Regnerdienen.

Verschiedene Noten und Ansprüche auf Schleswig-Holstein sind billig zu haben zum Einstampfen.

Bundestag 1. Etage links.

Stechäpfel

Der hölzerne Siegfried keine Mythe mehr. Die preußische Verfassung ist
auch n... zu verl...

... Altar des Va... wenn ihr
kein ... er bringt

Herr Bismark! Grau nennt Göthe die Theorie, aber die eurige über Gewalt und Recht ist ... Ein hannoverisch-jesuitisches ...

Es kommt uns vor, als ob deutsche Großmächte, nicht groß als deutsche
Mächte und nicht deutsch als Großmächte sind.

(Sickinger Zeitung.)

Wer langsam geht, kommt auch an's Ziel,
So denkt ein Herzog dort in Kiel.

Was ist die preußische Militär-Reorganisation?
Viel Stoff und wenig wollene Strümpfe.

Schleswig-Holstein stammverwandt —
Wird verkauft aus freier Hand.

Durch die Wälder, durch die Auen
Wird in Rendsburg gehauen.

Wer wollte sich mit Grillen plagen,
So lange wir noch Bundestagen?

Polen und seine Freunde.

Sie hatten Hülfe Dir geboten
Und schrieben sich die Augen roth.
Rußland, das kriegte schwere Noten
Und Polen kriegt — die schwere Noth.

Gesang der Mecklenburger Junker.

> Durch die Wälder, durch die Auen
> Ziehn als Herrscher wir dahin,
> Alle Menschen, die wir schauen,
> Sind des sichern Rohrs Gewinn.

Unschuldige Fragen.

Herrscht auf beschränkten Gebieten fett der Mannsstamm?

Recht muß Recht bleiben.
Aber wo bleibt es?

Einen mitleidigen Eindruck macht jetzt der „Berliner Kladderadatsch" bei jenen seiner Leser, die sich noch erinnern können, wie er früher das Recht und die Freiheit seines Landes durch seine Witzpfeile gegen Bismarck vertheidigt hat. Im Augenblicke, obgleich die Situation sich durchaus nicht zum Bessern gewandt hat, ist er ganz gezähmt und frißt seinem Minister Bismarck aus der Hand. Dieses Wunder haben ein paar Wochen Mollen-Markt-Arrest seines Redakteurs bewirkt und dessen Entlassung vor der Zeit am Tage des Einzugs „der sieggekrönten Truppen" in Berlin. Als kleinen Entsatz für die Schonung des Herrn Ministers scheint dieser Hanswurst aber die Erlaubniß erhalten zu haben, nicht allein mit den Waffen des Witzes, sondern auch mit denen der äußersten Gemeinheit und Botenroheit, wie man ... kann in der ...tigsten Schenken Berlin's ordinärer finden kann, über die Mittelstaaten und ihre Monarchen herfallen zu dürfen. So beschimpft er in der letzten Nummer einen bayerischen Fürsten, dem, was er immer auch für persönliche Schwächen und Regierungsfehler gehabt haben mag, doch nicht abzustreiten ist, daß er vorzugsweise für Deutschland warm gefühlt und auch preußische Unternehmungen z. B. den Dombau in Köln wärmer gefördert hat, als preußische Fürsten. Er ist nun ein Greis, und daß er noch so regsam ist, Theaterstücke aus fremden Sprachen zu übersetzen, gereicht ihm zur Ehre, nicht zur Blamage. Preußische Prinzen freilich seit dem großen Fritz haben in der Art nichts geleistet, — weil sie nicht konnten. Was übrigens persönliche Skandale anbetrifft, so ist der preußische Hof reicher daran, als der Münchener.

Vaterschaftsüberzeugung.

(Wahr's Geschichtla in Würzburger Mundart.)

A Geck, an alter, über sechzig Jahr,
Der hot geheiert halt a junge Frau,
A blutjungs Ding — mer kennt die Sach genau —
Und gar nit lang verdoch da kün die Weeb
Erlebt das hohe Glück der Elternfreed.
Jetz, wie ausganga sen die erste Hoor
Dem Kind, do hätt die Mutter möig schwör',
Daß es dem Vatter schreckli ähnli wär'.
Der Alt' hot ganz gerührt das Kind betracht
Und hot's geküßt und's Herz hot ihm gelacht.
Auf eemal spitzt der klene Galgestrick
Die Fingerli und kriegt halt sei' Perrück, —
Do is der Mond aufganga voll und klar,
Geflogen is jetz aus sei'm Aug der Staar,
„Guck," seggt er, „guck, wie weis is Gottes Plan,
Wei' Platte gar hot unser Kilian!"

Briefkasten.

Anfrage.

Ist das Billigkeit und Gerechtigkeit, wenn die Schulinspection zu Kist den Knaben eines armen Taglöhners, der denselben zu seiner Arbeit dringend nothwendig hat, nicht aus der Schule entläßt, während sie einen andern, der 14 Wochen jünger ist, freigibt? Darf denn die Entlassung aus der Schule willkührlich von Begünstigung abhängen?

Der Unsitte, Hunde mit in die Schrannenhalle zu nehmen, dürfte im Interesse der Gäste, wie des Wirths zu steuern sein.

Das lästige Umwechseln der Dutzendbillete, die Manchen verhindern, einen Sitzplatz im Theater zu erhalten, möge unterbleiben, oder für prompte Auswechselung Sorge getragen werden.

Am 12. Dezember ist schon wieder ein Judenkind in Rom ohne Bewilligung der Eltern getauft worden. Es scheint, daß sie nach und nach alle dem Vatican gestohlen werden können.

Bescheidene Anfrage.

In einer bekannten harmonischen Gesellschaft wird alljährig vor Schluß des Jahres den Mitgliedern anheimgestellt, sich zu erklären, welche neue Zeitungsblätter an oder alte abgeschafft werden sollen; das treffende Desiderien-Buch liegt im Inspectoratszimmer zur Benutzung auf.

Höchst selten wird nun von dieser Einladung Gebrauch gemacht und zwar aus dem einfachen Grunde, weil nicht Jeder dem Ausschuß und Directions-Kreise so nahe steht, um es wagen zu ~~~~~~~~~~ Stelle mißliebige Blätter vorzuschlagen.

Nehmen wir z. B. an, einige Mitglieder aus Nürnberg oder Gegend wollten den bekannten, selbst im Auslande vielgelesenen „Nürnberger Anzeiger" vorschlagen, (neben einem Volksboten, Mainzer Journal, Augsb. Postzeitung, Chilianeum, Wiener Kirchenzeitung, — Blätter entschiedenster Farbe, sollte er billigerweise nicht fehlen) müßten sie nicht riskiren, darob an maßgebender Stelle übel angesehen zu werden? — Ohne mit der Haltung des erwähnten Blattes ganz einverstanden zu sein, wird doch zugestanden werden müssen, daß mitunter authentische Mittheilungen über Dinge dort allein gebracht werden, welche in den meisten, selbst freisinnigsten Zeitungen nicht zu finden sind; gar mancher Unfug oder Mißbrauch im bürgerlichen Leben, wie in der Verwaltung oder Justiz ist dort zuerst zur Sprache gebracht oder gerügt worden und hat dann erst endlich Abstellung gefunden; gar manches Verbrechen oder Vergehen birgt sich in dem Nimbus einer hohen Würde; man munkelt, aber Niemand wagt es öffentlich zu rügen; der Nürnberger Anzeiger macht eine Ausnahme; daß er hie und da falsch berichtet wird, ist zu beklagen, aber welcher Zeitung geht es nicht ebenso? Die englische Presse verschont selbst die höchsten Staatsbeamten nicht, und kein freier Engländer wird sie deßhalb verdammen, denn vor Verläumdungen aus Tendenz schützt das Gesetz dort, wie bei uns! Die „Times" hat selbst die Königin mit ihren Invectiven nicht geschont, trotzdem bleibt sie doch das erste Blatt Großbrittaniens. —

Unsere Anfrage geht nun schließlich dahin, ob es der Ausschuß der verehrl. Harmonie-Gesellschaft mit den Grundsätzen der Billigkeit vereinbarlich findet, ein Blatt von der Tendenz des Nürnberger Anzeigers consequent auszuschließen?

Ein Theaterdirektor braucht kein Gentleman zu sein, das ist längst bewiesen. Doch ein Theaterdirektor in Honolulu scheint die Palme der Grobheit erringen zu wollen. Zuweilen zeichnet er sich durch Zärtlichkeiten aus, die höchstens auf den Freundschaftsinseln oder im Feuerlande verstanden werden können, zuweilen ist er so grob, daß es keine gebildete Europäerin zu ertragen vermag.

Mazerl: Weißt du nicht, wie viele Füchse der Hr. Förster ohnlängst geschossen hat?

Sepperl: Kann nicht dienen.

M. Wenn die Herren so fortfahren zu schießen, so werden sie bald das ganze Revier ausgeschossen haben.

S. Sie brauchen ja nicht immer zu schießen, sie können ja auch Schlingen stellen.

M. Da hast du ganz recht, die Herren lassen es auch nicht daran fehlen; so habe ich mir erzählen lassen, daß sie zwischen R... und B... in der hintern Rhön Schlingen gestellt haben, um einen Fuchsen auf seinen nächtlichen Spaziergängen zu erwischen.

S. Wie, auf seinen nächtlichen Spaziergängen?

M. Ja wohl, ich meine nämlich einen zweibeinigen Fuchsen mit etwas blonden Haaren.

S. Ja so! und weiter —

M. Nun, wenn sie diesen einmal haben, so haben sie ihn halt mit Schlingen gefangen, denn der ist nicht einmal einen Schuß Pulver werth.

S. Wenn sie den nur schon hätten; aber was ist denn die Ursache seiner nächtlichen Spaziergänge?

M. Nun das, was man mit dem gewöhnlichen Worte: b e n u n c i r e n heißt. Sie hätten ihn aber bald schon einmal gehabt, wenn er ihnen nicht durchgewischt wäre.

S. So, sol da mögen Hr. Förster wohl recht auf der Hut sein?

Die sämmtlichen Mühlbesitzer im Werbacher Grunde klagen mit Recht über ihre Straße vom Reuthor an bis in ihre Mühlen, auf der man fast versinken kann. Die Straße vom Reuthor bis zur Brücke am Mainberge sei ärarialisch;

der Koth darauf sei 4—5 Zoll hoch, sei ohne Eintrasse täglich mehr. Von der Krain-
bergsbrücke an sei die Straße der Stadt und dort sei es ebenso. Die Straße
wird stark befahren, namentlich von Bergfeldern und Versbachern Milchweibern,
auch an Markttagen werden von dort her viele Victualien zugeführt. Da diese Leute
wie die Müller und andere Bürger auch Steuern dazu geben, erfreuten auch sie
sich gerne eines guten Wegs und bedauern ihr Pferde, welche sie auf dieser
schlechten Straße so quälen müssen.

* * *

Eine Rücksichtslosigkeit gegen das Publikum ist es von Seiten des Theaterdirektors, daß die Dutzendbillete an der Cassa umgetauscht werden müssen. Das
geschieht, um der Cassierin die Mühe zu ersparen, die Billete am andern Tage
zu sortiren und in Dutzenden zu binden. Das Publikum jedoch, das sein schweres Geld bezahlt hat, muß im kalten Vorhause oft eine halbe Stunde warten
und sich um die Cassa drängen, um zuletzt keinen Sitz im Parterre zu bekommen. Das beste wäre, kein Dutzendbillets mehr zu kaufen, oder unter einen
anbern Vorwande anzunehmen.

———

Schon längst wird die Welt von der wichtigen Frage bewegt, wer der
überaus orthographische und grammatikalische —b— Theaterkritiker des Stadt-
und Landboten sein möge? Ist es vielleicht ein Hahn auf seinem eigenen
Mist?

* * *

Ein neues Stück soll im Krauthester Theater gegeben werden, sein Titel
verspricht viel, er heißt: Der Sohn des Schwindels oder theatralische Mo-
rithaten eines Theaterdirektors; die Hauptrolle soll der Theaterdirektor selbst
spielen.

———

Warum veröffentlicht der Gemeindevorsteher von Unterdürrbach gerichtliche
Bekanntmachungen nicht zur rechter Zeit, da sie ihm doch frühzeitig zugestellt
werden; wenn durch dessen Säumnisse für die Gemeindemitglieder nachtheilige
Folgen entspringen, wie es bei der letzten und vorschnigen Hundevisitation der
Fall war, so könnte man sich genöthigt sehen, auf gerichtlichem Wege ihn zur pünkt-
licheren Erfüllung seiner Obliegenheiten zu zwingen.

Verantwortlicher Redakteur und Verleger: Stephan Güttenberger.
Druck der Pöhm'schen Buchdruckerei in Würzburg.

Würzburger Stechäpfel.

Ein humoristisch-satyrisches Originalblatt.

Ganzjährig fl. 1. 30 kr., halbjährig 48 kr., einzelne Nummern 3 kr.
Alle Postämter nehmen Bestellungen an. Die Stechäpfel erscheinen jeden Freitag.
Trägerlohn 1 kr. das Monat. Passende Einsendungen werden erbeten und auf Verlangen honorirt.

(Siebenter Jahrgang.)

Freitag   **Nr. 3.**   20. Januar 1865.

Politisches Allerlei.

Einigen Zeitungen zufolge soll Herr Minister von der Pforbten selbst es gewesen sein, der dem seligen Könige Max das berühmte Wort in den Mund gelegt hat: „ich will Friede haben mit meinem Volke.“ Dieselben Blätter werden bald herausbringen, daß Herr von Reigersberg es ebenfalls war, der dem Herrn Bürgermeister Weis das Recept gab, Ministerialrath zu werden.

Graf Schwerin sagt, die Theorie von der Lücke müsse aufgehoben werden. Muß Herr von Bismarck für diese Theorie büßen, so ist er ein — Lückenbüßer.

Als Vicekönig Bismarck vernahm, daß Herr v. Unruh zum Vicepräsidenten der zweiten Kammer erwählt worden sei, soll er ausgerufen haben: „Wie, sollen die unruhigen Zeiten auch in den Kammern aufgeführt werden? Die Kammern sind nur da, um ruhig Steuern, so viel man nur von ihnen verlangt, zu bewilligen, und Unruh kann nur dabei störend wirken.

Grabow ist Präsident der zweiten Kammer in Preußen, möge diese die Kraft haben, das jetzige Preußische Regiment zu Grabe zu tragen. Leider scheint aber Bismarck Preußens Presse und Freiheit untergraben zu haben, und beiden droht ein offenes Grab.

———

Herr Bismarck hatte einen Hund,
Der hat ihn oft gebissen,
Er setzt ihn auf den Molkenmarkt,
Daß er soll' Mores wissen.

Der Hund war früher klug und fein,
Und brachte manchen Nutzen,
Jetzt aber ist er sehr gemein,
Sucht Alle zu beschmutzen.

Wohin ihn Herr von Bismarck hetzt,
Bellt er ohne Geflunker,
Statt für die Freiheit kämpft er jetzt
Für Bismarck und die Junker.

Wühlt mit der Nas' im schmutzen Klatsch,
Und sucht's nicht zu verbergen,
Sein Name heißet Klabberabatsch,
Bedauert doch den Schergen!

———

Der heutige Tag des 20. Januar 1865 ist sehr bedeutungsvoll für die Lösung der Schleswig-Holsteinischen Frage. Sicherem Vernehmen nach werden sich heute keine Candidaten für den dortigen Herzogstitel melden.

———

Aus Kassel schreibt man: Unsere Zustände sind trostlos. Seit Wochen wird bei uns gar nicht mehr regiert. Wir finden das lange nicht so trostlos, als wenn in Kassel regiert würde.

———

Auf die Entdeckung des Mannes, welcher der Presse den preußisch-österreichischen Depeschenwechsel verrathen, ist ein Preis von 1000 fl. gesetzt. Das sind doch einmal politische Aktenstücke, die mehr werth sind, als das Papier, auf dem sie geschrieben.

———

Briefkaſten.

Matheſel. Haſt du gehört, daß ein auswärtiger Theaterdirektor mit 6000 Thalern und lebenslänglicher Penſion nach Berlin an Hendrik's Stelle berufen worden iſt, und dieſen ehrenvollen und vortheilhaften Antrag aus uneigennütziger Großmuth und Liebe zum Theater, deſſen Direktor er iſt, ausgeſchlagen hat?

Rikleſel. Was ſoll ich bekommen, wenn ich es glaube?

Matheſel. Nun ein Freibillet zu einer Loge im zweiten Rang.

Rikleſel. Dann glaube ich es, ſonſt mag es der Kukuk glauben.

* * *

(Unlieb verſpätete Antwort auf die Lamentation eines Expoſitus im Gebirge aus Unterfranken über Nachrufsüberraſchung v. 29. Sept. in Nr. 234 der A. Poſtztg. v. 5. Okt. v. Js.) Mode-Artikel gibt es bekanntlich, wie überall, ſo auch in R. im T . . . . . thale und in M. im R . . . gebirge; aber negirt wird die arrogante Behauptung, daß man ſich gegen den Mode-Artikel „Nachruf" bisher wenigſtens „paſſiv" verhalten habe. Denn man kann aus geſammelten Wzbgr. Localblättern mehr als ein Dutzend von „aktiven" Verhaltungen aufweiſen und vorlegen. Dieſes „aktive" Verhalten beim Nachrufe wird wohl Niemand verargen oder gar öffentlich tadeln können, wenn man nicht von Unkultivirtheit, eigenſinniger und einſeitiger Eigenthümlichkeit geplagt wird oder nicht eine alte Zopfzeit heraufbeſchwören will. Auch werden in allen Branchen alte wie junge Anfänger von Beſcheidenheit überzeugt ſein, noch nicht Alles geleiſtet zu haben, wenn ſie auch als Prinzipale und Gehilfen viele harte Nüſſe aufgeknackt und viele bittere Kerne genoſſen haben. Beide werden des Sprüchleins: „Willſt du den Kern, ſo knacke die Nuß!" ſtets eingedenk ſein und auch mit bitteren Kernen vorlieb nehmen, weil dieſe für den Magen ſehr zuträglich ſein ſollen. Jedenfalls aber iſt es eine „gedruckte Lüge", wenn es im Inſerate der A. Pztg. heißt: „es ſei wohl noch nicht dageweſen, daß man ſich für ſolch' modernen Weihrauch auch noch öffentlich bedanke und „gedruckt beichte". Iſt wohl der Ausdruck „gedruckte Beicht" nicht ein Verſtoß gegen allen Terminus technicus, Begriff und Zweck der Beicht?! Man ſagt zwar: „Der lügt wie gedruckt," aber nicht: „der beichte wie gedruckt." Jede Redaktion wird ſich auch ſauber bedanken, eine „Beicht" drucken zu laſſen. Oder ſoll dieſer Ausdruck Witz verrathen?! Das wäre wahrlich ein gemeiner und

dummer Witz. Die erste Divise in Nr. 51 der Würzburger Stechäpfel vom
16. Dezember v. Js, lautet:' „Nur noble!“ Wenn ferner E. i. G. den unschuldigen und wahren Nachruf der Bürgerschaft als „modernen Weihrauch
und Incensirung“ bezeichnet, so scheint er vor der unpartheiischen Oeffentlichkeit sich den Anstrich zu geben, als beneide er den Danksager um Nachruf u.
freudige Nachrufsüberraschung, weil er alle anderen Mode=Artikel z. B. Vater=
mörder, Chemisetten, Pantalons, Soutane und Soutanellen mit steifen Krägen
und roth eingefaßte Kleriken mit weißblau oder weißschwarz verbrähmten Col-
laren 2c. nicht erwähnt, sondern nur gegen „Nachrufsüberraschung zu
Felde zieht. Diese aber hatte ihren wohlbekannten Grund. Man muß daher
nachrufen: „Fort mit solcher Arroganz, Indolenz und Insolenz, die sich
für E. i. G. nicht passen. Viel besser stünden ihm Civilité, Modestie und
Courtoisie an. „Nur noble!“ — Nicht ein „Eitelkeitsrecept“ (wie
es im Inf. heißt) d. i. nicht ein R. „für“ sondern ein R. „gegen“ die Eitel-
keit hat der Pastor bonus verschrieben: „So leuchte euer Licht vor den Menschen, auf daß sie eure guten Werke sehen und euren Vater preisen, der im Himmel ist. Mtth. 5, 16. Illustration hiezu: Der apostolische Mann St. Franz
von Sales sagt: „Wer die weltlichen Regeln der Höflichkeit beobachtet, verfehlt
sich keineswegs gegen die Grundsätze des Christenthums, weil der Apostel sagt:
Benützet die Welt, es muß sein, aber benützet sie ohne Anhänglichkeit!“ Me-
bitation. Zur Höflichkeit wird vorzüglich die Dankbarkeit, Danksagung ge-
rechnet, und ist sie auch keine Virtus theologica, so ist sie doch eine „gute
Sitte“, die der Pastor bonus selbst anbefiehlt: „Sind nicht zehn rein geworden? Wohin sind dann die neun andern?“ Luc. 17, 17. Hinzu mischt Er
die Dosis: „Ist dein Auge darum schalkhaft, weil ich gut bin?“ Mtth. 20, 15.
Ja, ja: Dankbarkeit gefällt; Undank haßt die ganze Welt.

Ein (will's auch so machen) Egrositus
im Mainthale mit mehreren Confratres.

Das Gedicht über das nicht erhaltene Christkindle und Schätzele läßt sich
in dieser Form nicht aufnehmen.

Der Pf. Huller zu Altbessingen hat eine Schmähschrift auf die Lehrer
gemacht und der Dechant zu Arnstein (!) schickt jetzt Bettelbriefe bei den Pfarrern herum, damit diese das Geld hergeben, um die Schmähschrift zu drucken.
Einige Fromme haben auch Geld dazu versprochen.

Aus der Saal-Zeitung

Mosche: Du Izik! Was is denn a Schnaberleff'l?

Izik: Wie haißt? Halt so ann Beleichtening.

Mosche: A Gaasbeleichtening?

Izik: Halt a Beleichtening.

Mosche: Un was is denn a Beleichtening!

Izik: Dobei sind a Schnaberleff'l.

Mosche: Ham die Moslamims aach so Beleichtening?

Izik: Nu, waaß ich's?

————

Allgemeine Klage über das schlechte Einschenken der Gläser, namentlich der Weingläser, in der Restauration von X. Er möchte seinen Schenkwirth besser auf die Haube sehen, denn Maß und Gewicht geh'n vor Gottes Gericht.

————

Bewunderungswürdig ist die große Geduld und Gemüthsruhe der an dem Bierröhrenbrunnen aufgestellten Polizeisoldaten, welche all' den dort täglich vorkommenden Ungezogenheiten, als Schreien, Schimpfen, Schlägereien, Verhöhnungen alter schwachen oder schwachsinnigen Menschen, der Verunreinigungen des Brunnen-Bassins durch Fäßchen-, Kistchen-, Speißbutten- und Kübelschwenken mit wahrhafter Seelengröße, ja oftmals mit freundlichem Lächeln zusehen und hören können. — —

Der Misanthrop.

————

In der närrischen Zeit höchst lächerliche Fragen!

Liegt es vielleicht blos an der Gemächlichkeit desjenigen Herrn, dem die Bibliothek der Gewerbschule übergeben ist, den Schülern während dieses Semesters kein Buch aus der Bibliothek zu verabreichen, oder ist der Jahres-Beitrag von 48 kr. für jeden Schüler für Benützung derselben blos ein illusorischer?

————

Rauchcollegium und guter Rath.

Wie der ehemalige Preußenkönig „Friedrich Wilhelm" so hat auch der Vorsteher im Dorfe R . . . . r ein Rauchcollegium. In der k. Tabaksstube mußten die Gäste der Art rauchen, daß nicht selten die Lichter erloschen, und es wurden dabei die wichtigsten Welthändel geschlichtet; auch war dieses Kabinet der Ort, wo man seine Verachtung gegen die Wissenschaft kund gab, indem dort der gelehrte Gundling als Hofnarr ernannt wurde, und die Frankfurter Professoren mit Gundling über das Thema, „Gelehrte sind alle Narren," zu disputiren hatten. Die vorsteherliche Tabaksstube wird nur von drei Gästen besucht, und doch soll der Rauch oft so stark sein, daß man beim hellen Tag der Sonne durch ein Licht zu Hülfe kommen dürfte. — Welthändel sollen dabei keine, dagegen aber Dorfhändel geschlichtet werden. — Die Wissenschaft wird in diesem Collegium nicht verspottet, aber auch nicht gepflegt. — Daher wünschen viele Bürger, der betreffende Vorsteher möge die rauchenden Räthe in Gnaden entlassen, damit ihnen doch möglich wäre, ihre Anliegen jederzeit ungenirt unter 4 Augen vorbringen zu können.

———

Die beiden Schwestern: Schmeichelei und Kriecherei als Fortsetzung zur Verönanier in Nr. 290 des Würzb. Jour. 1864.

1. Die Schmeichelei sie will sich schwingen,
   Die Kriecherei will tief sich biegen.

2. Die Sch. sie will liebkosen,
   Die Kr. will nicht anstoßen.

3. Die Sch. will höchst freundlich sein,
   Die Kr. nur am Boden sein,

4. Die Sch. will sanft fühlbar machen,
   Die Kr. will Hülf anfachen.

5. Die Sch. will in Hoffnung liegen,
   Die Kr. will verstohlen kriechen.

6. Die Sch. Vorzüge beilegen,
   Die Kr. zu Füßen legen.

7. Die Sch. will Gunst erwerben,
   Die Kr. sie nicht verderben.

8. Die Sch. ein Ziel erreichen,
   Die Kr. dasselb' erschleichen.

9. Die Sch. macht alles mit.
   Die Kr. ganz dumm — stupid.

10. Die Sch. weiß nichts von Ehr,
    Die Kr. im Kopf — wie leer!!

11. Die Sch. unsinnig schwätzt,
    Die Kr. „So braucht man's jetzt."

12. Die Sch. empor sich schwingt,
    Der Kr. auch dieß gelingt.

13. D'rum Schwester halten wir zusamm',
    Mag's famos sein oder infam.

14. Ausnahmen sind wir von der Regel,
    Tobt der Wind, so fallen Segel.

15. Doch die in Ehren standhaft sind,
    (Die bläst nicht um der jetz'ge Wind.

Ein hübsches Pröbchen grammatikalischen, stylistischen und tropischen Unsinns bietet uns wieder die, in der Numer 12 des Würzburger Moniteur's enthaltene Kritik des Drama „Lady in Trauer" des officiellen —b— Recensenten. Er sagt: Das Stück selbst zeichnet sich vor anderen dergleichen Dramen dadurch besonders aus, daß dem tragischen Theile einige muntere Episoden eingewebt und die Gefühlsscenen mit den heiteren paralysiren!! Wo ist der Oedyp, der mir dieses Unsinns Sinn erklärt?!! Weiter sagt er, daß der Rollenbesetzer dem Personale zu den Figuren des Stückes das Maaß genommen, als ob der Theaterdirektor mit seinen vielseitigen Funktionen auch die eines Schneiders vereinige, der Recensent fährt fort: „es darf daher nicht wundern, wenn wir jeden Einzelnen an seinem Platze gefunden haben. Wie das? Nachdem das Maaß genommen, ist Jeder an seinem Platze? O heilige Logik, dir scheint der verehrte Recensent Feind zu sein. Um all den Unsinn aufzuzählen, müßte man den ganzen Artikel abschreiben, wir wollen zum Schlusse nur noch einen Satz anführen, der von den genannten Fähigkeiten des genannten Recensenten das glänzendste Zeugniß ablegt: „Master Handcap ist eine in der Färbung der Tücke und Bosheit mit der katzenartigen Schlauheit angelegte Charakterstudie!!!" Ist das deutsch? Und was wollte der Recensent damit ausdrücken? Ich glaube, er selbst könnte es nicht sagen. Auch fand nach seiner Behauptung Frau Hahn für ihre vorzüglichen Leistungen volle Anerkennung. Wie traurig muß es um das hiesige Theater stehen, wenn es solcher Lobhudler bedarf!

Nicht allein curiose Recensionen, sondern auch andere Curiosa bringt der Würzburger Moniteur, unter anderem erzählt er, daß neulich der dicke Thurm auf dem Eise spaziren ging (wahrscheinlich um die hübschen Schlittschuhläuferinnen zu bewundern), zu nahe dem Wasser gerieth und in Gesellschaft von drei Knaben in den Main fiel. Hier ist seine Erzählung, die wir wörtlich abschreiben. Vorgestern belustigten sich unweit des dicken Thurmes drei Knaben in einem Schlitten auf dem Eise, als jener dem Wasser zu nahe gerieth und mit den Knaben hineinstürzte. (Siehe Nro. 12 des Stadt- und Landboten.) Als wir diese Unglücksbotschaft gelesen, eilten wir sofort an den Main, wie freudig waren wir aber überrascht, als wir unsern Bekannten auf seinem alten Platze fanden. Wer ist wohl der edle Unbekannte, der den Dicken aus dem Wasser gezogen und sich so die Rettungsmedaille verdient hat? Dies muß ein Herkules sein.

Wie man hört, sind die Bamberger für die goldenen Versprechungen eines Theaterdirektors aus Buxtehude taub geblieben. Auf den Sandwichsinseln soll aber eine Theaterdirektion mit Anwartschaft auf die Liebe der Königin Pomare offen stehen. Dem bewußten Theaterdirector könnte dort sich eine glänzende Zukunft erschließen, um so mehr, als die Königin noch etwas Geld hat. Sein Factotum brauchte sich nicht zu tätowiren, da die Natur dafür Sorge getragen, daß er einem Otahaitier sprechend ähnlich sieht. Sein „Officieller" jedoch soll auf das Gerücht hin bereits Anstalten treffen, sich zu tätowiren und versuchen, Ringe nicht allein, wie bisher an den Fingern, sondern auch in der Nase zu tragen, um sich der Landessitte anzuschließen, und einem etwaigen eingebornen Concurrenten im Otahaitier Stadt- und Landboten zuvorzukommen.

Der ungenannte und doch bekannte officielle Theaterkritiker des Landboten tritt in andern Blättern jetzt auch unter der Chiffre ß: auf. Daß er s sagen muß, weil er a gesagt, begreift sich, aber z! Das heißt herunterkommen von — der 2ten Rangloge.

Verantwortlicher Redakteur und Verleger: Stephan Gütschenberger.
Druck der Beder'schen Buchdruckerei in Würzburg.

Würzburger Stechäpfel.

Ein humoristisch-satyrisches Originalblatt.

Ganzjährig fl. 1. 36 kr., halbjährig 48 kr., einzelne Nummern 3 kr.
Alle Postämter nehmen Bestellungen an. — Die Stechäpfel erscheinen jeden Freitag.
Trägerlohn 1 kr. das Monat. Bessernde Einsendungen werden erbeten und auf Verlangen honorirt.

(Siebenter Jahrgang.)

Freitag   Nro. 4.   27. Januar 1865.

Politisches Allerlei.

Cessionsakt der Landgrafschaft Hessen-Homburg an das Großherzogthum Hessen-Darmstadt.

(Dieser Cessionsakt ist uns mitgetheilt worden, wir bürgen aber nicht für den Inhalt.)

§ 1. Hessen-Homburg kommt nach dem Ableben des regierenden Landgrafen als besondere Landgrafschaft an den Großherzog von Hessen-Darmstadt.

§ 2. Die Gebrüder Blanc bleiben nach wie vor Statthalter und Stadthalter von Hessen-Homburg und regieren unumschränkt am grünen Tisch.

§ 3. Das Bestehen der vaterländischen und ächt deutschen Institute trente et quarante und roulette ist auf fünfundzwanzig Jahre garantirt.

§ 4. Während dieser fünfundzwanzig Jahre ist einer der Söhne des Großherzogs an der Bank als Croupier thätig, um die Feinheiten des Spieles gründlich zu lernen.

§ 5. Nach Verlauf dieser fünfundzwanzig Jahre übernimmt der ebengedachte Sohn Hessen-Homburg als Secundogenitur, die Gebrüder Blanc danken ab, und er leitet selbstständig das Spiel, damit dieser edle, auf allgemeinen Nutzen berechnete acht beutsche Zeitvertreib enblich einen Deutschen an bie Spitze bekommt.

§ 6. Selbstverständlich sinb Selbstmorbe wegen Spielverlust [...] ste untersucht unb [...] ist nur ein Schwurgericht [...] coupirt unb [...] Vorsitze bes gebachten Prinzen competent.

Die übrigen Paragraphen, bie eben auf bie Erhaltung unb Kräftigung bes Hazarbspieles unb auf Verbreitung ber Spielparabiese, von Reibern Spielhöllen genannt, berechnet sinb, übergehen wir, weil uns ber Raum mangelt. Mit Freuben sehen wir jeboch bie Besorgniß, baß mit bem Ableben bes regierenben Landgrafen bas Hazarbspiel in Hessen-Homburg verschwinbe, verschwinben.

Ein preußischer Stock.

Der König von Preußen hat Herrn von Roon
    O weh!
Geschickt euch 
    Herrje!
Nimm ihn, mein Minister, unb mach' aber auch
    O weh!
Von biesem Stocke gar öftern Gebrauch
    Herrje!
In Mecklenburg ja soll nicht allein
    O weh!
Der Stock soll in Preußen ber Scepter auch sein
    Herrje!
Unb wenn bie Kammer, bie zweite viel schwätzt,
    O weh!
Man mit ben Stock einen Schlag ihr versetzt
    Herrje!
Will ein Solbat nach zwei Jahren zur Ruh,
    O weh!
Bleibt er unb bekommt noch Schläge bazu
    Herrje!
Unb wenn ein Bürger bie Steuer nicht zahlt
    O weh!

Da nehm ich de[illegible] Gewalt.
    Herrje!
Wenn ein Beamter gegen mich stimmt
    O weh!
Nehm er sich in Acht, daß den Stock man nicht nimmt,
    Herrje!
Ja, lieber Minister, den Stock in der Hand! —
    O weh!
Regiere ich von jetzo das preußische Land
    Herrje!

Spanien will St. Domingo fahren lassen, wahrscheinlich, weil es nicht
mehr damit gehen will.

Die feudale Partei in Preußen will von Verständigen nichts wissen.
Das sieht ihr gleich, der unverständigen.

In Athen.

Georgos schwitzt bei Sappho's Oden
Und denket wehmuthsvoll dabei:
Wie so gefährlich klass'scher Boden
Für die modernen Könige sei.
Otto's Pallast, den er gestohlen,
Flieht er mit grämlichen Geberden,
Der Kukuk soll die Krone holen
Und der Pallast gestohlen werden.

Briefkasten.

Mazerl: Kennst du die Frau, die immer für'ne verschämte arme Familie in den Häusern die Leute angeht?

Sepperl: Ja! Die sammelt aber nicht für andere, sondern für sich.

Mazerl: So?! Dere sollt' mer aber 'nen Riegel vorschieben!

Gesucht

werden einige Ellen satyrische Reden, da uns endlich diese Sorte ausgegangen ist, wo möglich bis Lichtmeß, da wir bis dahin sie am besten verwerthen können.

Ein hölzerner Leuchter mit dem Lichte.

Die schöne Schlittschubläuferin

von Isaak Mosche Hersch.

Herr Je! was hob'n se die besunga
Und um ihre Gunst gerunga,
Im Felleis'n wor's zu lesa
Wie verliebt se All' gewesa!

„Die Eisknosp'", hat Aner g'sogt,
„Ach, was duft's im Winter schön!"
„Im Frühling," hot der Ander g'hehst,
„Werd se mer erst ganz aufgeh'n!"

's schod' nur, daß der Mee is offa,
Sunst hätt' mer könna weiter hoffa,
Sommer und Herbst, ganz ihr zu Ehren,
Im Felleis'n besingen hören?

Ans nur aber hot mi g'freut,
Daß se is „von unsere Leut"!

[illegible]

Adam: Weißt du auch, daß Karlstadt und Gemünden jetzt so bedeutend
sind, wie etwa Weimar in Sachsen?

Christian: Der das sagt, däs is a —!

Adam: B'st! das sagt ja unser Herr Professor! [illegible]

Christian: So-o-o-o-o, des Hundes angrs! [illegible]

Die dichterische Verherrlichung altbayerischer Grobheit in der Person der
Wirthin von Fischbach, wie sie der Stadt- und Landbote dem Sulzbacher Kalender und der vaterländische Dichter seinem Organe, dem Stadt- und Landboten
abgeschrieben hat, errang so günstige finanzielle Resultate, daß Herr Direktor
Hahn, [illegible] dramati-
schen Literatur, allen Ernstes daran denken soll, bald wieder ein ähnliches volks-
bildendes Stück zur Aufführung vorzubereiten. Dasselbe soll den Titel führen:
„Vater Max in der Ebene" oder „Pferdehändler Kränzl und der Bleicher Hirt,
oder wer ist der Größte?" und nach dem Urtheile des Herrn Direktors, eines
großen Kenners und Praktikers grobianischer Literatur, aufs vollständigste dem
Zwecke der Bühne entsprechen, der darin besteht, stets das Neueste in Schimpf-
wörtern unter das Publikum zu bringen. Da ein hiesiger Compositeur genöthigt werden soll, eine heroische Arie für Kränzl zu componiren und der Bleicher Hirt zum Schlusse einige Bocksprünge machen wird, so ist auch für Musik
und Tanz (auf dem Theaterzettel) gesorgt, so daß ein Geschäft für die Kasse gemacht werden muß, was am Ende doch die Hauptsache beim ganzen Schwindel
ist und bleibt. [illegible]

Das dramatische Preisgericht in München wäre beinahe zum zweiten Male
in die Verlegenheit gerathen, den Preis für's beste Drama behalten zu müssen,
da auch Dr. H. Schmid's „Ludwig im Bart" nicht allgemein gefallen konnte.
Zum Glück gelangte noch rechtzeitig die Kunde vom großen Erfolge „des Vater
Max im Gebirge" an die Ohren des Preisgerichts und unverbürgten Canal-
Schiffernachrichten zufolge soll dieses einstimmig beschlossen haben, die 200 Du-
katen dem vaterländischen Dichter nach Würzburg zu übersenden für die gelungene Episode vaterländischer — Grobheit.

[illegible]

Dank Euch Ihr Herrn, die Ihr so unverdrossen
In heißer Glut, für mich und meine Füße,
Den Liederstrom aus Eurer Brust ergossen!
Erlaubet mir, daß ich zum Abschied grüße
Euch noch einmal! Ich habe meine Flossen
Zwar abgelegt, doch schrecklich ich noch büße
Für mein Beginnen, da ich voller Schreck
Die Lieder lese, denkend an Werneck.

Närrische Beobachtungen in närrischer Zeit.

Die zwei Bahnhöfe in Häßfeld.

Sepperl: „Wie kommt's denn, daß in Häßfeld jetzt noch ein 2ter Bahnhof angelegt wird, hätt' mer denn die nit zusamma lega könna?

Mazl: „Das verstehst da nit, weßt' da denn nit, daß die Stationshäuser immer ganz in der Näh' von die Kirchhöf' gebaut werda, damit jeder Reisende in sich geht und seine Rechnung mit dem Himmel macht? — Weil nun aber in Häßfeld a no ein Judakirchhof is, so muß halt dort a no ein Extrabahnhof hingebaut werden! Also jetzt weßt's!"

Nach einem Anschlage in hiesiger Harmonie zu schließen, müssen unter den Mitgliedern auch mehrere Langfinger-Ritter sein, denn ein ganzes Register von abhanden gekommenen Gegenständen liegt vor, unter andern auch ein „Verbandzeug" im Werthe von 20 fl., welches einem jungen Militärarzt dorten entfremdet wurde! Wäre denn da nicht eine Einrichtung zu treffen, wie sie z. B. im „neuen Bürgerverein" in Frankfurt a. M., einer der hiesigen Harmonie in Zahl und Ansehen ganz gleichen Gesellschaft, besteht? nämlich daß ein eigener Garderobier aufgestellt wird, der alle Hüte und Kleidungsstücke ıc. gegen Marke in Empfang nimmt und verwahrt, ohne Vergütung zu beanspruchen. Der neueste Anschlag fordert nun die Mitglieder auf, selbst Acht zu haben, wie ist dieß jedoch möglich bei den ausgedehnten Lokalitäten?!

Um aufzuräumen.

Eine Parthie Photographien von einem unweit der Ansbacher Bahn liegenden Orte werden zu billigsten Preisen abgegeben.

Näheres Kürschnerhof.

Der Stadt- und Landmonteur scheint Propaganda für die französische Sprache zu treiben, wenigstens schwelgt er in Fremdwörtern; so lesen wir in Nr. 18.: „In X. ist gestern aus localen Motiven eine sehr ernste Emeute ausgebrochen, die öffentliche Gewalt intervenirte." Ist das ein deutscher Landbote?

Ein Engländer soll gesagt haben: „Daß die hiesigen Theaterzettel und einige Journale den allgemein bekannten Novellisten Schücking in Schöcking verwandelten, das ist shoking."

Bücheranzeigen.

Des kleinen Herzbezwingers gülbenes ABC. oder
Das Ganze der Kunst, eine reiche, junge Schöne — heirathen zu
sehen.
Aphorismen aus Hector des Großen Reisen in die südliche Umgebung von
Würzburg. Für still Verliebte und Solche, die es werden wollen.
Mit einer photographischen Beilage (herabgesetzt 24 kr.)

Der uns mit dem Briefstempel Arnstein zugekommene Brief über Schulverhältnisse ist so unklar geschrieben, daß wir ihn nicht aufnehmen können.

Herr Pfarrer Dr. Huller von Altbessingen hat, wie er uns mittheilt, zwar eine bei der k. Staatsregierung einzureichende Denkschrift in Sachen der Schulreform verarbeitet, aber keine Schmähschrift, und es wurde angeregt, daß die Druckkosten aus den Kapitelskassen der zustimmenden Decanate zu schöpfen sein dürften.

Dies der wahre Sachverhalt.

Wir bedauern die [illegible] von Reuses, der auf Alles zu können behauptet, hier nicht erörtern zu können, bedauern nur, daß sich Gensdarmen hergeben, solchen Unfug zu steifen.

———

In Erwiederung auf ein Eingesandt der letzten Stechäpfel hat kein Gewerbeschüler 48 kr. zur Lesebibliothek zu zahlen, noch je gezahlt, der Beitrag ist satzungsmäßig 24 kr. Gegen Ende Januar wird, wie immer, mit Vertheilung der Bücher begonnen werden.

———

Hat sich der vor Kurzem gerügte Unfug am Vierröhrenbrunnen zwar nicht gemindert, so hat er doch dagegen zugenommen, wie dies gestern Mittag der Fall war, wo Vorübergehende, Vorüberfahrende und Reitende, vornehm, wie gering, alt und jung, ja sogar Damen im Schlitten unter furchtbarem Lärmen, mit Schneeballen mißhandelt wurden.

———

Wie [illegible].

Geh hin nach R[illegible]
Bo[illegible] toller Herr [illegible] *)
In ganz kurzer Zeit
Hat bei D[illegible] [illegible]

Eine nimmt er jetzt,
Der er hat gesetzt
Einst ein Fragezeichen,
Liebt er jetzt ohne Gleichen.

Trotz sie ist noch Braut,
Kocht sie ihm schon Kraut
Und dergleichen Sach
Sehr gewandt im Fach.

Aber das macht Zwist,
Daß er's Haus verschließt,
Und so ganz allein
Bei der Braut will sein!

Verantwortlicher Redakteur und Verleger: Stephan Gutschenberger.
Druck der Becker'schen Buchdruckerei in Würzburg.

Würzburger Stechäpfel.

Ein humoristisch-satyrisches Originalblatt.

Ganzjährig fl. 1. 36 kr., halbjährig 48 kr., einzelne Nummern 3 kr.
Alle Postämter nehmen Bestellungen an. Die Stechäpfel erscheinen jeden Freitag.
Trägerlohn 1 kr. das Monat. Passende Einsendungen werden erbeten und auf Verlangen honorirt.

(Siebenter Jahrgang.)

Freitag   Nr. 5.   3. Februar 1865.

Politisches Allerlei.

Friedrich Carl's Abschied von Oesterreich.

Prinz Friedrich:

Will sich Oesterreich wirklich von mir wenden,
Wo der Pforbten jetzt mit beiden Händen
Hülfe suchend nach ihm greift?
Wer wird künftig kleine Mores lehren,
Mittelstaaten unsre Großmacht ehren,
Wenn mein Alliirter dahin schweift?

Mensdorff-Pouilly:

Theurer Freund, gebiete Deinen Thränen,
Selbstherrschaft, sie ist ja auch mein Sehnen
Und Verfassungen sind mein Verdruß.
Wenn ich jetzt auch diese Kleinen schone,
Acht' ich deutsche Freiheit keine Bohny,
Es geschieht alles nur — weil ich muß.

Prinz Friedrich:

Schon mein Geist hört die Kanonen knallen,
[illegible]
[illegible]
[illegible] mir [illegible],
[illegible] Du mit dem Bundestag [illegible],
Lieber Freund! Dann bin ich höchst blamirt.

Mensdorff-Bouilly:

Theurer Prinz! Ich will stets an Dich denken!
Sympathie will ich dem Bismarck schenken,
Aber Schleswig-Holstein nicht.
Horch, der Pforten klopft schon an die Mauern!
Spann die Pferde an, ich muß bedauern!
Geh' mein Sohn und [illegible] nicht!

Programm eines Hohenzollern.

Ich bin Soldat, durch und durch — gefallen in Wien.

Ich habe [illegible] Beutel meines Volkes.

Ich werde von den Grundsätzen der Reorganisation keinen Punkt hergeben — aber nehmen was ich kriegen kann.

Unerschütterlich fest stehen auf dem der Revolution abgerungenen Terrain — bis ich purzele. [illegible]

Recht und Gerechtigkeit für Schleswig-Holstein [illegible].

Keine Großsprecherei, kein [illegible], kein [illegible] — ausgenommen in Berlin. [illegible]

Recht und Gerechtigkeit in ganz Deutschland [illegible] durch mein Militärgericht zu sprechen.

Kein Deutsch-Piemont [illegible].

Reform der Bundesverfassung nach den realen Machtverhältnissen am Tische des Herrn. [illegible]

Mein Land muß groß werden, denn es verdient — einen solchen König.

Als man Herrn v. Rothschild vor Kurzem das Anerbieten machte, die Finn-ländische Anleihe zu übernehmen, soll er geantwortet haben: „Wie heißt! Mit dem Schwein hat man zwar oft die Finnen, aber mit den Finnen kein Schwein!"

———

Der Prinz Friedrich Karl hat die österreichischen Minister in Wien wie die Dänen betrachtet. Er hat sie nur flüchtig gesehen.

———

Das Parlamentsgebäude in Berlin soll demnächst reparirt und getüncht werden, es wird also dem Abgeordnetenhause wieder etwas weiß ge-macht!

———

Das einige Italien hat sich wieder einmal drei Tage in Turin geprügelt. Es gab viele Wunden, aber kein Pflaster, denn es war überall aufgerissen.

———

Mit der famosen Ofenklappengeschichte hat es bei der öffentlichen Verhand-lungen gar nicht geklappt. Die Aussagen des Pioniers Nötwag und des Assistenzarztes Steuer, die diese zur Steuer der Wahrheit gaben, waren ganz andre, als wie sie der bekannte Divisionsauditor Splittgerber seiner Zeit im Interesse der sauberen Lieutenant's „gefälscht" hat. Es gab schon Abends keine glimmenden Kohlen mehr, also auch Nachts keinen Kohlendunst, dafür aber blauen Dunst genug, der Welt vorzumachen. Das preußische Militärgericht ist selbst geschädigt, wenn auch die Zeitungs-Redakteure für ihren bescheidenen Zweifel an den Kohlendunst und die Heiligkeit der liederlichen Lieutenants ein-sperret! Was immer in dem Wein war, der die Mädchen bewußtlos machte, reiner Wein war es nicht, der ihnen und dem Publikum eingeschenkt wurde!

———

Prof. von Liebig hat einen Ruf an die Berliner Universität abgelehnt, weil dort der Rechtsboden so durchlöchert ist, daß selbst der berühmteste Agrikultur-chemiker nicht abhelfen kann.

———

Der arme Dänenknabe König Georgios hat am griechischen Neujahrstage dem französischen Gesandten mit Umgehung des englischen Gesandten die Hand geschüttelt. Darüber war der letztere erbost und verlangte, Herrn Georgios auch schütteln zu dürfen, worauf es diesen vor Furcht selbst schüttelte und er erklärte, daß er keine böse Absicht dabei gehabt habe. Ob Georgios noch nachträglich geschüttelt wird, wissen wir nicht, es ist aber sehr wahrscheinlich.

Briefkasten.

Wer's wissen will, so is's!

Hans: Hast ohnlängst nichts im Stechapfel g'lesen wegen Kraut und Braut, Fach und Sach 2c. 2c.

Stoffel: Ja.

Hans: Wie war denn das g'ment?

Stoffel: A! das Ding is a so: Sel Frau wird ihm halt kein Eierschmalz mehr kocha, weil ihr sonst ihr Mann mit der Pfanne nachläuft, und sie mit einander unter nachbarstörendem Gekreisch 's Haus umlauf'n. Jetzt stopft sie ihm 's Maul mit Kraut. —

Hans: Aber mit dem Eierschmalz, wie war's denn da, warum san's denn a nander nachgloff'n?

Stoffel: Weißt, sei Frau hat a Mol a Eierschmalz machen soll'n, und da hot sie Schmalz und Eier glei' in b' Pfanne nei z'am than, weil sie nit g'wußt hot, daß ma' erst 's Schmalz heiß werden lassa muaß.

Hans: So, so; drum muß er jetzt Kraut ess'n!
Das mit der Sach und dem Fach möcht ich doch a wiss'n.

Stopfel: Na die Sach is die: Er schreit gern wädll viel und mischt sich immer in Sachen, die sich mit seinem Fach nicht vertrag'n resp. ihn nichts angeh'n, und da geht's 'm wie einer Henne, die viel gackert, aber keine Eier legt, d. h. er schreit viel, bezweckt aber nichts.

Anfrage.

Findet man denn für den Koth, der auf dem Trottoir der Maxstraße, gegenüber der Schrannenhalle, keinen angemesseneren Platz als gerade diesen, indem die dort angehäufte mit allerlei Substanzen gemengte Steinkohlenasche bei haarschenbem Winde die ganze dortige Umgegend in schwarze Wolken von dieser Asche einhüllt.

Das Tanzkränzchen in H.

Wie sehr die Disciplin in manchem Gesellen-Verein gehandhabt wird, davon gab ein, jüngst im Wochenblatte erschienener, Aufsatz eines Präses Beweis, wonach Jeder, der an diesem ohne Wissen des Präses, (welcher Frevel!) arrangirten Kränzchen Theil nehmen würde, sofort aus dem Gesellenverein ausgeschlossen wird — außerdem auch die Schußmitglieder gewarnt würden — trotzdem soll das in Rede stehende Tanzkränzchen sehr besucht und äußerst vergnügt gewesen sein; ja beinahe ebenso fidel soll es zugegangen sein, als jüngst in einer Lehnsub-Soiree, wo ein Herr Präses eine ihm gebotne äußerst günstige collegialische Fahrgelegenheit aus purer Zerstreuung abzulehnen gewichtige Ursache gehabt haben soll!

Soldatenleben mag seine schöne Seiten haben, das bewies sich am vergangenen Montag früh am Bahnhofe, als ein ganzes Regiment einem scheidenden Offizier das Geleite mit Musik und Gesang gab; allein bei dieser Gelegenheit lernte das Publikum eine Schattenseite kennen, welche jeden Gebildeten mit Trauer erfüllte — indem nämlich ein Offizier — warum? jedenfalls war keine Gefahr auf Verzug — von seinem Chef angedonnert werde, daß man es bis auf den Wall hören konnte und Unteroffiziere und Soldaten ohne Commando — wohl fühlend, daß durch ein solches russisches Verfahren der ganze Stand compromittirt werde — das Publikum ersuchten, zurück zu gehen, um diese Scene nicht näher anzuhören.

Und nun fragt man sich, wer hat bei dieser Gelegenheit mehr Takt entwickelt, die Unteroffiziere oder . . . . . ? und gibt's denn beim Militair keine Rapportstunde, wo derartige Sachen abgemacht werden können, muß da das Publikum auch Zeuge sein, — wird dadurch das Ansehen des Offiziers, überhaupt des Militairstandes gehoben??

Heidingsfeld, als Stadt III. Klasse, bestrebt sich neuerer Zeit unverkennbar das Versäumte einzuholen, um den Anforderungen des Zeitgeistes auf das Ge-wissenhafteste zu entsprechen. — Welche Stadt könnte nachweisen in dieser Richtung hin mit solcher großer Aufopferung gehandelt zu haben? Heidingsfeld besitzt seit einiger Zeit eine neue Straßenbeleuchtung, aber die sich von Vorn-heben einmal gar nicht sagen läßt, und soll, wie man noch außerdem ver-nimmt, gesonnen sein, späterhin einmal mit Würzburg bezüglich einer Gasbe-leuchtung in Verbindung zu treten; ferner beabsichtigt man, nachdem die Würz-burger-Heidelberger Bahn dem Verkehr übergeben, eine durchgehende Ausmistung d. h. Pflasterung der Stadt vorzunehmen, bei welcher Gelegenheit man auch hofft, auf verborgene Schätze, schließlich verfolgte Missethaten und Naturselten-heiten zu stoßen; — außerdem hat Heidingsfeld zu Gunsten des Gemeinde-Fon-des, sowie in Anerkennung der Tüchtigkeit seiner Regie-Arbeiter, dieselben mit der Herstellung der Glacis-Anlagen betraut, denen es auch vollkommen gelungen, dieselben in einen solch unpraktikablen Zustand herzustellen, daß Jedermann ver-zieht (was gewiß viel heißen will) seinen Weg möglicher Weise durch die Stadt zu nehmen.

Trotzdem, und ohngeachtet aller dieser rasch auf einander folgenden Neuer-ungen und aufgestellter Projekte hat Heidingsfeld selbst, die Kosten nicht gescheut, eine weitere Promenade, zugleich Verbindungsweg mit der Eisenbahnbrücke da-selbst, herzustellen, die in ihrer Ausführung einzig dasteht, was sowohl durch die ihr schon öfter gewordenen öffentlichen Lobeserhebungen, als durch den Ko-stenaufwand von nahezu 2000 fl. dargethan sein dürfte. — Gelegentlich des-sen erlaubt man sich an die einschlägige Bauverwaltung die ergebenste Anfrage zu stellen, ob sie nicht im Hinblick auf diese dargebrachten Opfer etwa geneigt wäre, diesem Werk die Krone aufzusetzen, und eine ähnlich konstruirte Passage zwischen dem jenseitigen Mainufer und der Räubersacker Straße herzustellen, was jedenfalls allgemeine Anerkennung finden würde.

Apropos! Die Communikation zwischen dem Hutten'schen Felsenkeller und dem Exhaltenhaus wäre den Witterungsverhältnissen gegenwärtiger Jahreszeit entsprechend herzustellen und die beide Rückstände am Eingang der Schuster-gasse auf den Sternplatz zu transferiren. —

Ein privilegirter Bummler
ohne Laterne und schlechte Fußbekleidung
von diesseits!

Es bedarf wohl nur die Aufmerksamkeit der Verwaltung des Bürgerspi-tals auf die in der Küche vorfallenden Unreinlichkeiten zu lenken, um Abhülfe ge-

...ertigen zu können, ober es paßt sich gewiß nicht, daß schmutzige Hemden Nachts iu benselben Kesseln gewaschen werden, in benen früh die Kartoffelnschnitze für die Pfründner gekocht werden. Auch wird seit Neuerer Zeit ein Schwartemagen producirt, ber auch für bessere Verbauungsorgane, als die alten Pfründner meist haben, ungenießbar ist. Andere Glossen über die ... ... wollen wir jetzt übergehen.

Die Herren Lehrer von Th. und G.— müssen curiose Ansichten über Obstbaumzucht haben, wenn sie behaupten, daß die Fruchtbäume keine Vereblung bebürfen.

Die aufgefrischte Reimerei über das Thema „Wie man's treibt", wollen wir lieber ad acta legen, solche Einsenbungen sind zu persönlich, interessiren Niemanden unb haben nur wieder ... verletzte Entgegnungen zur Folge, bie ber Einsender sich selbst zuzuschreiben hat unb bie bie Rebaktion, wenn sie unpartelisch sein will, ...

...

G. Güldenberger.   Jetzt Elegiensänger
Und früher Rattenfänger.

Aus einem hohlen Schädel, der sich rühmt gar oft, ...
es schallt:
„Wiß't, daß ein Berg ich — laider nur nicht mit Vesuv's
Gewalt.
„D'rum leiß ich nicht's — und lachend spricht der Hörer:
„Nur nicht wild!
„Wie's damit steht, das sahen wir schon längst an deinem
Bild."

Der Narrenzeitung wird überall der Stuhl vor die Thür gesetzt, wahrscheinlich weil der Redacteur Theaterthürsteher ist.

Erklärung.

Da mir heute mitgetheilt wurde, daß ein Chorist, Thürsteher und Factotum des städtischen Theaterdirigenten Hahn (ob im Auftrage seiner Herrschaft weiß ich nicht) das Gerücht verbreitet, ich habe von Hahn oder Fräulein Claus Geld angenommen, so erkläre ich Jeden für einen ehrlosen Verläumder, der mir so etwas nachsagt. Ich habe niemals in meinem Leben weder von einem Theaterdirektor, noch von einem Schauspieler oder einer Schauspielerin etwas angenommen, im Gegentheile im vorigen Jahre einen Geldbetrag zurückgewiesen, den mir Hr. Hahn unter keiner andern Bedingung anbot, als daß ich ihm ferner Freund bleiben möge. Ich habe diesem Herrn im Gegentheile verschiedene Prologe umsonst gefertigt und jeden Gefallen gethan, bis ich entdeckte, daß er ein Mann ohne Wort ist, worauf ich jeden persönlichen Verkehr mit ihm abbrach. Ich habe ihm auch nie eines meiner Schauspiele aufgedrungen, im Gegentheile hat er mich um meine „beiden Fugger" gebeten, die ich ihm unentgeltlich zur Aufführung überließ. Letztere fand aber trotz seines Worts nicht statt. Das ist seine Sache. Wenn er aber und seine Domestiken (mit denen zu verkehren ich dem 55er Comité überlasse) meinen Artikeln schmutzige Motive unterlegen wollten, so wären das erbärmliche Comödiantenstreiche.

S. Gätschenberger.

Verantwortlicher Redakteur und Verleger: Stephan Gätschenberger.
Druck der Becker'schen Buchdruckerei in Würzburg.

Würzburger Stechäpfel.

Ein humoristisch-satyrisches Originalblatt.

Ganzjährig fl. 1. 36 kr., halbjährig 48 kr., einzelne Nummern 3 kr.
Alle Postämter nehmen Bestellungen an. Die Stechäpfel erscheinen jeden Freitag.
Trägerlohn 1 kr. das Monat. Passende Einsendungen werden erbeten und auf Verlangen honorirt

(Siebenter Jahrgang.)

Freitag   Nr. 6.   10. Februar 1865.

Politisches Allerlei.

Resultate der Reise des Prinzen Friedrich Carl nach Wien.

Die Kriegsentschädigung will Preußen zahlen?
Entschädigt's Oesterreich auch für die Qualen
Der Söhne, welche stöhnend und mit Klagen
Verwundet und verstümmelt im Spitale lagen?
Entschädigt Oesterreich für die Heldenkrieger,
Des Danewerkes unerschrockne Sieger,
Die auf dem eis'gen Schlachtfeld sind gefallen?
Zahlt es vielleicht Entschädigung auch Allen,
Von denen es in Oesterreich's Städten wimmelt;
Die bleichen Antlitzes gelähmt, verstümmelt
Um täglich Brod jetzt betteln. Ew'ge Schande
Wär' es für Oesterreich's opfertreue Lande,
Ließ Oesterreich von Preußen sich bethören,
Und wollt's auf gleißnerische Worte hören,

Zum Himmel würde dann das Blut der treuen
Und tapfern Söhne, die gefallen, schreien —
. . . .
. . . .
Vo. . . . ihre . under.
Ihr Tod, nicht . dern Lohn als Geld gefunden,
Wenn ihres tapfern Blutes rothen Lachen,
Dazu gedient, um Preußen groß zu machen.

Ein athenisches Witzblatt stellt den Zustand der Dinge in Griechenland auf eine eigenthümliche Weise dar. Unter der Rubrik „Angekommen" führt es folgende allegorische Persönlichkeiten an: „Aus verschiedenen Gegenden her: Frau Verschwendung und Hoffart ohne Gattin; die Wittwe Zahlungsunfähigkeit, abgestiegen im Gasthof zur Armuth Nr. 99 im siebenten Stockwerk; Frau Schmeichelei mit der kleinen Schwester der Lüge in Familienangelegenheiten, die Reisende Frau Faulheit, leidend, um das Klima zu verändern. Abgereist sind, um nie wieder zu kommen: Der Patriotismus, die Selbstverläugnung, die Eintracht, die Oekonomie, die . . . . , die Einfachheit, die Gottesfurcht und die Tugend mit ihren Familien.

Ebenso könnte man jetzt von Italien, besonders von Turin sagen: abgereist mit dem Könige der Royalismus, die Aufopferung, das Nationalgefühl, angekommen: Die Kirchthumsinteressen, die Selbstsucht, die Anarchie.

Der Professor Weinhold in Kiel hat einen Preis von 100 preuß. Thalern Demjenigen ausgesetzt, der den besten Dank Schleswig-Holstein's an Preußen verfassen würde. Das muß nicht schwer sein; denn ganz Schleswig-Holstein bedankt sich vor Preußen, auf gereimte und ungereimte Weise. Uebrigens nur 100 Thaler — o wie billig!

König Viktor Emanuel soll sich unlängst bei seinen Ministern bitter über die ihm in Turin widerfahrenen Insulte beklagt haben. »Sprechen Sie mit Ihrem hohen Freunde in Paris (soll Cavour erwidert haben), damit er eine Ladung Turiner nach Cayenne mitnimmt.« »Besser noch wäre, entgegnete ein zweiter Minister, wenn Ew. Majestät sich vom Könige von Preußen ein Dutzend Garde-lieutenants ausbitten würden. Das wäre die bitterste Strafe für solch eine undankbare Stadt — preußische Garnisonsstadt zu werden.«

———

Ein freisinniger Publicist, der das Unglück hat, außerhalb Preußen zu leben, erhielt unlängst von der dortigen Regierung eine Rechnung über ausgelegte Steckbriefinserate. Ob der Gemahnte der preußischen Regierung auch etwas brieflich gesteckt hat, konnten wir nicht erfahren.

———

Der Kaiser von Frankreich hat jetzt den Cäsar ausgeben und den Nero wieder empfangen, (nämlich seinen entlaufenen Hund dieses Namens). Seine Feinde wollen behaupten, daß es wieder ganz hündisch in Frankreich zugeht.

———

Früher wurden bei den Israeliten Sühn- oder Sündenböcke geschlachtet für die Fehler und Verbrechen Anderer. Jetzt in Preußen ist dieses Institut wieder aufgekommen, wenn zwei Lieutenants ein Mädchen glockauern, so wird ein Redacteur für sie eingesperrt.

———

Die Gräfin Danner, früher Putzmacherin Rasmussen will nun einen alten Schweden heirathen, Namens Silferstolpe. Da sie 8 Millionen vom dänischen Könige sich — geerbt hat, so kann sie auch Silberstolz sein, ohne den Namen ihres Bräutigams annehmen zu müssen. Jedenfalls hat sie schon so viel Schweden, daß es auf einen nicht ankömmt.

Der Gräfin Benner zu ihrer bevorstehenden Vermählung.

Dem Gatten schwur das Schwedenreich
Freundschaft und Hülf in Nöthen,
Als die Gefahr kam, waren feig,
Die früher stolz sich blähten.

Der Undank war der Lohn der Welt,
Nicht Schwedens Banner wehten,
Die Schweden schickten Euch kein Geld
Und Du schenkst Geld — dem Schweden.

In Spanien ist die vorgeschlagene gezwungene in eine freiwillige Anleihe umgewandelt werden. Diese freiwillige Ungezwungenheit wird dem dortigen Staatsschatze spanisch genug vorkommen.

Der König von Italien hat seine Jagdschlösser bei Turin verkauft, um sich die Brücke zu einer Rückkehr abzubrechen. Da er selbst dort gejagt wurde, will er nicht mehr dort jagen.

Die preußische Antwort an Oesterreich ist eingetroffen, die österreichische Antwort an Preußen desgleichen, und jetzt erwartet man bestimmt die definitive preußische Rückantwort an Oesterreich. Wie viel Antworten bei einer so einfachen Frage. Da kann man sagen, die deutschen Großmächten antworten unverantwortlich.

Briefkasten.

In einem „belletristischen Unterhaltungsblatte", findet sich ein „Schlachtmeister-Heirathsgesuch aus Eberecht", der sich, wie ein Stück liebes Vieh, zur körperlichen Visitation stellen will, vorausgesetzt, daß die heirathslustige Holde diesem Ebenwächter ihren Schönheitsgürtel als Felleisen mit zehntausend Thalern entgegenbringt. — Recht so, du verdienstreicher Geheim-Cabinetsrath, dergleichen erfreut, erhebt und bildet! Da kann das Volk was lernen!!

Zwickauer.

Naturwissenschaftliches.

Die Rothbürfteleien in unserer Stadt nehmen immer weitere Dimensionen an. Unsere Naturwissenschaftler verschonen nichts mehr Heiliges und Ehrwürdiges, sie tragen ihren Guano sogar vor die Heiligenstandbilder auf der Straße. Soll denn unser liebliches Würzburg den Ruhm ernten, des Frankenlandes „Kloake" zu heißen? Warum schreiten die Wächter der Ordnung, des Anstandes und der Sitte gegen solche Naturwüchsigkeiten nicht ernstlich ein? Man nehme sich München zum Muster, da zahlt jeder Excedent, hoch oder niedrig, 30 kr. Strafe, das mäßigt schon etwas den Naturbrang!

Zwickauer.

Außer dem Vierröhrenbrunnen haben alle Brunnen keinen Löffel, es sollte doch am Markt einer angemacht sein; da ist schon ein ganzes Jahr keiner, wohl ist es auch traurig, daß in dem schönen Würzburg kein Löffel sicher ist.

Letztes Wort an den Verfasser des haus- und stoffelhaften Dialogs.

Keine Antwort hat der Schnöde,
Wie das Fragzeichen kam;
Steht gar weislich auch nicht Rede,
Ob der Wahrheit man entnahm,
Daß sein Bräutchen ihm schon kochet,
Ihn umwandelt früh und spat,

Daß man [illegible] Die [illegible]cher
Ohne daß' er auf sie that.
Nein, der Rache Stahl zu schwingen,
Wählt er sich ein anderes Feld;
Spricht von unerhörten Dingen,
Boshaft, lügenhaft entstellt.

———

Wenn schon Bräutchens krummer Scheitel
Anlaß gibt zu Zank und Streit,
Thränen fließen, weil er eitel
Beff're Toilette gebeut:
Dann ja dann darf still er schweigen!
Wo die Braut schon Zwist gekannt,
Wird der Himmel nicht voll Geigen
Hangen einst im Ehestand.

———

Am 6. d. Mts. Abends ist in der Wolz'schen Bierbrauerei ein Brand ausgebrochen. — Auf gegebenes Feuersignal hin eilten viele Bewohner der Stadt an die Brandstätte, theils zur Hülfeleistung, theils aus Neugierde.

Es ist nicht zu verkennen und erscheint sogar wünschenswerth, daß bei einem Brande eine Ordnung gehandhabt werden muß, weil sonst die Feuerwehr in ihren Manipulationen gehindert wird — allein die Art und Weise wie bei dem angeführten Brande von Seite einer Abtheilung des k. Militärs die Ordnung gehandhabt wurde, war zu tadeln, weil die Soldaten die anständigsten Leute herumstießen, zu Boden warfen und sogar mit Gewehrkolben traktirten, so daß einige Quetschungen und Hautabschärfungen vorgekommen sind. Gegen solche Behandlung protestirten einige Herren, worauf der im hintersten Gange des Brandortes aufgestellte Offizier, statt einem solchen Auftreten entgegenzutreten, es nicht that, worauf die ohnedies wilden Soldaten ihr ungestümmes Wesen fortsetzten.

Zur Verhütung ähnlicher Auftritte wird dieser Akt, bei dem noch sonstige Abenteuer ihre Rolle spielten — indem z. B. die Höchstgestellten Personen aus Unkenntniß vom Platze gewiesen wurden — zur Kenntniß der höheren Militärbehörde gebracht, und um Abhülfe dringendst ersucht.

Ein Insultirter für Alle.

Juristische Frage.

Wie viel Gran von juristischen Kenntnissen befinden sich in dem Kopfe des Schwurgerichtsreferenten eines hiesigen Journals, da er in der vorgestrigen Nr. 33 eine gesetzliche Zuchthausstrafe von 2—4 Jahren auf das Verbrechen des Diebstahls setzt? Wie allgemein bekannt ist, kann nach Artikel 16 unseres Strafgesetzbuches nicht auf weniger als 4 Jahre erkannt werden, und spricht Artikel 276 auf das fragliche Reat eine Zuchthausstrafe von 4—8 Jahren aus.

Ein Jurist.

Ein Weinproduzent soll, um einen blinden Passagier von seinem Striche fern zu halten, auf den wirksamen Einfall gekommen sein, die künftige Versteigerung im Lamme abzuhalten.

In der unteren Mainmühle ist wieder einmal ein Mühlbursche verunglückt, innerhalb von vier Jahren der dritte! „Er hat halt nicht aufgepaßt!" ist gewöhnlich die kalte, theilnahmlose Entschuldigung, als ob es nicht Pflicht und Schuldigkeit wäre, Vorkehrungen zu treffen, daß so traurige Fälle nicht vorkommen können. Der Todessteg dieser Mühle muß ja die Mühlknappen mit Schauder erfüllen. Warum steuert denn nicht der wohlhabende Pächter so augenscheinlicher Gefahr? Warum ist das nicht längst geschehen? Wir wollen hoffen, daß diese Warnungsstimme aus dem Volke nicht überhört werde.

Zwei blinde Passagiere bei jedem Weinstriche.

(Ein Phantasiebild.)

Vater (indem er drei Gläser sich einschenkt zum Sohn) Hast du den Astheimer schon verkostet?

Sohn (ein Glas auf einen Schluck hinter die Binde gießend) Ausgezeichnet!

Vater: Was ausgezeichnet? Saueres Zeug! Es kommt nichts Gescheites mehr auf die hiesigen Weinstriche! Laß nur die letzten Proben nicht aus, die sind die besten! Quärtrafer kommt mit Brod und Kalbsbraten, Bo ter und Sohn werfen Sich ... auf diese neuen Gegenstände der Annexion und essen bis 1 Uhr, worauf sie schließlich verschiedene Proben zusammen ... Als sie ... angefüllt endlich das Lokal verlassen, kommt ... Fremder und fragt nach dem Resultate des Weinstichs, den der blinde Passagier ... nicht loben kann.

____

Würzburg, im ..)

Herr Redacteur! Wissen Sie, was der einzig gute Witz ist unter all den alten Champagnerliedern, für ein solches Blatt sehr p a s s e n d e n Elegien und Meidingeriaden, die der Chorist und Redacteur Franke in seine sonst sehr traurige Narrenzeitung einverleibt hat? Das ist der, daß er einem hiesigen Sprachlehrer seine unbezahlten Rechnungen bei jedem dritten Worte vorwirft. Glücklich daß er und sein Mitarbeiter der —b— des Stadt- und Landboten solche Millionäre sind! Daburch wird es ihnen möglich sein, das Deficit selbst zu decken, was ihre Zeitung abwerfen muß. Die Gesellschaft wird sich wohl dafür bedanken, dem Theaterdirector ein Blatt zu halten, das für ihn Reclame machen und Jeden angreifen muß, der nicht für ihn ist. Freilich er gibt auch nicht umsonst seine Choristinnen her, Comitébänder zu holen, weil sie mit dem Präsidenten getanzt haben. Es ist so weit gekommen, daß die sonst so heitere Würzburger Carnevalsgesellschaft nur noch durch die Gnade des Theaterdirectors ein kärgliches Leben fristet und zuletzt, wenn es so fortgeht, ganz zugeht. — Anmerkung. Ich habe noch einen weitern Artikel erhalten, den ich aber zurücklegte, da ich keinen Beruf habe, den Angegriffenen, Herrn J. zu vertheidigen und es ihm selbst überlasse. Ich bemerke nur, daß der Angriff auf den inzwischen von der literarischen Bühne zurückgetretenen, frühern Theaterreferenten der Sybille, da ich mit ihm befreundet bin, mich nöthigt, mich des Entfernten anzunehmen. Ich glaube nicht, daß der Zweck des 55er Comité's ist, im Schlepptau von Theaterinteressen sich nehmen zu lassen und theatralische Händel anzufangen. Will es aber das Comité, so soll es an Entgegnungen gewiß nicht fehlen. Ich habe dieses Journal des 55er Comité's nicht gegründet und nicht früher bedeutende Summen als Ertrag desselben der Cassa überliefert, um es jetzt dazu verwendet zu sehen. Ich redigirte es umsonst, während der jetzige Redacteur von der Gesellschaft Geld zieht, um sie im Interesse des Theaters zu blamiren. S.

Verantwortlicher Redacteur und Verleger: Stephan Eichhäuser.
Druck der Becker'schen Buchdruckerei in Würzburg.

Würzburger Stechäpfel.

Ein humoristisch-satyrisches Originalblatt.

Ganzjährig fl. 1. 36 kr., halbjährig 48 kr., einzelne Nummern 3 kr.
Alle Postämter nehmen Bestellungen an. Die Stechäpfel erscheinen jeden Freitag.
Trägerlohn 1 kr. das Monat. Passende Einsendungen werden erbeten und auf Verlangen honorirt

(Siebenter Jahrgang.)

Freitag	Nr. 7.	17. Februar 1865.

Politisches Allerlei.

Faschings-Geschäftsbericht.

Der gesuchteste Artikel der Saison sind lange Nasen. Der Begehr hievon soll ein derartig gesteigerter sein, daß man solche von Berlin, wo derlei Sachen bekanntlich sehr wohlfeil zu haben sind, einführen mußte. Herr von Hock soll ein besonderes schönes Exemplar zum Andenken aus Berlin mitgebracht haben, das demjenigen, das Prinz Friedrich Karl in Wien geschenkt erhielt, gar nichts nachgeben soll.

Das Geschäft in Krapfen soll auch sehr gut gehn, doch Mancher sich bereits die Finger verbrannt haben. Manch Anderer dürfte sich erst was backen lassen.

Der Artikel Maskenbälle verspricht ein sehr gesuchter zu werden, besonders im Kleinhandel und Tröbel. Spiritus ist freilich am heurigen Carneval etwas flau, dagegen in Anzüglichkeiten starker Verkehr, doch mehr Geber als Nehmer. Für Witz reger Begehr, jedoch kein Angebot, dagegen ist leichte Waare viel vorhanden.

Politische Arithmetik.

In den deutschen Mittelstaaten wird jetzt stark dividirt, aber man weiß noch nicht was dabei herauskommt, vielleicht ein Bruch. In Rom werden die Franzosen abziehen und Victor Emanuel wird dann vermehren. In Warschau wird noch immer der Kettenfatz angewandt und von Herrn Bismark im Herrenhaus die Regel de tri. Dänemark hat sich total verrechnet, da es zuviel auf England rechnete und die Rechnung ohne den Wirth machte.

Die Präsidenten der 2. Kammer in Berlin haben die Einladung zum Hof-Balle abgelehnt, denn sie wollten nicht nach königlichen Pfeifen tanzen und können sich nicht so drehen und wenden. Auch die Einladung zum Souper verschmähten sie; denn die Suppe, die ihnen eingebrockt werden sollte, können sie nicht verdauen, da zu viele Köche sie verdarben. Den Braten rochen sie schon von Weitem, Kirschen waren mit hohen Herren nicht gut essen und was das Bechen betrifft, haben sie mit den Herrn schon genug angestoßen.

Bei Gelegenheit der jüngsten Volkszählung in Wien soll ein ehrsamer Schneider die Rubrik „Nahrungszweig" mit „Suppe, Fleisch und Zuspeis", die Rubrik „Wie viel Kinder" mit „Noch unbestimmt" ausgefüllt haben. Es wäre zur Eruirung wichtiger statistischer Daten jedenfalls nöthig, noch folgende Fragen den betreffenden Conscriptionszetteln einzuverleiben: „Speist zu Mittag um wie viel Uhr? Wie viele Gerichte? Sonntags wie viel mehr? Zu Hause oder im Gasthaus? Trinkt Bier, Wein oder Wasser? Frühstückt Caffee oder was anderes? Raucht, schnupft oder kaut Tabak? Bedient sich eines Taschentuches oder des Rockzipfels? Brennt Gas, Kerzen, Oel oder Petroleum? Heizt mit Holz oder Kohle? Ist abonnirt auf wie viele Zeitungen und welche? Liest welche Autoren? Besucht Theater, Concerte und welche? Ist Mitglied eines Gesangs-, Turn- oder sonstigen Vereines? Singt, spielt ein Instrument, pflegt öffentlich oder geheim Umgang mit der Poesie? Spielt Karten? Macht Geschäfte und was für?" u. s. w. Es müßte ein sehr schätzbares Materiale zusammenkommen, wenn so all- diese Rubriken nach der classischen Methode des obgenannten Be-

Kleidungskünſtlers ausgefüllt würden. Wie mancher kleinmüthige Schuldner könnte dann aus der Verdauungsrubrik ſeines Gläubigers neue Hoffnungen für die Zukunft ſchöpfen!

Wagneriade.

(Ein Epos von komiſchem Beigeſchmacke).

Donnert ihr Pauken, Poſaunen und Bombardons der Zukunftsmuſik, wehklagt und ächzet ihr nimmermüden tauſend Geigen, Euer Meiſter, Richard der Große, iſt gefallen! nicht durch — wie in Paris, ſondern in — Allerhöchſte Ungnade, alle bayeriſchen Zeitungen ſind voll dieſes großen Ereigniſſes, alle möglichen Combinationen werden erſchöpft, der Münchner, ja vielleicht der Europäiſche Friede iſt dadurch ernſtlich bedroht und Ihre Majeſtät die Königin-Mutter hat ſchon die Koffer nach Ansbach vorausgeſchickt. Daß die Harmonie nicht lange dauern konnte, daß bald Diſſonanzen eintreten mußte, war Jedem, der Zukunfts-Muſik kennt, begreiflich, daß dieſer Wagner es aber ſobald dahin bringen würde, ſich zum fünften Rad am Wagen zu machen, glaubte man doch nicht annehmen zu dürfen. Allem Anſcheine nach wird aber in Zukunft der Zukunftsmuſik der Himmel in München nicht mehr voll Geigen hängen. Er, der ſo Viele aus den Theatern hinausblies, iſt nun ſelbſt hinausgeblaſen worden. Eine der Urſachen der Ungnade ſoll geweſen ſein, daß er S. Majeſtät ſein Porträt als Geſchenk überſandte, aber zugleich die Malerrechnung von 1000 fl. beilegte. Die Antwort war: „er möge ſich ſelbſt was malen!" Ob ſeine Stelle durch eine andere Perſönlichkeit ſeiner Geſchmacksrichtung (vielleicht durch den verdienſtvollen Dirigenten der hieſigen Zukunftskapelle) erſetzt werden wird, wiſſen wir nicht, glauben aber mit Sicherheit der Hoffnung Raum geben zu dürfen, daß Letzterer es annehmen würde — gleich Wagner ſich jedes Birteljahr 20,000 fl. Schulden zahlen zu laſſen.

Wagner, der bekanntlich ſelbſt ſeine geiſtreichen Operntexte verfertigt, ſoll im bekannten Versmaaß ſeiner Rheinnize folgende poetiſche Klage auf ſeine Ungnade verfaßt haben:

Walala weia
O weh, o waiha,
Selber was malen,
O weh, o waiha!

Muß mich gedulden,
Zahlt nicht mehr Schulden
Ei a popaia
Walala waia!

Eine Idylle.

(Nach prophetischen Zeitungsenten.)

ER dankt ab. Die Kaiserin wird
Mit dem rothen Prinzen regieren,
Bis das Kind von Frankreich im Alter ist,
Allein das Ruder zu führen.

Privatmann, sitzt auf dem Kanapee
Harmlos der der Schrecken der Welt war.
Er raucht eine Cigarre, trinkt seinen Kaffee
Und liest die Kritik über Cäsar.

Von allen Seiten der Telegraph
Gratulirt IHM zum neuen Stande,
Er hat Appetit jetzt, so guten Schlaf,
Als er schuf seinem eigenen Lande.

Zu seinen Füßen der Nero ruht,
Nicht mehr die Senatoren.
Er trinkt Bordeaux jetzt, nicht mehr Blut,
Und fühlt sich neugeboren.

Der rothe Prinz führt die Freiheit ein
Nach eigener Chablone:
In Kassel kann man nicht freier sein,
Als unter seiner Krone.

Sein Adjutant, der tapfre Türr,
Der wird nun Kriegsminister,
Im Pantheon herrscht die Göttin Vernunft,
Verjagt sind alle Priester.

Und Sie, die sonst die Fromme gespielt,
Weiß sich zu accomodiren,
Sie will jetzt lieber ihr Seelenheil,
Als einen Thron verlieren.

Sie liest nicht mehr die Encyclyca,
Der Syllabus ist vergessen,
Sie hält sich jetzt allein an Putz,
An Bälle und an Essen.

Briefkasten.

Wenn irgend ein Wohlthäter vorhat, den Armen Holz zu spenden, wäre es jetzt sehr am Platz.

Klage über das Zumauern eines Brunnens durch die Eisenbahnsektion, wo sonst Arbeiter das Wasser geholt.

Carnevalistisches aus H—f—b.

Die Freud' färbt manches Mädchen roth,
Der Zorn manches Herrchen röther,
Wenn übertreten sein Gebot
Die lustigen Schwerenöther!

Nichts Gewißes weiß man nicht. — Ein Mann von Haßfurt und ein Israelite von Schonungen machten jüngst eine Tour nach Würzburg. Unterwegs bemerkte jener, daß er von Haßfurt bis Würzburg 1 fl. 18 kr. zahlen müsse; dem Letztern, einem Meister der Arithmetik, wollte bieß nicht einleuchten, und er lieferte den Beweis folgendermaßen: von Haßfurt bis Schonungen kostets 18 kr., von da bis Würzburg 54 kr. = Summa 1 fl. 12 kr. Der Haßfurter sah sich so Lügen gestraft, und darob aufgebracht, forderte er sogleich seinen Gegner, aber nicht auf Pistol, auch nicht auf Pariser, und auch nicht auf die unschuldigste aller Waffen — auf Bratwurst, sondern — auf einen Kronenthaler Wette. Und siehe! der Fehdehandschuh wird aufgehoben, die Wette acceptirt, und sogleich blanke Münze von den Gegnern einem Sekundanten eingehändigt. Schon freut sich der Geforderte seines Sieges, und nimmt Gratulationen von den übrigen Passagieren freundlichst entgegen; schon wünscht er all seinen Geschäften gleiches Glück, und mit Ungeduld erwartet man die Ankunft in Würzburg. Schnellen Schritts sieht man da eine Wallfahrt zum Schiedsrichter, dem Billetenschalter im Bahnhofe eilen, und — o weh! — schwarz auf weiß wird hier die Fahrt (III. Klasse, um was sichs hier handelte) von Haßfurt bis Würzburg mit 1 fl. 18 kr. corstatirt; ellenlanges Gesicht einerseits, schallendes Gelächter anderseits, und die zwei Kronenthaler nehmen ihren Weg in die Tasche des Haßfurters. Standen sich auch beide Reisende in ihrer Wette einander gegenüber: gleich waren sie sich wenigstens in einer Negation: für den Haßfurter war der Hase nicht fort, und dem Schonunger wurde Schonung nicht gegeben.

Pferdeliebhabern dürfte die Nachricht nicht uninteressant sein, daß in Forst bei Schweinfurt die billigsten Pferdeverkäufe abgeschlossen werden. Kürzlich bot dort ein Bauer im Wirthshause einem minder bemittelten Manne das schönste seiner hübschen Pferde, das circa 28 Carolin werth ist, um einen Kronenthaler zum Kaufe an unter der Bedingung, daß der Mann das Wirthslocal nicht verlasse, um sich etwa Geld zu lehnen, und sogleich baar auszahle. Dieser wies das scherzhafte Anerbieten mehreremal zurück; immer aber wieder zum Kaufe unter der gestellten Bedingung aufgefordert, greift er endlich in die Tasche, und zahlt wider Erwarten und zum Schrecken des Pferdebesitzers den Gaul sogleich baar aus. Am andern Tage erscheint der Käufer, und verlangt sein Pferd; der verkaufslustige Bauer erkennt nun nur zu sehr die Schwere des Ernstes der Sache; eine glückliche Intervention jedoch erhält ihn im Besitze des Pferdes mit der gut gezahlten Lehre, künftig im Bezirren vorsichtiger zu sein. So hat der Bauer zwar nicht seinen Gaul, wohl aber seine Haare gelassen.

Viele aus der „schlechten" alten Zeit beliebten sich darüber aufzuhalten, daß man bei dem letzten Fackelzug, der bei Gelegenheit des Begräbnisses eines Studirenden hiesiger Universität von Seite der Obscuranten stattfand, nach Einsenkung des Sarges nicht die Degen gekreuzt habe. Ein schreiender Widerspruch in der That, über dem stillen Grabe eines eben eingesenkten Freundes sich in Fechtposition zu werfen! Ueberhaupt mögen jene Leute, die sich in dieser Weise sogar dem Fortschritte entgegenstemmen, darauf achten, daß ihr System des Stillstandes und Rückschrittes und ihre plumpe Opposition gegen alle socialen Gesetze nicht mit einem Fiasko ende; denn wir leben im neunzehnten Jahrhunderte, das noch mit manchen aus den Zeiten des Mittelalters stammenden Einrichtungen strenge Abrechnung treffen wird.

Ein Gegner manches Chorunwesens.

Wir Einwohner von der Körnergasse stellen an Sie die dringendste Bitte, uns in unserem Anliegen durch Ihren Stechapfel folgende Einzelheiten aufzunehmen:

Nämlich: Wir bedürfen eines Kanals, um im Winter die Eismasse zu beseitigen, welche jedem Menschen und Thiere Lebensgefahr droht, und im Sommer die immerwährende Mistjauche und den Rinnenkoth von anderen Straßen, welche sich vom Stockfischgäßchen aus noch beigesellen. Der hochlöbliche Stadtmagistrat hat schon seit mehreren Jahren einen Kanal projectirt, allein es ist immer kein Geld dazu da.. Die Polizei treibt immer zur Reinlichkeit an, allein es ist nicht möglich, sie so herzustellen, wie sie verlangt wird.

Anfrage.

Ist es eine Schande oder ein Verbrechen, wenn ein Mädchen mit einem jungen Manne ein schon längst bestehendes Verhältniß forterhält? Wird hiedurch der gute Ruf oder das Ansehen einer Familie, eines Gasthofs oder sonstigen Geschäfts gefährdet? Gewiß nicht. Es ist doch gewiß besser ein solides Verhältniß, selbst wenn es ein Militärsmann wäre, als wenn ein Mädchen ohne Aussicht mit Andern herumzieht.

Wenn es nun in einem hiesigen Hotel wirklich nicht gern gesehen würde, könnten da Verweise hierüber den Dienstmädchen nicht allein mitgetheilt werden?

Der Herr Pfarrer von Unterbürrbach hatte sich am verflossenen Sonntag so sehr darüber beklagt, daß sich die Leute während der Christenlehre zum nachmittägigen Gottesdienste versammeln. Man möchte ihm den Rath geben, daß er das bei früheren Pfarrern von je her übliche Zusammenläuten nach der Christenlehre wieder einführe, die Leute würden dann erst beim Zusammenläuten sich versammeln.

Was die Drohung mit Schließung der Kirchthüre betrifft, da wird er Niemand schrecken, die Leute gehen dann nach Würzburg in die Kirche, dort wird Niemanden die Kirchthüre verschlossen, übrigens lautet es gar sonderbar, wenn immer mit Polizeistrafen von der Kanzel gedroht wird, wie es am letzten Sonntage der Fall war.

Schiffereibesitzer klagen über die Brücke über den Winterhafen, die man nicht abfahren kann, so daß die Schiffe bei hohem Wasserstand hier bleiben müssen, wodurch mancher Verdienst verloren geht, manche Speculation vereitelt wird.

Das Holzmagazin für königliche Beamte sei erschöpft, und gleiches Schicksal drohe dem städtischen Magazin, da jetzt auch die Holz bedürfenden Beamten sich dort versorgten. Allerdings sei der Winter ein ungewöhnlich zäher, doch wenn wirklich nach dem Bedarf hergegeben würde und nicht mancher Verkauf an Andere geschehe von Solchen, die nicht so viel brauchten, als sie bezögen, würde es wohl gereicht haben.

(Kommt ja dem Publikum zu gut!)
A. d. R.

Warum in einem Speisehause im Mainviertel ein Gast steten Zutritt zur Küche habe? Vielleicht der jungen Frau die Gänse rupfen zu helfen oder mit Knoblach kochen zu lehren?

Man erlaubt sich die Anfrage, warum im städtischen Holzmagazin, keine 3 und 6 Kreuzerstücke, sowie keine 5 Francs-Thaler als Zahlung angenommen werden. Ist dieses eine Verordnung des Stadtmagistrats, oder eigenmächtige Handlung des Unterkäufers? Wer gibt den gering bemittelten Leuten stets großes Geld um Holz zu bezahlen! Ueberhaupt dürfte sich der Herr Unterkäufer ein etwas freundlicheres Benehmen angewöhnen, und nicht die Bürgersleute so anfahren, wie es am verflossenen Montag erst wieder geschah, wo er zur Thüre herausrief: „Draußen geblieben, bis ich euch herein rufe, eher geht Niemand herein!"

Ein Bürger.

(Der Unterkäufer wird halt auch manchmal unwillig bei dem Andrang.)

A. d. R.

Verantwortlicher Redakteur und Verleger: Stephan Hötschenberger.
Druck der Becker'schen Buchdruckerei in Würzburg.

Würzburger Stechäpfel.

Ein bayerisch-satyrisches Originalblatt

Ganzjährig fl. 1. 36 kr., halbjährig 48 kr., einzelne Nummern 3 kr.
Alle Postämter nehmen Bestellungen an. Die Stechäpfel erscheinen jeden Freitag.
Trägerlohn 1 kr. das Monat. Passende Einsendungen werden erbeten und auf Verlangen honorirt.

(Siebenter Jahrgang.)

Freitag   Nr. 8.   24. Februar 1865.

Politisches Allerlei.

Napoleon's Thronrede.

Er spricht: Europa staunt, es lauscht die Welt;
Und Jeder sucht des Kaisers Wort zu deuten
Und hofft Enthüllungen der nächsten Zeiten,
Weil Er es ist, der da die Waage hält,
Und Krieg und Frieden gibt, wie's ihm gefällt.
Wer gab ihm solche Macht, die Welt zu leiten?
Wer gab in seine Hände das Entscheiden,
Dort an den Alpen, wie am fernen Belt?
Er herrscht gewaltsam, doch fest steht sein Thron,
Und selbst der Dampfstrahl ließe ihn nicht wanken.
Wie viel Tyrannen auch vor ihm schon sanken,
Er übergibt das Scepter seinem Sohn.
Des Räthsels Lösung kurzen Wortes heißt:
Er ist von Gnaden durch den Geist.

Der „Münchener Punsch" hofft, daß ein Journalist, der unlängst die Bäcker-prüfung in Bamberg gut bestand, als Bäcker nicht mehr so viel aufgebackenes Zeug dem Publikum bieten werde, wie als Journalist. Wir unserseits haben uns nie gewundert, daß ein Journalist nicht die Bäckerprüfung bestehen kann; denn ein Solcher arbeitet meist für das tägliche Brod.

———

Herr Wagner, der in Ungnade gefallen war, soll wieder in Gnade gefal-len sein. So viel steht fest, daß wenn er auch den Generalbaß verstehen mag, er die Lehre vom Takt nie gekannt hat.

———

Die Franzosen wollen die Goldgruben in Sonora ausbeuten, welche die Mexikaner gegraben haben. Wenn sie nur nicht auch in die Grube fallen, die sie dort Andern gegraben!

———

Ein Herr Rosenthal in Berlin hat die Fortschrittspartei aus seinem Café ausgewiesen. Seitdem soll es so sauber dort geworden sein, daß, trotzdem in Berlin im Allgemeinen eine saubere Wirthschaft ist, dieses Café als Musteran-stalt dasteht. Alles soll dort ganz weg sein.

———

Die hannoveranischen Jünglinge melden sich zum Eintritt in die preußische Armee, die hannoveranischen Arbeiter werden nach Paris gerufen; wenn Erstere nun so schnell schießen lernen, als die Preußen und Letztere arbeiten, wie die Franzosen — Adieu dann Welfenhofen!!

———

In Nassau kommt auf je 600 Mann ein General. Es scheint, daß der Herzog mehr nach den Generalien fragt, als nach den speziellen Wünschen des Landes.

———

Die Turiner haben den König Victor Emanuel, nachdem sie ihm mit Stei-nen geworfen, jetzt in Adressen ihre Ergebenheit versichert. Den Ergeb enen t

Victor vergeben und seine Liebe versichert. Daß sie jetzt ihre Liebe auf ihn werfen (nachdem sie Steine nach ihm geworfen) ist eben so unklar, als woher die Liebe für die Prügel kommen soll.

Keine Sklaven mehr!

Wo? in Mecklenburg?
Nein, da prügelt man noch die Bauern durch.
In Glogau? In Nassau?
    Au! au!
In Hessen?
Nicht so vermessen!
Da ist die Freiheit längst vergessen.
In Frankreich? Schweig!
In Amerika? Ist die Sklaverei noch da,
    Hat sie der Congreß auch abgeschafft,
    Das Gesetz ist noch ohne Kraft.
Wo ist denn das glückliche Land,
Wo die Sklaverei jetzt unbekannt,
Dem Freiheit ward durch des Herrschers Hand —
Wo abgestreift der Knechtschaft Band? —
Es ist Rußland!
    Ho! ho! so! so!

Faschingspredigt der Stechäpfel.

Da der Fasching, wie der Winter überhaupt heuer gar kein Ende nehmen will, ein so schnelleres aber die Vorräthe unserer ärarialischen und städtischen Holzmagazine, so daß die Würzburger bald mit dem besten Willen nicht mehr in Feuer gerathen können (was ohnedies schwer hält nach der großen Theilnahme an den politischen Ereignissen der jüngsten Zeit zu schließen) so haben

wir um so mehr Veranlassung, uns einmal ernstlich über diesen Fasching auszusprechen, da jetzt überhaupt wieder die Zeit der Thronreden und Adressen und
sonstigen Expectorationen ist. Wir wollen nicht speziell vom Würzburger Fasching
sprechen, der uns so gelungene theatralische Dilettantenvorstellungen brachte,
nicht von der heiteren Burleske der Herren Hardt und Becker, oder der weit-
hergereisten Familie Bombartonelli (sie haben reichen Lohn gefunden), sondern
vom allgemeinen Fasching, in dem sich die Welt befindet. Der Carneval ist
eigentlich auch eine jener Utopien, welche die Thronrede des Kaisers Napoleon
verwirft, ein glückliches Schlaraffenland, in dem der, welcher am meisten ißt,
trinkt, tanzt und scherzt [illegible] es die Praxis, die rauhe Wirklich-
keit des Lebens auf die Dauer nicht duldet. Bei den alten Römern hieß dieser
Fasching Saturnalien. An diesen Tagen durften die Sclaven die Herren spielen und sich auch einmal bedienen lassen. Bei unsern Verhältnissen ist das im Allgemeinen nicht mehr nöthig; denn Sclaven haben wir keine mehr außer in Mecklenburg und unsere Knechte und Mägde spielen ohnedies das ganze Jahr die
Herrn. Manchem einzelnen Herrn könnte es aber durchaus nicht schaden, wenn
dieser alte Gebrauch wieder zu Ehren käme, z. B. einem gewissen Churfürsten. Müßte er doch auch einmal unter den Tagen lang Kammerdiener sein
und die Tritte mit Wucher zurückerhalten, die er ausgetheilt hat, oder gewissen
Junkern in Mecklenburg! Leider aber haben diese Länder nichts Römisches. Um
aber wieder auf die Thronrede des Kaisers aller Franzosen zurückzukommen, so
glauben wir nicht, daß er unter den „Utopien", die er verwirft, auch den Fasching mitinbegriffen hat. Im Gegentheil, er muß den Fasching lieben; denn er
hat sich ja von jeher maskirt, seine Stimme verstellt, Geschenke ausgetheilt
u. s. w. Der letzte Faschingsscherz, den er sich machte, war, daß er dem Hrn.
Erzbischof von Paris seinen Hirtenbrief verfassen half und sich selbst darin pries.
Für diesen ausgezeichneten Vortrag soll er ein allgemeines [illegible] erhalten
haben. Sonst sind in Paris die besonderen Kennzeichen des Carnevals außer
den Opernbällen — die Faschingsochsen. Wer den größten Ochsen im Jahre
gezogen hat, erhält den Preis und den Beifall von Paris. Unter dem jetzigen
Kaiserreich sind zwar auch schon viele großen Ochsen gezogen worden, aber bei
weitem nicht so viele, als wir in Deutschland haben. So besitzen wir ein Land
Mecklenburg, das sogar einen Ochsenkopf im Wappen führt. Welche Ermuthi-
gung für die Viehzucht! [illegible] würde es hier die Wahl schwer werden, wer der
größte Ochse ist und könnte höchstens Einer in Berlin mitconcurriren.

Die eigentliche Heimath des Carnevals ist Italien. Ihn dort mitzumachen,
gingen früher unsere Großen nach Venedig oder Rom und machten sich dadurch
zu Hanswursten, Harlekins, Pierrots und wie diese Schelme alle heißen. Unsere
Landesväter brachten dann nebst anderem Zubehör auch diese Carnevalsneigung
mit nach Hause. In verschiedenen Lustschlössern des vorigen Jahrhunderts sind

diese Erbengötter und Erbengöttinnen oft in zwanzig phantastischen Trachten ab-
gebildet, die sie an einem Abend gewechselt. Welche Arbeit! Noch ungleich
größer, als das Wechseln der Uniformen heutigen Tages bei den Großen! Jetzt
ist nebst andern Herrlichkeiten der guten alten Zeit auch diese entschlafen und
die Faschingsluft einige Etagen niedriger gestiegen — zum Volke.

Ins eigentliche Volksleben ist der Carneval nur am Rhein übergegangen.
In dem übrigen preußischen Gebiet konnte er keine Wurzeln fassen, weil dort
die Stammbäume zu tief gehen, in den Junkerprovinzen es überhaupt kein Volk,
sondern nur Unterthanen giebt. Aus demselben Grunde blüht auch kein feiner
Faschingsscherz in österreichischen und ähnlichen Ländern. Unser freies Staats-
leben in Bayern erlaubt auch ein freies Wort, das Lebenselement des Faschings.
Möge es wie der Fasching uns erhalten bleiben und unsere Leser und schönen
Leserinnen ihn recht heiter erleben!

Wie sollen die Mädchen sein?

(Zur Richtschnur für Oststaatshäusler nach einem alten Witze neu bearbeitet.)

Die Mädchen sollen sein, wie die Würzburger Gasflammen, bescheiden
leuchten und früh ausgehen.

Die Mädchen sollen sein wie Fensterscheiben, aber nicht anlaufen wie diese,
höchstens anlaufen lassen.

Die Mädchen sollen sein wie die Schlangen, klug und verborgen, aber
nicht züngeln, wie diese.

Die Mädchen sollen sein, wie die Würzburger Polizei: sich bei keinem
Skandal sehen lassen.

Die Mädchen sollen sein wie das Feuer: ins Haus gewöhnt und wie
neuerer Zeit unsere Schooshündchen, die ihren Mund im Zaum halten lassen.

Die Mädchen sollen sein wie die Veilchen, so bescheiden, aber auch nicht
wie die Veilchen: so blau.

Die Mädchen sollen sein wie ein Blasbalg, eine Flamme erweckend und
nährend, aber nicht wie ein Blasbalg: sich viel Wind einblasen lassen.

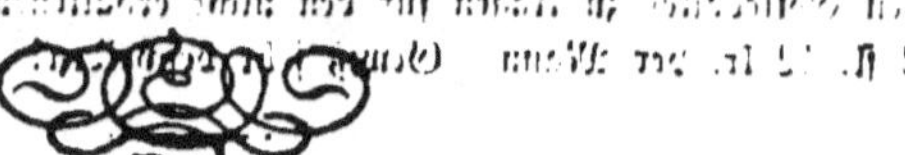

Victor Emanuel an Turin.

I weiß a schön's Städtl,
  Aber reich is es net,
Was hilft mi der Reichthum,
  Beim Geld schlaf i net.

I wünsch' dir viel Glück,
  Daß dir's besser thu geh'n,
Für die Zeit, daß d'mich g'liebt hast
  Bedank' ich mich schön.

Mei Schätzle sei Falschheit
  Is net zu ergründen,
Eh'r wollt' ich 'nen Kreuzer
  Im Comersee finden.

Je höher der Kirchthurm,
  Desto schöner das G'läut,
Je weiter zum Schätzle,
  Desto größer die Freud.

Steht a Wetter am Himmel,
  Aber donnern thut's net;
Fahr i fort nach Florenz,
  Aber lärme darfst net.

Briefkasten.

Die 8 Leichenträger eines in R—f im Dezember vorigen Jahres verstorbenen Pfarrers forderten als Gebühr den Leichnam vom Sterbehause aus in
den Gottesacker zu tragen für den nicht erhaltenen Leichentrunk die Summe von
2 fl. 42 kr. per Mann. Gewiß sehr bescheiden!

Bei dem nächsten Sonntag stattfindenden Bevölkerungsballe werden folgende Tänze zur Aufführung gebracht:

Glogauer Liebeslieder, Walzer von Krause.
Kikeriki-Polka von Hahn.
Meine Tante, deine Tante, Polka-Mazurka von Madame B . . . r.
Schafhagl-Quadrille von B.
Nur kalt! Galopp von B—r.
Die schöne Würzburgerin, Polka-Mazurka von Frl. Sandhöwer.
Schwadronir-Polka von Mätthesschen.
Ist Madame Smith! ob est Madame Smith? Polka-Mazurka von R.
Erinnerung an Kotzebue, Walzer von Ullrich.

Das heißt man doch einen ärztlichen Irrthum oder noch etwas Anderes, wenn wie die letzte Schwurgerichtsverhandlung wegen Mordes zeigte — 2 Aerzte auf Grund einer gemachten Sektion die vorgefundenen Wunden als Stich- oder Hiebwunden erklären, während sich später herausstellt, daß es Schußwunden sind und nach erfolgter Wiederausgrabung der Leiche 19 Schrote im Halse aufgefunden worden. (Ist denn ein Arzt unfehlbar, kann sich ein gra-duirter Doktor nicht auch irren? D. R.)

In Th . . . s . . . . m wurde wegen Walbrug dem Hirten sein Bock abgepfändet. Trotz des Geläutes kamen aber keine Streicher zum Bocksstriche, da man das Thier seiner nützlichen Wirksamkeit im Orte erhalten wollte. Demnach wäre beinahe das Pfandobjekt an das kgl. Landgericht eingeliefert worden, was mit mancherlei Unannehmlichkeiten verknüpft gewesen wäre.

Man klagt allgemein in Bayern über oft nutzlose Eisenbahnbauten, als da sind entbehrliche Tunnels oder schiefe Ebenen und Umwege, kostspielige Brücken, die Einsturz drohen und die Zinsen von 13 Millionen halb Jahre lang verloren gehen lassen u. s. w. u. s. w. Auch in O . . . . b wird eine Brücke über einen Bach gebaut, die 6000 fl. gekostet haben soll, während nur ein Kanal nöthig gewesen wäre. Man hat den Bach abgegraben und verlegt und sich in Prozeß mit der Eigenthümerin der Mühle verwickelt, die, weil sie 40 fl. Abgabe für den Bach zahlt, auch für die Haltbarkeit des neuen Wasserbaus, der schon 2. Mal eingerissen ward, Garantie verlangt. Verflossenen Sonntag sah man wieder 10 bis 12 Taglöhner beschäftigt, weiteres Unheil zu verhüten. Welche Kosten wird das Uebelegen woll's Baches noch verursachen, da die Mühleigenthümerin sich durch keinerlei Schwierigkeiten satt machen zu lassen gedenkt.

Was doch für wunderbare Dinge mitunter im Nürnberger Anzeiger stehen! — Da erzählt er in seiner Mittwochs-Nummer, daß irgendwo eine Bahnhofs-Restauration sei, wo der Pächter fl. 180 — im Ganzen zahle, und allein von dem Bierschenk-Afterpächter fl. 800 — sich zahlen lasse, außerdem Beleuchtung und Beheizung frei habe, sowie alle übrigen Einnahme für die Restauration genieße! — Dieser „rothe Nürnberger Anzeiger" bekümmt sich doch immer um Dinge, die ihn nichts angehen! Uebrigens kann man überzeugt sein, daß es sich nicht so verhält, denn sonst würden die hiesigen Blätter längst davon Notiz genommen haben. —

Wie wir hören, beabsichtigt man den Bablschen Bahnhof an den seuchten Platz, auf den geschwemmten und aufgefüllten Boden in der Nähe der Thalerschen Fabrik zu verlegen. Warum nicht näher an die Stadt, anschließend an den andern Bahnhof in die Gegend des Schürer'schen Gartens, wo ja doch ein Thor in die Spitalgasse gebrochen werden soll? Dort ist überall auf 4 Schuh Felsen und die Mehrkosten für Abtritte, Kanal u. s. w. wären erspart. Wir hoffen, daß diese Ansicht den Sieg behält.

Einige Würzburger.

Bei dem Eisenbahndurchgange in der Nähe des Huller'schen Anwesens fehlen die Staffeln, die zur Bequemlichkeit des Publikums so wünschenswerth wären. Auch hofft man bald auf die projektirte eiserne Brücke über den Quellenbach, damit man nicht oft bei schlechtem Wetter 1|4 Stunde umgehen muß.

Verantwortlicher Redakteur und Verleger: Stephan Gutschenberger.
Druck der Becker'schen Buchdruckerei in Würzburg.

Würzburger Stechäpfel.

Ein humoristisch-satyrisches Originalblatt.

Ganzjährig fl. 1. 36 kr., halbjährig 48 kr., einzelne Nummern 3 kr.
Alle Postämter nehmen Bestellungen an. Die Stechäpfel erscheinen jeden Freitag.
Trägerlohn 1 kr. das Monat. Passende Einsenbungen werden erbeten und auf Verlangen honorirt.

(Siebenter Jahrgang.)

Freitag.   **Nr. 9.**   3. März 1865.

Politisches Allerlei.

In Berlin sollen sowohl der König, als der Präsident des Abgeordnetenhauses erkrankt sein. Ersterer hütet das Zimmer, letzterer die Kammer.

Die Erlanger Enthusiasten muthen es Bayern zu, 17 Millionen Kriegskosten in Sachen Schleswig-Holsteins zu übernehmen, wenn baburch bem Augustenburger zu seinem Rechte verholfen würde. Da auf den bayerischen Einwohner, wenn dieser Vorschlag durchgeht, etwa 4 fl. kommen, so erkläre ich, für so viel Geld keine Suppe essen zu wollen, die Andere eingebrockt, da sie unter meiner Direction billiger gekommen wäre.

Pimpelhuber.

Die Rendsburger Delegirtenversammlung hat ben 2. Artikel des Kieler Antrags in der Art abgeändert, baß er jetzt sonderbarer Weise also heißt: Wir stellen es daher dem Herzog und der Bundesvertretung anheim, mit Preußen die im Interesse Deutschlands einzugehenden Staatsverträge abzuschließen. Das ist wieder eine Folge der versuchten Danisirung Schleswig-Holsteins, benn die geschichtliche Bilbung des Delegirtenvereins ist noch so weit zurück, daß sie sich einbildet, daß Preußen etwas für Deutschland thut, und daß der Herzog Friedrich etwas Anderes, als höchstens seine Schlafstube abschließen darf.

―――――

Der Mannheimer Anzeiger vom 24. b. kündigt eine Partie Schwarzwild zum Aushauen an. Uebrigens ist gerade in Mannheim auch das Rothwild schon ausgehauen worden und gibt es noch viele Hasen.

―――――

Aus Turin schreibt man, daß das Amnestiedekret über die Septemberereignisse erschienen sei. Wie gnädig von dem KönigEhrenmann! er verzeiht also seinen Soldaten, harmlose Bürger niedergeschossen und niedergesäbelt zu haben. Man möchte mit dem Bertram in Robert der Teufel das satanische: „O welche Gnade“ wiederholen.

Der Triumph der Grobheit.

Herr Dietrich von Hessenland
Wälzt sich auf seinem Lager:
Der Mißmuth hat ihn fast verzehrt.
Er wurde blaß und mager.

„Mein Ruf geht weit durch die deutschen Gau'n,
Als Grobian werb' ich gepriesen,
Wird mir das Glück nie Einen zu schauen,
Der gröber, als ich sich erwiesen?“

Nur einmal schmieß mich mein Diener hin
Für Tritte auf dem Bauche,
Die Andern aber mit Schafsgeduld
Die fügen sich dem Brauche.

O lebte die Wirthin von Fischbach noch,
O lebte der Münch'ner Kränzl',

Ich säh sie weit lieber an meinem Tisch,
Als den Kammerredner, den Henkel!

Der ist zu fein und hat Fraktur
Noch nie mit mir parliret.
Der Feldjäger selbst voll Politur
Hat er sich stets geriret.

Und Sehnsucht erfaßt den edlen Mann
Nach Einem Seinesgleichen.
Da meldet sich ein Herr Ullmann an,
Der will die Patti zeigen,

Die Sängerin, mit der er im Triumph
Durch die halbe Welt gezogen,
Durch deren Kehle ihm reinstes Gold
In Masse zugeflogen.

Der Dietrich erlaubt's, doch freies Entrée
Für sich will er bedingen:
Doch Ullmann sagt: „Zahlt Dietrich nichts,
Wird sie pfeifen was, doch nichts singen.

Was Freies hat Dietrich nie gewollt,
Er that's bei Andern nie dulden,
Nun hab' er's auch nicht, hat er kein Geld
So mach' er noch mehr Schulden.“

Der Kammerdiener es referirt,
Einen Tritt erwartend voll Qualen:
Doch Dietrich sagt: „Giebt's kein freies Entrée,
Muß Patti Beleuchtung zahlen.“

Doch Ullmann erwidert: „Warum nicht gar?
Das Licht wär mir zu theuer!
Wir sehn doch; denn im Hessenland,
Glimmt überall das Feuer!“

Der Dietrich drauf: „Ein grober Hund,
Gefällt mir ohne Maßen!“
Und fünfzehn Goldfüchs neu geprägt,
Hat er ihm geben lassen.

D'rum die Moral mein Publikum
Darfst du nach Hause tragen:
Man kann dem Dietrich nimmermehr
Zuviel der Grobheit sagen.

Wagnerlied.

Wenn ich vor'm Claviere steh',
Und so in die Zeitung seh,
Macht es mir gar großen Spaß,
Daß ich kam zu solchem Haß.

Ja sogar den guten Pecht
Machen diese Blätter schlecht
Und verdunkeln seinen Glanz
Auch dem Bülow, meinem Hans.

Haben Jemand wir bethört?
Haben etwas wir zerstört?
Daß ihr wüthet also? — Nie,
Außer die Frau — Melodie.

Weil den Lärm die Blätter schlugen,
Ist ganz München aus den Fugen
Und ich weiß, bei meiner Ehr,
Einzurichten sind die schwer.

Wenn auch auf des Glückes Höh,
Ich doch in der Zukunft seh:
„München ist für mich kein Boden,
D'rum kriegt dort — die schweren Noten!"

Es lebe die Glogauer Preßfreiheit! Wir lesen, daß das dortige Kreisge-
richt auf Vernichtung gegen die auswärtige Blätter erkannt hat, es sind das

„Münchner Volksblatt," „die Schwäbische Zeitung" und das unschuldigste der
unschuldigen Blätter, das Waschweiberblatt die „Dresdner Nachrichten;" diese
hatten Berichte über die Krause-Richthofen'schen Begebenheit gebracht. Also
nachdem in Preußen kein Mädchen mehr sicher ist, soll auch kein Waschweib
mehr unangetastet bleiben.

Freiheit den Schuldgefangenen in Frankreich!

Jetzt loben JHM auch, die in bittre Haft
Das Schuldenmachen geführt,
Der Kaiser hat sie aus Sympathie
Jetzt sämmtlich amnestirt.

Sie jubeln: „Vivo l'empereur und vivo Monsieur Fould"
Und alle die theuren Collegen!"
Es wird fortan kein strenges Gesetz
Was in den Weg ihnen legen.

Sie sind nun frei und suchen Credit,
Und können wieder lachen,
Und einen noch erhöhteren Pump
Den können sie wieder machen.

Sie rufen: „O Louis, Schutzpatron,
Du kennst die Welt und das Leben,
Du schenkst uns Schelmen uns're Schuld —
Damit dir einst die Schulden vergeben!"

Vorrede zur bevorstehenden zweiten Auflage des Lebens Julius Cäsar's.

von JHM.

Die historische Wahrheit ist mir eben so heilig, wie mir die Religion ist;
deßhalb erkläre ich, daß mein Onkel der neue Messias war, den die blöden und
schuldvollen Verschwornen Europa's auf Sankt Helena gekreuzigt haben, wo-

durch ihm unmöglich wurde, all' das Gute, was er der Menschheit noch erweisen wollte, (nämlich weitere 3 Millionen Menschen abzuschlachten) auszuführen. Deßhalb steht er allerdings dem andern Wohlthäter der Menschheit Julius Cäsar etwas nach, der sich rühmen konnte, in Gallien, Spanien, im Bürgerkrieg in Aegypten u. s. w. 4 Millionen Menschen geschlachtet zu haben und noch weiter zurück steht er gegen die anderen Wohlthäter der Menschheit, Tamerlan, die Geisel Gottes Attila, Dschengis Chan u. s. w., die noch größere Wohlthaten der Menschheit dadurch erzeigten, daß sie Platz gemacht haben, was in nationalökonomischer Hinsicht die Hauptsache ist. Wenn der Messias Napoleon in den Spitälern von Aegypten die kranken Franzosen vergiften ließ, wenn er noch in seinem Testamente denen Belohnungen aussetzte, die den Herzog von Wellington meucheln würden, so zeigte er dadurch seinen freien Blick und seine Genialität und that in einem Decennium mehr eble Handlungen, als andere tapfere Männer, wie Hiesel, Schinderhannes und Consorten in Jahrhunderten vollbrachten. Wenn die befangene Welt das Rauben heißt, wenn man alles, was schön und werthvoll, überall annexirt, wenn man den Messias und seinen Bruder Jerome Morgen-Wiederlustik „unmoralisch" nennen wollte, weil keine weibliche Tugend vor ihnen sicher war, wenn man Julius Cäsar vorwirft, daß er mit dem Gelde der Gallier ihre Weiber verführt habe, so vergißt man, daß Alles dies nur in der guten Absicht geschehen ist, die Menschheit weiter zu führen und ihr Geld auch, die Liebe zum Schönen und Besten zufolge göttlicher Sendung zu verbreiten. Die Regeln der Logik sind es, die uns die erhabenen Beweggründe solcher Handlungsweise klar machen und daß ich logisch schreibe, wird Jedermann nunmehr klar sein.

Tullerien-Palast

Napoleon.

Briefkasten.

Auf die Erwiderung im Würzburger Anzeiger Nro. 55 diene Folgendes:

Die Behauptung in jener Erwiderung, daß es in Dürrbach Solche gibt, die zwischen den beiden Langohren wenig Gehirn besitzen, ist leider wahr und man ist versucht zu glauben, daß sich der Einsender jener Erwiderung selbst un-

ter diesen befinden möchte, denn welcher Mensch, der etwas gesunden Vernunft
besitzt, erblickt im fraglichen Artikel der Stechäpfel eine Kränkung? Wenn der
Herr Pfarrer nach der Christenlehre zum Nachmittagsgottesdienste (von der
Predigt war in jenem Artikel keine Rede, da diese meistens nach dem Amte ist)
nicht zusammen läuten läßt, was doch früher in der hiesigen und jetzt noch in
jeder andern Gemeinde der Brauch ist, und auch nicht dulden will, daß man
während der Christenlehre sich zur Kirche begibt, um nicht gestört zu werden,
so befinden sich alle Jene, welche verhindert sind, gleich beim Beginne der Christenlehre in die Kirche zu gehen, in der Lage, entweder gar nicht in dieselbe zu
kommen oder vor der Kirchthüre zu warten, bis die Christenlehre beendigt ist,
was man sich im Sommer, aber nicht im Winter gefallen läßt. Um nun diesen
Mißstand zu beseitigen, rieth man dem Herrn Pfarrer nach der Christenlehre zusammenläuten zu lassen, was auch schon vielseitiger Wunsch hier war. Dadurch
würde Unordnung vermieden, und Jedermann (selbst jene Ochsen mit dem plum-
pen Tritt) würden sich darnach richten. Wo ist hier nun von beabsichtigter
Kränkung die Rede? Die Erwähnung von Polizeistrafenandrohung von der
Kanzel ist ebenfalls keine Verläumdung, denn dieses ist Sache der Ortspolizei
und wirft immer ein schiefes Licht auf die Gemeinde, wenn sich ein fremder
Mensch in der Kirche befindet. Wollten vielleicht die Einsender durch die gemeinen und lächerlichen Ausdrücke, womit die Erwiderung gewürzt ist, die Menge
ihres Verstandes zeigen? Dann haben sie Fiasco gemacht.

In B—g—ch ist ein Schneidermeister Feld- und Waldhüter geworden.
Wenn ihn die Nadeln bisher zu sehr gestochen haben, so werden die Dörner
wahrscheinlich noch mehr stechen.

Wenn es manchmal vorkommt, daß die Herren Revierförster das Holz niedriger taxiren, als das holzwüthige Publikum dafür bietet, so ereignet sich auch
bisweilen das Gegentheil, wie unlängst in der Nachbarschaft, wo sogenanntes
Müssel- oder Pfahlholz zu 28 fl. taxirt ward, und kaum zu 22 fl. herauskam.
Selbst zu diesem Preise sind die Käufer keineswegs zufrieden, da die Qualität
die Eintheilung in die angegebene Klasse nicht rechtfertigt.

Gespräch.

Revierförster: Ich sag es euch, wenn Ihr mir im Geringsten etwas abknickt
oder umbiegt, so schreibe ich euch auf die Waldrug, daß Ihr

schwarz werdet und nicht soviel verdient, als ihr Straf zahlen müßt.

Fuhrleute: Sehens aber doch Herr Revierförster, daß es gar nicht möglich ist, gar nichts umzublegen. Die Stämm kann man ja doch nicht heraustragen.

Revierförster: Und weuß ihr mit sammt eure Gäul — so darf nichts abgehaut werden.

Wenn es auch Ochsen und Esel in Dürrbach gibt, die Stroh fressen: das Stroh, das im vorigen Jahre vom Pfarrhause bis zum Schulhause gestreut worden war, haben sie unberührt gelassen.

Veitshöchheim hat es durch Bittgesuche dahin gebracht, daß in Rücksicht der nähern Verlegung des Würzburger Bahnhofs die Fahrtaxe dahin ermäßigt wurde. Thüngersheim, Retzbach und benachbarten Orten kommt aber diese Ermäßigung nur dann zu gut, wenn sie Karten bis Veitshöchheim nehmen und von dort aus Billett und Retourbillete. Durch diese Manipulation ersparen sie 9 Kreuzer, wenn sie nach Würzburg fahren.

Klage über die schlechte Kanalisirung der Reisgrubengaße, wo gleich wie bei den Bewohnern der Kärnergasse immer Reinlichkeit verlangt und Strafen dictirt werden, ohne daß sich diese Reinlichkeit der Straße mit dem besten Willen schaffen läßt.

Im Stadt- und Landboten liest man:

„Das schrecklichste Ungeziefer auf dem Kopfe, wird sofort durch das schnellste, sicherste und reinlichste Mittel für immer beseitigt. Frankirte Bestellungen werden unter Nachnahme des Kostenpreises von 20 Ngr. und Beifügung der Gebrauchsanweisung sofort ausgeführt.

Franz Herrmann Radmann,

poste restante Reichenbach in Sachsen.“

Was denkt dieser Sachse von den Würzburgern??

Verantwortlicher Redakteur und Verleger: Stephan Gätschenberger.
Druck der Becker'schen Buchdruckerei in Würzburg.

Würzburger Stechäpfel.

Ein humoristisch-satyrisches Originalblatt.

Ganzjährig fl. 1. 36 kr., halbjährig 48 kr., einzelne Nummern 3 kr.
Alle Postämter nehmen Bestellungen an. Die Stechäpfel erscheinen jeden Freitag.
Trägerlohn 1 kr. das Monat. Passende Einsendungen werden erbeten und auf Verlangen honorirt.

(Siebenter Jahrgang.)

Freitag. Nr. 10. 10. März 1865.

Politisches Allerlei.

An einen Schriftsteller, der auch seinen Beruf verfehlt hat.

Verbieten will der Papst dein Buch,
O zieh daraus die Lehre klug:
„Was du nicht willst, daß man dir thu,
„Das füge keinem Andern zu!"

Die dem Herzog von Augustenburg gehörige Herrschaft Dolzig soll demnächst verkauft werden. Der Herzog straft dadurch Jene Lügen, die immer versicherten, daß er nie losschlagen würde.

In Mecklenburg-Schwerin gibt es jetzt 2611 Schuster. Gerade genug, wenn man berücksichtigt, daß nebenher auch die Regierung ihre Unterthanen beständig versohlt.

Interieur

Gegen das liberale Regiment in Baden regt sich jetzt auch Lippe-Detmold. Drei ... dortigen ...herischen Prediger rufen den Brüdern in Baden ...: Haltet an ... Gebet und haltet aus, das ... muß uns doch ..." Diese Pastoren ... ihnen bleibe ... himmlische ... die weltliche Herrschaft ... sich für diese klugen Leute. Wenn diese Exklusivfrommen auch das Lippe-Detmolder Reich haben, das badische Reich wird ihnen der Herzog nicht so schnell ausliefern.

In Marienwerder hat ein Lehrer für fünfzigjährige, dem Staate geleistete Dienste fünfzehn Thaler erhalten, macht auf das Jahr neun Silbergroschen. Der wird jedenfalls sein hundertjähriges Jubiläum vor Ungeduld nicht erwarten können.

Der litterarische Schwindler Alexander Dumas, der so lange Garibaldi nachgezogen, zieht zur Abwechslung wieder einmal Napoleon nach und wird demnächst Vorträge über Cäsar halten. Könnte der (mit Hamlet zu sprechen) Lehm gewordene Weltbeherrscher wieder zum Leben erweckt werden, diese Malträtirung seiner Person würde ihn jedenfalls noch mehr beleidigen, als die seines Brutus.

Streit der Potentaten.

Zukunftsoper mit Zukunftsmusik.

Dänemark.

Gebt mir Nordschleswig! Eure Schulden
Zahlt Holstein dann in guten Gulden.

Frankreich.

Nationalität haltet in Ehren,
Nicht werd' ich dann dem Annexiren wehren.

Oesterreich.

Was annectiren? Nein! ach nein!
So soll es nicht verstanden sein!
So nah bin ich ihm nicht liirt,
Wenn ich auch war einst alliirt.
Die Beute ist mir jetzt nicht feil,
Nicht Preußen hab' den Löwentheil.

Bayern.

Wir steh'n zu dir! O laß den Bund nicht morden,
Er lebe auf. [illegible] von der Pforbten!

Hannover.

Scharffichtig, wie die Mittelstaaten sind,
Ist auch Hannover, doch sein Herrscher — blind.

Sachsen.

Daß er zum Siege kam, zumeist
Hab' ich den Ruhm, und mein Herr Beust.

Mecklenburg.

Man haue dieses Schleswig-Holstein durch,
Schickt nur zum Ruhestiften — Mecklenburg.

Kurhessen.

Hängt Schleswig-Holstein an den Friederich,
Es abzuschrecken schickt den — Dieterich.

Engländ.

Jetzt haben sie das Land in ihren Plan'n,
Und goddam! können's nicht verbau'n.

Preußen.

Schwätzt was ihr wollt, es wird Euch doch nicht glücken,
Aus Schleswig-Holstein uns nach Haus zu schicken.
Wir halten's fest und können es vertragen,
Und es verbaut es unser guter Magen.

Gebt Ruhe jetzt und schreit nicht zu vermessen,
Sonst werdet Alle ihr auch noch gefressen —
Ihr sollet sehen bald, zu Eurer Graus,
Was unser Bismarck Alles kann verbaun.

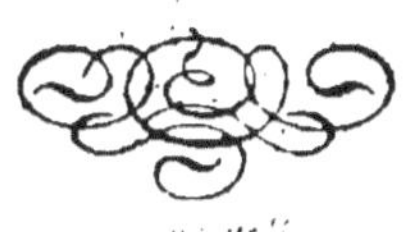

Briefkasten.

Wenn man nicht über den Eisenbahnkörper bei der Brücke von Heibings-
feld gehen darf, so sollte man doch den Weg außen herum gangbar machen, was
er bisher nicht war. Man konnte dort im Schmutze förmlich stecken bleiben.

Michele: Du Peterle hast's denn gelesen, was der Besitzer vom oberen Thore
   des Schenkhofes für einen prächtigen Einfall geäußert hat, um die
   unnützen Thore zu beseitigen? —
Peterle: Freilich; ich war ganz entzückt davon.
Michele: Nun, was sagst du denn zu diesem Vorschlag? —
Peterle: Das ist eine ausgezeichnete Photographie von einer bewunderungs-
   würdig seltenen Gehirnthätigkeit.
Michele: Das hast du aber schön g'sagt!
Peterle: Gelt, da guckste?

Wie man hört, soll ein Engländer dem Besitzer des oberen Thores am
Schenkhofe 3,000 Pfund für eine Hälfte geboten haben.

Ein berühmter Sammler hat jedoch für das Schloß allein schon mehr zu
geben erklärt.

Es soll deßhalb zu einem Duell gekommen sein, wobei der eine am Platze
stehen geblieben und der and're davon gelaufen ist.

Wie reichhaltig die Opernbibliothek am hiesigen Theater ist, beweist der
Umstand, daß nicht einmal die Oper „Tell" vorhanden, sondern bei jedesmali-

ger Aufführung, erst von auswärts geliehen wird. Erst vorgestern ist die Partitur zu derselben wieder von Freiburg eingetroffen, und wird die Oper, wahrscheinlich gegen den Schluß der Saison, (trotzdem daß sie schon einigemal gegeben wurde) noch mehrmals als Abonnentenkost d'ran kommen.

(Daß die Theaterbibliothek so [illegible], daran ist die frühere wohllöbliche Stadtbehörde schuld, die sie selber verschleudert hat.)

A. d. R.

Wechselgesang zwischen zwei Thoren

um Mitternacht

(Nach der Melodie: „Schon dreißig Jahre bist du alt.")

Das obere Thor zum untern: (spöttisch!)

Manch' hundert Jahre bist du alt,
Hast manchen Sturm erlebt;
Bewaffnet mit Riegeln und Stangen,
Ist dir doch Mancher schon entgangen,
Der nach dem Markt gestrebt!

Das untere Thor: (wild!)

Du stolzer zopf'ger Prahlemann!
Sei nur nicht gleich so spitz! —
Wenn ich deine Thaten erzähle,
(Was ich nicht mehr verfehle)
Gibt's gut' und schlechte Witz'! —

Das obere Thor: (eigensinnig!)

Hier steh' ich jetzt so lange Zeit,
Daß selbst mir davor graut;
Oft macht's mir düstere Gedanken,
Doch werd' ich nimmer wanken,
Viel ist mir anvertraut!

Das untere Thor: (gutmüthig!)

Dir anvertraut? — welch' eitler Wahn!
Was bist du, ohne mich?

Bist du auch wirklich etwas größer,
Sind dafür deine Schlösser
Gar schlecht und schauerlich. —

Das obere Thor: (zugebend!)

Die Schlösser, Nachbar, kennst du nicht;
Sie haben hohen Werth,
Weil sie aus Noa's Zeiten
Den Ursprung schon herleiten,
Mehr werth als [illegible]

Das untere Thor: (spöttisch!)

Daß du auf hohes Alter hältst,
Sah ich ja längst schon ein;
Ich sah, nächst dir, an den Stiegen,
Große Kehrichthaufen oft liegen,
Gar lang, Jahr aus, Jahr ein. —

Das obere Thor: (in großer Entrüstung!)

Was sagst du, grober Frevler du? —
Wahr ist's, das geb' ich zu.
Daß wahr es ist, kann ich nicht läugnen,
Doch will ich jetzt auch dich bezeichnen;
Dann gibst du sicher Ruh'! —

(fortfahrend) Ein Jeder hält die Nase sich,
Der je sich nahte dir;
Gerüche von allen Sorten
Find't man in Menge dorten;
Das triffst du nicht bei mir.

(fortfahrend) Und daß du weiß, statt schamroth bist,
Das wundert alle Leut';
Denn hinter dir geschehen Sachen,
Ich kann's nicht auszusprechen wagen,
Weil sich die Zunge scheut! — ? —

Das untere Thor: (fuchswild!)

Bei mir der Anfang, dort das End'! ...
O, wasch' dich nicht so weiß! ...

Wenn ich nach dir des Abends schiele,
Da wird's mir nicht nur schwüle —
Da wird's vor Zorn mir heiß! —

(fortfahrend) Alt' Brennholz bist du, so wie ich!
Wozu der eitle Stolz? —
Vielleicht von Werth vor alten Zeiten,
Sind wir jetzt ein Gespött den Leuten,
Drum, fort! — Zum alten Holz. —

(fortfahrend) Wer jetzt durch unsern Hof passirt,
Sieht nur auf uns mit Hohn;
Sollt 's wirklich dir Vergnügen machen,
Daß alle Leute dich verlachen? —
Geh' ich allein davon.

Das obere Thor: (bedenklich)

Bei Hof nun schon so lange Zeit,
Soll ich von hier zurück?
Vielleicht jetzt noch in alten Tagen
Gar eine weite Reise machen?
Bei Fremden suchen Glück? — I —

Das untere Thor: (Abel)

Sei nicht so traurig, folge mir,
Wir zieh'n zum Schenkenthurm!
Dort in Gesellschaft der Ruinen,
Dort lächelst du, vereint mit ihnen,
Herab zum [illegible].

(fortfahrend) Und ich geh' dann in Dürrbach ein,
Wo Milch und Honig fließt;
Von Stanl und Mist so lang umgeben,
Sehnt's mich nach einem anb'ern Leben,
Wo eigentlich auch ist.

Ich saume mich in deinen Blicken, [...]
(Dieß bringt dich sicher in Entzücken ? [...]
Bedenk's, und folge mit [...]

Berichtigung.

Die in den Artikeln der N. N. 8 u. 9 der Stechäpfel nicht nur, sondern auch in der im Würzburger Anzeiger Nr. 55 inserirten „Erwiderung" (rücksichtlich welcher hier zu allem Ueberflusse noch ausdrücklich bemerkt wird, daß an derselben weder die Unterzeichneten, noch der Herr Pfarrer auch nur im Geringsten betheiliget sind) enthaltene Behauptung: als habe Herr Pfarrer mit Schließung der Kirchenthüre gedroht, beruht auf Mißverständniß und Unwahrheit.

Durch wiederholte Klagen, welche bei Sitzungen des Armenpflegschaftsrathes über die von Einigen beim Besuche des Gottesdienstes begangenen Störungen laut wurden, veranlaßt, rügte Herr Pfarrer nach Pflicht und Schuldigkeit solche Ungebührlichkeiten und sagte unter Anderem wörtlich:

„Ich könnte zwar, wie dies auch in Würzburg während der Predigt und Christenlehre geschieht, die Kirchenthüre schließen lassen; allein ich bin ein abgesagter Feind von all' solchen polizeilichen Maßregeln in der Kirche; und dies um so mehr, als ich weiß, daß es namentlich Hausmüttern oft beim besten Willen nicht möglich ist, rechtzeitig zur Kirche zu kommen."

Somit liegt klar am Tage, daß der Herr Pfarrer gerade das Gegentheil von dem sagte, was die beregten Artikeln der Stechäpfel so dreist und hartnäckig behaupten, indem derselbe weder mit Thürschließung, noch viel weniger mit Polizeistrafen drohte.

Wenn es aber Nr. 9 S. 71 der Stechäpfel heißt: „Die Erwähnung von Polizeistrafenandrohung von der Kanzel ..... wirft immer ein schiefes Licht auf die Gemeinde, wenn ein fremder Mensch sich in der Kirche befindet" so sprechen sich die Einsender der genannten Artikel ihr eigenes Urtheil; denn wenn ein Seelsorger in wohlmeinender und väterlicher Weise irgend einen Mißstand von der Kanzel aus rügt, so leidet dadurch nicht im Geringsten die Ehre der Pfarrgemeinde, — da es sicher keine einzige gibt, in der nicht irgend ein rügenswerther Mißstand von Zeit zu Zeit auftaucht — wohl aber wirft es immer ein sehr schiefes Licht auf die Gemeinde, wenn kurzsichtige und leidenschaftliche Menschen solche Dinge in Tagesblättern in ihrer nur zu bekannten Weise zur Sprache bringen, und dadurch eine ganze Pfarrgemeinde gleichsam an den öffentlichen Pranger stellen. Wenn sie dann gar, wie S. 72 geschehen, die Stirne haben, boshafte, schon vor Jahren bei dunkler Nacht verübte Bubenstücke, — die jeden Rechtschaffenen in der Gemeinde mit Ekel und Abscheu erfüllen — an's Licht der Oeffentlichkeit zu ziehen und sich gleichsam daran zu ergötzen, so zeigen sie dadurch am Deutlichsten, weß' Geistes Kinder sie sind.

Unterbürrbach, am 8. März 1845.

Im Namen der ganzen Pfarrgemeinde:

die Gemeindevertretung:*)

Schwab, Vorsteher.
Egid. Stiftlinger, Pfleger.
Georg Adam Graf.
Johann Mayer.
Georg Schlereth, alt.
Jakob Stuffert.

Verantwortlicher Redakteur und Verleger: Stephan Daschenberger.
Druck der Becker'schen Buchdruckerei in Würzburg.

Würzburger Stechäpfel.

Ein humoristisch-satyrisches Originalblatt.

Ganzjährig fl. 1. 36 kr., halbjährig 48 kr., einzelne Nummern 3 kr.
Alle Postämter nehmen Bestellungen an. Die Stechäpfel erscheinen jeden Freitag.
Trägerlohn 1 kr. das Monat. Passende Einsendungen werden erbeten und auf Verlangen honorirt.

(Siebenter Jahrgang.)

Freitag   Nr. 11.   17. März 1865.

Politisches Allerlei.

Auf Morny's Tod.

Die festen Säulen stürzen ein, die eine nach der andern, —
Die treuen Männer, die des Cäsars Thron gestützt,
Sie sterben nach und nach dahin, des Lebens müde wandern
Sie nach dem Reiche, wo ein weiser Richter sitzt.
Ja, immer lichter, lichter werden Cäsar's treue Schaaren,
Mocquard der Mann des Rathes und Morny, der Mann der That
Sind heimgegangen jetzt, da die Gefahren
Sich unheildrohend thürmen, reif des Unheil's Saat.
Gedankenvoll im Cabinette blättert
In seinem neuen Buch mechanisch fast die Hand,
An Cäsar denkt Er nicht, am Oheim der vergöttert
Vom Volk ward, und doch starb in dem fernen Land.
Er denkt an jenes Kind, das schon in seiner Wiege
Ein König war, und das dann ward verkannt.
Es starb so früh einst an der Donau Strom
Wo stirbt Sein Sohn, der König jetzt von Rom?

Napoleon III. hat einer Frau, die 29 Kinder gebar, wegen dieser Vermehrung der Franzosen eine Belohnung in Aussicht gestellt. Für das Vermindern der Franzosen sorgt er selbst...

Die Preußen wollen bei Düppel ein großartiges Monument bauen; vielleicht aus den Steinen des Anstoßes, die sie durch ihre Annectirungslust geworben sind.

Das Einzige was beim Brande in Braunschweig gerettet wurde, war — die Ettiquette.

Kürzlich hat ein Berliner Handwerker einen fälligen Wechsel verschluckt. Das Hinunterschlucken ist also nicht allein bei den Langtags-Abgeordneten eingerissen.

Hat denn Napoleon III. wirklich so große Aehnlichkeit mit Cäsar? Ja, eine entsprechende.

Einige barmherzige deutsche Blätter sprechen wieder davon den armen Dänen doch ein Stückchen Nordschleswig zurückzugeben. Würde dieser thörichten Barmherzigkeit Raum gegeben, dann hätte nicht nur Schleswig, sondern ganz Deutschland — den Kopf verloren.

Daß der Kurfürst von Hessen dem Direktor der Patti-Concerte 15 Louisd'or gegeben hat, war sehr erfreulich, noch erfreulicher wird es nun aber sein, wenn Serenissimus-Fersengeld geben wird. — Churhessen.

Der edle Ritter von Tangermünde.

Ballade nach Herder.

Nach Tangermünde kamen
Dragoner-Ritter, waren
Gar noble preuß'sche Junker
Und Lieutenants dazu.

Sie hatten lange Säbel,
Und lange, lange Sporen,
Dagegen kleine Schnuren,
Doch einen großen (großen!) Durst.

Aus Stebal her sie ritten,
Um mit gleich noblen Rittern
Ein' Schmollis frei zu trinken,
Auf Düfte! animirt!

Als animirt *) und trunken,
Die edlen Junker waren,
Da hieben auf die ruh'gen Bürger
Sie mit den Säbel ein.

Das macht den edlen Rittern,
Den Lieutenants der Dragoner,
Die animirt getrunken,
Gar ritterlichen Spaß.

Wozu sind lange Säbel
Den Lieutenants denn gegeben
Im schönen Lande Preußen,
Nur zum fidelen Jux!

Ob sie sind scharf. probiret
An Hausknecht und an Bürgern,
Und andern Civilisten,
Der preuß'sche Lieutenant.

Doch wenn die preuß'schen Bürger,
Hausknecht und Civilisten

---

*) Der Lieutenant, der auf friedliche Bürger einhieb, rief: Wir haben animirt.

~~Nicht bald Knittel nehmen,~~
Und bläu'n die Lieutenants durch,
Dann sind sie ~~werth zu kriegen~~
Sehr animirte Prügel.

Briefkasten.

(Ländlich, sittlich). — Was soll man sich von einem Wirthe denken, der seinen Gästen die nach dem Essen übrig gebliebene (natürlich, bezahlte) Wurst-Haut allen Ernstes abfordert, und es nicht erlaubt, daß die Gäste jene für ihre Hausthiere mit nach Hause nehmen — wie es am vergangenen Sonntag in der Bierbrauerei zu R. der Fall war, wo der Wirth dem Gaste den Teller aus der Hand nahm mit den Worten: „Die Haut gehört mir — denn wir haben selbst Hunde und Katzen im Hause."

Es wird eine Choristen und Choristinnengesellschaft gesucht um eine Fichtennabelzucker-Fabrik durch Reclamen in Gang zu bringen. Näheres beim Leipziger Stadttheater. Belohnung eine Fichtennabelmatratze ohne Springfedern für Combatanten und — innen.

Auf die Berichtigung in der letzten Nr. der Stechäpfel.

Da man sich alle Mühe gibt, die in den Stechäpfeln Nr. 8 und 9 enthaltenen Artikel, besonders aber, daß der Hr. Pfarrer in Unterdürrbach in der Predigt gesagt hätte, er werde während der Predigt und Christenlehre die Thüre schließen lassen, als Unwahrheit und Mißverständniß zu bezeichnen, so muß man hiezu bemerken, daß glaubwürdige und achtbare Ortsbürger dieselbe Aussage machten und selbst die Vertheidiger des Hrn. Pfarrers in der Erwiderung im Würzburger Anzeiger dasselbe bestätigten. Wenn man nicht irrig berichtet wurde, so sollen bis 30 Unterschriften jene Erwiderung enthalten und diese Alle sollten es ~~mißverstanden haben,~~ nur die sechs Verwaltungsmitglieder nicht (oder sie bitte hatte nicht unterzeichnet). Wenn es in der Berichtigung heißt, daß wenn der Hr. Pfarrer anstauchende Mißstände rügt, er seine Pflicht erfülle, so ist das allerdings wahr, aber der eben gerügte Mißstand ist erst dann hervorgetreten, nachdem auf Veranlassung des Hrn. Pfarrers das Zusammenläuten nach der Predigt und Christenlehre unterlassen wurde, weßwegen man auch den Wunsch geäußert hatte dieses wieder einzuführen.

Ich will mich, obwohl ich es könnte, nicht weiter erklären, es ist doch umsonst, der Pfarrer weiß, daß er mit Hilfe seiner Gesellenvereinler und der Gemeindeverwaltung Alles ausführen kann, was er will. Sagt man etwas über das, was der Hr. Pfarrer thut, wenn es nicht ganz nach Ordnung ist, so heißt es bei ihm, „der mit seinem vorwißigen Maul," rügt man etwas in den Stechäpfeln so wird man als Lügner und Verleumder des Pfarrers verschrieen, wie es diesmal der Fall wieder war.

Der Einsender des Briefes — welcher nichts anders, als eine Denunciation ist, scheint mit dem Lateinischen nicht sehr vertraut zu sein, darum sollte er in jedem beliebigen lateinischen Wörterbuche nachschlagen, was l u p u s im Deutschen heißt.

Preis-Aufgabe für Juristen.

Die Schwiegertochter eines quiesc. Revierförsters, fordert von diesem eine nicht unbeträchtliche Summe die sie ihm durch Ihren Mann, den Sohn des Schuldners vorgeliehen hat.

Der Schuldner gibt seine Vernehmlassung auf die Klage beim hiesigen Vermittlungsamte dahin ab, daß er behaupet sein Sohn habe ihn von frühester Jugend an mehr gekostet, als die Forderungssumme der Klägerin betrage.

Die Beantwortung der Frage wird sich nun dahin präcisiren, ob eine junge Dame, die einen armen jungen Mann heirathe, den Eltern desselben ein Aequivalent für seine Bildung reichen muß. —

F. L. S.

Der häufig von einem grunzenden Lachen begleiteten Trompete von Jericho sollte doch endlich von Vorstandswegen ein Dämpfer aufgesetzt werden.

Ein Besucher des Billardzimmers der H.

Von Seiten eines Brigade-Commandanten wurde die Aeußerung gemacht, „bei meiner Brigade kann kein Pfälzer bestehen, denn ich kann keinen Pfälzer leiden".

Wenn es so zugeht ist es kein Wunder, wenn alle Genbarmen von der Kompagnie fortgehen.

* * *

Am 5. d. Mts. begab sich ein Mann, der 15 Jahr im Militär als Soldat und als Unteroffizier gedient hatte, in den Conscriptionssaal um sich auf seine noch übrige Dienstzeit einen Mann zu stellen, allein dieser Mann wurde von einem dort kommandirten jungen Feuerwerker angefahren: „Haben Sie ein Einstandszeugniß?" worauf dieser Mann antwortete: ich brauch kein Einstandszeugniß, ich stelle mir selbst einen Mann, aber der Feuerwerker bestand darauf, daß der sich einen Mann stellen will, auch ein Zeugniß haben müsse, und rief sogleich: „Korporal von der Wacht schaffen sie diesen Mann hinaus."

Am 12. d. Mts. begab sich dieser Mann ebenfalls zu diesem Zwecke dahin, wo er ebenfalls von einem Bedienten angepackt mit der Aeußerung: „Mach, daß du hinauskommst, sonst werfe ich dich hinaus." Dieser Stiefelwichser ging zu dem dort zur Wache kommandirten Korporal und gab an dieser Mann macle und wurde sogleich von diesem Unteroffizier zur Commission geführt und als Macler angeklagt; die geehrten Herrn aber aus dieser Anschuldigung nichts machten. Als der Corporal sah, daß er nichts ausgerichtet hat, übte derselbe seine Bosheit dadurch, daß er dem alt gedienten Mann durch den Saal mehrere Rippenstöße gab.

Der Rückschritt in der humane Behandlung und der Fortschritt in der Grobheit sind solcherweise eben keine erfreuliche Zeichen der Zeit und zeigen am besten welch' Geisteskinder diese Herrn sind.

* * *

Bei einer Lieferung von Schweinen nach Frankfurt, wurde mir ein sehr dickes Thier ½ Stunde von Trennfurt müde und ich schlachtete es und übergab es dem Pretzelwirth in Stockstadt mit dem Auftrag, mir das Fleisch, das ganz gesund war, nach Würzburg zu senden. Der Wirth ließ es aber vom 25. Febr. bis 8. März stehen, so daß es natürlich nicht mehr frisch hier ankam, und von mir auch nicht verwendet worden wäre, da ich keinen Auftrag gab, das Fleisch hereinzuschaffen, sondern im Gegentheil, es wegzuwerfen. Die Polizeidiener hätten es demnach nicht hereinzuschaffen gebraucht, wodurch alle übeln Nachreden in dieser Angelegenheit nicht aufgekommen wären.

Karl W.

Bisher wurden bei Gelegenheit der Stiftungsfeier des Juliusspitals die für 10 bis 20jährige Dienstzeit bestimmten Preise in feierlicher Versammlung der sämmtlichen spitälischen Bediensteten vom Oberpfleger an die betreffenden Personen vertheilt.

In diesem Jahre wurden die betreffenden Personen durch den Hausknecht in die Hausverwaltung gerufen und erhielten daselbst vom Hausmeister einzeln, ohne daß Eine von der Andern etwas wußte, ihre Preise.

Will man dadurch vielleicht dem Wartpersonal beweisen, daß man nur ungern und mit Widerwillen die so sauer verdienten Preise bewilligt und ihnen dieselben mißgönnt? Ob diese Behandlung des Wartpersonals der Intention des großen Julius entsprechend, und geeignet ist, brave Dienstboten zu ermuntern, recht lange und treu dem Juliusspital zu dienen — das zu entscheiden überläßt man dem gesunden Menschenverstand. Man sollte glauben, daß Dienstboten, welche 12 bis 20 Jahre lang der Krankenpflege sich opfern, sowohl die für langjährige Dienstzeit bestimmte Belohnung verdienen, als auch die Auszeichnung, daß ihnen der Preis vom Oberpfleger selber in feierlicher Versammlung überreicht wird. Es ist jedenfalls schwieriger und erfordert Opferwilligkeit, um 28 Gulden Jahreslohn und 6 kr Weingeld 12 bis 20 Jahre lang der Krankenpflege obzuliegen, und man sollte deßhalb der Unannehmlichkeit und Mühe einer zu haltenden kleinen Festrede nicht ausweichen.

————

Herr Magistratsrath E. in H. wird hiermit gebeten, sein anstößiges Benehmen, wie er ein solches am 13. ds. in einem hiesigen Wirthshause zum Aergerniß vieler Anwesenden an der Tag legte, bei solchen Gelegenheiten für die Folge bei Seite zu lassen, oder wenigstens auf seine eigenen 4 Mauern zu beschränken.

————

Die Gemeinde Zeilitzheim sucht, laut öffentlicher Bekanntmachung, einen praktischen Arzt und verspricht demselben einen Sustentationsbeitrag von 50 fl. (was bei der nahen Lage des Ortes zwischen Gerolzhofen und Volkach gewiß splendid ist!), — wenn derselbe entspricht. Man ersucht deßhalb um näheren Aufschluß darüber, welche Qualitäten dann von hoher Gemeinde von einem Arzte verlangt werden, und um wessen Gunst und Protektion sich derselbe wohl bemühen müssen, um obiger großmüthigen Spende für würdig erachtet zu werden.

Einer, der sich beinahe verführen ließe.

Wie wir vernehme schreibt der vaterländische Dichter des Lustspiels „Die Wirthin von Fischbach" an einem neuen Werke. Dieses Werk soll er aus der Quelle geschöpft und sein Sujet einer, im Vaterländischen Kalender (Verlag von Etlinger) befindlichen Erzählung entlehnt haben. Man sagt uns ein berühmter Münchener Componist habe eine Zukunftsmusik dazu geschrieben. Das Stück soll heißen: Vater Max treibt Gänse auf die Weide. Man hat uns die Anlage des Stückes mitgetheilt — wir können aber selbstverständlich uns nicht für die Richtigkeit des Mitgetheilten verbürgen. Wie unser Berichterstatter uns sagt fängt das Stück mit einem Chor von Gänsen an, die eine Lobeshymne dem patriotischen Dichter und muthigen Vertheidiger der Nußitäten hiesiger Bühne singen, des Schlußtableau soll reizend sein: der Verfasser als Gänserich wird gerupft, und Vater Max kommt mit dem großen Stocke mit welchen er des Gänsejungens Heerde gehütet hatte, und schlägt damit unbarmherzig auf ihn, zur Strafe daß er seinen Namen so gewissenlos mißbraucht hat.

———

Klage, daß die Sonn- und Feiertagsschüler vorigen Sonntag so unhöflich behandelt und in die Augustinerkirche förmlich getrieben wurden.

———

Klage, daß eine Tasse Bouillon irgendwo 9 kr. kostete. Warum nicht?

———

Warum geht denn der verliebt Fr—e nicht mehr in die Leimsud? Näheres nächstens.

———

Nachdem schon die Glaser auf die neuen Bahnhofarbeiten 28¼ pCt. heruntergeboten haben, kamen jetzt auch Tüncher aus Schwaben, welche auf ohnehin bloß niedrig angesetzte Preise 14³⁄₄ pCt. heruntergeboten haben. Vielleicht gehen sie auch zu Grund, wie die vorigen Tüncher, die ebenfalls so viel herabgeboten haben. Muß aber die Behörde bei solchen Vorgängen nächstens Accord-arbeiten nicht noch billiger veranschlagen.

Verantwortlicher Redakteur und Verleger: Stephan Götschenberger.
Druck der Becker'schen Buchdruckerei in Würzburg.

Würzburger Stechäpfel.

Ein humoristisch-satyrisches Originalblatt.

Ganzjährig fl. 1. 36 kr., halbjährig 48 kr., einzelne Nummern 3 kr.
Alle Postämter nehmen Bestellungen an. Die Stechäpfel erscheinen jeden Freitag.
Trägerlohn 1 kr. das Monat. Passende Einsendungen werden erbeten und auf Verlangen honorirt.

(Siebenter Jahrgang.)

Freitag   Nr. 12.   24. März 1865.

Politisches Allerlei.

Herr Cardinal-Erzbischof Bonnechose (auf deutsch „gutes Ding") äußerte unlängst: „sein Klerus müsse marschiren, wie ein Regiment Soldaten." Wenn ihn nun Napoleon beim Wort nähme und seinen Klerus marschiren ließe? Aber „gutes Ding" will Weile haben.

Abgeordneter Faucher erklärte: „Die preußischen Kammermitglieder seien bescheidene Leute und er hoffe, die Minister seien es auch." Wenn ihm man aber Herr von Bismarck mit einem bekannten Göthe'schen Verse dient: „Nur die Lumpe sind bescheiden, Brave freuen sich — der Budgetlosigkeit.

Napoleon's Werk wird selbst von Potentaten gelesen. Der Pabst soll sogar den Wunsch geäußert haben: er möchte ihn binden lassen.

Die France, ein sonst sehr loyales Blatt, berichtete unlängst, daß ein Senator bis zu einer sehr vorgerückten Stunde der Nacht die Geschichte Julius

Cäſar's **—** und Morgens **—** um 8 Uhr tobt **—** Wette lag. Wenn das Werk ſo braſtiſch auf Senatoren wirkt, werden die Demokraten Frankreichs den zweiten Band mit Schmerzen erwarten.

Der Abgeordnete **—** ſagte in der preußiſchen Kammer, daß kein Glas Wein mehr übrig bliebe, bei dem er von Reich und Kaiſerthum träumen könne, weil der Fiscus ein Vielfraß und jeder Finanzminiſter vom Stamme Nimm ſei. Die Preußen träumen ohnedies ſchon genug von Kaiſerſchaft, ſo daß es des Weins gar nicht bedarf, ihre Illuſionen noch zu ſteigern. Dagegen vernimmt man aus Nordamerika, daß der Vicepräſident Johnſton, ſeines Zeichens ein Schneider, vollſtändig betrunken im Congreſſe erſchienen iſt und eine ſkandalöſe Rede hielt. Dem ſollte man zur Heilung den preußiſchen Finanzminiſter ſchicken.

Politiſches Allerlei

Appellation an das geehrte Publikum.

Wer an Wochenmarkttagen den Verkehr von und zum Marktplatze beachten will, wird finden, daß der verſchiedenen Gäßchen, welche aus allen Richtungen zum Herzen der Stadt führen, nicht zu viele ſind, indem in manchen derſelben bisweilen ein Gedränge, welches ein Durchkommen ſchwer macht.

Daher wird es allgemein mit Freude begrüßt, daß die Beſitzer eines Hauſes in der Ecke des Marktes das anſtoßende Haus dazu erworben und zwiſchen beiden hindurch ein Gäßchen in die Langgaſſe zu führen beabſichtigen.

Begrüßt man dieſes höchſt praktiſche Unternehmen mit Freude, ſo kann man anderſeits ſchwer begreifen, wie ein ſchon lange beſtehendes Gäßchen, das ebenfalls ſehr lebhaft begangen, der Schenkhof, ſich ſo lange dem Verkehr entgegenſtemmen konnte und noch ſtemmt.

Wir ſind weit entfernt, dem Beſitzer eines Eigenthums an ſeinem Rechte auch nur das Mindeſte ſchmälern zu wollen, oder ihm eine Zumuthung zu machen, welche ihm auch nur den kleinſten Nachtheil brächte! Wenn aber die Handhabung oder Ausübung eines Rechtes den Nachbarn und dem Publikum nur Nachtheil, dem Ausübenden dagegen nicht den mindeſten Vortheil bringen und der treffende Besitzer doch dabei beharrt, dann wundert man sich mit Recht darüber.

Nachdem nun der Besitzer des unteren Schenkhofthores eingesehen, welches lächerliche Instrument hier den Verkehr hemmt und sonach dasselbe entfernt hat, sehen wir das obere Thor nach wie vor des Nachts fest verschlossen. Wir fragen daher: Hat dies den Zweck, die Sittlichkeit oder die Sicherheit zu unterstützen, oder das Gegentheil?

Welche Vernunftgründe rechtfertigen überhaupt den Verschluß dieses Thors, das den Schenkhof zu einem finst'ren Sack macht, der allen möglichen Möglichkeiten gerade am oberen Thore Asyl gibt, während, wenn das Thor offen, derselbe ein Tag und Nacht belebtes, Nachts beleuchtetes Gäßchen wäre, in welchem eine derartige Möglichkeit nimmer Platz greifen könnte.

Wir überlassen darum getrost dem stets gesunden Urtheil des geehrten Publikums, ob wir etwas Unbilliges oder Unrechtes verlangen und ob nicht jeder Bürger, der es mit Sittlichkeit und Ordnung hält, unser Ansinnen unterstützt, welches nur bezweckt, einen so lange widerlichen, der Unsittlichkeit zugänglichen Ort zu verbessern und zu verschönern, jedoch unbegreiflicherweise theilweise ganz anders aufgefaßt wird.

Wenn der Besitzer des oberen Thores sich so schwer von dem Historischen trennen kann, so möge er es daran lassen, aber wenigstens des Nachts auflassen, damit den Bewohnern seines Hauses und seiner Läden nicht Sitte und Eigenthum verletzt wird.

Briefkasten.

Anfrage.

Ob das wohl in Ordnung ist, daß ein Polizeisoldat am Pleichacherthor zwei bissige Hunde hherhält, so daß wenn ein Bürger oder Landmann das Thor passirt, sie angebellt und angefallen werden, und man gezwungen ist, sich durch seinen Stock dieselben vom Leibe zu halten? und daß derselbe auch noch die Angefallenen in Unannehmlichkeiten und Strafe zu bringen sucht? Es bedarf wohl nur einer Anregung, und unsere hochlöbliche Behörde wird solchem Unfug in der Folge zu steuern wissen.

Mehrere angefallene Bürger.

Erwiderung aus Heidingsfeld.

So der Igig und der Oscher beglücken wollen die Gesellschaft und frech und vorwitzig reden wollen in alle Gespräche und Spiel, so müssen sie uhser sich auch gefallen lassen, daß, wenn man sie nicht gerade jedesmal nimmt bei der Bürste und zieht sie über den Tisch, zu empfangen handgreiflich den Dank für beleibigende Ausbrücke, man sie doch nennt mit die rechten Namen. Mögen außerdem gehen in ihre Hermonie oder bleiben unter sich.

So denkt der M. G. in H—.

Die drei beabschiebeten Soldaten, die über Willkür bei Anstellung des Bremserperssonals klagen, wollen uns erst ihre Namen mittheilen, anonyme Beschuldigungen können wir nicht aufnehmen.

In Erwiderung auf einen Brieflastenartikel der Stechäpfel sollen die Sonn- und Feiertagsschüler lieber gleich in die Kirche geh'n, statt auf der Straße stehen zu bleiben, was Störung verursacht; dann wäre das Hineintreiben in die Kirche am sichersten vermieden.

Man wundert sich, daß bei einer Submission für Eisenbahnarbeiten die eingelaufenen Offerte eher aufgebrochen waren, als die Submittenten kamen.

Wunsch einiger Schlosser, daß bei den bevorstehenden größeren städtischen Bauten, z. B. im Arbeitshause, nicht nur immer Ein Schlosser allein beschäftigt würde, sondern abgewechselt werde.

Als Nachtrag zu einem Artikel in den letzten Stechäpfeln wird uns mitgetheilt, daß einer Wärterin N. R. die 100 Gulden, die sie für treue zwanzigjährige Dienste in der Krankenpflege hätte erhalten sollen, abgezogen wurden, weil sie einigen Kranken Kaffee gab. — (Freilich muß man streng sein, damit den Vorschriften der Aerzte nicht entgegengehandelt wird, aber in solchen Fällen hätte man schon Milde walten lassen dürfen.)

Bei den enorm theuren Holzpreisen, wäre es sehr wünschenswerth, daß, wie in Frankfurt und andern Städten das Holz vor dem Auflaben von beeidigten

Messern gemessen würde; denn es hängt lediglich von den Kärnern ab, ob man einen richtigen Karren bekommt oder nicht. Manche laden so auf, daß man für einen Thaler weniger Holz von ihnen bekommt, als von einem andern, der's Aufladen besser versteht.

Abschied.

Meinen vielen Bekannten und wenigen Freunden, von welchen ich, wegen Verurtheilung zum Scheiterhaufen, nicht mehr Abschied nehmen konnte, ein Lebewohl! —

Das durch mich so lange betriebene Guanolager, wie Import- & Export-Geschäft haben sich somit aufgelöset, wenn nicht bezügliche Anstellungen am oberen Thore entgegen genommen werden.

Das untere Schenkhofthor.

Zur Notiz.

Da es der Bosheit ordnungs- und reinlichkeitsliebender Menschen endlich gelungen, meinen so lange und treu mit mir verbundenen Geschäftsgenossen, genannt das untere Thor, zu verdrängen und sogar ein Urtheil zum Scheiterhaufen über ihn verhängt wurde, so sehe ich mich, da mir ein gleiches Schicksal zu drohen scheint, gezwungen, mich mit Schanzen und Wallgräben zu umgeben.

Zugleich werden einige ungezogenen Kanonen, bedient von Artilleristen aus dem Schwedenkriege, zu meiner Sicherheit aufgefahren, was ich hiemit, um Unglücksfällen vorzubeugen, mittheile.

Das obere Schenkhofthor.

Meßbuden-Verlegung.

Wer dieser Tage her den fürchterlichen Staub in der Domstraße gesehen hat, der nicht nur eine Belästigung für den Verkäufer wie Käufer ist, sondern auch den Waaren schadet; wer ferner beobachtet, wie viele hunderte Fuhrwerke, abgesehen von den Droschken und Omnibusen, diese erste Verkehrsstraße passiren, und wie z. B. die großen Eichenstämme-Transporte bedeutende Störung verursachten, dem kann es nicht mehr zweifelhaft sein, daß eine Verlegung der Messe, wenigstens aus der Domstraße dringendes Bedürfniß sei! Juliuspromenade, Schloßpromenade, Parabeplatz, die Neubaugasse würden sich ganz gut dazu eignen; möchte man doch einmal die Sache ernstlich in Erwägung ziehen; nir-

zends ist eine solche Calamität wie hier; die Meßverkäufer klagen alle darüber.
Wer hier zur Messe einkaufen will, dem ist es gleich, wo sie ist! ebenso den
Budenbesitzern, wo ihre Buden stehen; das übrige ist leicht zu vermitteln.

Bescheidene Anfrage.

Wie kann ein Professor in seiner blinden Wuth gegen Norddeutschland so
weit gehen, daß er die Merkwürdigkeiten seiner Städte, ihre Kunstschätze, Bildungs-
anstalten u. s. w. dann auch die Naturschönheiten Thüringens, des Harzes ꝛc.
verachtet, blos weil sie eben zum Norden gehören und mit dem gottlosen Preußen zusammenhängen! — „denen trage ich mein bayerisches Geld nicht hin!“ sind
seine Worte! Das ist doch etwas zu einseitig!

Die projektirten 10°/₀ Steuer auf die österreichischen Coupons sind vielen
Leuten von den sogenannten 45 fr. Männern in die Glieder gefahren; wann
endlich, du böses Oesterreich, wirst du diese Leute wieder ruhig schlafen lassen?!
Sie opferten dir Alles und du weißt ihre heimliche Liebe so wenig zu schätzen;
brauchst du abermals Geld, so werden sie aber gewiß dir wieder — pumpen!

Da stand neulich im Schweinfurter Tagblatt, daß irgendwo eine Liebertafel sei, wo das gesellige Element, die Grundessenz aller Lieder-Vereine, so weit
verschwunden sei, daß selbst die aktiven Mitglieder sich meist nicht einmal persönlich kennen; daß ferner das Volkslied, die Schöpfungen eines Neeb, Abt
Schubert, u. s. w. ganz den Symphonien und Oratorien den Platz räumen
müsse, welche zwar sehr gut ausgeführt wurden, aber doch nicht ausschließlich
das Repertoir bilden sollten, da nur ein geringer Theil der Gesellschaft daran
Gefallen fände; die Liebertafel gleiche jetzt mehr einem Cäcilien-Verein, à la
Frankfurt, als einer der „Geselligkeit“ gewidmeten Gesellschaft; nach der steifen
Produktion feierliche Heimkehr der Herren wie Damen, ganz im Charakter
eines christlichen Conzerts. — Veränderter Zeitgeschmack! Wie würde es mit
manchen Vereinen stehen, wenn sie nur ihrem ursprünglichen Gründungszweck
entsprechen und Nebensachen, wie z. B. Bälle, wegfallen lassen würden?!

Umschreibung einer rechtsanwältlichen Ansprache in nicht allzuhoher hochdeutscher Laiensprache:

Der junge Baron v. Salzel (er ist auf der Universität in X, studirt als Landrichter) Sohn des alten Salzel, kriegt immer sein gehöriges monatliches Taschengeld, pumpt aber doch. Wer's thut, kann sehen, wo er sein Geld kriegt. Der Alte zahlt nix, wär auch ein Narr, wenn er so dumm wäre.

München, den 16. März 1865.

Dr. Göderle.

Anfrage.

Wie lange soll der Mißstand mit den herrenlosen Tauben am Portale der Seminariumskirche noch fortdauern? Dieselben nisten dort, haben sich seit Jahren sehr zahlreich vermehrt und verunreinigen die Säulen und Eingangstreppen der Art, daß jede in die Kirche eintretende Person Gefahr läuft, auf Kopf oder Schulter mit Taubenexcrementen belegt zu werden. Wäre es nicht zweckdienlich, das Wegschießen dieser Tauben zu gestatten, wie dies in andern Städten z. B. an der Stiftskirche zu Aschaffenburg, der Fall ist?

Der Einsender des Artikels „die Trompete von Jericho" in der H. betr. hätte zugleich noch der „schnaubenden Locomotive" erwähnen sollen, die in den Lesezimmern täglich die so sehr mit Silentium behaftete Gesellschaft in Aufregung versetzt! — Hübsche Bilder das! Welchen Stoff gäbe nicht dieses Haus für einen Kossack oder Glaßbrenner!

Preis-Aufgabe für Juristen.

(Würzburger Stechäpfel Nr. 11.)

Wenn man auch ein Jurist nicht ist, so will man jedoch einen Versuch machen, die vorgirte Preisaufgabe zu lösen.

„Eine junge Dame! die einen armen, jungen Mann, ohne Verstand ehelichte, ist den Eltern ihres Mannes, für seine Bildung, ein Aequivalent nicht schuldig."

Wenn eine junge Dame! in dieser Richtung glaubt, überbürdet zu sein, daher gegen Ihren Schwiegervater eine Forderung begründen zu können; derselbe aber die Forderung vor dem Vermittlungsamte zurückweist, so daß der Versuch der Vermittlung mißlungen ist, so ist ihr der Weg zur wirklichen Klage bei dem ordentlichen Richter hierdurch nicht abgeschnitten, sie bedarf nur ein Zeugniß von dem Vermittlungsamte, daß die versuchte Vermittelung mißlungen sei, und mit diesem Zeugnisse, welches sie bei dem ordentlichen Richter zu produciren hat, kann sie ihre Klage geltend mach n.

Vor und bis zur richterlichen Entscheidung ist ihr Schwiegervater ihr Schuldner nicht, ihr Schuldner ist ihr Schwiegervater nur dann, wenn er ihre Forderung entweder einwilligend anerkennt, oder wenn er durch richterliche Entscheidung als ihr Schuldner verurtheilt wird. Der ordentliche Richter verhandelt die Sache nach aller Form der Rechten, und erläßt ein Urtheil; und die Partheien wissen dann wie sie einander gegenüber stehen.

Eine juristische Preisaufgabe an die öffentliche Meinung, durch eine hummoristische, satyrische Zeitschrift, deren Beruf nichts weniger als dies sein kann, ist eine völlige Ueberflüssigkeit.

Im menschlichen Leben kommen aber allerhand Fälle vor, und so könnte auch hier der Fall vorliegen, daß vielleicht der Herr Gemahl der jungen Dame! vor der Verehelichung bei einem Hause im Auslande als Geschäftsreisender eine Anstellung gehabt habe, daß durch seine Schuld die Kasse ein Loch erhalten, welches mit einem Wechsel hätte zugeflickt werden müssen, daß aber den Wechsel womit das Loch zugeflickt werden mußte, nicht er, sondern sein Vater habe bezahlen müssen, obgleich er sich, laut Briefe mit Poststempel, zur Bezahlung des Wechsels habe verbindlich gemacht. Es ist auch möglich, daß er seinen Vater durch unwahre Behauptung in einen kostspieligen Prozeß verwickelt, und dadurch seinen Vater und seine Geschwister in einen sehr großen Schaden gebracht hat.

Wenn er nun nach seiner Vermählung mit der jungen Dame! ein sehr erträgliches Kommissionsgeschäft betrieben hätte und von seinem Verdienste seinem Vater kleine Abschlagszahlungen, an dem seinem Vater schuldigen Wechselflickgelde gemacht hätte, so würde dieses gewiß nicht als ein Aequivalent für seine Bildung betrachtet werden können, und auch nicht als ein Darlehn für seine geehlichte junge Dame zu erkennen sein.

Leider sehen wir hier wieder eine Verletzung des 4. Gebotes Gottes.

Verantwortlicher Redakteur und Verleger: Stephan Götschenberger.
Druck der Becker'schen Buchdruckerei in Würzburg.

Würzburger Stechäpfel.

Ein humoristisch-satyrisches Originalblatt.

Ganzjährig fl. 2. 36 kr., halbjährig 36 kr., einzelne Nummer 3 kr. Alle Postämter nehmen Bestellungen an. Die Stechäpfel erscheinen jeden Freitag. Trägerlohn 1 kr. das Monat, Postenbe-Einsenbungen werden erbeten, und auf Verlangen honorirt.

(Siebenter Jahrgang.)

Nr. 13. 31. März 1865.

Politisches Allerlei.

Apostrophe an den Winter.

Gestrenger Herr!

Man sagt zwar, daß Leute Ihres Schlages nicht lange regieren, aber Sprichwörter gelten in unserer verkehrten Zeit nicht mehr, so wenig wie die Barometer, und Niemand behält schließlich Recht, als der gute Wetterprophet Mathieu selig und der nur — weil er inzwischen gestorben ist. Ja, gestrenge Herren regieren bisweilen auch lang: wir sehen das u. A. auch an einem deutschen Churfürsten, und Sie, Herr Winter, sind auch nicht dazu zu bringen, Ihren Hermelinmantel endlich einmal in's Pfandhaus zu schicken und sich vor Ihrem Nachfolger Frühling in's Privatleben zurückzuziehen. Im Gegentheil suchen Sie Ihre Machtsphäre auf das Unverantwortlichste auszudehnen, Sie gehen darin viel weiter, als das preußische Abgeordnetenhaus und haben zum Theil die Kälte zu verantworten, die namentlich am Rhein zwischen Volk und Regierung herrscht und worte Märzenveilchen, noch preußische Annexionsfeiern aufkommen läßt. Ja, Wie a er) aber nicht Feier und das nicht einmal recht, weil es uns jetzt sogar an Holz fehlt und wir zu weit nach Mecklenburg haben, so es billig zu bekommen ist. Man hat Ihnen zu sehr geschmeichelt, Herr Winter, besonders unser Stadt- und Landbote war unerschöpflich in Lobpreisungen Ihrer Schönheit und der Ihrer Schlittschuhläuferinnen; jetzt haben wir die Folgen. Wie ein verwöhnter Regent bilden Sie Sich ein, die Liebe des Volkes zu besitzen, wollen Alles nach Ihrem Kopfe reorganisiren, und sind nicht dazu zu bringen, abzudanken und ihre Memoiren zu schreiben. Die Weisheit, mit der Sie täglich uns beglücken, ist freilich groß und tief, man kommt aber auf keinen grünen Zweig dabei, wie der Kastanienbaum in Paris und auch anderwärts bezeugen kann.

Um die Opfer, die Ihr Regierungssystem kostet, fragen Sie gar nicht, wie ein ächter Autocrate. Schon traf die traurige telegraphische Kunde ein, daß zwei Störche die Opfer ihrer Pünktlichkeit und Ordnungsliebe geworden sind, und man dem Ableben verschiedener frisch eingetroffener Bachstelzen entgegensieht, die bei dem Wetter doch sicher keine Mücken, höchstens Grillen, fangen können. Die Schwalben und Nachtigallen haben auf Ihrer Reise hierher zum Glücke noch Contreordre erhalten, und müssen in den theuern Hotels Welschlands es abwarten, bis unser Glacis grün wird; die Schnepfen aber sind der Mühe überhoben, Palmarum tralarum zu machen, weil sie Oeuil nicht gekommen sind.

Von den allerungünstigsten Folgen ist Ihr langes und strenges Regiment für unsere Messe. Nicht nur, daß die Thiere in den Menagerien erfrieren, es erfriert auch jede Kauflust, und die Händler, die ankündigen, „es soll und muß geräumt werden" brächten es kaum fertig, wenn sie nicht von unbekannten Wohlthätern zuvorkommend unterstützt würden. An die Stelle des bunten Treibens am Krahnenplatze ist nun eisige Ruhe eingetreten. An den Schleßstätten will sich Niemand die Finger erfrieren, der photographirende Künstler dort sucht am hellen Tage Menschen und der Dame der Wissenschaft lauscht Niemand; denn was die weiß, das wissen wir auch; nämlich: es wird nicht eher warm bis der Schnee weggeht, so lange aber jeden Tag frische Sendung eintrifft, ist keine Aussicht dazu.

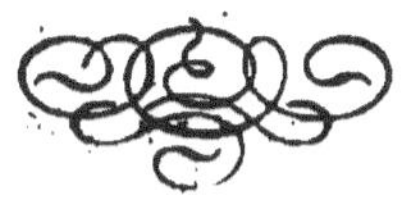

Bei diesem herrlichen Frühlingswetter, mit drei Fuß tiefem Schnee kann der Pariser Kastanien-Baum, dessen Grünen Ende März, als günstige Vorbebeutung für's Napoleonische Haus gilt, immer noch keine Blätter bekommen.

Napoleon soll sich aber nicht sehr darüber grämen, denn er denkt: „Die Blätter, die ich brauche, habe ich in der Tasche."

Warum fehlt dem Grafen Wartensleben die Fähigkeit, ein Glas Wein zu trinken?

Antwort. Weil er immer ganze Flaschen leert.

———

Die Feudalen erklären es als eine Verläumdung der demokratischen Presse, daß der Lieutenant Dosselbach in Tangermünde mehrere Bürger niedergeschlagen habe. Nichts ist in der That niedergeschlagen worden — als die Untersuchung.

Briefkasten.

Wer vergangenen Montag den öffentlichen Scandal mit dem Jagdhunde auf der Domstraße mitansah, kann sich der Frage nicht enthalten: „ob kein Thierquäler-Verein mehr existirt", oder „ob je einer auf der Welt war?" Nicht, als ob man den weisen Anordnungen Trotz bieten wollte, die man dem allgemeinen Wohle stellte! Man muß doch dabei menschlich zu Werke gehen und solche Scandale, einen armen verfolgten Hund halb zu tödten, verhüten.

Der Hund war von allen Seiten verfolgt und sonach so gehetzt, daß derselbe sich wie scheu benehmen mußte, denn das Geschrei und Verfolgen hatte kein Maß und Ziel.

Man stelle einen abgehetzten Menschen so hin, wie kann er sich benehmen? Nun die Frage: was ist dem Menschen treuer, als ein so harmloses Thier, und warum verfolgen und mißhandeln die Menschen es so bitter?

Sollte einem solchen Haudesänger, der ganz am Platze sein mag, um Ordnung zu halten, nicht auch Menschlichkeit geboten und Schranken gesetzt sein, statt ein armes Thier, das vielleicht seinem Herrn ohne den vorgeschriebenen Maulkorb entronnen, so förmlich mit seinem Verfolgen und Schreien selbst zur Wuth anzutreiben; denn Anzeichen von Wuth waren nur bei dem

Hundsfänger und dem Polizeidiener zu sehen, aber bei dem [...] Thiere keine Spur.

Man bittet unsere löbliche Behörde um Abhilfe solcher Willkür und um Schutz der so armen Thiere und zugleich ist der Dank Vieler ausgesprochen, die selbst die allgemeine Sicherheit im Auge haben und nur gegen solche Unmenschlichkeit sich auflehnen.

F.

Frage.

Warum werden die Gasuhren so unrichtig aufgenommen und wird dem Ausgang des Gases so nachlässig abgeholfen, wie z. B. bei einem Herrn Glasermeister, wo es nicht viel fehlte, daß es eine Explosion gegeben hätte?

Antwort.

Weil man oft jeden beliebigen Taglöhner zur Aufnahme des Gases und zur Abhilfe des Gas-Ausgangs nimmt.

Mehrere Consumenten.

Briefkasten.

Auf die „Erwiderung aus Heidingsfeld.“

Ich verzichte gern darauf, der fabelhaften Erwiderung des M. C. in gebührender Weise zu begegnen. — Magistratsrath C. scheint eben zur Zeit, als er diese Erwiderung schrieb, in demselben Zustande gewesen zu sein, in dem er sich bei Gelegenheit des fraglichen Vorfalles befand, und auf welchen man am Besten das: „Herr! vergib ihnen, sie wissen nicht, was sie thun“ anwendet.

Der Einsender der ersten Zurechtweisung, der weder Izig noch Dschek heißt; — dem Himmel sei Dank, aber auch nicht Salcikemärtle.

Es besteht ein altes Rescript aus der großherzoglichen Zeit, daß die „städtischen Kaffeesieder“ zur Leistung einer jährlichen Accise von fl. 25 beigezogen werden sollen. Auf Reclamation des Gastwirths zum [...] aber der Ansicht, daß von den Gartenwirthen mehr Kaffee verkauft würde, als von den Caffeewirthen in der Stadt, werden nun auch jene zur Zahlung beigezogen und auf das letzte Quartal des Jahres 1862 zurückgegriffen, so daß eine Gartenwirthschaft erster Classe 13 fl. 27 kr. Accise zahlen mußte. Man macht nun

alle geehrten Kaffeeschwestern aufmerksam, daß man zu solchen Gartenwirthschaf-
ten nun nicht länger die Portion Kaffee (oft mit 4 Tassen) zu 10 Kreuzern
verabreichen kann. Um so weniger, da der Gartenwirth gar vielen Wechselfällen
des Schicksals (namentlich der Gewitter!) ausgesetzt ist. Auffallend ist übrigens,
daß einige städtische Wirthschaften, die sehr viel Kaffee verschenken, frei von
[illegible] sind. [illegible]
[illegible]
[illegible]

Das Gespräch zweier Schusterjungen in Betreff der Zahlung der geringen
Schulden eines verstorbenen Vaters können wir nicht aufnehmen, da wir das
Verhältniß nicht kennen und Dinge so privater Natur das Publikum nicht
interessiren. Aus demselben Grunde können wir über die juridische Preisfrage
nichts mehr aufnehmen. [illegible]

[illegible]
[illegible]
Wer die so ergreifende mit ländlicher Pracht durchflochtene „Todtsanzeige
und schuldige Danksagung“ aus „Oberzell, 19. März“ im Würzburger Abend-
Blatt vom 23. März aufmerksam gelesen hat, der weiß nicht, ob der Ort Theres
bei Walgotshausen oder Haßfurt liegt; wenigstens wird man durch die vielen
Anklänge an ersteren Ort erinnert. Sei dem, wie es will, als Muster der
Stylistik eines studirten Herrn hat diese Anzeige einen unbeschreiblichen Eindruck gemacht! —

O, Fichtennadeln Morgenthau, [illegible]
Wie biß Du spät gefallen,
Anlaufen ließ't Du Manchen blau,
Gimpeln gebührt's vor Allen!
    Geh' nur auf wieder heim
Nach Mannheim, Deiner Stadt,
Dem Sitz des Neckerschleims,
Der uns geärgert hat!
    Doch willst Du wieder kommen,
Merk' Dir die Warnung fest!
Du wirst nicht aufgekommen,
Von Mannheim darfst' nicht sein.

Anhang zu den bekannten 80 Irrthümern.

Nro. 81. Der Nürnberger Anzeiger wird in der Harmonie nächstens angeschafft, und in treuer Liebe mit dem Volksboten vereint unter eine Rahme gebracht! Nr. 82. Große Aufregung im Saale bei der Ankunft des längst Erwarteten. — Endres, der Zeitungs-Merkur, wird fast zerrissen vor lauter Zärtlichkeit Solcher, die zuerst an die Reihe kommen wollen! Nr. 83. Das Gratulationsschreiben des Volksboten zu diesem in den Annalen der H.—Epoche machenden Ereigniß soll bereits unterwegs sein! —

Der Materialismus der Gegenwart.

Da wundern sich viele Schwärmer, daß Keiner der bekannten Landesväter etwas zu Gunsten der deutschen Einigkeit opfern will, und gedenken dabei nicht des alten Grundsatzes: „Jeder ist sich selbst der Nächste" —; ich habe aber Einen gekannt, der in seinem Gemeinde-Patriotismus so weit ging, sein für fl. 27000 — erkauftes Haus einige Zeit darauf, ganz wie er es voraus zugesichert hatte, zu demselben Preise (nemlich zu fl. 42000 —) zu gemeinnützigen Zwecken zu opfern! Honny soit qui mal y pense! —

(Nach bekannter Melodie von Stiftmeyer.)

Ober-Schenkthor schmutzumschlungen,
Du, der Elite Schutzeswacht,
Wahre treu, was Du errungen,
Bis der Morgen wieder tagt!
Ob'res Schenkthor, sichere Wand,
Wanke nicht, 's wär' a Schand!
Ob dort auch manch' Bächchen lose,
Fluth auf Fluth herniederfloße,
Ober Schenkthor schmutzverwandt,
Wanke nicht, 's wär' a Schand!

Nach einer Ge-Beleuchtung gegen die Denkschrift des bayerischen Lehrervereins studiren die geistlichen Herrn (Seite 18 zu lesen) „alte und neue Sprachen, Geschichte, Mathematik und Geographie", dann ferner „mit dem Studium der allgemeinen Wissenschaften, der Philologie, Aesthetik, Mathematik, Logik, Metaphysik, Anthropologie, Physik und Chemie mit dem besondern Studium der generellen und speziellen Pädagogik, Katechetik und der theologischen Wissenschaften."

Philosophische Preisaufgabe für das nächste Jahr.

Wie lassen sich aus der väterlichen Todesanzeige im Würzb. Abendblatte aus der Gegend von Obertheres, für die Richtigkeit jener Angabe Beweise liefern und in wiefern (durch Thatsachen zu begründen). Der Preisträger erhält zur besondern Belohnung das Concept der Trauerpredigt franco zugesandt.

———

Ein Schüler der 3. Vorbereitungsklasse erhielt verflossenen Samstag im Seminar Privatunterricht von einem Alumnen. Ehe die Stunde zu Ende war, kam ein Seminarist, der den Schüler zum Regens, Herrn H., bestellte, von dem dieser eine monatliche Unterstützung von 24 kr. bisher erhalten hatte. Dr. Regens sagte zu dem Schüler: „Nicht wahr, Du verdienst eine Strafe, weil Du mich so lange nicht besucht hast?" hieß ihm seinen Rock ausziehn, spannte ihm die Hose und schellte, worauf ein Soldat eintrat, und dem armen Schüler erst auf die verkehrte Front, dann als dieser es nicht mehr aushalten konnte, da ihm das Blut in den Kopf stieg, auf die Hände, dann wieder auf die verkehrte Front und dann wieder auf die Hände schlagen mußte, bis der Stock zerbrach. Der Schüler gibt an, mehrere hundert Schläge erhalten zu haben. Der geistliche Herr, der angeblich den Schlägen nicht zusehen konnte, ermunterte den Soldaten, kräftiger zuzuschlägen. Nach der Operation bot er dem Schüler ein paar große Groschen an und später, als er hörte, daß der Schüler einen Arzt rufen und die Sache nicht beruhen lassen wolle (da er heute noch nicht weiß, warum er geprügelt worden ist), versprach er ihm Rock und Hose, und entschuldigte sich, daß er nicht gewußt habe, was er gethan und an diesem Tage kränk gewesen sei, sich gebrochen habe.

Traurig, wenn ein Mann, dem die Erziehung des zukünftigen Clerus anvertraut ist, bisweilen nicht weiß, was er thut. Uebrigens soll er derlei sonderbaren Prügelgelüsten schon mehrmals gefröhnt haben. Hat er aber ein Recht, Lateinschüler prügeln zu lassen und dürfen sich Soldaten zu solchen Bütteldiensten gebrauchen lassen? Ein neuer Beweis auch, daß sich die weltliche Regierung nicht die Oberaufsicht über Dinge, die in solchen Seminarien vorgehen, nehmen lassen darf. Sagt doch schon Berenger von den Jesuiten: Nous

Kilian. Welche Schrift empfiehlt dem Lehrer am meisten, die kaufmännische oder die Kanzleischrift?

Burkard. Die Unterschrift zur Erklärung ist die Deutschschrift der Lehrer.

Kilian. Wie so?

Burkard. Wer sich schön zu unterschreiben versteht, erhält nicht bloß die I. weil ... der Gefälligkeit, sondern auch in seinen Leistungen ... und in seinem Charakter ...

Kilian. Das ist ...

(Korrespond. v. u. f. Deutschl. Dienstags-Nummer).

"Wie heißt"

Heute wurde unsere eheliche Verbindung, resp. Trauung auf gesetzliche Weise vollzogen. Dieß unsern Freunde zur angenehmen Nachricht.

Dr. Königshöfer,
Distrikts-Rabiner.

Kilian. (das Sonntagsblatt lesend.) Mir steht der Verstand still! — Sie haben 14 Jahre studirt zwar (weder Pädagogik noch Methodik) und sind als Theologen zu Schul-Inspektoren geboren und sollen nicht die Schule dirigiren und leiten können?

Burkard. (Abendblatt vor sich.) Mir steht auch der Verstand still! — Da les' ich von Einem, der auch blos 14 Jahre studirt hat, eine langche väterliche Todesanzeige, die Händ und Füße hat! —

Kilian. Füße hat?

Burkard. Du meinst zum Davonlaufen? —

Kilian. Ah so!

Burkard. Kann denn nicht auch ein tüchtiger Wirth wenn's ihm einfällt, etwan Bierbrauer oder ein Weinschmierer einen Wirth machen?

Kilian. O ja —

Burkard. Wie meinst denn du's?

Kilian. Ebenso wie wir gebornen Schulaufseher unser Amt verrichten können, geht das auch.

Verantwortlicher Redakteur und Verleger: Stephan Gärtenberger.
Druck der Becker'schen Buchdruckerei in Würzburg.

Würzburger Stechäpfel.

Ein humoristisch-satyrisches Originalblatt.

Ganzjährig fl. 1. 30 kr., halbjährig 48 kr., einzelne Nummern 3 kr.
Alle Postämter nehmen Bestellungen an. Die Stechäpfel erscheinen jeden Freitag.
Trägerlohn 1 kr. das Monat. Passende Einsendungen werden erbeten und auf Verlangen honorirt.

(Siebenter Jahrgang.)

Freitag.   **Nr. 14.**   7. April 1865.

Peterspfennige.

Wie man erzählt, soll der Papst ungläubig gelächelt haben, als man ihm jüngst erzählte, ein neuer Herkules steige in Rom aus der Erde hervor. Als er aber hörte, derselbe sei von Kupfer, strahlte sein Antlitz vor Freude über die Menge — Peterspfenninge, die sich aus diesem Heros herausschlagen laffen.

Ein offener und offenherziger Brief an alle Damen.

Meine Damen!

Von allen Wechseln des Lebens gefällt mir keiner so sehr, als der Briefwechsel, und zwar der Briefwechsel mit irgend einer liebenswürdigen, geist-, seelen- oder herzvollen Dame, — jung oder alt, schön oder häßlich, reich oder arm, brünett oder blond, dick oder dünn, lang oder kurz.

Eine Correspondenz mit irgend einer solchen Dame war von jeher der Wunsch meines Lebens, das Idol meiner mittheilungsdurftigen S—le.

Meine Damen!

Die Frauen sind in dem geheimnißvollen Walde des Lebens das Echo, und wir Männer sind die Egoisten des Lebens. Was wir Egoisten mit der rauhen Stimme der Leidenschaft hineinrufen in jenen mysteriösen Wald des Daseins, das erschallt und antwortet in dem Walten der Frauen wie ein welches, seelenvolles Echo wieder zurück in unsere eigene rauhe Brust.

Ich sende Ihnen, meine Damen, deßhalb vorläufig diesen Brief zur Einleitung und Veranlassung eines künftigen Briefwechsels, denn eine Einzige wird sich doch finden, die auf den Ruf dieses Briefes zum Echo wird und mir antwortet? —

Der Inhalt dieses offenen Sendschreibens an Sie, meine Damen, soll aber kein anderer sein, als eine Betrachtung über das Wesen und die Natur der Briefe überhaupt.

Ach, meine Damen! — Alle Briefe, welche geflügelt durch die Welt flattern, sind, wie die Vögel, in verschiedene Gattungen einzutheilen.

— Zum Beispiel:

Geschäftsbriefe, Avisbriefe, Frachtbriefe, Condolenzbriefe, Bettelbriefe, Geldbriefe, Gelehrten- und Unterhaltungsbriefe, Mahnbriefe, Steckbriefe und — Liebesbriefe. —

Wir betrachten, um einen flüchtigen Blick in die Natur der Briefe zu thun, wir betrachten sie naturhistorisch als lebendige Wesen, und da sie so rasch und wie geflügelt durch die Welt flattern, so rangiren wir sie natürlich unter die Vögel.

Lassen Sie Sich nun die Blutsverwandtschaft aller der ebenerwähnten Briefarten mit den verschiedenen Gattungen der Vögel kürzlich nachweisen. —

Wir wollen, meine Damen, um so schnell als möglich auf die seltsamen Paradiesvögel, die Liebesbriefe, zu kommen, alle andere nur ganz flüchtig berühren.

Also, meine Damen,

1) Geschäftsbriefe. Das sind alltägliche Sperlinge, Spatzen, Ammerlinge und Hänflinge, die von einem Dache zum andern fliegen und immerwährend nach Nahrung suchen.

2) Avisbriefe. — Das sind Schwalben und Lerchen. Sie bringen oft Frühling, Sonnenschein und Weibe.

(Fortf. folgt.)

Briefkasten.

• Dem Vernehmen nach sucht eine hochfürstliche Familie dahier ein geräumiges Haus, (dessen Hauptfront an sonniger Lage) zu mehrjähriger Wohnung zu miethen. Es möchte sich hiezu wohl am Besten das von einem Fürsten erbaute Haus an der Linden-Allee eignen, das seit mehreren Jahren im Besitze der Stadt gelangte und nun in ein Schulgebäude umgeschaffen werden soll und es möchte empfehlungswerth sein, wenn der hochlöbl. Stadtmagistrat dieses Haus um etwa 1000 fl. Jahresmiethe für den Fall der fraglichen hohen Herrschaft auf 6—7 Jahre überließe, wenn diese die nöthigen Umänderungen und Bauwendungen zu einer fürstlichen Wohnung selbst nach ihren Wünschen treffen ließe, ohne bei Mieth-Ablauf Entschädigungs-Forderungen für Bau-Aufwand ꝛc. ꝛc. zu stellen. Für den Fall mehrere neue Schul-Localitäten nöthig würden, so möchte es zweckmäßig sein, wenn die Stadt das Gessert'sche Haus und die Kirchner-Wohnung bei Stift-Haug käuflich erwerbe und dort zur wesentlichen Verschönerung jenes Stadttheils, der durch den neuen Bahnhof doppelte Bedeutung erlangte, einen schönen Neubau zu Schul- und andern Zwecken aufführte. Hierdurch würde ihr zugleich Gelegenheit geboten, die Reißgrubengasse, die Stifthauger Pfarrgasse (bei Schreiner Ostberg vis-à-vis) sowie die Eisenbahn-Straße (vis-à-vis der jetzigen Stifthauger Knabenschule) — zweckmäßig zu erweitern und in der Reißgrubengaße vis-à-vis Maurer Ickelsheimershause — welche Straße dort auf 30 Fuß erweitert werden könnte, 3 Bauplätze zu verkaufen.

Der Ankauf der Kirchnerwohnung wird kaum theuer und schwierig sein, wenn die Stadt zu einem Kirchnerhause den ihr gehörigen Bau- (Magazins-) Platz hinter der Stifthauger Kirche abgibt, eventuell dort eine hübsche Kirchner-Wohnung herrichtet. Die Vortheile für Stadtverschönerung und Straßenerweiterung würden so bedeutend, die Kosten für Neubauten kaum mehr als die doppelte Summe der für die Einrichtung fraglichen Hauses an der untern Spital-Allee sein. Das Schulgebäude käme — da es gleichzeitig auch die Jugend aus Croatien und den vielen Neubauten außerhalb die Neuthors und an der Smolensk-Straße aufnehmen soll — mehr in der Mitte des Schulbezirks und näher der Haupterpfarrkirche und schließlich würde der Besitz eines zu fürstlicher Wohnung eingerichteten Gebäudes der Stadt nicht nur fernerhin hohe Rente, sondern auch die Veranlassung schaffen, hohe Herrschaften als Einwohner begrüßen zu können.

———

• Die Mehrzahl Derer, welche die Universitätsbibliothek besuchen, beklagt die allzu kurze Zeit, während welcher dieselbe die Woche hindurch zugängig ist.

Einen vollen Tag (Mittwoch), ferner am Samstag Nachmittag findet überhaupt kein Zutritt statt, an den übrigen Wochentagen nur von Morgens 9—12 und Nachmittags von 2—4 Uhr. Abgesehen davon, daß gerade in diese Zeit die meisten Collegien fallen, was den Studirenden häufig hindert, nach Wunsch und Bedürfniß am genannten Orte sich einzufinden, so ist vorzüglich jener Stillstand am Mittwoch eine äußerst unangenehme Unterbrechung, insbesondere beim Studium solcher Werke, die ihres Werthes wegen auch gegen Beibringung von Garantiescheinen nicht weggeliehen werden, (also nur an den erwähnten Stunden im Lesezimmer selbst vorgenommen werden können), ein zusammenhängend-rasches Studium wird dadurch sehr erschwert. An andern Orten, ganz besonders aber in München ist eine Einschränkung der obengenannten Art völlig unbekannt, ja in den beiden größten Bibliotheken unserer Hauptstadt ist der Zutritt täglich und zwar während voller 8 Stunden Jedermann gestattet. Eine solche, oder wenigstens ähnliche Institution würde auch in hiesiger Stadt von den dabei Interessirten mit Dank begrüßt und der Bibliothek würde es sowenig wie bisher — die zwei letzten Sommermonate etwa theilweise abgerechnet — an lebhaftem Besuche fehlen.

Pfündige Erklärung.

Nachdem schon wieder das Gerede geht, daß wir unser bayer. Pfundgewicht verlieren sollen, so erklären die Unterzeichneten, daß sie vorläufig mit ihrem liebgewonnenen Pfund wegen seiner unendlichen Vorzüge, trotzdem es dem Beutel gegenüber schwer in's Gewicht fällt, zufrieden sind, umsomehr als es auch das polizeilich anerkannte Stadtgewicht ist.

Mehrere gewichtige Männer.

Da das Passionsspiel laut einer Erklärung des Unternehmers „wegen ungünstiger Witterung" seine Vorstellungen abgebrochen hat, so scheint dieß eine Wahrheit gewesen zu sein, denn seit dem Schlusse desselben haben wir das herrlichste Wetter.

Was ein Schmarozer werden kann:

Erst ein auf die Direktion fluchender Chorist, dann ausbeißender und 2ter Klasse heimfahrender Freiburger Händelecker, dadurch Bibliothekar, dann Sekretär, dann Geheimrath, ja sogar Thürsteher und Blauzwirninspektor, Intendant der kleinern Vergnüglichkeiten ꝛc., ja auch Mitdirektor Wir! pp. Auch Pudel bei Festivitäten. (par exemple Geburtstagen). Was nimmt das für ein Ende hier: Nach der bekannten Melodie finale 2. Act, weiße Dame.

Die Männer taugen Alle — nichts; —
Ja schneidet nur Gesichter,
Ihr strengen Herren des Gerichts,
Hier sitzt jetzt euer Richter.
Stopft euch nur schnell die Ohren zu,
Ihr sollt die Wahrheit hören,
Und lächelt nicht mit stolzer Ruh'
Zu meinen guten Lehren.

Wir Weiber, wir sind übel b'ran,
Wir können nichts, als — sprechen:
So will ich mit der Zunge dann
Kühn eine Lanze brechen.
Ich kämpfe jetzt für mein Geschlecht,
Für Mädchen und für Frauen,
Und was Ihr auch dagegen sprecht,
Es soll Euch keine trauen.

„Du bist mein Blümchen: Augentrost,"
Sagt der galante Freier,
Und ist so zärtlich Euch, und kos't,
Vergeht vor Liebesfeuer;
Nennt „Himmelsbriefchen" die Braut,
„Goldblume," „Balsamine,"
Und wünscht, daß mit dem Pfarrenkraut
Der Hochzeitstag erschiene.

Er hat's gewünscht, der Tag ist da —
Da steht nun „Braut in Haaren,"
„Brennende Liebe" spricht das „Ja,"
Dann nahen sich in Schaaren
Die „Flammenblumen", „Engelsüß",
„Maßliebchen", „Nachtviolen",
Und daß nichts fehlt zum Paradies,
Läßt „Männertreu" er holen.

Gleich nach dem Hochzeittag hat man
„Heilkraut“ bereits gefunden —
Häng’ Dich nicht wie ’ne „Klette“ an,
Ich habe Arbeitsstunden,
Doch „Sonnenthau“ „Lichtrosen auch,
Sieht man noch herrlich blühen,
Obgleich sich schon zum „Pfeifenstrauch“
Das „Löwenmaul“ will ziehen.

Und ist man erst sechs Wochen Frau,
Dann wird der Strauß schon bunter;
Es zeigt der Mann uns „Bärenklau“,
Auch „Sauerklee mitunter;
Man seufzt: Ach! wenn er Bräutigam
Doch nur geblieben wäre!
Er hat jetzt schon den „Hahnenkamm“
Und „Ziegenbart“, auf Ehre.

Nach einem Jahre — ach! man sieht —
Wie ändern sich die Zeiten! —
Daß bei dem Manne „Eiskraut“ blüht;
„Pechnelken“ nun begleiten
Uns arme Frau’n auf Tritt und Schritt,
In’s Wirthshaus geht er täglich.
Kommt heim dann, bringt der „Sturmhut“ mit,
Und amüsirt uns kläglich.

Die Blumensprache, ja, ich weiß,
Die liebt Ihr, seid selbst „Distel“,
Seid „Frauenbiß“ und „Mistel“,
Seid „Thränengras“ und „Birkenreis“,
Seid „Drachenwurz“ und „Habichtskraut“,
Seid „Fuchsschwanz“, „Hasenohren“,
Das Mädchen, das Euch „Nesseln“ traut,
Ist rettungslos verloren.

———

Die Volkacher verlangen, daß sich ihr zukünftiger Stadtschreiber persönlich vorstellen soll. Wird es nicht auch eine Photographie thun?

Die geschliffenen Backsteine in den neuen Bahnhofgebäuden hätten wohl nicht die Probe bestanden, weil sie entfernt würden.

Der famose Nürnberger Anzeiger bringt doch fortwährend etwas Piquantes aus Würzburg; nicht nur, daß er mit dem Dachstuben-Proletariat in Sammt und Seide, den sogenannten 45er Rentiers und anderm sozialen Gebrechen sich beschäftigt, er bringt auch geharnischte Aufsätze über die Schulfrage, über Kilian's und Burkard's Plaubereien, über Bureaukraten-Kastengeist; Bahnhofs-Restaurationsfragen und Bausünden, über Schul- und andere Seminare, Cyclorama u. s. w. — In Betreff des letztern behauptet er, daß der Besuch im Vergleiche zu dem Passionsspiele nur deßhalb so schwach sei, weil nach Ansicht der Philister (der sogenannten „Kraut und Knöchelvertilger," wie er sich boshaft auszudrücken beliebt) Amerika „halt ein gottloses, heidnisches Sodom und Gomorrha sei, wo es mit à mal Pfründnerspitäler für gewisse — fleißig — gewesene Leute gibt!" (Er drückt sich hier noch etwas kräftiger aus). —

Anfrage.

Ist denn Niemand mehr zur Reinigung der Abtrittslokalitäten im alten Bahnhofe beauftragt, wo der Unrath so überhand genommen hat, daß man kaum mehr die zu denselben führenden Treppen hinabsteigen, geschweige dieselben betreten kann? Eine desfallsige Abhilfe wäre dringend nothwendig.

Unlängst blieb ein Wagen mit Weißbinderwaaren im neuen Thor stecken, so daß Droschken und ihre Insassen umkehren mußten und viele zum Zug zu spät kamen. Mit gesteigerter Verkehrsthätigkeit vertragen sich eben unsere Befestigungen aus der guten alten Zeit nicht mehr. Also schicke man sie dieser guten alten Zeit recht bald nach!

––––––

Der Artikel über die Vorstehers-Lene und ihre wunderbare Heilung ist zu persönlich. Decke man den Mantel christlicher Liebe über solche Dinge!

––––––

Wenn jene Person im Adler zu R. ihrer giftigen Zunge keinen Einhalt thut, werde ich sie an den Pranger der Oeffentlichkeit stellen.

C. H.

––––––

Anfrage.

Hat der Pächter des Strauß'schen Gutes R . . . vom hochl. Stadtmagistrat die Erlaubniß, zur Verbesserung der städtischen Feldes an der Veitshöchheimer Straße das Bett des Dürrbachs im „Zurück“ derart auszuheben resp. zu durchwühlen, daß weder ein fahrbarer Fußpfad, noch vielweniger ein fahrbarer Weg bleibt, so daß die Weinbergs- und Aeckerbesitzer im Herbst und Frühling, [sowie überhaupt bei regnerischer Witterung im Schlamm und Morast stecken bleiben?

––––––

Die Schweinfurter sollen aus den böhmischen Wäldern Holz beziehen, das auf fl. 15 das Klafter mit Transport kommen soll. Dasselbe soll freilich sehr weich sein, doch wäre es sehr gut, wenn auch hiesige Bürger sich vereinigen wollten, von auswärts Holz zu beziehen, da es voraussichtlich nach den neuesten Holzkäufen im kommenden Winter für die Aermeren und Mittelklassen kaum zu erschwingen sein wird, da jetzt schon der Karren 10 fl. 54 kr. und schlechte Prügel 8 fl. 30 kr. kosten. Uebrigens sollen große Etablissements, wie der „Kronpring“ hier, Steinkohlenöfen einzurichten beabsichtigen. Wer es kann, thut wohl daran!

Verantwortlicher Redakteur und Verleger: Stephan Gürschenberger.
Druck der Becker'schen Buchdruckerei in Würzburg.

Würzburger Stechäpfel.

Ein humoristisch-satyrisches Originalblatt.

Ganzjährig fl. 1. 36 kr., halbjährig 48 kr., einzelne Nummern 3 kr.
Alle Postämter nehmen Bestellungen an. Die Stechäpfel erscheinen jeden Freitag.
Trägerlohn 1 kr. das Monat. Passende Einsendungen werden erbeten und auf Verlangen honorirt.

(Siebenter Jahrgang.)

Freitag   Nr. 15.   14. April 1865.

Politisches Allerlei.

Hannover hat bei der letzten Abstimmung am Bunde wieder von Preußen sich ins Schlepptau nehmen lassen und mit ihm gestimmt. Hannover liegt demnach nicht nur geographisch, sondern auch politisch an der Leine.

Was, die Feudalpartei soll nicht einmal mehr Wein trinken können und doch hat Preußen nie so viel Grund zu Weinen gehabt wie jetzt!

In Leipzig haben die Setzer ihre Arbeit eingestellt und doch hat der Druck in Sachsen noch keine Störung erlitten.

Des Augustenburgers Aussichten werden immer trüber; jetzt muß er sogar Gefahr für sein Leben fürchten. Als jüngst in Kiel bei einer Feier ein Hoch auf den Herzog ausgebracht wurde, verweigerte die preußische Militärmusik den

Tusch und stimmten die anwesenden preußischen Soldaten nicht ein und erklärten: sie dürften den Herzog nicht leben lassen.

Ein offener und offenherziger Brief an alle Damen.

(Fortsetzung und Schluß).

3) Frachtbriefe. — Das sind Perlenhühner, Gold- und Silberfasanen; oft
aber auch Kropfgänse, Pelikane und Trappen. —

Ich werde mich, meine Damen, bei Aufzählung der, mit den genannten
Briefarten verglichenen, Vögel, nur der wirklich naturhistorischen Namen der
Vögel bedienen und durchaus keine selbsterfundenen gebrauchen.

Wir kommen ferner

4) zu den Mahnbriefen. — Das sind Raubvögel, Nachteulen, Schu-
hus und Uhus, Reiher und Geier, die an unserer Leber nagen. — Wie die
Krähen nach Regenwürmern, so schreien die Mahnbriefe nach Moneten! Die
Mahnbriefe sind schwarze, krächzende Krähen, und unter diesen ist die dunkle
Krähendohle, die naturgeschichtlich in der That so genannte Corvus monedula
die ärgste Schreierin.

Aber die Mahnbriefe sind unter den Briefen ferner das, was unter den
Vögeln die „grauen Würger" sind. —

5) Condolenzbriefe. Das sind Mohrenhühner, Condolenzbriefe sind „Wurm-
fresser," Fledermäuse, Nebelkrähen und Trauerenten. Zuweilen sind sie aber
auch wahre Sympathie-Vögel.

6) Bettelbriefe. Diese sind unter den Briefen was der traurig wimmernde
Kauz und der Wiedehopf unter den Vögeln sind. —

7) Die Geldbriefe. — Diese stehen in sehr gutem Geruche, sind immer sehr
stolzer Natur und vermehren sich äußerst sparsam! — Wegen ihres guten Ge-
ruchs, in dem sie stehen, und wegen ihres schwerfälligen Ganges sind Geldbriefe
die wahren Bisamenten. Mit diesen Briefen kann man, wie die Bisamente,
schwimmen durch alle Störmungen des Lebens und — wie dieselbe Ente, — zu
Lande und zu Wasser leben!...

Meine Damen!

Geldbriefe sind ferner, was die Pfauen unter den Vögeln sind, denn die
Siegel der Geldbriefe sind die Augen, prachtvoller und entzückender, als es je-

mals die Pfauenaugen sein können! — Die fünf rothen Lack-Augen der Geldbriefe, welche manchem Seladon heimlich von seiner Geliebten zufliegen, sind
dem Empfänger leider oft reizender und verführerischer, als die zwei Tauben-
augen seiner Geliebten! —

Ja, die fünf Siegel der Geldbriefe sind die Augen, mit welchen man die
Welt am liebsten anschaut. Die Weltanschauung durch diese fünf Augen ist immer eine heitere. — Mit diesen Augen blickt jeder Empfänger mit Zuversicht
in den Nebel der Zukunft. — —

Meine Damen!

Außer den jetzt sofort herbeifliegenden Liebesbriefen, haben wir noch zu
erwähnen.

8) die Gelehrtenbriefe,

9) die bloßen Conversationsbriefe, und

10) die Steckbriefe.

Die Gelehrten- und Conversationsbriefe sollen, bei all' ihrer Länge und
Breite, dennoch hier sehr kurz abgethan sein. Ich rechne sie unter die India-
nischen Staare und unter die Plauderer. Auch die Steckbriefe übergehe ich, obwohl dieselben in mancher Beziehung mit den Liebesbriefen große Aehnlichkeit
haben: Steckbriefe verfolgen Diebe, Räuber und Mörder, um sie zur Strafe zu
ziehen. Das thun auch die Liebesbriefe: Sie verfolgen die Herzensdiebe, die
Räuber und Mörder unserer Ruhe, um sie zur gesetzlichen Strafe zu ziehen,
nämlich... zur Heirath, welche vielen dieser Herzensdiebe eine Strafe ist!

Aber, meine Damen, jetzt komme ich, Ihnen zu Liebe, endlich

11) auf die wirklichen Liebesbriefe. —

Ach, die Liebesbriefe! Welch' eine geflügelte Welt! Welch' eine tausendge-
staltige Gattung! —

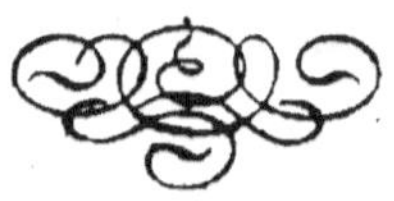

Klage und Petition

der vereinigten Hunde Würzburgs.

Von den Geschöpfen aller Art
Die auf der Erde leben,
Kann's wohl kein so geplagtes Thier
Wie uns, die Hunde, geben.

Wir Hunde führen in der That
Ein wahres „Hundeleben".
Drum hört uns an, wenn wir einmal
Gerechte Klag erheben.

Und wenn man Tags sich abgehetzt
Mit diesen schweren Sachen,
So soll man zu des Hauses Schutz
Die ganze Nacht noch wachen.
Zum Dank raubt man uns uns're Zier:
Man stutzt uns Schweif und Ohren
Und selbst den warmen schönen Pelz
Läßt man nicht ungeschoren.

Man hat zu unserer Peinigung
Ein Instrument erfunden,
Ein Gitter wird von Messingbraht
Uns vor das Maul gebunden.
Dazu schickt man Spione aus,
Uns tückisch abzufassen,
Wenn ohne Maulkorb in der Stadt
Wir uns erblicken lassen.

Doch wir sind glücklich, wenn wir nur
Ein Knöchlein können nagen,
Und werden keinen Menschen je
Hinfort zu beißen wagen.
So kauern wir demüthiglich
Vor euch uns bittend nieder:
Gebt unsre Freiheit uns zurück,
Nehmt uns den Maulkorb wieder!

Ein Jeder weiß, wie sauer wir
Verdienen jeden Bissen,
Durch schwere Künste, die wir schon
Von Jugend lernen müssen.
Wir müssen auf zwei Beinen steh'n,
Verlornes wiederbringen,
Im Flusse schwimmen, übern Stock
Mit gleichen Füßen springen.

Doch Alles dieses wollen wir
Noch gern geduldig tragen,
Unhündisch wär es, wollten wir
Darüber knurren und klagen.
Das ist's, daß man die Freiheit uns
Und unser Recht genommen —
Wir armen Hunde sind fürwahr
Recht auf den Hund gekommen.

Und fragt man sich: Aus welchem Grund?
's ist lächerlich zu nennen:
Man fürchtet, daß wir in der Wuth
Die Menschen beißen können.
Wahr ist's, wenn man so recht bedenkt
Wie's uns ergeht auf Erden,
Wie man uns peinigt, quält und kränkt —
Es ist, um toll zu werden.

In der Hoffnung, daß wir auf unsere Bitte um Abschaffung des Maulkorbes keinen Korb bekommen werden, verharren mit devotem Schwanzwedeln

die Würzburger Hunde.

Im Auftrag:

Ami, Raps, Bello, Pudel,
Castor, Windspiel.

Briefkasten.

Montag den 10. Nachmittags verunglückte neuerdings ein Arbeiter am Bahnhofe, indem ihm die Brust zwischen zwei Rollwägen zerquetscht wurde. Schuld daran trägt die schlechte Vorrichtung zum Bremsen dieser Rollwägen, welche Vorrichtung aus einem einfachen Prügel besteht — bricht derselbe, so ist damit auch meistens ein Menschenleben verloren. Der Verunglückte wurde in einem offenen Tragkorbe, in welchem nicht einmal ein Kissen zur Unterstützung des Hauptes sich befand, — ohne alle Begleitung eines Eisenbahnbediensteten, lediglich von 4 Arbeitern in das Spital (Gehaltenhaus) geschafft.

Es fragt sich hiebei:

1) Nachdem wegen dieser schlechten Bremsen-Vorrichtung schon so viele Unglücksfälle sich ereigneten, ist es nicht angezeigt, daß eine Untersuchung eingeleitet werde — hat die Eisenbahnsektion nicht die Pflicht, die Accordanten zur Anbringung von besseren Vorrichtungen anzuhalten? —

2) Hat sich demnach ein solch Unglück ereignet, hat nicht irgend ein Bediensteter der Eisenbahn den Verunglückten zu begleiten?

3) Kann demselben nicht durch Anschaffung eines einfachen Lederkissens wenigstens noch die Erleichterung verschafft werden, daß Brust und Kopf höher zu liegen kommen und der Arme nicht sich auf dem ebenen Boden des Tragkorbes herumwälzen müsse? Man glaubt wohl, daß so viel beim Eisenbahnbau erübrigt werden kann! —

Da der Bildhauer Schuler eine Notiz, den von ihm angefertigten Oelberg betreffend, in den Stadt- und Landboten Nr. 81 setzen hat lassen, so sollte sich doch dieser Künstler schämen, solches zu veröffentlichen, da man zu einem Oelberge nur 5 Figuren braucht, und aber keine 7.

Dieser Künstler muß wahrscheinlich in einer neuen Welt gelernt haben, oder sollte vielleicht dieser Künstler glauben, durch seine Kunstnotizen sich einen Namen verschaffen zu wollen, so ersucht man demselben erst nach München zu gehen, und zu lernen, was man mit wahrem Rechte Kunst nennt.

Poller,
Bildhauer aus München.

Am vergangenen Sonntag wurde ein Herr von dem Korporal der Wache auf der Brücke, weil er gegenüber dem Posten stand, um auf Jemand zu warten, arretirt und in die Polizei gebracht und nach aufgenommenem Protokolle entlassen.

Frage: Ist die Brückenwache beßwegen da, um einen Menschen, der auf der Brücke steht und keinen Andern beleidigt, zu arretiren?

Mehrere Mitzusehende.

In Würzburg wird an allen Punkten auf Verschönerung gedrungen; wäre es nicht möglich den am Obermaine jetzt im Bau begriffenen Herrn Beißlein zu veranlassen, nach der Baulinie der ehemaligen Hennaage bis zum Gasthof zum Schwan entlang einzuhalten, um mit der Zeit eine freundlichere Ansicht von der Mainbrücke unserer Kreishaupt- und Residenzstadt zu gewinnen.

Würde es nicht am Platze sein, bei anhaltend trockener Witterung auch schon im Frühling, nicht allein bei der Hundstags-Zeit, die Straßen wenigstens einmal täglich zu sprißen, um das Publikum vor dem, besonders bei windigen Tagen, lästig werdenden Straßenstaub wenigstens einigermaßen zu schüßen?

Wer Studien in der höheren Thierquälerei zu machen wünsche, beliebe gelegentlich den Bauplaß in der Maxstraße zu frequentiren.

Der Briefkasten am Ehemann'schen Hause sei bisweilen so gefüllt, daß die Briefe heraussehen, so daß man wohl noch einen zweiten in der Nähe anbringen dürfe. Auch wäre es wünschen, daß man Briefmarken in solchen Geschäften bekäme, vor denen Briefkästen angebracht sind.

Herrn Collegen E. Herzlichen Dank für Ihre werktthätige Unterstüßung meiner: Ein College muß den Andern helfen. Sie würden gewiß auch ihren Herrn Collegen Göthe mit Rath und That unter die Arme greifen, wenn er noch lebte.

Ihr College
Dr. Gußlow.

„Einem für Viele" diene zur Erwiderung auf seine doppelte Anfrage, weßhalb wir seinen Artikel über ein Kneip-Ingenium nicht aufgenommen, daß die Preßfreiheit zur Beleidigung Dritter und Störung des häuslichen Friedens mißbraucht hätte: 1) sah der Artikel und die Appelation an den Stadtmagistrat wegen Subsistenzmittel wie eine Denunciation aus, 2) können Plumpheit, Rohheit in dieser „Münchner Maculatur" auf andere Weise gezüchtigt werden. Gegen den frommen Wunsch am Schlusse des Artikels haben wir nichts einzuwenden.

Wer ist der Hagestolz?

Ein Hagestolz ist wie die Zahl 1, die personificirte Einfalt. — Und dennoch hält er die Frauen für noch weniger; er hält sie für Nullen, ohne zu bedenken, daß wenn er sich nur, wie die 1, mit einer einzigen solchen hübschen Null verbände, er um das zehnfache gewinnen und zunehmen würde. — So aber bleibt er sein Leben lang ein Simpel! —

Meine Hörer!

In künstlerischer Hinsicht ist ein Hagestolz ein Monument, was vor keiner Frau jemals enthüllt wird und dessen Schönheit man also nicht kennen lernt.

In logischer Hinsicht ist ein Hagestolz ein Widerspruch mit sich selbst. — Denn er ist ein alter Junggesell; also alt und doch jung; — ein Gesell und doch so ungesellig!

In merkantiler Hinsicht ist ein Hagestolz ein Kaufmann ohne Compagnon.

Und dennoch behaupten die alten Junggesellen: Ein Hagestolz sei doch nicht ohne! —

Welche Unverschämtheit! — Ein Hagestolz ist ohne Alles! — Denn er ist ohne Frau, und die Frauen sind ja doch „unser Alles" und Alles in Allem!

Ein Hagestolz ist ein altes Haus ohne Heerd. —

Er ist ein Fürst ohne Volk! — eine Münze ohne Cours; — eine Orgel ohne Wind; — Er ist ein Messer ohne Stiel und Klinge; — Ein Baum ohne Stamm; — Ein Acker ohne Erbe; — Ein Auge ohne Licht; — Eine Seyer ohne Gewicht! —

Meine Hörer!

Von dem Allem ist nur Etwas unter der Sonne das schnurgerade Gegentheil. — Dies erhabene Etwas ist der Ehemann! —

War z. B. der Hagestolz ein Fürst ohne Volk; Gegensatz: Ehemann — Sein Völkchen freilich macht diesem Fürsten manchmal das Regiment sauer, besonders, wenn es ein Pantoffelregiment ist. — Ein Ehemann ist ein Fürst, welcher ohne eine gute Constitution nicht regieren kann! —

Ja, meine Damen, die Hagestolzen sind Uhren, welche so lange falsch und irre gehen, bis sie nach der Sonne gestellt werden; — nach der Sonne, welche aus Frauenaugen leuchtet! —

Verantwortlicher Redakteur und Verleger: Stephan Gütschenberger.
Druck der Becker'schen Buchdruckerei in Würzburg.

Würzburger Stechäpfel.

Ein humoristisch-satyrisches Originalblatt.

Ganzjährig fl. 1. 36 kr., halbjährig 48 kr., einzelne Nummern 3 kr.
Alle Postämter nehmen Bestellungen an. Die Stechäpfel erscheinen jeden Freitag.
Trägerlohn 1 kr. das Monat. Passende Einsendungen werden erbeten und auf Verlangen honorirt.

(Siebenter Jahrgang.)

Freitag   Nr. 16.   21. April 1865.

Politisches Allerlei.

Die Preußen haben sich, ehe sich Oesterreich dessen versehen, in den Besitz des Kieler Hafens gesetzt. Die Oesterreicher können sich über ihre Alliirten nicht beklagen; die Preußen sind in diesem Falle nur zuvorkommend gewesen.

Im Hause der Abgeordneten zu Berlin wird über unerträgliche Hitze geklagt. Es ist nicht zu verwundern, wenn den Leuten bei den heißen Debatten und feurigen Oppositionsreden der Kopf warm wird. Im Uebrigen aber, namentlich in Absetzung der Budgetposten, sind die Abgeordneten im besten Zuge.

Die Dessauer Regierung hat sich nach Berlin gewandt um Ueberlassung eines als Berghauptmann geeigneten Beamten. Vor Allem wird verlangt, daß er adelig sein muß, wahrscheinlich weil sonst der Bergbau in den anhaltinischen Staaten nicht gedeiht. Die Dessauer Behörde hat ganz Recht: Niemand versteht es besser, als die Preußischen Junker, Alles zu untergraben und im Dunkeln Geld herauszuschlagen.

Der Turiner Verleger des Napoleon'schen Werkes „Jules César" hat schlechte Geschäfte gemacht. Er als Italiener hätte aber auch wissen sollen, wie schwer es ist, Napoleon loszuwerden.

Die vielen von Morny hinterlassenen Rennpferde sollen eigentlich seinem Halbbruder Napoleon gehört haben. Der brauchte freilich viele Pferde, da er ganz Frankreich hineingeritten hat.

Oesterreich und Preußen behalten die Ueberschüsse der Schleswig-Holsteiner Staatskasse, um zu zeigen, daß sie nur das Beste jenes Landes wollen, und selbst gerne sähen, daß Schleswig-Holstein für sein Recht ausgezogen sei.

Der Mittelstaaten Klage.

Wir armen Mittelstaaten
Was fangen wir nun an?
Wie sollen wir uns rathen?
Wir sind recht übel dran.
Am Bunde sind wir leider
Jetzt schon minorisirt;
Gehts einen Schritt noch weiter
So sind wir annectirt.

Wir armen Mittelstaaten
Was fangen wir nun an?
Wie unklug, daß wir thaten
Was uns Nichts frommen kann.
Was hoben wir die Stimme
Für Schleswig-Holsteins Recht?
Bismarck in seinem Grimme
Lohnt's uns gewißlich schlecht.

Wir armen Mittelstaaten
Was fangen wir nun an?
Helft nun, ihr Diplomaten,
Wenn einer helfen kann!
Ihr Dalwigk, Beust und Pfordten,
Die bei der Hand ihr gleich
Sonst seid mit klugen Worten:
Kein Mensch hört mehr auf Euch.

Wir armen Mittelstaaten
Was fangen wir nun an?
Auch nicht mit Waffenthaten
Und Kämpfen ist's gethan.
Nicht Gegenwehr kann retten —
Nur Spott träf uns allein;
Vor unsern Bajonetten
Hat Niemand Angst und Pein.

Wir armen Mittelstaaten
Was fangen wir nun an?
Verloren und verrathen
Sind wir durch eignen Wahn.
Schon vor der Seele schwebt uns
Die Zukunft trüben Scheins,
Bald, nur zu bald, begräbt uns
Die Linie des Mains.

Briefkasten.

————

Auf dem Exerzierplatze werden während der Ruhepausen den Rekruten immer noch Belehrungen z. B. über die Chargeauszeichnungen, über das zu beobachtende Benehmen beim Eintritte in das Zimmer eines Vorgesetzten 2c. 2c. ertheilt. Sehr zweckmäßig wäre es, wenn denselben auch Belehrung über ein anständiges Benehmen auf öffentlichen Promenaden ertheilt würde, denn diese erst seit einigen Tagen in der Montur steckenden rustikalen Jünglinge glauben, daß alle ihnen Begegnenden ausweichen müßen, daß die Promenaden gleichsam für sie da seien und daß alle Andern sich hinter die Gesträuche stellen müssen, bis die „Herrn" vorüber sind.

Motto's des lieben Volksboten,

gereimt und ungereimt.

Gott! die ungläub'gen Fremden —
Mach' End der Landesnoth!
Sie schimpfen unsre Butter
Und fressen unser Brod.

Vor gottlosen Freigeistern,
Vor zu feisten Schulmeistern,
Vor Freimaurer-Schaden
Bewahr uns in Gnaden!

Wir nur waren treue Bayern stets,
Woll'ns ewig sein und heißen:
Doch gibt man nicht den Schwarzen Recht,
So — geh'n wir zu den Preußen!

NB. Der Liebe des Volkes werden wir Den zu berauben suchen, der in der Charwoche unwohl ist und durch selbigen Hauskoch unsern Leuten den — Kopf waschen läßt.

Für Veterinärärzte in München.

Ein Kennzeichen der Wuth der Hunde, ist daß diese ihre Umgebung nicht mehr kennen, Freunde wie Feinde anknurren, nach den Angehörigen des Hauses beißen ꝛc. ꝛc.

Preisfrage: In welchem Stadium befindet sich der „Bote des Volkes," wenn er das Dämmerblatt in X. als kirchenfeindlich angeifert?

Dem Hrn. Fertſch(rittler) im Dämmerblatt.

(Mel.: Guter Mond du gehſt ſonſt ſtille!)

Leucht'ſt du einmal als Kreuzerlicht:
Bellt ſelbiger Mops dich an.
Du zitterſt?! — Bah! du haſt ja nicht
Es wiſſentlich gethan!

Zwei mißliebige Perſonen betrieben, im Mainviertel die Quartiere zu vertheuern und achtbare Leute aus den Logien zu verdrängen.
Bei nochmaliger Wiederholung wird man deren Namen veröffentlichen.

Anfrage.

Welchem Stande muß ein Gaſt angehören, um als ſolcher im Gaſthauſe
zum Schwanen in Kitzingen beim Mittagstiſche eine Serviette zu erhalten? —
Ein zahlender Tiſch-Gaſt,
welcher am Montag den 17. April l. J. mit ſeiner
Familie in dieſem Gaſthofe keine Servietten erhielt.

Warum die hieſigen Brauhausbeſitzer nicht auch wie die Kaffeewirthe und
Gaſthofbeſitzer in ihren Schenklokalitäten Röhren mit laufendem Waſſer angeſchafft haben, dieſe Frage drängt ſich einem Jeden auf, der Gelegenheit hat, das
Waſſer in den in dieſen Lokalitäten befindlichen Schwenkkeſſeln zu beobachten.
Der häufige Zuſtand dieſes Waſſers, beziehungsweiſe deſſen Anblick reizt zum
Erbrechen, ſelbſt wenn man den robuſteſten Magen hat. Wären Röhren mit
laufendem Waſſer vorhanden, ſo könnte Jeder, der ſein Glas Bier mit Appetit
trinken will, ſich ſein Glas vorher — wie im Hofbräuhaus zu München —
ſelbſt ausſchwenken.

Auf dem Lande iſt man ſehr begierig zu erfahren, ob an den Oſterfeſten
und am weißen Sonntage, an welchen Tagen ſeither die der Schule zu Entlaſſenden auch zum erſtenmale zum h. Abendmahle gehen, wieder der Unfug aufgeführt wird, daß eben dieſe Kinder zwei volle Tage aus der Schule wegblei

ben, und in den Vergnügungs- und Trinklokalen Würzburg's und der Umgegend sich herumtummeln, und erst am Abend oft angetrunken nach Hause taumeln oder gefahren werden. Da nun nach der neuesten — sehr strenge die Schulversäumnisse beahndenden h. Min. Entschließung v. 1. Febr. K.-Amt. Nr. 24 als giltiger Entschuldigungsgrund insbesondere nicht der Umstand angenommen werden darf, daß das schulpflichtige Kind zu Haus- oder Feldarbeit u. dgl. unentbehrlich sei, fragt es sich nun, darf in der Stadt Würzburg in Folge der Erst-Communion, das Herumziehen in Wirthshäusern, in den nächsten Ortschaften den katholischen Kindern gestattet werden? und hat die h. Rggs.-Entschließung vom 9. August 1838 nur in Kirstetters Verordgs.-Sammlung Seite 478 gedruckt zu stehen, daß sich Niemand darum kümmert? Und doch sagt diese so wahr und schön, daß die Lokal-Schulkommission strenge darüber zu wachen habe, daß der Besuch der Wirthshäuser und dergleichen Belustigungsorte selbst in Gesellschaft der Eltern, um so minder gestattet werden kann, als der tiefe Eindruck der kurz vorausgegangenen religiösen Handlungen hieburch nur zu sehr den Gefahren des Alltagslebens anheim gegeben wäre. In protestantischen Städten kommt es nicht vor. Oder aber wer denkt nicht an die Heloten in Sparta, die sich besaufen mußten, um den Spartanern ein abschreckendes Beispiel der Trunkenheit zu geben?

Gebt an diesen Tagen den armen Kindern und denen vom Lande kein Aergerniß ihr Eltern, Lehrer und Pfarrherrn der Stadt Würzburg!

Anmerk. So sehr wir auch Exzesse, die vorkommen mögen, tadeln, glauben wir doch, daß die Ansicht des Herrn Einsenders eine etwas strenge ist und ein erlaubtes Vergnügen unter Aufsicht nicht gerade ausgeschlossen werden soll. —

Hitze — Staub sind jetzt polizeiwidrig!

Mathesl: „Sagt mer nor a mal, warum thun se jetzt bei der große Hitz und dem schrecklichen Staub, troß allen Klagen, nit die Straßen spritzn? Wofür haba mer denn die Wasserleitung?“

Gemeinde-Rath: „Ja wissa Sie, bös verstehn Sie wieder einmal nit. Bleiba Sie nur sitza und lasse Sie mich ausreda! Die Sach' verhält sich so — Nach der betr. magistratischen meteorologischen, von mächtigen Autoritäten entworfenen Bestimmung hat der Sommer, resp. die Staub- und Hitzperiode, erst am 1. Juni anzufangen; von dort ab wird täglich gespritzt, ob's warm oder kühl ist, ob Staub vorhanden oder nicht; präcis mit 1. Sept. wird wieder aufgehört, weil dann keine Hitze und kein Staub offiziös mehr anerkannt wird!

Dieses System hat seine mächtigen Vorzüge, denn Sie glaube mit
meine Herren, was uns die Wasserleitung für Kosta macht!
Mathesl: Also jetzt wissa mer's; es geht doch nichts über eine schöne, offizielle
Ordnung und über eine gründliche Aufklärung! —

Nachdem es auf einmal von allen Seiten auf die arme Landwehr Angriffe regnet,
ja sogar der höchst conservative Landbote seine Spalten geöffnet hat, so finden
wir uns veranlaßt zu erklären, daß wir nicht etwa aus Eitelkeitsrücksichten, etwa wegen der Titulaturen, gegen die Aufhebung des Instituts siud, sondern aus
lauterem Patriotismus, als Hüter der constitutionellen Freiheiten gegen Ueber-
griffe von oben und unten!
Wer unsere Wirksamkeit in den Revolutionsjahren 1848/9 kennen gelernt hat,
unsere ausgezeichneten Leistungen bei Paraden, Prozessionen, Bränden der muß
gestehen, was wäre Bayern ohne Landwehr? Eine Nullität unter den Trias-
Staaten.

Einige Stabsoffiziere.

Man ersucht höflichst, die verehrliche Redaktion wolle es rügen, daß im hiesigen Hofgarten, so wenig Sitzbänke sich befinden, oder ob ein polizeiliches Verbot bestände, daß vor dem 1. Mai nicht mehr aufgestellt werden dürfen.

Schon mehrmals ward in diesen Blättern gegen Thierquälerei gesprochen.
Besteht eine solche nicht auch darin, daß die mit den Bahnzügen zu verladenben
Ochsen mit niedergebundenen Köpfen von 10—2 Uhr in der Hitze bleiben müssen, sollte man nicht Viehwägen anschaffen (wie sie auch anderwärts bestehen), wo wenigstens den Thieren die Köpfe nicht niedergebogen werden?

Nachdem die Promenade jetzt so hübsch hergerichtet sei, möge man auch sorgen, daß die Wägen wenigstens an Festtagen an einen andern Ort gestellt würden, wo sie die Passage nicht so hinderten.

Jemand klagt, daß ein Schlossermeister für Anmachen von 4 Marquisen 1 fl. 36 kr. berechnete, was später Packträger für 24 kr. thaten. Wir bemerken dem Einsender, daß das erste Anmachen schwerer ist, als das spätere Einschrauben. Ein Anderer tadelt das Herausnehmen der Gitter aus den Fenstergewänden des Arbeitshauses.

Anfrage.

In welche „höhere Bildungsschule" wohl der Commis bei Hrn. S. gegangen sein möge, der am verflossenen Dienstag einem Manne vom Lande beim Kaufen von Schnupftabak auf dessen Einwenden, daß der ihm verkaufte Tabak nicht der richtige sei und einen ganz andern Geruch habe, die auf dessen bescheidenen Einwand gewiß schnöde Antwort gab: „er möge sich beim Schürer 5—6 Pfund in Blei kaufen und da die Nase hineinstecken, da würde er dann schon den richtigen Geruch davon bekommen!" Oder gab dieser gewiß für einen Kaufmann sehr gebildete Herr die Antwort vielleicht aus dem Grunde, weil der betreffende Mann nur ein Loth haben wollte?

Der Artikel über den aushelfenden Pfarrer kann nicht aufgenommen werden, da er auf irrigen Voraussetzungen beruht.

Ebensowenig kann der Aufsatz: „Veteranenliebe" da er zu persönlich ist, aufgenommen werden.

Gewisse Vorkommnisse während eines Umzugs mitzutheilen, erachten wir ebenfalls außer unserer Competenz.

Verantwortlicher Redakteur und Verleger: Stephan Gützenberger.
Druck der Beder'schen Buchdruckerei in Würzburg.

Würzburger Stechäpfel.

Ein humoristisch-satyrisches Originalblatt.

Ganzjährig fl. 1, 36 kr., halbjährig 48 kr., einzelne Nummern 3 kr.
Alle Postämter nehmen Bestellungen an. Die Stechäpfel erscheinen jeden Freitag.
Trägerlohn 1 kr. das Monat. Passende Einsendungen werden erbeten und auf Verlangen honorirt.

(Siebenter Jahrgang.)

Freitag   Nr. 17.   28. April 1865.

Politisches Allerlei.

Lincoln.

Er ist gemordet, doch was er erstrebt:
Die Menschen zu erlösen von den Leiden
Der Sklaverei, sie zu der Menschheit Freuden
Emporzuheben; ist's, was ewig lebt.
Er ist gemordet, doch sein Geist, der schwebt
Auf Morgenröthe fort, durch alle Zeiten;
Gleichwie sein Werk, errungen durch sein Streiten,
Dem Felsen gleicht, den nie ein Sturm begräbt.
Wohl traf sein Herz des blutigen Mörders Blei;
Den edlen Körper haben sie bezwungen!
Doch jubelt nicht Ihr, die Ihr ihn gedungen
Den schwarzen Mörder! denn der Freiheit Schrei
Wird Euch vernichten, Euch und Eure Sache!
Er ruht in Frieden, Euch zermalmt die Rache.

Der französische Handelsvertrag in der bayerischen Kammer.

Nun kommt der französische Wechselbalg
Noch einmal zur Debatte,
Nachdem man ihm so oft den Kopf
Vergebens gewaschen hatte.

Er ist nun faktisch und legitim,
Man kann ihn nicht landesverweisen,
Selbst da der geehrte Herr Referent
Nicht viel an ihm findet zu preisen.

Er ist geboren, die Hauptsach bleibt's.
Die Gevattern waren die Preußen,
Sie haben dem Kinde großes Glück
Und großen Reichthum verheißen.

Herr Ruland aber und Lerchenfeld
Betrachten ihn noch als Malheur,
Von Guttenberg klagt: „tout est perdu,
Ja selber die honneur."

Allein der listige Herr Völk
Sagt, die Ehr sei uns unbenommen;
Die Ehr bleibt uns, wie großen Herrn,
Daß wir — sehr spät gekommen.

A Gspräch von die Störch, wa hieher gezogen sind.

Andreas: Grüß di Gott Kilian! Hast du die Störch vom Johannisplatz auch schon gesehn?

Kilian: Freilich, es sind für die Ersten, die hier sich niedergelassen haben! Und grad dadraußen, was das bedeut'?

A.: Nun, n' frühen Sommer und daß im Sanderviertel und der Sanderau schöner ist, als da hinten bei der Gasfabrik.

R.   Dene Storch sollt mer 'n Ehr anthun; natürlich wo niz kost.

A.   Meinste a Ehrenbürgerrecht? ich glaub, daß das nicht passend wär.

R.   Ne, ich mein, man sollt sie von der Aufenthaltskarte freigeben.

A.   Die brauchen kene, sie senn ja mit Sack und Pack eingezogen, haben ihren ständigen Wohnsitz hier genommen, bauen sich ihr Nest und senn naturalisirt.

R.   Das hilft niz, sie senn doch Fremde und gehn sogar im Winter fort.

A.   Das macht niz, das thun Andre auch, daß sie im Winter, wo ihr Nest zu kalt ist, in ein wärmeres Klima gehn. Sie haben ihren ständigen Wohnsitz hier genommen, haben das durch unwiderlegliche Thatsachen bekundet und sind jetzt hiesige; diesmal ist 's mit deiner Aufenthaltkarte niz.

R.   So? du kommst mir schön an, gleich morgen sollen sie eine lösen, ich zeig's an!

A.   Auch gut, dann schreibt der Storch täglich ½ Stund bei 'n Advokaten, so ist er frei und sei Frau prakticirt als Hebamme, das ist ja so ihr Fach, da ist sie auch frei.

R.   Das könnt'ne schöne Wirthschaft geben, die is nit ortskundig und trägt am End ihr Waar falsch aus!

A.   Da sorg du nit davor, die wird sich bald auskenne und das Er', wo sie zu thun hätt', wär, daß sie zu so a paar kleene Weiberli ging, wo scho lang auf sie passen; ich meen, da käm sie ganz gut an.

Briefkasten.

Der bekannte Theaterschäcker Vater Max —b— brachte wieder verflossenen Freitag einen seiner schalkhaften Artikel im Stadt- und Landboten, der das hießige Publikum höchlichst erlustirt hat. Indem er uns die überraschende Nachricht bringt, daß Fräulein Claus mit dem Schluße der Saison aus ihrem bisherigen Wirkungskreise tritt, legt er ein Pflaster auf die Wunde, indem er tröstend hinzusetzt, daß Würzburg beruhigt der Zukunft entgegensehen dürfe, indem dem Hrn. Theaterdirektor Mittel an die Hand gegeben wurden, Fräulein Claus unter gewissen Bedingungen auf noch längere Zeit unserer Bühne zu erhalten. Dieses Delphische Orakel verhüllt mit einem mystischen Schleier, wer dem Hrn. Direktor Mittel gegeben hat, und welche diese gewissen Bedingungen waren, unter denen der Herr Direktor diese Mittel und den „lebenslänglichen Contrakt“ des Fräulein Claus erhielt. Schalkhafter Vater Max! Was anderes als das Herz und die Hand des schönen Emil, welche verflossenen Dienstag vergeben wurden! Möge nur Hr. Hahn auch besorgt sein, Herrn Vater Max lebenslänglich zu gewinnen, wozu ihm die Mittel jetzt um so eher an die Hand gegeben sind, damit er uns ferner erheitern kann!

Aus der Gegend von Linbflur und Reichenberg wird uns mitgetheilt, daß die Bäume so vernachläßigt sind in Folge mangelhafter Aufsicht, daß viele zum Bedauern der Fußgänger zu Grunde gehn. Man bittet um Abhilfe.

Im vorigen Jahr hat Miltenberg Jagd auf einen Tiger gemacht, heuer spuckt ein Wolf dort, nächstens kommt der Bär.

Wenn nach Liebig Schweinefett und Schmalz identisch ist, so ist auch wohl ein bischen Wagenschmier darunter kein Betrug?

Erklärung gegen Bildhauer Poller.

In Nummer 81 des Würzburger Stadt- und Landboten wurde ein von mir gefertigter Oelberg der öffentlichen Ansicht von einigen Kunstfreunden empfohlen. Daß nun dort ein Oelberg mit 7 Figuren genannt wurde, beruht lediglich auf einem Versehen der Herren, welche denselben besichtigten und zur Ansicht empfahlen. Es waren nämlich wohl 7 Figuren, aber 2 davon gehörten nicht zum Oelberg, was von den Herrn Einsendern wahrscheinlich übersehen wurde. Uebrigens ist es im höchsten Grade lächerlich, mit einer solchen Kleinigkeit sich öffentlich lustig zu machen und dem Rufe eines Andern schaden zu wollen. Ferner erklärt Bildhauer Poller, daß ich jene Empfehlung habe einrücken lassen. Diese Behauptung kann jedoch nur auf großer Hirnlosigkeit berüßen; denn wenn ich jene Empfehlung selbst hätte einsenden lassen, so hätte ich wahrscheinlich gewußt, daß jene zwei Figuren nicht zum Oelberg gehörten. Uebrigens habe ich wegen dieses öffentlichen unwahren Angriffs auf mich bereits gerichtliche Klage erhoben.

Diesen Schmähartikel unterschrieb ein Bildhauer Poller aus München, welcher sogar noch die Bemerkung machte, daß ich erst nach München gehen müsse, um zu lernen, was man mit wahrem Rechte Kunst heißt.

Ich selbst kam soeben erst von München zurück, habe aber trotz der sorgfältigsten Nachforschung in der ganzen Stadt München keinen Bildhauer Poller, weder einen Meister noch Gehülfen, ausfinden können. Ein Bildhauergehülfe Poller ist hier in Würzburg bei Bildhauer Röber, und ich habe von manchen Personen mit Gewißheit sagen hören, daß dieser Poller der Verfasser dieses Schmähartikels war. Derselbe ist taubstumm und nicht aus München, wie er fälschlich unterschrieb, sondern aus einem Dorfe im Bezirksamte Laufen.

Uebrigens wurde jener Oelberg ja nur einer öffentlichen Besichtigung empfohlen, und auch wirklich von mehr als 50 Kunstfreunden besichtigt, und ich kann mir nur schmeicheln, daß ich von denselben allen einstimmig nur ebendasselbe lobende Urtheil hörte, mit welchem jene Arbeit im Stadt- und Landboten zur Ansicht empfohlen worden ist.

Schließlich kann ich nur noch bemerken, daß die ganze orthographisch und stylistisch sehr fehlerhafte Schreibweise jenes Artikels keineswegs von einem gebildeten Manne herkommen kann, im Gegentheil sagt mir das ganze Publikum, daß jener Artikel nur der Ausbruch eines gemeinen bemitleidenswerthen Geschäftsneides ist.

Franz Schuler,
Bildhauer.

Gymnastische Stylübungen,

vorgetragen von einem weichen Professor.

Wenn ich mir denn doch erlauben dürfte, mein lieber Herr, ganz unmaßgeblicherweise, sofern es meine schwachen Kräfte zulassen mir einige Berechtigung zu bieten scheinen möchten, ein Urtheil über diesen jedenfalls einer eingehenden Erwägung nicht unwürdigen Gegenstand zu bilden, resp. wenn man in nächste Berücksichtigung zu ziehen irgendwie und sofern anderen Anschauungen gegenüber keinerlei Bedenken vorzuliegen scheinen dürften, in der Lage wirklich sein möchte, denn doch sich gutachtlich hierüber auszusprechen, so möchten Sie mir wohl erlauhen, jedoch unter allem Vorbehalte und der nach allen Seiten hin unmaßgeblichen Voraussetzung, daß selbe irgendwie begründeten Einsprachen oder Bedenken geltend gemacht werden dürften, meine Ansicht dahin abzugeben, daß wenn ich denn doch in der Lage sein dürfte oder sollte :c. :c. heute der Unterricht ausgesetzt werden könnte; jedoch möchte ich durch diese meine hier unter allem Vorbehalte abgegebene Anschauung in keiner Weise etwaigen entgegengesetzten höheren Intentionen präjudiziell in irgend einer Weise vorzugreifen mir erlauben insofern und soweit als —

(Fortf. folgt.)

Zur Hundekrisis ein Recept.

Der im Julius-Spitale unter den schrecklichsten Convulsionen verschiedene 10jährige Knabe, welcher kürzlich von einem wuthverdächtigen Hunde gebissen wurde, mahnt neuerdings die Behörden zur Ergreifung geeigneter Maßregeln gegen das Herumlaufen herrenloser Hunde. Was man auch thun möge, es wird ohne Erfolg bleiben, so lange nicht die Hundesteuer eine entsprechende Erhöhung findet; der bisherige so niedrige Preis von 48 kr. ist offenbar gar nichts im Verhältniß zu der Abgötterei, welche mit den Luxushunden und Hündchen aller Art getrieben wird; möge man diese Hundeliebe auch gehörig besteuern; wer sein Thier lieb hat, dem kommt es auf die paar Gulden mehr nicht an, und die von Proletariern gehaltenen, auf das öffentliche Mitleid angewiesenen Hunde verschwinden, sobald jeder unversteuerte, markenlose Hund aufgefangen und getödtet wird. — In Frankreich zahlen die Hunde des Luxus jetzt 6 fl. per Jahr. (Nutzhunde für Gewerbe sind frei) möge man diesem Beispiele folgen, namentlich aber auch das Mitnehmen von Hunden in öffentliche Lokale strenge bestrafen, so wird endlich Ruhe werden!

Ein verliebter Landwehr-Tambour hat sich freiwillig den Tod gegeben; ob vielleicht mit Verdruß über die beabsichtigte Aufhebung der Landwehr ist noch unentschieden. — Hätte er aber die rührende Ehrenerklärung des Herrn Ministers für dieses so allgemein beliebte Institut gelesen, er würde, wenn nicht Reue, doch wenigstens eine bessere Meinung von der Nützlichkeit seines Daseins als Tambour bekommen haben.

Bescheidene Anfrage.

Ist denn der Mangel an deutschen Volksschullehrern wirklich so groß in unserem Regierungsbezirk, wie der Pfarrer von Unterdürrbach von der Kanzel sagte: daß gegenwärtig 5 bis 6 Schulstellen gar nicht besetzt seien und die Distriktsschulinspektionen die Weisung haben in Erkrankungsfällen von Schullehrern keine Hilfslehrer zu verlangen, indem keine verfügbar seien. „Wofür solche Floskeln: „Woher nehmen und nicht stehlen:“ „Wo nichts ist, hat der Kaiser das Recht verloren.“ Weil der Lehrer krank ist und die Töchter die Schule halten, vom Kirchendienst gar nichts zu erwähnen.

Sonntag, den 23. April gingen in Giebelstadt die ersten Kommunikanten zur ersten Kommunion, zu welchem Zwecke sie von dem Herrn Lokalkaplan in eine niedliche Hafnerwerkstätte abgeholt und auch wieder dahin zurückgeführt wurden, während doch auch keine 30 Schritte die Schule von der Kirche entfernt ist. Auch sei die Werkstätte schön bekränzt gewesen, während die Kirche eines solchen Schmuckes entbehrt habe.

Der arme Schneider, der sich vor ein paar Tagen erschoß, blieb etwa ¾ Stunden lebend liegen, ohne daß man einen Arzt oder Geistlichen holte. Nur auf die Polizei und zur Anatomie schickten die Umstehenden. Ja Einer sogar ermahnte den in Todesschmerzen sich Krümmenden, doch ruhig liegen zu bleiben, bis die Commission eingetroffen sei. Etwas viel verlangt!

Warum geht der Bewußte nicht mehr um der großer Stock? Fürchtet er einen ändern Stock?

Ein verunglückter Offizierscandidat habe in einem hiesigen Garten das Vorrecht auf die Nase erhalten.

In Rottendorf kreuzen sich um 11 Uhr 80 M. die Bamberger und Würzburger Güterzüge. Um in ersteren einzusteigen, habe man gegen 600 Schritte
zu gehn über Steingeröll, im Winter im Schnee, ohne daß eine Bahn gemacht
sei. Könnte nicht, nachdem der Würzburger Zug abgefahren, der Bamberger her-
einfahren zur Bequemlichkeit des Publikums?

———

Was das für ein Unfug sei, daß die Hunde, obwohl in der Stadt mit
Maulkörben, außerhalb des Thores in ganzen Rudeln ohne einen solchen herumlaufen? Es müßte Jemand das Kind, das schon vor einigen Wochen von einem
Hunde gebissen worden sei, gesehen haben, wie es dieser Tage unter den gräß-
lichsten Schmerzen in dem Spitale an der Wuth gestorben sei, um sich einen
Begriff von der Schrecklichkeit dieser Krankheit zu machen. Warum dem Publikum von Seite der Behörde keine Mittheilungen über die Resultate der in dieser Hinsicht gepflogenen Untersuchungen zur Berichtigung gemacht würden, und
ob es nicht zeitgemäß sei, eine höhere Hundesteuer einzuführen?

———

Da war a mal a Schmied, dessen frühere Renteneinnahme aus ihm wohl
bekannten Ursachen aufgehört hätte, der schmiedete nur Pläne, wie man billige
Zechen macht; er ging bald da, bald dorthin, aß und trank, und verschwand auf
Nimmerwiedersehen; so hat er es neuerdings auch einer armen Kellnerin im
Schönbrunnen gemacht!
Während der Mann solchem System huldigt, sitzen seine Frau und Töchter
bei jeder Concert- oder Kaffeklatsch-Soirée in Göbelslehu oder im Plaß'schen
Garten; wie reimt sich dieß alles zusammen?

———

Verantwortlicher Redakteur und Verleger: Stephan Götschenberger.
Druck der Becker'schen Buchdruckerei in Würzburg.

Würzburger Stechäpfel.

Ein humoristisch-satyrisches Originalblatt.

Ganzjährig fl. 1. 24 kr., halbjährig 48 kr., einzelne Nummern 3 kr.
Alle Postämter nehmen Bestellungen an. Die Stechäpfel erscheinen jeden Freitag.
Trägerlohn 1 kr. das Monat. Passende Einsendungen werden erbeten und auf Verlangen honorirt.

(Siebenter Jahrgang.)

Freitag   Nr. 18.   5. Mai 1865.

Politisches Allerlei.

Der kaiserliche Koch in Paris, der von jeder Schüssel der kaiserlichen Tafel zu kosten hatte, ist plötzlich gestorben. Welche Verlegenheit! Bei einem solchen Vertrauensposten kann man nicht, wie die leichtsinnigen Pariser ausrufen: „Der Koch ist todt, es lebe der Koch!" sondern man muß ängstlich nach den Qualificationen spähen, die einen neuen Candidaten dieser Stelle würdig machen. Am besten eignete sich ein französischer Senator dazu. Ein solcher kennt des Kaisers Geschmack, weiß zu dämpfen, zu verzuckern und um den heißen Brei herumzugebn, auch versteht ein Senator das Aufschneiden und die besten Bissen: — Journalisten kann man keine brauchen, da diese nur Enten herzurichten verstehen und ebensowenig Republikaner, die zu einseitige Freunde von Auflaufen sind. Wäre Sie, die holde Gattin, nicht am besten geeignet, die Unterhaltung am kaiserlichen Herd zu besorgen? Sie versteht zu Allem ihren Senf zu geben, thut Manches zu versalzen und Vieles zu versüßen und Windbeutel zu bereiten, wie keine Andere. Sie weiß wohl auch, was er am liebsten zu sich nimmt; Aber mag Sie noch so gut qualificirt erscheinen, einen besseren Koch für den Kaiser wüßten wir doch noch, den allerbesten, den — Hunger.

Steckbrief

Die deutschen Buchhändler klagen über den schlechten Absatz des kaiserlichen Buches über Julius Cäsar. Die [Leute] ko[mm]en, sehen das Bu[ch] an, ne[hm]en es aber [nicht] ... [ein] ... katholische Werk ...

Die Erfolge des nordamerikanischen Generals Grant, durch bloße Correspondenz die Capitulation feindlicher Orte herbeizuführen, soll ihn veranlaßt haben, demnächst einen eigenen Capitulationsbriefsteller herauszugeben, der übrigens unter der Kanone sein soll.

(Siebenter Jahrgang.)

Klage des Königs Christian:

Jetzt, nachdem ich so sehr gebunden, noch ein Hosenband! Das fehlte noch!

Politisches Allerlei.

Es wehet frische Brise, die Meereswelle schlägt,
Leis taumelnd auf Geschwader, das Frankreichs Schicksal trägt,
Die bunten Wimpel flattern auf ihren lustigen Höh'n,
Es sollen die Schylen den Frankensultan seh'n.
Der Kaiser steht am Borde des Schiffes, und zurück
Gerichtet, nach Europa, ist sein tiefernster Blick.
Auf vierzig Tage, meldet er Frankreichs stolzen Thron,
Auf vierzig Tage Ruhe sucht nun Napoleon.
Doch während, so ferne der Staatenlenker weilt,
Wär's möglich, daß gar Manches zu seiner Lösung eilt.
Wir wollen einmal denken: (Geschehen wird's wohl nicht —)
Doch frei ist der Gedanke und frei die Phantasie:
Wir wollen einmal denken: der Kaiser käme an,
Indeß die Tricolore weht von dem Vatikan!

Er schützt den heil'gen Vater aus Pietät und Pflicht,
Und, doch gescheh'n Thaten, die anders gern — Sie nicht. —
So wär es, weil er ferne, bei Wüstensöhnen weilt,
Leicht möglich, daß so Manches zu seiner Lösung eilt. —

Doch Er auf dessen Haupte dreifache Krone sitzt,
Wird dann vom Frankenkaiser gleichwie bis jetzt — geschützt.

Briefkasten.

(Eingesandt.) Bei der letzten Verakkordirung der Rollir- und Klopfstein-Lieferung zum Unterbau der Eisenbahngeleise, stellten mehrere Lieferanten vor der Eröffnung der Submission an die Eisenbahnbau-Behörde die Anfrage, ob die zu brechenden Steine etwa auch auf dem Grundeigenthum der kgl. Eisenbahn gebrochen werden dürften, und würde dieses gestattet, so könnten ihre Submissionen weit niedriger gestellt werden. Von Seite der Baubehörde wurde diese Anfrage entschieden verneint. Dem Eisenbahntaglöhner und Vorarbeiter Michael Karl von Veitshöchheim wurde der Akkord zuerkannt, und Dieser bricht nun gegen die Erklärung der k. Bausektion die Steine sämmtlich auf dem der k. Eisenbahn gehörenden Grundeigenthum, wodurch ihm ein besonderer Vortheil erwächst.

Es fragt sich nun, warum fand die specielle Erklärung der k. Eisenbahnbau-behörde wegen Brechung der Steine auf Eisenbahn-Eigenthum für andere Submittenten keine Anwendung und warum wird blos der Michael Karl in Genuß dieser Begünstigung gesetzt, während man seine Eigenschaft als Akkordant, da er Taglöhner der Bahn ist, in Zweifel ziehen muß, umsomehr, als es dem Anschein nach hat, daß er blos Scheinakkordant ist? Ferner fragt es sich, kann dieser Michael Karl bei seiner Ernennung als Bahnwärter, immerhin seinen Akkord beschäftigen, oder, wer führt jetzt dessen Geschäfte, etwa ein weiterer Bahnbedienstigter oder vielleicht gar der Bahnmeister zu Veitshöchheim? —

In Güßingen Post-Expedition Gleißstadt werden die Zeitungen so schlecht
bestellt, daß die Abonnenten die Woche höchstens zweimal solche bekommen. Eine
Abhilfe wäre da gewiß sehr am Platze.

———

Während man hört, daß die alles Zartgefühl verhöhnenden Crinolinen im
benachbarten Schweinfurt ganz verschwunden sind, scheinen sie hier erst recht in
Aufschwung zu kommen.

In die Kirche gehen sie damit, als wollten sie zum Gassenkehren oder
Schneeschaufeln gehen, und bringt zuweilen eine ihr Gitter nicht ganz in den
Stuhl hinein, da öffnet sich eine Aussicht weit über die Strumpfbänder
hinauf.

———

Wie manchmal die eigenen Verwandten frivole Prozesse beginnen, zeigte sich
wieder in G . . . . n, wo im vorigen Jahre ein Oekonom einen Acker von
3¾ Morgen durch seine Leute wenden ließ und der Schwager J. K. ihn am
Amte zu A. b verklagte, da er seinem reifen Flachs dadurch geschadet habe, was
aber nicht der Fall war, weßhalb er auch den Prozeß verlor. Der Herr Landrichter selbst hat es ihm verdacht, daß er deßhalb seinen Schwager verklagte.

———

Schlußwort

auf Herrn Bildhauer Schuler's Entgegnung.

Als letztes Inserat diene Herrn Schuler auf seine Vertheidigungsrede Folgendes:

„Als nemlich der von Hrn. Bildhauer Schuler dahier verfertigte Oelberg
als besonderer Kunstgegenstand der allgemeinen Bewunderung empfohlen wurde,
— ob von Seite des Hrn. Schuler oder von Freundesseite, wollen wir dahin
gestellt sein lassen — war es auch des gegenwärtigen Verfassers Sache, sich darum
zu interessiren, denn Kunstgegenstände können nur (wenn sie wahrhaft solche sind)
einem drittern Künstler von Interesse und Nutzen sein.

Besonders neugierig war man daher, zu erfahren, welche Ideen dem Kün-
stergeiste des Hrn. Schuler entsprungen waren, zur Beschaffung noch zweier weiteren Figuren zu seinem Oelberge; (denn nach dem Wortlaute der Geschichte

nahm Christus seine 3 liebsten Jünger [mit sich auf] den Oelberg, und hier erschien ihm der tröstende Engel) also nur 5 Personen und keine 7. —

Nachdem nun [bei höflicher Kunstanpreisung] von noch zweien weiteren Personen die Rede ist, so ist es gewiß (wenn die Sache auf einem Irrthume beruht) für einen Künstler — der sein Werk der allgemeinen Anschauung anpreist, oder anpreisen läßt — die sofortige Aufgabe, diesen bedeutenden Verstoß gegen geschichtliche Darstellungen sogleich aufzuklären, ohne sich erst spät darnach hierüber selbst aufklären zu lassen, daß er sich durch seine Darstellung lächerlich gemacht; denn will ein Künstler Wahres und geschichtlich Erhabenes bilden, so muß er auch bei dem Wahren bleiben.

Doch sei dem, wie ihm wolle, Hr. Schuler hat hiedurch (ohne daß er es selbst ahnte) seinen Kunstgegenstand als Curiosum angepriesen oder anpreisen lassen. — Rühmt er sich gleichwohl mit 50 Besuchen beehrt worden zu sein, — ist schon hinlänglich — möge er froh sein, daß es nicht mehr waren.

Einsender dieses hat sich aber jetzt auch wirklich die Mühe gegeben, fraglichen Oelberg der nunmehr in Goßmannsdorf aufgestellt ist, persönlich einzusehen, und fand hier, daß Hr. Schuler doch Belehrung angenommen, denn er hat die früher hiezu noch selbst componirten Figuren nicht mit aufgestellt. —

Was die Einzelheiten dieses Meisterstückes anbelangt, so will Einsender durchaus hier kein Urtheil abgeben; ob Hr. Schuler die Erhabenheit seines Bildes gefühlt und gewürdigt hat, möge dem Auge des Kenners überlassen bleiben; er hat es als besonderes Kunstwerk angepriesen, er möge sich also auch der besonderen Critik unterwerfen. —

Was die Entgegnung anbelangt, ich sei kein „Münchner" und „taubstumm" so bleib Hrn. Schuler hierauf, daß ich allerdings kein geborner Münchner, wohl aber während 16 Jahre im dortigen Taubstummen-Institute gelehrt und als Bildhauer gebildet wurde, daß ich mir schmeichle, soviel daselbst gelernt zu haben, um ein Urtheil über zur freien Beurtheilung ausgestellte Meisterwerke fällen zu können, vielmehr aber noch Fehler und Lächerlichkeiten auch frei zu rügen.

Weit sei es von mir, Hrn. Schuler durch Geschäftsneid schaden zu wollen; jedem, dem Ehre gebührt, wird auch dieselbe zu Theil werden, wenn er nicht Unbescheidenheiten und Lächerlichkeiten sich aufbürdet; — zumal ist die Bildhauerarbeit eine Freikunst und wird sich dieselbe nie in die Zwangsjacke der Gewerbeunfreiheit zwingen lassen; — nur das Werk muß den Meister loben."

Der Schluß der Entgegnung des Hrn. Schuler setzt endlich seiner Schwäche die Krone auf, mir Unrichtigkeiten im Stylisiren meines vorletzten Aufsatzes vorzuwerfen; — möge Niemand Hrn. Schuler's erlernte Bildhauerkunst so strenge beurtheilen, wie er [meine] nicht erlernte schriftliche Aufsätze [...]

Georg Hoffmann, Bildhauer.

[...] neben Christus jene [...]

[... mehrere Zeilen unleserlich ...]

(Denn Klappern gehört zum Handwerk.)

Als starre Wesen wandeln hier in diesem Erdenthal,
Wo nur Merkur der Schelm mit voller Schlauheit waltet,
Und auf die Stirne prägt des Zeitgeist's brennend Maal,

(Denn Geld ist unsere Losung.)

O redet nicht von Kunst, noch seltener sollt Ihrs schreiben,
Ihr sollt wie jenes Sprüchwort sagt, bei Eurem Leisten bleiben.

[... mehrere Zeilen unleserlich ...]

Da es jetzt an der Tagesordnung ist, Thiere zu quälen und der Mensch mehr sich bald als Schäter derselben zeigt, so bittet man die Behörde, ernstlich einzuschreiten und solchem Unheil endlich abzuhelfen. Sonntag den 30. April wurde um 10 Uhr Vormittag ein Brüllochse durch die Reuhengasse geführt, wobei 2 Metzger fortwährend auf das Thier schlugen, da es vor Ermüdung nicht mehr fortkonnte, und noch nebenbei ein Hund lief, der das arme Thier beißen mußte. Da heißt es, der Ochse ist wild; es soll ein Mensch so gehetzt sein, ob er noch geduldig annimmt. — Ueberdies war es Sonntag und in der Seminariumskirche war die feierliche Handlung der ersten Communion. — Es wurde schon früher gesagt in einem Artikel, ob denn hier kein Sonn- und Feiertag mehr geachtet wird?

Es scheint fast nicht mehr. —

Dann möchte man in Erwiderung eines andern Artikels doch auch fragen: ob der Steuern und Abgaben, der Accise nicht genug sind und ob gerade eine starke Hundssteuer nöthig ist? —

Werden denn die Hunde nicht mehr krank? Und braucht ein Mensch, der sein Thier gut und ordentlich hält, kein Thier, weil er nicht reich ist? — Darf kein anderer Mensch mehr was besitzen, als wer tüchtig bezahlt? —

Richten will man denn auch in andern Sachen nach dem Pariser System? Machen viele viele 48 Kreuzer nicht mehr, als wenige Gulden?

[...] wäre es so weit gekommen, hätte das unglückliche Kind diesen Hund nicht meh-
rermal geworfen und wäre die Heerde Buben die dem Hunde mitnachliefen, dem
Thiere ausgewichen? wäre es nicht mit Schneeballen und wüthendem Geschrei
verfolgt gewesen, so stünde zu Frage, ob der gräßliche Fall vorgekommen wäre?

Man ziehe zu Rath, ob durch Hundesteuer einer Krankheit gesteuert wird
die durch den schnellen Witterungs[illegible]

Daß eine [illegible] bezüglich dieser Thiere ist sehr dankenswerth und es möge so bleiben. [illegible]

[illegible]
wohl aber für Menschen und Thiere ein Gefühl hat.

[illegible]

Zur Oelbergsangelegenheit.

Ein Dichter, welcher gepolitzet,
Ein Schäfer ohne Schul',
Ein Künstler ohne Kunst,
Die streiten sich umsunst.

Wohl hat es stark geblitzet,
Von Zeit zu Zeit im Blatt,
Drin man gekunstnotizet
[illegible]

[illegible]

[... Ob a mal, ..., neuli ... gseha, daß a Offizier ... auf der Nase verunglückt war mit sei ... Gall, denn unter Milliona a Sol ...] [illegible] [... wegen Weiber ... (der jetzt hier überhand zu nehmen scheint) passirt ist? ... bitt um Aufklärung, das Weiter kömmt dann nach.]

[illegible]

Das Lied vom Wir-Präcepter, welches beginnt:

    Schulmeister! Schulmeister, der ist es höhern Orts,
    Im wahren, im ächten, im ganzen Sinn des Worts,
    Als Hoffnung bleibt der Rektorstand
    Dem Herrn Präcepter ...

könnten wir nicht aufnehmen, ohne uns einen Injurienproceß zuzuziehn, wenn auch Manches darin Gerügte seine Richtigkeit haben mag.

Ebensowenig können wir den Aufsatz „komisch und tragisch aber wahr" und der eine höherer Seits sehr barsch gelöste Einstandsgeschichte behandelt, aufnehmen. Da er ohne Unterschrift ist, wer bürgt uns für die Wahrheit?

Der erst in voriger Nummer dieses Blattes gerügte Uebelstand, plötzlich Verstorbene so lange liegen zu lassen, wiederholte sich leider bei dem gestern Morgen am Markte vom Schlage getroffenen Arbeiter in der Weise, daß man denselben von 5—7½ Uhr in demselben Zustande, wie ihn der Tod überrascht hatte, liegen ließ, bis er endlich nach Verlauf von 2½ Stunden von Seite des Anatomie-Dieners weggeschafft wurde. Könnte denn nicht die Einrichtung getroffen werden, daß, vorkommenden Falls, die betreffenden Personen s o f o r t in's Spital oder in die Anatomie gebracht würden?

Verantwortlicher Redakteur und Verleger: Stephan Schüchenberger.
Druck der Becker'schen Buchdruckerei in Würzburg.

Würzburger Stechäpfel.

Ein humoristisch-satyrisches Originalblatt.

Ganzjährig fl. 1. 36 kr., halbjährig 48 kr., einzelne Nummern 3 kr.
Alle Postämter nehmen Bestellungen an. — Die Stechäpfel erscheinen jeden Freitag.
Trägerlohn 1 kr. das Monat. Passende Einsendungen werden erbeten und auf Verlangen honorirt.

(Siebenter Jahrgang.)

Freitag   Nr. 19.   12. Mai 1865.

Politisches Allerlei.

Neue Krankheits-Erscheinungen.

Mit Staunen und Schrecken liest man in den öffentlichen Blättern von neuen, bisher unerhörten Krankheiten: als da sind Gehirnkrampf, menengitis cerebro-spinalis, dem selbst Großfürsten zum Opfer fallen, sibirische Pest, Hundswuth u. dgl. Den medicinischen Autoritäten der „Stechäpfel" ist es gelungen, dieses Register zu vervollständigen und die allerneuesten Krankheitserscheinungen mittheilen zu können. Dahin rechnen wir zuerst

1) Die Schweinehundswuth. Sie kömmt in München vor und befällt die ohnedies sehr aufgeregten Nerven der norddeutschen Zukunftsmusiker.

Kennzeichen: Aufgeblasenheit, Bissigkeit, Schaum, Unvorsichtigkeit. Nur Wechsel des Clima's, und geringere Kost können helfen. In einzelnen Fällen soll aber auch tüchtiges Durchwalken des Körpers die Schweinehundswuth vertrieben haben.

2) Der Fortschrittskrampf kömmt wieder jetzt in Kammern vor und wirkt ansteckend. Ein besonderer Doktor in München wendet selbige Decocte mit Erfolg an.   —

3) Die Landwehrkolik. Der Kranke hat sie im Magen und wünscht davon befreit zu sein. Ruhe ist ihm vor Allem erwünscht als erste Bürgerpflicht. Die höheren Aerzte denken aber, die Krankheit sei nur vorübergehend und durch Rescripte und Bewegung zu heilen.

4) Finanzauszehrung. Dieses Uebel kommt meistentheils bei gering besoldeten Subalternbeamten vor, und der Kranke schreit bringend bei allen Apotheken um Besserung oder Aufbesserung. Der Kronenapotheker meint nun: diese Aufbesserung herzustellen sei sein altes Recht und die Anderen wären Pfuscher ohne Concession. Trotzdem hält er aber mit seiner Goldtinctur und seinem Tausendgulbenkraut noch zurück.

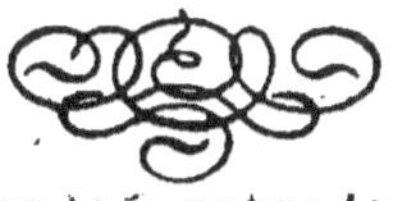

An Jene — welche — in Berlin, auch an ein Paar in München.

Es bebte Europa, es bebte die Welt,
Weil Mörder den edeln Kämpfer gefällt,
Den Fels an der Freiheit Statt.
Ob hoch sie, ob nieder, ob arm sie, ob reich,
Die Bürger und Fürsten bezeugten sogleich,
Wie theuer er Jedermann war.

So manche Versammlung stand auf, wie ein Mann
Das Beileid zu künden dem Volk dort an,
Dem freien Volk über dem Meer!
Doch Ihr! Ihr bleibt sitzen, Euch rühret es nicht!
Ihr seid ja die Feinde von Freiheit und Licht,
Von dem, was erhaben und hehr! —

Als Kunde des gräßlichen Mordes geschah,
Da knirschte manch' Wackerer ferne und nah',
Da weinte manch' männliches Herz;
Doch Euch, meine Herren! Euch ließ es so kalt,
Euch scheint wohl ehrwürdig der rohische Gewalt
Und Freiheit die seht Ihr mit Schmerz! —

Verzeih' ihnen Lincoln! Du warst je ein Christ,
Und wußtest: der Erdengeborene ist
Vom Irrthum befreiet nie ganz;
Sie nehmen Dir nimmer, was Du Dir erstrebt,
So lange man denket, so lange auch schwebt
Dein Name im herrlichen Glanz!

R. B.

Bitte eines Subalternbeamten an Herrn Minister von der Pfordten.

Ob's von dem Land, der Krone fließt,
Mir gleich, wenn prompt der Zahler,
Und wenn Aufbessern Kronrecht ist,
So schickt recht Kronenthaler!

Dem Correspondenten von und für Deutschland zufolge war Präsident Lincoln ein Nördlinger. (Sollte wohl heißen ein Nördlicher). Auf diesen neuen Landsmann wird sich Herr Brater von Nördlingen gewiß was zu Gute thun!

————

Unverbürgten Nachrichten aus Berlin zufolge, soll bei dem Soldaten, der in Hanau einem Procurator den Kopf gespalten, die Anfrage gestellt worden sein, ob er nicht auch andern Procuratoren, die sich bisher den Kopf umsonst zerbrochen, in Zukunft diese Mühe abnehmen könne.

Briefkasten.

In Bergtheim befinden sich zur Zeit nur 3 Aerzte, 2 Bader, 1 Hebamme und ein Todtengräber. Jeder Ortskundige wird einsehen, daß es ein dringendes Bedürfniß ist, obige Branchen zu vermehren. Es könnten daher einige Operateure, Geburtshelfer, Kinderärzte, Augen- und besonders Ohrenärzte, sowie einige Hühneraugenoperateure ꝛc. Insbesondere noch einige Commissäre, welche Geschäfte vermitteln, einen guten Platz daselbst finden. Gute Preise verstehen sich von selbst.

Die wenigen Orte der Umgegend.

Zu Billingshausen die Schnud
Ist gefallen und hat geblut.
Und hat die Nase verschlagen,
Ich mag's gar nicht sagen.

Noch halber bef . . . .
Hab' ich ihn getroffen
In der Versammlung zu Lohr
Ich kann nix davor.

Ein Würzburger spricht die Ansicht aus, als lasse der Wohlthätigkeitssinn unserer Stadt nach, wie das Concert für unsere so gemeinnützige Feuerwehr bewiesen habe. Das wäre zu bedauern!

Dringendes Bedürfniß sei, die Stadtuhren zu reguliren, die so verschieden gehn.

In der neuen mechanischen Werkstätte, die schon mit Schiefern gedeckt war, reißt man diese wieder auf, um Rauchlöcher anzubringen, da man schließlich doch auf den Augen gekommen zu sein scheint, daß der Rauch irgendwo heraus muß. — Ueber die Eröffnung der neuglückten Alpinger Bahn erfährt man immer noch nichts Gewisses. Die Brücke zu Emskirchen soll allem Anscheine nach kein so gesundes Alter erreichen, wie ihr Erbauer.

Ueber das unberechtigte Visitiren eines Sergeanten in einem öffentlichen Local

Die Bewohner der Carmelitengasse wünschen mit dem Straßenbespritzen auch nicht stiefväterlich behandelt zu werden.

Bescheidene Anfrage.

Da an einer gewissen Universität der seit Jahren beklagte und gerügte Uebelstand besteht, daß trotz eines Ober- und eines Unterbibliothekars keines der gewünschten Werke (namentlich freisinnigen Inhaltes) verabreicht werden, trotzdem aber von jedem Studirenden 2 fl. per Jahr für Benützung der Bibliothek erhoben werden, nachdem es feststeht, daß selbst das hohe Rektorat gegen diese Mißstände nichts auszurichten vermag, so bleibt wohl den Studirenden nichts anderes übrig, als dieses Verfahren vor dem Richterstuhl der Oeffentlichkeit zu ziehen und die Anfrage zu stellen, wie lange ein derartiger Zustand der Bibliothek-Verhältnisse noch dauern soll? (NB. Einsender ist der Meinung das beste Mittel sei die Verweigerung der Beiträge; man muß sich aber in diesem Vorsatze nicht „convertiren" lassen, sondern festhalten. Die Oeffentlichkeit ist schon benutzt worden, ohne aber Erfolg zu haben.)

Ein ehemaliger Feldwebel, nunmehr wohlbestellter Kirchner einer Gemeinde irgendwo in Bayern, soll sein Einnahme-Budget auf eine schwunghafte Weise dadurch vermehren, daß z. B. sogar für das Abkehren der Kirchensitze (was doch Sache der Verwaltung ist!) von jeder Person 1 fl. 45 kr. jährlich einfordert, abgesehen von sonstigen Gratificationen.

Wem kann es denn noch wundernehmen, wenn selbst Lehrer sich schon um derartige fette Pfründenstellen bewerben? So ein Feldwebel fischt doch immer das Beste weg! —

Geschwindigkeit keine Hexerei!

Das ehemals Vogt'sche Haus ist binnen 2 Monaten schon demolirt worden, ja einige borthin abgelagerte Fuhren Sand lassen die kühne Hoffnung aufkommen, daß in nicht zu ferner Zeit, vielleicht sogar noch in diesem Jahre, auch gepflastert und die ganze Passage dem allgemeinen Verkehre übergeben wird! Doch nur keine Ueberstürzung!

Landwehr-Stolz.

Da unser Landwehrsystem sich laut Erklärung des Herrn Ministers, so vorzüglich bewährt hat, was die Mannschaften gar nicht geahnt hatten, so wollen die Rheinpfälzer nicht länger diese Wohlthat entbehren und haben daher die Absicht, um schleunigste Errichtung eines Landwehrinstitutes nachzusuchen! Die widerspenstigen Landwehrmänner aber, welche um Aufhebung oder Versetzung in die „ruhende Activität" nachgesucht hätten, werden in Sack und Asche Buße thun und ihre Bedeutung als Grundsäule des Staats würdigen lernen!

Vater Lincoln und Vater Zander.

Der liebenswürdige Spaßvogel Zander drückt seine Entrüstung aus, daß am Charfreitage in Washington Theater war, und meint, wenn Lincoln nicht hineingegangen wäre, so würde er auch nicht ermordet worden sein! Ja, es ist ein köstlicher Fatalist dieser Volksbote; mit ebenso großer Bestimmtheit könnte ihm darauf entgegengehalten werden, daß wenn Vater Zander an dem verhängnißvollen Tage nicht in Erbing gewesen wäre, er auch die berühmte Tracht Prügel nicht bekommen hätte, die ihm bekanntlich bort von den urwüchsigen Bauernburschen s. Zt. in kräftiger Weise verabreicht wurde.

(Wohl bekomm's ihm heute noch.)

Schleppkleider-Steuer.

Da man jetzt so sehr um Einführung neuer Steuern verlegen ist, so könnte hiemit vor Allem eine Schleppkleidersteuer im Interesse der Gemeindekasse wie der Lungen der ganzen Bevölkerung bringend empfohlen werden! Der Besuch der Anlagen und des Hofgartens gewährt jetzt keinen Genuß mehr, seitdem man durch die unvermeidlichen Schleppen fortwährend in Staubwolken wandeln muß, die das wenige Frische, was die Frühlingsvegetation bietet, noch ersticken! — Es ist sonderbar, daß die Damen, sonst so reinlichkeitliebend, an diesen Schleppenkleidern so zähe festhalten und anderseits nicht einsehen wollen, daß kurze Kleider der Gesundheit zuträglicher sind und es durchaus nicht anstößig ist einen Fuß sehen zu lassen; nehme man sich ein Muster doch an den hier weilenden fremden Damen und allen großen Städten, wo die häßliche Mode der Schleppkleider längst verschwunden ist!

Bierfrage.

Werden wir nach Aufhebung der Biertaxe, die eigentlich hier schon längst nur den Namen nach existirte, besseres Bier bekommen? Wir bezweifeln es. Ein Paar Brau-Chemiker werden nach wie vor ihr gefärbtes Wasser mit Syrup statt Malz, mit Weidenrinde statt Hopfen fortbrauen und mit einigen Kokelskörnern vermischt, (das Publikum will ja berauscht werden) der köstlichen Materie die Krone aufsetzen.

Mehrere Schwarzseher.

Wir haben jetzt auch gutes Bier.

A. d. R.

Unglaublich, aber wahr!

Als Seitenstück zu einem Hôtel-Besitzer, der voriges Jahr einige seiner besten Gäste dadurch verlor, daß er ihnen am Fasttage keine Fleischspeise verabreichen wollte, möge hier noch das Faktum angeführt werden, daß ein sonst intelligenter Kaufmann einen ihm von einem hier anwesenden, fremden Architekten auf Wunsch entworfenen Bauplan deßhalb nicht zur Ausführung brachte,

weil der Architekt Protestant [...] einem Andersgläubigen ge-
bautes Haus kein Segen ruhen könne! —

[...]

Wenn wieder Bauholz oder Bahnschwellen, unmäßig aufgeladen, den Berg bei der Militärkaserne jenseits des Mains heraufgefahren werden soll, so mögen nächstens die Fuhrleute lieber ihre Pferde sich gegenseitig vorspannen, statt die armen Thiere so zu schlagen, bis sie zusammensinken.

Man klagt über die Vernachlässigung und Verwahrlosung des Fußwegs nach Höchberg.

Wenn der bekannte Finder des Sonnenschirmchens nicht augenblicklich dasselbe in Nr. 58 im 4. Distrikt zurückgibt, wird er wegen Fundbiebstahl gerichtlich dazu angehalten werden.

Anfrage.

Wird in dem W. Haus in dem Saalgäßchen der aus dem Hause kommende widerliche Geruch und das sehr störende Hundegebell nicht ohne gerichtliche Hülfe abgestellt werden können?

Originelle Bemerkung.

Einem der dieser Tage arbeiteinstellenden Bekleidungskünstler, der sich beim Weinwirth F. durch den Genuß einer tüchtigen Portion „Kraut und Knöchli" und eines Schoppens des Lebens Müh' und Sorgen auf einige Stunden enthob, wurde von einem Tisch-Nachbar die unter den obwaltenden Verhältnissen gewiß originelle Bemerkung gemacht: „Na wenn's die Portion g'fresse hab'n, könne's ihr'n Meister wohl auf 14 Tag' troße."

Herzliche Danksagung [...] den Herren Prof. Dr. Geigel, Dr. Roßbach und Dr. Oppenheimer. Da ich auf keine andere Weise Ihnen danken kann, muß ich es durch öffentliche Blätter [...]

Verantwortlicher Redakteur und Verleger Stephan [...]berger.

Würzburger Stechäpfel.

Ein humoristisch-satyrisches Originalblatt.

Ganzjährig fl. 1. 36 kr., halbjährig 48 kr., einzelne Nummern 3 kr.
Alle Postämter nehmen Bestellungen an. Die Stechäpfel erscheinen jeden Freitag.
Trägerlohn 1 kr. das Monat. Passende Einsendungen werden erbeten und auf Verlangen honorirt.

(Siebenter Jahrgang.)

Freitag.   Nr. 20.   19. Mai 1865.

Politisches Allerlei.

Alexander.

An seines Kindes Leiche, kalt und starr,
Weiß Alexander Muse noch zu finden,
Um seinem „Freund" Murawieff zu künden:
Wie sehr ihn schätzt und liebet Rußland's Czaar,
Weil er, sein „Freund", der Henker Polens war,
Weil seine Schergen morden noch und schinden,
Im Todeszucken sich die Polen winden
Und ganz zerfleischet ist der weiße Aar;
„Weil Polen er gemeuchelt und verdorben,
Hab' — Aller Sympathien er sich erworben!" —
Sagt Alexander! Doch die Menschheit spricht:
„O Czaar von Rußland, täusche du dich nicht!
Murawieff, der hat die Sympathie
Von Henkern nur, jedoch von Menschen nie!" —

A. W.

Die Kaiserin von Mexiko kaum der Gefahr entgangen, aufgehoben zu werden. Jedenfalls, weil sie die Mexikaner fallen lassen wollen. Doch wundert uns einiges ... diese Störung ... weil sonst die Mexikaner die kaiserliche Familie ... sie fallen lassen.

Das preußische Ministerium versetzt immer noch liberale Beamte, wahrscheinlich weil man auf andere Gesinnung nichts giebt.

Telegramm aus Algier.

Der Kaiser naht, der Kaiser naht
Dem glühendheißen Teufelbad;
Er kann sich dort ganz sicher baden
Denn er ist schon ein Teufelsb—*).

*) Soll wohl Teufelsbeschwörer heißen.

Der Sultan hat seinen früheren Finanzminister zum Märchenerzähler ernannt. O, wie viele europäische Finanzminister, Herrn Fould voran, sind auch ganz vorzügliche Märchenerzähler!

Herr Hans von Bülow hielt vor der Generalprobe zu Tristan und Isolde eine Rede, worin er das Publikum bat, in ihm nichts weiter zu sehen, als einen Dirigentenstab. Ein Stab, das ist doch zu bescheiden! Nach den Schweinehund-Antecedentien sind wir überzeugt, daß das Münchner Publikum sogar einen Flegel in ihm sieht!

Briefkasten.

Es scheint, daß die kürzlich bestätigte gerechte Verurtheilung dreier norddeutschen Studenten wegen nächtlichen Ueberfalls geistesverwandte Commilitonen nicht abgeschreckt hat; denn am 16. d. M. begingen 10 bis 11 norddeutsche Studenten in der W.'schen Brauerei wieder die größten Skandale. Nachdem sich der Schenker nach Feierabend die Ungezogenheit, daß sie die Kellnerin im Zimmer herumschleiften, verboten hatte, erlaubten sie sich die größten Rohheiten gegen ihn, prügelten ihn selbst, (was 11 gegen 1 keine Heldenthat ist) warfen den Tisch um mit Allem was darauf, ja suchten diese Rohheit selbst auf der Straße noch fortzusetzen, z. B. die Thüre einzutreten, bis sie die Furcht vor benachbarten Mühlburschen verjagte, die wahrscheinlich Volksjustiz geübt hätten, die übrigens diesen Musensöhnen einmal blühen wird, wenn sie mit solchem Betragen fortfahren.

Man hätte Jenen, die man per Circular zum Essenstrich in's Arbeitshaus eingeladen und die dort gestrichen und denen man weitere Mittheilung zu machen versprochen, es doch sagen sollen, wenn ein Anderer später mehr geboten.

Klage über einen Badergesellen, der die Kappe einsteckt und durchgeht.

Einer neugebackenen Baronesse in Paris oder wo erzeigte das Dienstpersonal generis feminini nicht genug Ehrerbietung und Hochachtung, weßhalb die Gnädige mit aller Strenge stets gegen dasselbe verfahren zu müssen glaubte. Eines schönen Morgens, als die hochgeborne Dame Toilette machen wollte, waren zu ihrem größten Erstaunen ihre sämmtlichen Zöpfe und haarigen Anhängsel verschwunden, und es konnte der verletzte Ehegemahl nicht umhin, die sämmtlichen Dienstleute weiblichen Geschlechtes in den Anklagezustand zu versetzen und sie der Entwendung des haarigen Haus' resp. Kopfrathes zu beschuldigen. Der einschlägige Richter fand auch Grund genug, die Beklagten des Diebstahles schuldig zu finden und auf Arrest und die Kosten zu erkennen. Nun haben sich aber nach erstandenem Arrest die sämmtlichen Zöpfe und Touren in einer Kommode der Baronesse wiedervorgefunden, und die Bestraften klagen nun auf Entschädigung und Genugthuung, haben aber nun unter sich ausgemacht, der Baronesse nächstens nicht nur die Zöpfe und Locken, sondern auch die sämmtlichen Zähne, den cul de Paris, die Waden und die gesammte rothe Farbe bei Seite zu schaffen.

——————

Als bei der jüngsten Schwurgerichtsverhandlung über einen russische Anwechsler sich auf der Mainbrücke und am Vierröhrenbrunnen viel schaulustiges Publikum einfand, rief ein Polizeisoldat aus: „Nein die Neugierde der Würzburger ist doch grenzenlos, haben doch ganz andere Leute schon gestohlen, warum soll ein Polizeidiener nicht auch stehlen dürfen!"

Eine seltsame Logik.

Motto: Ehret die Frauen, sie flechten und weben
Himmlische Rosen in's irdische Leben.

Edler Schiller! Welch' glückliche Zeit muß es gewesen sein, als du diese schönen Gedanken haben, diese erhabenen Worte schreiben konntest! — ? —

Welch' erhabene Ideale von weiblicher Vollendung und geistiger Schönheit mußten Dir vorgeschwebt sein? —

Nicht genug, daß beine Frauen flechten und weben, selbst mit Rosen flechten sie.

Beneidenswerthe Zeit! Wie glücklich mußte es da um's Familienleben gestanden sein!

Wir gestehen mit Freuden, daß es auch heute Frauen gibt, auf welche die schönen Worte uns'res erhabenen Schiller mit Recht Anwendung finden würden, ob aber solche bizarrkokette Erscheinungen, geschmückt wie Kunstreiterinnen und Seiltänzerinnen, die die edelsten, schönsten Stoffe in Staub und Koth ziehenden Wolken um sich verbreitenden Damen, wie sie uns jetzt so häufig auf uns'ren Promenaden begegnen, hiemit gemeint, wer möchte da noch fragen? — Wo bleibt da die edle Einfachheit, wo des Weibes schönste und einzige Zierde: der häuslich schaffende, zart und sinnig waltende Sinn? — Sollte man nicht eher meinen, es habe sich nach einem Jahrmarkt eine Seiltänzerbude geöffnet und die ganze Schaar von Aktricen begegne uns'ren Blicken? —

Welch' glückliche Generation, welche erhabene Menschen müssen es werden, erzogen von solchen Müttern? —

Wen sollte es nicht erfreuen, wenn das schöne Geschlecht im sinnigen Schmucke der Kunst und Natur den lieblichen Eindruck, welchen es auf uns zu mochen berufen ist, zu erhöhen sucht; aber lächerlich, mindestens lächerlich, ja empörend ist es, wenn man sieht, wie die schönsten Gestalten sich bestreben, durch unschöne Ueberladung, durch lächerliche, komische Aufzüge recht häßlich zu werden.

Wer sich einfallen lassen wollte, auf uns'ren Anlagen einen Genuß der schönen, reinen Natur, eine frische Luft zu suchen, der wäre bedauernswerth!

Hier wogen sie, diese wandelnden Tonnen, die feinsten Stoffe, die Schweißtropfen der Arbeit, nach sich schleifend und verbreiten Staubwolken um sich, daß man eher wähnen sollte, in einer Schlacht sich zu bewegen, als auf einer friedlichen Promenade.

Würde unserm ehrlichen Schüler jemals solche Erscheinungen begegnet sein, er hätte sich, wie begeistert, gefühlt, die erhabenen Worte zu schreiben, welche allerdings auch nur dem Theile der Weiblichkeit gewidmet sind, welche edle, wahre Frauen, nicht diesen grotesk bizarren Unnaturen.

Einen Artikel sehr mysteriösen Inhalts brachten uns ein paar hiesige Blätter, in denen es wörtlich heißt: „Vom bayerischen Untermain, 14. Mai. Von der rührigen Stadtverwaltung ist schon vor einiger Zeit eine Eingabe, in welcher um die Errichtung einer Eisenbahn zwischen dieser Stadt und Aschaffenburg petitionirt wird, an die Kammer der Abgeordneten abgegangen." Soll derselbe vielleicht eine neue Räthselform zur Aufmunterung der Gedanken-Thätigkeit der Leser sein, oder soll die erwähnte Stadt erst in Folge des Eisenbahnbaues entstehen und dann auch ihren Namen bekommen? Jedenfalls ist das etwas stark auf den Scharfsinn des Publikums spekulirt.

Ein Leser, dem es wie jedenfalls
noch Mehreren gegangen, der's nämlich
nicht hat errathen können.

Frau S—.

Ueber einen Vorfall Samstag Nachmittags am Main schweigt man lieber.

Da Karl Heln in Unterleinach das Gerücht verbreitet, ich hätte eine Klage gegen ihn selbst fallen lassen, so erkläre ich, daß ich nur einen Injurienprozeß gegen ihn zurücknahm, nicht aber die Klage über ein Darlehen von 900 fl., welches Heln, nachdem er es erst beim Gläubiger und andern Ortsnachbarn ableugnet, schließlich am 4. März v. J. anerkannte und seitdem zurückzahlte. Ma...

wird gewiß dies nicht thun, wenn man es nicht schuldig ist. Wen es interessiren sollte, der kann die Originalerklärung mit der Unterschrift des Karl Hein
bei mir selbst einsehen. Dies zu meiner nothgedrungenen Rechtfertigung.
Unterleinach, 17. Mai 1865.

Kaspar Weißenberger,
Gastwirth.

———

Klage über schlechte Bedienung in einer sonst so renommirten Wirthschaft.
Sonntag Abends hätten mehrere Familien, ohne etwas zu essen zu bekommen,
nach anderthalbstündigem Warten wieder weggehen müssen u. s. w.

———

Entgegnung.

Der Artikel auf Seite 140 dieses Blattes, die Führung frivoler Prozesse
unter Verwandten betr. enthält insoferne viel Wahrheit, als es wirklich eine
häufige und deßhalb doppelt zu beklagende Erscheinung ist, daß Verwandte sich
gegenseitig befeinden und selbst den Richter und das Gericht zur Handhabe ihrer
Bosheit und Rachsucht zu mißbrauchen sich nicht scheuen.

„Jener Artikel enthält aber, soweit er einen speziellen Fall behandelt, ebenso
viele aufgelegte Lügen als Worte.

Denn unwahr ist zunächst, daß der Rechtsstreit R. gegen R. Entschädigung
betr. beendet ist, unwahr ist deßhalb auch, daß dieser Rechtsstreit von dem Kläger verloren wurde — die Sache verfirt vielmehr im Beweisstadium und steht
zweifellos sehr günstig für den Kläger —, unwahr ist, ferner, daß der Beklagte
dem Flachse des Klägers blos durch Wenden seines Feldes schadete, derselbe, beziehungsweise seine Frau, nahm vielmehr den längs seiner 5 ½ Morgen entwur-
zelten Flachs auch mit nach Haus; unwahr ist endlich auch, daß der Herr Landrichter von Aub den Kläger verdachte (?), daß er den R. verklagte. Die Wahrheit
besteht vielmehr darin, daß der Kläger vor der Klagestellung den Beklagten wiederholt auffordern ließ, die fragliche Differenz zu schlichten, daß dieser trotz der
unbedeutenden Forderung noch markten wollte, daß aber der Kläger, auf dessen
Seite der Schaden noch durch das in einer derartigen Eigenthumsbeschädigung
stets liegende Unangenehme übertroffen wird auf seinem ebenso gerechten, als
billig berechneten Anspruche stehen blieb, und bei der fortdauernden Renitenz des
Beklagten solchen verklagte, was ihm selbstverständlich jeder rechtlich denkende

„Kann nicht," also auch nicht und am allerwenigsten der Herr Landrichter von
Aub verärgen kann. Auf wessen Seite der Streitmuthwille hienach liegt, auf
Seite des Klägers oder des Beklagten, bedarf keiner weiteren Begründung.

Mitternächtlicher Monolog des Bosheitsthores.

(Soll wohl das obere Schenkhofthor gemeint sein? —)

Anmerkung des Setzers.

Steh' ich in stiller Mitternacht
So ganz allein, beschimpft, verlacht,
Dann kömmt mir manchmal in den Sinn:
Warum ich hier und was ich bin? —
Soll ich beschützen Frieb' und Ruh'
Von rückwärts offen, vorne zu? —
Krähwinkel ist ein toller Ort,
Doch so was gibt es doch nicht dort! —
Wer fremd in Würzburg fragt mit Graus:
„Ist hier vielleicht ein Irrenhaus? —"
Doch solcher Frag' komm' ich zuvor,
Ihm sagend: „ich bin's Bosheitsthor.
Mit Riegeln und mit Schlössern fest
(Als sich're ich ein Räubernest)
Zeig' ich, verschlossen, kalt und stumm,
Dem groß und kleinen Publikum:
Ich hab' das Recht ein Thor zu sein
Und steh' ich auch verlacht, allein,
Bin ich aus Bosheit doch ein Thor
Und bleibe stehen wie zuvor.
Was kümmert mich das Publikum!
Ist's zu, dann geht 's halt außen 'rum;
Ich habe hier zu steh'n das Recht
Und Recht zu haben ist nicht schlecht.
Was And're kränket, freuet mich,
Wenn And're lachen, weine ich;
Hab' ich auch Schaden im Verein,
[illegible]

Ein Urtheil über von Schreinern gefertigte Altäre in der Marienkapelle und andres können wir erst aufnehmen, nachdem wir uns von der Wahrheit überzeugt haben.

Es erscheint immerhin nicht nur eigenthümlich, sondern äußerst verdächtig, wenn man in einem Wirthschaftsgarten, in welchem lediglich Luxusbier — die Maaß zu 9 kr. verzapft wird, man es inerbesonderen Gabe der Fräuleins anheim stellen muß, beim Verlangen von kalten Speisen auch mit den hiezu unbedingt erforderlichen Messern bedacht zu werden; — Salz und Pfeffer scheinen hier völlig fremd zu sein und gibt überhaupt mangelhafte, ja launenhafte Bedienung häufige Veranlassung zur Unzufriedenheit.

Möge diese Rüge die Fräuleins zu größerer und umsichtigerer Thätigkeit aneifern, und mögen sie stets bedenken, daß die Gäste nicht ihretwegen, sondern sie der Gäste wegen da sind.

Zur großen Interpellation der H. D. Böll u. Conf.

Ich mein' halt immer, der Hr. Dr. hat sich geirrt,
Das Wörtchen „Reben" hat ihn irre geführt,
Während doch des ganzen Tit. IX Zusammenhang
Nur die aufgetauchte Frage entscheiden kann.
Gesetzt: Uns're Landwehr wär kein Militär,
So frag' ich: Was sie dann wär'? —
Und ist sie kein Bestandtheil der Armee,
So kann ich wieder nicht versteh',
Wie sie kommt in den fragl. Titel 'nein,
Und was es überhaupt damit soll sein. —
Sind aber die Herren quasi Soldaten,
So haben sie freilich Nichts zu berathen
Und die bekannte Petition
War ein kleiner Mißgriff schon.
D'rum mein' ich: Mag's den Hrn. Dr. verdrießen,
Die Sach' geht aus, wie's Hornberger Schießen.
Und aller Lärm und alles Schmieren,
Beweißt nur, wie man sich kann irren.

Verantwortlicher Redakteur und Verleger: Stephan Gläschenberger.
Druck der Becker'schen Buchdruckerei in Würzburg.

Würzburger Stechäpfel.

Ein humoristisch-satyrisches Originalblatt.

Ganzjährig fl. 1. 30 kr., halbjährig 48 kr., einzelne Nummern 3 kr.
Alle Postämter nehmen Bestellungen an. Die Stechäpfel erscheinen jeden Freitag.
Trägerlohn 1 kr. das Monat. Passende Einsendungen werden erbeten und auf Verlangen honorirt.

(Siebenter Jahrgang.)

Freitag   Nr. 21.   26. Mai 1865.

Politisches Allerlei.

Jefferson Davis.

So irrt er nun dahin, gehetzt, verfolgt,
Von denen, die ihn suchen,
Gleichwie ein Wild. In seinen scheuen Blicken
Liegt Todesangst, die geistig ihn erbolcht.
Ihn, der verzagend fast, jetzt Rettung sucht,
Erschreckt das Röcheln und das grause Stöhnen,
Der Todesschrei von vielen tapfern Söhnen,
Der Millonen, welche ihn verflucht.

Und deren Blut den heil'gen Boden düngt,
Den sich die Freiheit wunderbar errungen,
Und der, nachdem die Natternbrut bezwungen,
Als Hort der Menschheit sich auf's Neu' verjüngt.

Ebbes ä Gespräch von 'n gekündigten Credit.

Sigmund. Aber Herr Felix, Sie machen [...] Gesicht, als ob Sie sehr niederge[...]

Felix. Soll [...] nit [...] klagen, w[...] bedenke Sie [...], daß mer [...]

S. No was is denn passirt? Ich weiß gar nicht, was Sie meinen!

F. Haben Sie nicht gelesen, as die Neruburger 'n Ministerium 'n Credit aufkünden wollen? Is das nit schrecklich? Wird das nit antreffen ½ oder [...] Prozent [...]

S. Gott's Wunder! Was machen Sie vor Gedanken über Nichts! Geben Sie acht: Hat das Ministerium von die Leut' denn je 'n Credit verlangt? Und muß nit Aner, der Andern cebitiren will, selbst Credit haben?

F. Sie machen mer wieder Muth! Also es bedeut niz?

S. Derfen mer glaben, weniger als niz, es is bloßer Stuß. So lang' das Land 'n Credit nit kündigt, ist der Neruburger ihr Sach' wie ihr' Waar.

Politisches Allerlei.

[...]

Briefkasten.

Warum wohl der Schwurgerichtsreferent eines vielgelesenen hiesigen Blattes so treulich alle Wuchergeschäfte der beim Schumann'schen Falle betheiligten Israeliten herrechnet, über eine eben so schamlose Wucherei eines Geistlichen in derselben Angelegenheit aber so tiefes Stillschweigen beobachtet? Sollte sich vielleicht jenes Blatt des Nutzens halber mit einer gewissen Partei nicht verfeinden wollen? Um nähere Aufklärung wird von Vielen gebeten.

M. S.

In den Stechäpfeln Nr. 17 wird über Vernachläßigung der Baumpflanzungen in der Gegend von Lindflur und Reichenberg geklagt. Dem wird nun von

petenter Seite widersprochen. Namentlich soll der Herr Lehrer, dem die
Aufsicht anvertraut ist, sich keinerlei Nachlässigkeit in dieser Beziehung zu Schulden haben kommen lassen, sondern nach Kräften für's Gedeihen der Allee
sorgen.

Sprichwörtliche Redensarten u. deutsche Verhältnisse.

Bundestag: Müssiggang ist aller Laster Anfang.
Oesterreich: Unsere Schuld vergib uns heute.
Schleswig-Holstein: Gut Ding will Weile haben.
Schützen und Sänger: Tischlein deck dich.
Gewisse Diplomaten: Esel streck dich.
Mecklenburger Junker: Knüppel aus dem Sack.
Gewisse Kammern: Warum willst du weiter schweifen?
Eine andere Kammer nebst Ministerium: Immer langsam voran.
Preuß. Junkerthum: Gegen Dummheit kämpfen Götter selbst vergebens.

M. S.

Man klagt, daß den Bellinger Misthäublern, die die Gruben hiesiger Stadt
reinigen, ihr ohnedies nicht sehr angenehmes Geschäft noch bedeutend dadurch
verleidet wird, daß man sie anzeigt und gewöhnlich auch straft, wo immer sie
ablagen mögen und fast verlangt, daß sie jede Fuhr direkt nach Bellingen bringen. Wenn sie an irgend einem geeigneten Platze in der Nähe der Stadt ablagen dürften (freilich nur unter der Bedingung, den Mist baldigst zu verlagen)
dann könnten sie, wie früher, die größten Gruben in einer Nacht reinigen und
ehe die Einwohnerschaft erwacht, wäre alles rein; wenn sie dies aber nicht dürfen, haben sie tagelang an einer Grube, welche 8 Karren hält, zu schaffen, was
für die Nasen der Nachbarn auch nicht angenehm ist.

Zell, 15. Mai 1865.

Nicht nur in München, sondern auch in unserm Städtchen ist die Schweinehundswuth aufgetaucht und zwar so stark, daß es nothwendig wurde, daß in Nr.
19. der Stechäpfel verschriebene Rezept anzuwenden, und zwar mit bestem Erfolge, da man sah, daß bei diesen jungen noblen, aber sehr bissigen Herren Landsmann aus Preußen, schon auf ein ordentliches Herumschütteln genügsame Besser-

ung sich zeigte, so ließ man mit dem Durchwalken Aenderung eintreten, worauf sich alsdann derselbe ruhig zu Bette begab. Da man in Heil zufällig einen praktischen Arzt nicht hatte, so wurde diese Behandlung von einem in der Nähe sitzenden Wirthsgast vollzogen.

Ohren- und Augenzeugen.

Schildbürgereien in neuerer u. bewährter Gestalt.

Es wäre sehr zu wünschen, daß darauf aufmerksam gemacht werde, wie rücksichtslos einzelne Personen dem Publikum gegenüber sich verhalten, indem sie ihre Hunde mit in die Badanstalten nehmen. So z. B. waren am 16. d. M. mit einem Male 5 Hunde in der Anstalt von Brod und Mehling, und ich sehe dieses Etablissement mehr einer Hunde- als einer Menschenbadanstalt gleich. Ich war Zeuge, daß eine große Bulldogge einen jungen Mann beim Kopf anfaßte, was gewiß nicht angenehm gewesen sein mag.

Die böse badische I. Kammer hat die Unterschriften zu den von der Kanzel aus betriebenen Petitionen gegen das Schulgesetz nicht ganz sauber gefunden. Darüber weint nun der ehrenhafte „Bote des Volkes" sehr, denn „es seien beim Unterschreiben ja nur einige Unregelmäßigkeiten vorgekommen, wie es bei den schlichten Leuten leicht möglich sei." Wir weinen auch mit dir, Gutester, denn diese Fälle der Verdächtigung einer guten Sache sind nur zu häufig.

z. B.

1) Jüngst wurde gehässiger Weise ein Kassenverwalter, der allerdings einen etwas sonderlichen Begriff über das Mein und Dein zu haben schien, (daher auch einige Unregelmäßigkeiten in seiner Buchführung vorkamen) und fremde Namen unter Quittungen, jedenfalls aus Mißgunst — zum Zuchthaus verurtheilt.

2) Ein mehr als würdiger Herr, der viel — und mit welch' erbaulicher Ergebung und Freudigkeit hielt er diese Prüfungen aus! — an optischen Täuschungen litt, wird von seinem leiblichen Schwager arg gekränkt und ihm von Selbigen in unchristlicher Lieblosigkeit etwas vorgeworfen. (Der saubere Schwager wird halt auch ein Leser vom Nürnb. Anz.; W. Dämmerblatt und andern rothen Wischen sein.)

3) Ein Engel des Lichts verführte die Parabissaner, läßt sich auch jetzt noch manchmal einige Unregelmäßigkeiten in seinem Betragen, wie sie bei so einem schlichten Engel leicht möglich sind, zu Schulden kommen. Was thut nun die

Liberalen in ihrer Verleumdungssucht? „Er ist ein Teufel“ — schreien sie. — Wie wohlfeil!

So bös' ist die Welt!

———

Adresse des Narrunger*) Schulzen, Schildaer Bürgermeisters und des Marktschreiers von Dingsdadraußen.

Hohe Kammern!

„Wenn's mit der Fortschrittelei lang so fortgeht, wird bald Alles aufhören und unser Staat rast selbst dem „himmlischen Reich“ der Nichtzopfabschneider in Asien um ganze Jahre voraus. Die Weisesten des Landes — sollten sie nicht einen Hemmschuh anlegen?“ — Ja! Sie, d. h. wir nahmen all unsre Weisheit zusammen (was schnell geschehen war) multiplicirten sie mit sich selbst (Product gleich den Factoren) und rufen Euch nun zu: Knöpfet auf die Ohren Eures Verständnisses, wenn Ihr erfahren wollt, wodurch das Ende der Welt noch um einige Jährchen hinausgeschoben werden könnte.

1) Wir sind gegen die Aufhebung der Landwehr; denn was wollte man mit den Uniformen anfangen? Wir rathen zur Einführung dieses — den Neid der Ausländer mit Recht erregenden — Instituts auch in den Landgemeinden. Das Geld für die Ausrüstung bleibt ja doch im Lande. Eine hohe Person sollte von constitutionellen Ministern angehalten werden, sich zu verheirathen, damit unser glorreicher Zweck: Parade zu machen und zu einem Schoppen zu kommen, wenigstens an drei Geburts- und Namenstagen erreicht werde.

2) Unser Gesandter soll verlangen, daß selbigem Blatt, welches unsere Landesvertheidiger „Sachsenpatscher“ genannt, der Prozeß gemacht werde; eventuell fordere er seine Pässe.

3) Wir verlangen nicht nur größern Einfluß der Geistlichen auf die Schule, sondern auch Ueberwachung der revolutionären Schneider durch conservative Schmiede und der Veterinärärzte durch Chirurgen.

4) Da die Kammer der Abgeordneten nur Geld kostet, wir aber keine unnöthigen Lasten wollen, so wär's am gescheidtesten: man schafft sie ab. Wir haben ja pensionirte Landrichter, abgesetzte Geistliche und andere unbrauchbare Beamte genug. Damit die ihr Brod nicht umsonst essen, könnten sie in München Vormittags spazieren gehn und Nachmittags Landtagerles spielen.

5) Daß bei Neubauten so übertrieben auf Zweckmäßigkeit, Dauerhaftigkeit und Wohlfeilheit, aber gar nicht auf Schönheit gesehen wird, ist zu tadeln z. B.: Wird einmal eine Stiege vergessen, so gibts gewaltige Nasen, wäh-

rend verschiedene x . . . . . Deckel weder gothischen noch byzantischen Styl zeigen. Ferner: Was thut's, wenn eine Brücke ein paar Mal einfällt? Das Geld für die Erdfuhren bleibt doch im Lande!

6) Wozu das ewige Eisenbahnbauen? Es treibt den Taglohn hinauf und läßt unsere Kornpreise nie wieder auf 60 fl. per Schffl. steigen. — Durch den erleichterten Verkehr wird auch Religion und Sittlichkeit gefährdet. — Also nur keine neuen Bahnen! —

Dies ist die erste Reihe unserer beschriebenen Wünsche. Wenn wir zum Schlusse bemerken, daß ihre Nichtberücksichtigung unsere große Unzufriedenheit erregen würde, so werden die Herren selbst sehen, ob wir die Flegel sind, als welche wir verharren xc.

Pfaffendorf, nach dem harten Winter 65, wo Mancher sein Ohr erfroren hat.

————

Einem Bedienten eines adeligen Hauses hier, der brust- und ohrenleidend, wurde unlängst im Spitale mitgetheilt, daß er es wegen Mangel an Platz verlassen müsse. Da er dagegen remonstrirte, indem er noch nicht geheilt sei, so setzte man ihm den Termin einer Stunde fest, während dessen er das Spital verlassen müsse, wenn er nicht hinausgeschafft werden wollte. Er ging. Hoffen wir, daß für Kranke bald Platz dort sein wird.

————

Wir erhielten einen langen anonymen Brief über eine Mutter, die ein Kind um das andere in's Unglück stürze und dann der Wohlthätigkeit fremder Leute überlasse, während sie von ihren Kapitalien lebe und eine ihrer Töchter die Salondame spielen lasse. Anonyme Briefe können wir aber nicht berücksichtigen und wenn wir uns in fremde Familienangelegenheiten mischen wollten, würden derlei Zusendungen kein Ende nehmen.

————

Jemand fragt, da jetzt fünf Aerzte u. s. w. in Bergtheim seien, ob nicht auch die Todtengräber entsprechend vermehrt würden.

————

Am Sonntag den 21. kamen mit dem Postzug Abends 7 Uhr mehrere Bauern aus Krommenthal, darunter auch der Ortsvorsteher, in Begleitung ihres Herrn Schullehrers. Der besagte Ortsvorsteher hatte einige kleinere Jungen unter seine Obhut genommen. Um für dieselben in geistiger wie leiblicher Beziehung sorgen zu können, nahm der liebe Mann, der in seinem Leben zum 2. Male nach Würzburg kam, ein 1 ½ Pf. schweres Lutschen hartgebackenes Brod mit.

Vom Bahnhofe aus schlug derselbe in Gesellschaft der andern den nächsten Weg in die Stadt, nemlich den durch das Teufelsthor ein, d. h. „wollte"!

Der Mensch denkt, aber Polizei lenkt.

Dem scharfen Blick und feinem Geruche der Polizeiwache an der dortigen Rothbrücke entging das kleine Laibchen Brod in der Hand unseres Vorstehers nicht und zur großen Belustigung der Umstehenden bleibt er durch ein rasches: „Halt a' mal"! niedergedonnert stehen, und erfährt nun zu seinem größten Erstaunen, daß es in Würzburg so ein Ding gibt, das man städtischen Acciß nennt, oder mit anderen Worten, daß er für sein Laibchen Brod 3 Pfennige Pflastergeld zahlen müsse. Nach manchfachem Sträuben ꝛc. zieht endlich mein Bäuerlein seine Schweinsblase heraus, um die beregten 3 Pfennige herauszufischen, greift sich aber an die Stirne, um sich zu vergewissern, ob sein Verständsbehälter noch am rechten Flecke sei, als er hört, daß wenn er überhaupt Acciß zahlen wollte, er zum Neuen ober Pleichacher Thore sich aufmachten müßte, dort sei überall ein Einnehmer, hier aber nicht. Schweren Herzens wandelt er dem Neuen Thore zu, unterwegs aber bekommt er Hunger und verzehrt einen Theil seines Brodes. Am Examinatorhause angekommen, zieht er den Hut, klopft bescheiden am Fenster, um seinen Tribut zu entrichten, erhält aber die Erklärung, daß erst ein 6pfündiger Laib Acciß zahle, angeschnittenes Brod aber, welches dadurch sich schon als zum eigenen Gebrauche dienend legitimire, steuerfrei sei.

Es stellt sich jetzt die Frage:

Nachdem einmal die Passage am Teufelsthore eine ständige ist und bleibt, würde nicht dort ein Acciseinnehmer am Platze sein, oder könnte nicht die jeweilige Wache mit der Acciseinnahme betraut werden.

Anderen Theils, nachdem die ganze Sache auf einen Irrthum hinauslief, wirft sich die Frage auf:

War die Wache hierüber nicht gehörig instruirt ober war es Eigenmächtigkeit des betreffenden Polizeisoldaten. Denn ein Laib Brod von 1½ Pfd. läßt sich wohl von einem 6 Pfd. schweren unterscheiden.

Anmerk. d. Red. Eine ähnliche römische Accißgeschichte ist vor nicht langer Zeit mit etwas geräuchertem Fleische passirt, welches eine Verwandte einem geistlichen Herrn hier zu seinem Gebrauche sandte und welches erst nach tot discrimina rerum in die rechten Hände gelangte. Da möchte man ja versucht sein, einer berühmten Persönlichkeit der Stadt Köln nachzuahmen, einem gewissen Klütsch, der um keine Accise zahlen zu müssen, regelmäßig den Schinken, Käse oder dergleichen, den er geschickt bekam, vor dem Thore aufaß.

Klage, daß der neue Diener im Pfandamte unhöflich sei und unschön mit den Pfändern umgehe. Nun, er wird sich schon besser einschleißen!

Wo man denn eigentlich Normalbier zur Taxe von 6 kr. trinken könnte, da es überall nur Lurusbier gebe zu 7 kr.? Nachdem das Bier tin Winter überall 6 kr. gekostet, statt 5½, könnte man das gewöhnliche Bier zur Taxe schenken. Sobald einmal die Biertaxe aufgehoben, möge jeder Bräuer thun, was er wolle, so lange sie aber noch bestehe, sollten sie neben ihrem Lurusbier auch gewöhnliches zur Taxe geben.

———

Da meine Herren Nachbarn, die durchaus eine ruhige Gasse haben wollen, mich auf alle Weise zu chikaniren suchen, so z. B. einen Arbeiter und einen Maurergesellen, die bei mir wohnen, wegen Concubinats beim Gerichte zu verklagen wußten, wo sie jedoch freigesprochen wurden, so frage ich an: ist es nicht auch Concubinat zu nennen, wenn man seine Geliebte, die man doch heirathen könnte und von der man ein Kind hat, jahrelang im Hause bei sich hat und stört vielleicht die „Unruhe" in meinem Hause benachbarte Liebespärchen während ihrer Abendvisiten?

Pregler.

———

Die Glaubsquelle hat ebenfalls durch die letzte Ueberschwemmung gelitten, sie sprudelt nicht mehr durch's Rohr, sondern an einer andern Stelle. Möge man dieses herrliche Wasser um so weniger vernachlässigen, als kein anderes in der Nähe ist, den Durst der auf dem Felde Arbeitenden zu stillen.

———

Wie konnte man so lange warten, eine Battrie nach der Walbspitze zu arrangiren, da man doch schon vor Wochen Regen gebraucht hatte.

———

Mit der Eröffnung der Kißinger-Nürnberger Bahn geht es wie mit Wagner's Oper, sie wird immer abbestellt.

Verantwortlicher Redakteur und Verleger: Stephan Gütschenberger.
Druck der Gefr'schen Buchdruckerei in Würzburg.

Würzburger Stechäpfel.

Ein humoristisch-satyrisches Originalblatt.

Ganzjährig fl. 1. 36 kr., halbjährig 48 kr., einzelne Nummern 3 kr.
Alle Postämter nehmen Bestellungen an. Die Stechäpfel erscheinen jeden Freitag.
Trägerlohn 1 kr. das Monat. Passende Einsendungen werden erbeten und auf Verlangen honorirt.

(Siebenter Jahrgang.)

Freitag	Nr. 22.	2. Juni 1865.

Politisches Allerlei.

Wohin werden wir in Bayern noch kommen?

(Schwarze Betrachtungen eines Abgeordneten, der die Amnestie einstimmig verworfen hat.)

O Amnestie, o Schreckensthat!
Was wirst du Böses bringen?
Die Rothen werden unverweilt
Das Bayernland verschlingen.

Jetzt kommen aus Amerika
Die Blenklerin, der Bleuker,
Der Hecker der ist auch schon da,
Sie nah'n als unsre Henker.

Mit rother Feder, rothem Haar
Zieh'n sie in Bayern's Wälder
Und knüpfen alle Pfarrer auf
Und rauben alle Gelder.

Der rothe Kolb, der Schreckensmann
Das wird ihr Präsidente,
Der kommt und zündet München an —
Dann ist das Lied am Ende.

Zur Wüste wird das Bayernreich
Und blutig jeder Schutz-Land:
Der Krämer schenkt's dann Preußen gleich.
So prophezeit's der R—.

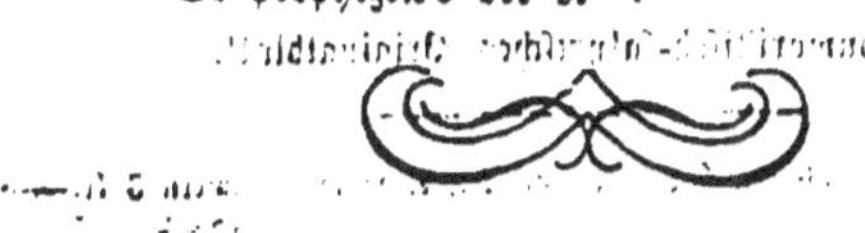

Schon wieder ist ein Jesuit vom heiligen Vater selig gesprochen worden. Man wünscht, daß sie es Alle wären.

— Aus Algier vernimmt man, daß der Wind den Leuten Sand in die Augen treibt.

Liszt, der Schwiegervater Hans von Bülow's hat sich in Rom eine Tonsur scheeren lassen. Möge sich Hans von Bülow auch bald scheeren — wenigstens aus Bayern.

Der kaiserliche Prinz in Paris lernt die Geographie mit Hülfe eines Lotto-spiels. Da lernt er bei Zeiten, daß das Besetzen der Länder (z. B. Mexiko's) eine Lotterie ist.

Warum mußte der rothe Prinz Napoleon seine Entlassung einreichen?
Weil er Napoleon III. bloß stellte, statt Napoleon I. auf Ajaccio zu enthüllen.

Der Abgeordnete von Schweinfurt (Dank der zweckmäßigen Eintheilung der Wahlbezirke) und Ehrenbürger von Kißingen (was thut nicht der Eisenbahn-Paroxismus!) hat durch seine Haltung in der Amnestiefrage, wie in der Debatte über den Handelsvertrag, durch seine Sympathie-Erklärung für die Sclavenzüchter in Amerika bewiesen, wie sehr er die Ehre zu würdigen weiß, das Vertrauen von 2 als liberal bekannten Handelsstädten zu besitzen. Dem Verdienste seine Krone! —

Schneidermeister-Strike.

Man liest jetzt überall von Schneidergesellen-Strikes d. h. Arbeitseinstellung mit höherer Lohnforderung, daß aber auch eine große Menge Schneidermeister längst ihre Arbeit eingestellt haben, davon spricht Niemand und doch ist ihre Zahl eine, z. B. in einer gewissen Stadt, gar nicht unbedeutende!

Schleppenabtretungs-Vereine.

Von allen Seiten regnet es jetzt Angriffe auf die Schleppkleider; in Paris und jetzt auch in Berlin hat sich ein Verein gebildet, dessen Mitglieder sich verpflichtet haben, täglich wenigstens 1 Dutzend Mal schlepptragenden Damen auf die staubwolkenerzeugende Schleppe zu treten, natürlich von Entschuldigungen begleitet. — Auf diese Weise hofft man rascher zum Ziele zu kommen. Sollte ein derartiger Verein nicht auch hier Gutes wirken können?

Gerichts-Praxis.

Wenn auch das Gesetz vorschreibt, daß ein Untersuchungsgefangener bei seinem Transport von der Frohnveste zum Gerichtssaale geschlossen werden muß, so könnte doch wohl bei Arrestanten höherer Bildungsgrade, die eine Droschke benutzen, eine Ausnahme gemacht werden, umsomehr als die 2 Gendarmen hinreichend Bürgschaft gegen etwaige Fluchtversuche bieten. Man ist mit so man-

chen Dingen dem Auslande in der Humanität vorausgeeilt, nur in dieser Beziehung stehen wir noch nach; man macht doch auch in der Strafausmessung
einen Unterschied zwischen Verurtheilten höherer Bildung, denen man Festungs-
Arrest und jenen ungebildeten Verbrechern, denen man Zuchthaus diktirt (was weder in dem humanen Frankreich, noch in Preußen vorkommt) dagegen pflegt man
in den letzteren Staaten sowohl, wie in den meisten civilisirten Ländern, die An-
geklagten höherer Bildungsgrade mit dem Prädikate „Herr" anzureden, nicht
blos wenn es Beamte sind, wie es bei uns in Bayern geschieht, sondern allgemein; wollen wir uns hierin noch länger vom Auslande beschämen lassen?

Briefkasten.

Löbliche Polizeibehörde möge dem Unfug des Pferdetränkens an solchen öffentlichen Brunnen, die keinen Tränkstein hiezu haben und nur zum Wasserholen
bestimmt sind, abstellen. Namentlich an den Dominikanerbrunnen bringen die
Knechte die Pferde oft frei, ohne Zügel und haben oft ihren Spaß dabei,
wenn sie die Leute erschrecken. Es ist auch mehr wie einmal geschehen, daß
Wasserholende selbst Verletzungen durch solche Pferde erhielten.

Kann man, wenn man keinen Hund hat, wegen Vergehens gegen die Hunde-
ordnung bestraft werden?

Der 3 Mann starke Dank der Einwohner Netzstadt's für Hülfeleistungen
beim dortigen Brande, war, was die erwähnten Herrn Beamten u. s. w. betraf,
ganz gerecht, ungerecht aber, insofern er der Feuerwehren von Netzbach und Zellingen, deren Spritzen zuerst herbeigeeilt waren und deren Mitglieder das Meiste
zur Bewältigung des Brandes thaten, gar nicht erwähnt und alles Verdienst der
Feuerwehr von Erlabrunn zuerkennt, die eben ankam, als Alles vorüber war und
keinen Schlauch, keine Spritze naß gemacht hat. Umsicht hat sie in sofern

gezeigt, als sie sich blos umgesehen hat, aber wirken konnte sie nichts mehr. Allerdings ist der gute Wille der Erlabrunner anzuerkennen, aber auch weiter nichts und die 3 Starken Reßstadt's hätten auch so viel Umsicht haben sollen, sich umzusehen, wer es eigentlich war, der ihre Häuser gelöscht hat.

Einer, dem dabei der Buckel sehr naß
gemacht wurde.

Wenn das versprochene Brücklein vor dem Anwesen der Gärtner in der Nähe des Ehehaltenhauses gemacht würde, würden sie vor solchen Ueberschwemmungen, wie ...

... Könnten denn die Glacisarbeiter nicht den Auftrag erhalten, jeden Morgen die Glacisstufe zu reinigen? Es würde wenig Zeit in Anspruch nehmen und nicht nur im Interesse der Reinlichkeit sein, sondern auch der längern Erhaltung der oft nassen Bänke. ...

Was die Zeit nicht alles mit sich bringt.

Die Zeit hat hervorgebracht, daß die Häuser hoch im Werthe steh'n, folglich auch die Miethen nicht mehr zu bezahlen sind. Soll es Jemand Wunder nehmen, daß auch die Stühle in der protestantisch'n Kirche im Werthe hoch gestiegen sind? Gewiß nicht! Sonst war der Preis 1 fl. jährlich und jetzt!! Einen Kronenthaler. Und warum wird man fragen? Hat nicht die Kirche große Auslagen bei dieser starken Gemeinde? Muß doch das Reinigen auch bezahlt sein: und Sonntags werden auch 4 ganze Kerzen am Altar gebrannt. Wenn sich daher die Alten, die 40 Jahre ihre Stühle inne hatten, durchaus nicht an die neue Zeit gewöhnen wollen, so sind sie genöthigt in eine andere Kirche zu gehen, wo man gar keine Sitze zu bezahlen braucht. Beten kann man ja überall.

Schon wieder hat ein sogenannter "Hahnenschlag" stattgefunden, leider fehlt diesmal die so geistreich, wie stilistisch vorzüglich durchgeführte Schilderung dieses Ereignisses in dem wohlbekannten Blatte. Seitdem sich besagtes Organ dem

Radikalismus (siehe jüngste Strafpredigt im Volksboten) in die Arme geworfen, übersieht es vor lauter Ueberstürzung die wichtigsten Begebenheiten; es ist wirklich entsetzlich!

Ein neuer Pedell ist irgendwo aufgetreten und zwar in der Person einer Kümmelstolle.

Die Gefährlichkeit der Passage am Mainbrückenthore.

Schon zu wiederholten Malen ist auf die enge, steile Passage am Brückenthore hingewiesen und um Abhülfe gebeten worden; soll denn wirklich auch hier erst ein Unglück die Veranlassung zu Abänderungen bringen? Wer diesen Montag Zeuge war, als ein hochbeladener Steinwagen mit 2 Pferden bespannt, trotz aller Anstrengung derselben rückwärts rollte und ein hinter ihm kommendes Gespann anprallte, dem schien es unbegreiflich, daß nicht schon längst eine Catastrophe dort vorgekommen ist, denn nur den zufällig anwesenden Personen war es zu danken, daß größeres Unheil vermieden wurde. Bei Klagen über diese Uebelstände pflegt die städtische Behörde als incompetent auf das Militär oder Staatsärar zu verweisen, letzteres möge also doch endlich einmal Sorge tragen, daß am Brückenthor wenigstens die 2 Oeffnungen für die Fußgänger hergestellt werden; sollten die Franzosen es sich wieder einmal einfallen lassen, Würzburg belagern zu wollen, so lassen sich diese Thore ja schnell wieder befestigen, übrigens hat es bis dahin gute Weile! —

Wenn von der Brücke aus nur um 1 Fuß die Senkung am Thore gemindert würde, so wäre es schon genügend; sollte dies denn unmöglich sein?

Wo ist die Polizei?

Am Himmelfahrtstage hat es trotz des Regens im Gabler'schen Keller doch hitzige Köpfe gegeben, eine Gesellschaft Musensöhne gerieth mit mehreren Handwerkern der körnigen Art in Conflikt, es regnete Hiebe von allen Seiten bis Blut floß; alles rief nach Polizei, aber wie gewöhnlich, blieb solche unsichtbar; ein Student wurde halb todt geschlagen, mit den Füßen auf ihm herumgetreten, während, wie es immer zu gehen pflegt, die eigentlichen Anstifter beiderseits leer ausgingen! Sollte denn bei 40 bis 50 Mann Polizeisoldaten nicht ein Paar wenigstens an solchen Orten, wie Gabler's-Keller, Bach's-Garten ꝛc. aufgestellt werden, können, um ähnliche widerliche Szenen in Zukunft zu verhüten! Möge man sich doch an der Energie der Polizei in Nürnberg und andern Städten ein Muster nehmen; es ist beinahe so weit, daß man lachen muß, wenn irgendwo von Einschreiten der Polizei gesprochen wird!

Das Publikum verlangt keine Polizeityrannei, wie in Paris oder Berlin, aber Schutz gegen Rohheiten.

Man theilt uns mit, daß die Nachricht des „Stadt- und Landboten", als wenn die Sprengung des Walles nächst der Eisenbahn unter militärischer Leitung stattfinde, ungegründet sei. Nicht dem Militär, sondern Herrn Lothari, ist diese Aufgabe vom Stadtmagistrate übertragen worden, er besorgt die Sprengung.

Preisfrage.

Innerhalb welcher Grenzen sind die Mittel zur Erlangung persönlicher Vortheile zu wählen, wenn dabei der Anspruch auf Achtung gewahrt bleiben soll?

„Die Nürnberger geben keinen Pardon."

So las man in der Zeitung schon,
Nach der Versammlung am andern Tag',
D'rum kommt jetzt noch 'ne kleine Frag':
Wer kann denn reden von Pardoniren,
Und wie sieht's mit der Vollmacht aus,
Da doch die Mehrheit blieb zu Haus? —
Ich meine, lebt' noch euer Grübel *)
Der spräche: „Hört mir wird übel,
„Weil ihr so aufgeblasen seid,
„Und wie'n wälscher Goggel schreit." —

*) Allgemein geachteter Bürger, Flaschner und Volksdichter in Nürnberg.

D. S.

... Untersucht: Wie im Stadt- und Landboten zu lesen, (Beilage zu Nr. 128) befindet sich ein Schulgehülfe statt Gemeindeschreiber Stadtschreiber. Gebührt ihm dieser Titel? ...

Der Weißenschauwm: Ist es denn wahr, daß einer Ihrer jungen Collegen zum
Universitätsprofessor vorgeschlagen wird? ...

Prof. Rothhaut.   Richtig, er wird deßwegen außerord. Professor, weil
so was außer Ordnung ist, und zwar ohne Fach,
... daß ihn die also nicht zum Stein des Anstoßes seyn. ...

Mehrere Landwehrmänner klagen, daß sie schon mehrmals ohne Musik ausgerückt seien, Andere fragen, ob das Einüben des Plänkelns bei der Schützen-Compagnie zu ihrem „nächsten Zweck" gehöre?

... Einige Besucher des Platz'schen Gartens ersuchen den Besitzer, doch auch einmal eine vollständige Militär- oder Landwehrmusik im Garten spielen zu lassen.

Klage über schlechten Weg oberhalb des Erhaltenhauses nach der Helbings-felder Brücke.

Das Expeditionslokal der Stechäpfel ist in das Strauß'sche ehemals Zehner'sche Haus 2. Distr.-Nr. 168 nächst der Liqueurfabrik verlegt worden, wo auch Mittheilungen in Empfang genommen werden.

Verantwortlicher Redakteur und Verleger: Stephan Götschenberger.
Druck der Becker'schen Buchdruckerei in Würzburg.

Würzburger Stechäpfel.

Ein humoristisch-satyrisches Originalblatt.

Ganzjährig fl. 1. 36 kr., halbjährig 48 kr., einzelne Nummern 3 kr.
Alle Postämter nehmen Bestellungen an. Die Stechäpfel erscheinen jeden Freitag.
Trägerlohn 1 kr. das Monat. Passende Einsendungen werden erbeten und auf Verlangen honorirt.

(Siebenter Jahrgang.)

Freitag.　　Nr. 23.　　9. Juni 1865.

Politisches Allerlei.

An den Sachsenprinzen.

Du bist zu loben, Wiegenprinz,
Weil die Gefangenen Du befreit.
Doch ist zu tabeln nur an dir:
Du kamst zu etwas später Zeit.

Die Wirthin des Hôtels Trapp in Friedberg fordert für Schaden, den Gutzkow angerichtet haben soll, 294 Gulden, während er in der That nur fl. 5 beträgt. Dieser Trappistin werden wohl die Gerichte das allen Trappisten vorgeschriebene ewige Stillschweigen auferlegen.

Der alte Metternich soll seinem Sohne 60 Kisten Denkwürdigkeiten hinterlassen haben, die alle gedruckt werden sollen. Der alte Despot wollte also auch nach seinem Tode einen großartigen Druck herstellen.

Briefkasten.

Es giebt eine gewisse Menschenklasse in der Welt, welche uns einen guten Hof und einen bösen Nachbarn wünscht. Wenn man die Bedeutung des Ersteren nicht tiefer würdiget, scheint es ein sehr unschuldiges Ding zu sein. Anders aber verhält es sich mit einem bösen Nachbarn; das Schrecklichste von Allem aber ist eine böse Nachbarin. Daß wir in unseren so weit vorgeschrittenen, aufgeklärten und intelligenten Zeiten diese so häufig besitzen, ist eine arge Calamität und wir wollen hier nur einige kleine Histörchen von einer so freundnachbarlichen Xantippe vom Stapel laufen lassen.

In der R......gasse der k. Franken- und Kreishauptstadt Würzburg wohnen bekanntlich mehrere Leute, und es ist hiebei nicht zu vermeiden, daß der oder die eine dem oder der andern einen Nachbarn oder eine Nachbarin bildet und auf diese Weise entstehen nachbarliche — aber hier keine freundnachbarliche — Beziehungen. Nun wohnt in der genannten Gasse auch eine gewisse Frau. Auch lebt in hiesiger Stadt ein simpelhaftes Individuum, dessen eigentlichen Familiennamen wir zur Stunde nicht kennen, bekannt ist es als „Tile Tale". Dieser Mensch beleidiget kein Kind und keine Seele, wird aber in der Regel von der Jugend zum Spielballen von Ausgelassenheit benützt; dennoch ist er bereit einem Jeden leichte Dienste zu leisten und wird zuweilen zu Wassertragen und Gassenkehren verwendet. Als nun derselbe am verflossenen Samstage in benannter R......gasse für Jemanden Gassen kehrte, wurde er von einer anderen Anstößerin engagirt, auch ihr die Gasse gegen Lohn zu kehren, was derselbe acceptirte. Da trat die Xantippe hinzu und sagte: „Tile Tale ich gebe dir ein Scheit Holz, wenn du Der da die Gasse nicht kehrst." Bei den Verstandesbegriffen dieses Simpels ist es nun nicht zu wundern, wenn er ein Scheit Holz einer Xantippe dem Groschen oder Sechser einer andern vorzog und in der That ein tüchtiges Scheit Holz davon zu schleppen bekam. Was sagt aber das große und das kleine Publikum zu solchen Nachbarinnen, die selbst die niedrige Einfältigkeit zu ihren Bosheiten benützen?

In vorgekommter R......gasse hat sich ferner Jemand auf seine alleinige Kosten die Wasserleitung in den Hof richten lassen, und da das Thor stets offen steht, so benützte die ganze Nachbarschaft diese Gelegenheit ihr Wasser ax officiös dort zu holen und auch jenes Bankeisen. Nun besitzt die Eigenthümerin der Wasserleitung ein kleines Händchen, welches wegen einer erlittenen Contusion nie den Hof verläßt, wohl aber öfters dem Zimmer entschlüpft und ohne Maulkorb sich im Hofe aufhält. Soll es nun, daß dieser kleine Cerberus — wie alle kleinen Gefäße gleich überlaufen — eine Antipathie gegen jene Xantippe gefaßt hatte, oder glaubte er sein Eigenthum schützen zu müssen, er zog mit aller Macht gegen dieselbe zu Felde, wenn sie das Eigenthum seiner Herrin betrat, und machte es so wie gewisse Nationen, er bellte wohl, aber er biß nicht.

Dies war der freundschaftlichen Nachbarin denn doch zu bunt und sie drohte, den kleinen Wütherich wegen seiner Maulkorblosigkeit bei der Polizei zu verklagen.

Um nun des Skandales auf ihrem Eigenthum los zu werden, versah die Eigenthümerin ihre Wasserleitung mit einem Verschluß und gestattete keinen Fremden den Zutritt. Was geschah aber? Ein Fourierschütze, der in dem freundnachbarlichen Hause wohnte, machte sich daran, am Bronnen Schloß und Riegel sammt Umzäumung zu erbrechen, und an der Wasserleitung den Status quo wieder herzustellen. Auf erhobene Klage seitens der Beschädigten bei der Polizei wurde sie kurz mit dem Bedeuten abgewiesen, daß sie ihr Eigenthum selbst zu schützen habe. Was sagen nun die großen und die kleinen Adamskinder zu dieser Logik, und seit wann ist das Verbot der Selbsthülfe aufgehoben und das Gebot sich selbst zu schützen an dessen Stelle getreten?

Bescheidene Anfrage.

Wo gibt es einen Mokka ohne Cichorie, und wo kann man denselben an Sonntagen ohne Nebensteuer trinken?

Die Schweinfurt-Kissinger Eisenbahn wurde bei unserem Landtage zwar in Anregung gebracht, aber gleich wieder ad acta gelegt, weil man für München und Umgegend noch nicht genug Eisenbahnen zu Spazierfahrten — ob rentabel oder nicht — hergestellt hat. Verstehen es die Kissinger und Schweinfurter nicht ebenso gut wie die Kitzinger, sich diejenigen Vertreter auszuwählen, von deren Gewicht sie überzeugt sein können, daß diese so nothwendige Bahn einmal hergestellt wird?

Es wird geklagt, daß in einer hiesigen Wirthschaft, die ohnedieß sich einer allzugroßen Frequenz nicht zu erfreuen hat, bei jedem einzelnen Gaste man gleich bereit ist, diesem ein Schläfchen mit etwas Schnarchen darzubringen, und daß — falls sich der Gast beigehen lassen sollte, eine kleine Unterhaltung mit der Kellnerin anzuknüpfen — die Wirthin sich in solchen Expectorationen ergeht, daß der Gast froh ist, sich aus dem Staube zu machen, um sich nie wieder blicken zu lassen. Eine praktische Grundlage zum Reichwerden.

Es giebt in der That in hiesiger Stadt viele Wirthschaften wo — namentlich an Markttagen oder bei Volksaufläufen — für die langjährigen Stammgäste jede Rücksicht außer Acht gelassen wird, wogegen Fremden, die vielleicht nur einmal oder äußerst selten des Jahres erscheinen, und sind es auch nur Bauern — die nicht von ihrem „für 6 kr. Fläsch und einen Schoppen" abgehen — aller Vorzug zugewendet wird, so daß der Stammgast nach oftmaligen Reklamationen dennoch mit langer Nase abziehen muß.

Eine Weibsperson macht sich ein Geschäft daraus, Wittwen und Wittwer, ledige Damen und Herren unter die Haube bringen zu wollen, ohne jedoch von irgend einer Seite Auftrag hiezu zu haben; sie legt ihren vermeintlichen Geschäftskunden Verzeichnisse von heirathsfähigen Damen und Herren vor, wovon Beweise vorliegen. Ja selbst Lehrlinge werden von ihr belästigt und zuletzt, wenn diesem unlauteren Treiben nicht Einhalt geboten wird, könnte sie sich noch erlauben, ihren Wirkungskreis auf die Schulen und Kinder-Bewahranstalten ausdehnen zu wollen.

Daß durch diese Person schon viele ehrenwerthe Damen und Herren, ohne ihr Zuthun, in peinliche Verlegenheit gebracht wurden, ist selbstverständlich, und es wird hiemit dieses saubere Fischlein gewarnt, von seinem unsauberen Treiben abzustehen, damit es nicht später in ein Netz gerathe, aus dem es sich nicht leicht befreien könnte.

Sollte diese einfache Warnung den erwünschten Erfolg nicht haben, so wird später eine nähere Bezeichnung folgen.

Würzburg, 6. Juni 1865.

Anfrage.

Wie kommt es denn, daß Verhandlungen beim hiesigen Kreisgerichte in hiesigen Blättern bekannt gemacht werden und andere auch nicht? z. B. steht das

Urtheil zweier Studiosen wegen Zweikampf im Blatt; am 20. v. Mts. wurde dagegen am hiesigen Kreisgerichte ein gewesener Kaufmann Köhler wegen Betrug zu 2 Monaten Gefängniß verurtheilt und es kam weder die Verhandlung noch das Urtheil zur öffentlichen Anzeige.

Wohin hat man da wohl Schritte zu thun, um solche Anzeigen zu verhindern?

(Bei den Redaktionen der Blätter.)

A. d. R.

Es wird allgemein über schlecht gebackenes Brod geklagt.

Daß nur von Berlin etwas Gutes kommen kann, scheint auch die Ansicht eines Theaterdirektors zu sein, der, um seine Zimmer zu tapezieren, die Tapezierer unseres Mittelstaates für incompetent ansah und einen solchen aus Berlin zu diesen Zwecke kommen ließ.

Antwort.

Der Gemeinbeschreiber hat ganz recht; statt Gemeinbeschreiber nennt sich der Gemeinbeschreiber Stadtschreiber; da sich nun der Gemeinbeschreiber statt Gemeinbeschreiber Stadtschreiber nennt, so ist er, wenn auch kein Stadtschreiber, doch Stattschreiber.

---

1. Das Projekt unseres Stadtmagistrates, die Stadtmauer gegen den Main in der Richtung gegen die untere Johannitergaße zu durchbrechen, hat allgemeinen Beifall gefunden. In Verlegenheit ist man nur noch wegen Benennung dieses Thores, und möchten wir den unmaßgeblichen Vorschlag machen, dieses Thor mit Rücksicht auf die in dessen Nähe mit polizeilicher Duldung etablirten offenen Dungstätten „Guanothor" zu taufen.

2. Wie wir hören, ist vergangene Nacht ein Mann in die an der untern Johannitergaße in der Nähe des Zukunftthores angelegten Dunggruben gefallen; der Verunglückte soll sogar eine Magistratsperson gewesen sein.

3. Das in der letzten Nummer der St.-A. mitgetheilte Gerücht, als sei

eine Mannsperson in die lizenzirten Dunggruben am Zukunftsthor gefallen, hat sich nicht bestätigt, wenigstens war es keine Magistratsperson.

Die Dunggruben befinden sich noch im früheren Zustande.

4. Herr Redakteur! In Ihrer letzten Nummer erwähnen Sie einer lizenzirten Dunggrube. Gibt es denn auch Dunggruben-Lizenzen? Wenn ja, so hätte ich Lust, mich auch um eine solche zu bewerben, wofern die Taxe nicht zu hoch ist.

Michel Hahn aus Unterbürrbach.

5. Ein gewißer Michel Hahn hat in Würzburg um eine Dunggruben-Lizenz nachgesucht und sich hiebei einen Unterbürrbacher genannt. Man sieht sich hierauf veranlaßt zu erklären, daß es in Unterbürrbach zwar Dunggruben gibt, daß dieselben aber nicht an der offenen Straße, sondern in Höfen und höchstens auf Seitenwegen sich befinden. In diesem Punkte ist uns die Kreishauptstadt voraus.

Ein Unterbürrbacher für Alle.

6. Gespräch im großen Saale.

Erster Rath: Ei Herr Collega, haben Sie denn dieses ewige Gestichel in den Stechäpfeln über das Guanolager in der Büttnersgasse gelesen? Sollte man nicht etwas thun, um dem Einsender das Maul zu stopfen?

Zweiter Rath: Bedenken Sie, Herr Collega, daß die Beseitigung dieser Stätten nur eine Frage der Zeit ist, an deren Lösung bei der entfernten Lage der Büttnersgasse insolange nicht gedacht werden kann, als wir noch in der Nähe viel auszumisten haben.

Aufgemuntert durch die freundliche Einladung der 55er nahm eine Gesellschaft lebenslustiger, junger Leute verflossenen Sonntag Antheil an der Guttenberger Waldparthie und versah sich vorsorglich mit einem Fäßchen ausgezeichnet guten Stoffes von der Mäzschen Bierbrauerei. Der Andrang zu dieser reinen Quelle Gerstensaftes war indessen so groß, daß der Vorrath leider schnell erschöpft und man gezwungen wurde, ein Fäßchen Bier vom Festplatze zu 9 kr. per Maas zu kaufen, dessen ungestörter Besitz aber nur nach heftigem Wortwechsel und kräftiger Zurückweisung unbefugter Anmaßung ermöglicht werden konnte. Aber o Himmel! welcher Unterschied fand sich zwischen diesem Bier und dem mitgebrachten edlen Stoff! Ungeachtet des vorhandenen großen Durstes war dieses Gebräu nicht zu trinken, konnte nur mit Mühe zu 3 kr. die Maas abgesetzt werden und dennoch war die Gesellschaft froh, zu diesem verhältnißmäßig großen Verluste, vor: einem Getränke befreit zu werden, welches vielleicht jetzt noch im Magen liegen würde. Zur Nachachtung für Lufttragende wird verehrliche Redaktion höflichst ersucht, diesen Vorfall durch das schätzbare Blatt zur öffentlichen Kenntniß bringen zu wollen. —

Frage.

Ist es denn am k. Forstamte zu Lohr nicht auch so gebräuchlich, wie auswärts, wo submittirt wird, daß die Submissionen zur bestimmten Zeit und vorschriftsmäßig geöffnet werden, wenn die Submittirenden gegenwärtig sind, weil erst kürzlich bei der Holzbeifuhr in den ärarischen Holzhof der Fall vorkam, daß zu der bestimmten Stunde die Submissionen schon geöffnet waren und erst gefragt werden mußte: wer der Wenignehmende sei? Auf die zweite Frage: „um welche Preise, Herr Forstmeister?" war die Antwort: „Das brauche ich nicht zu sagen." Das müßte blos da ein Geheimniß sein; denn sonst wird es doch überall veröffentlicht.

Ungeachtet des strengen Verbotes des Wegfangens der Singvögel und der Zerstörung ihrer Nester kann ein nur wenig aufmerksamer Beobachter sich gar leicht überzeugen, wie oft diese Gebote übertreten werden. Es ist unter andern in allerneuester Zeit eine Nachtigall, welche täglich ihre melodische Stimme zunächst der Seminariumskirche ertönen ließ, von verruchter Hand hinweggefangen und deren Nest am untern Ende des Schloßgartens ausgenommen worden, ein Beweis, wie wenig es gewissen Müssiggängern daran liegt, ihre Pflicht zu erfüllen. Es wäre daher sehr zu wünschen, daß auf diesen Gegenstand eine größere Aufmerksamkeit gewendet und die Polizei-Gebote besser gehandhabt würden, durch besonders gegen solche Leute, welche sich da Geschäft daraus machen.) Singvögel zu halten und mit solchen zu handeln, eine strenge Kontrolle geübt würde. Eine Besteuerung des Haltens der Singvögel, die der Commune ein schönes Geld eintragen würde, ohne im Allgemeinen zu belästigen, dann die Abstellung des Unfuges des Verkaufes sowohl alter, als erst dem Neste entnommener Vögel an den Markttagen, würde das beste Mittel sein.

Auch sollte man die Jugend belehren, nützliche Thiere, wie z. B. die Igel nicht todt zu schlagen, wie dies häufig auf den Glacisanlagen oder in deren Nähe geschieht.

Eigenthümliche und billige Wohlthätigkeit.

Der ledigen A..... Gei.... von hier wurde, da sie 3 bis 4 Monate wegen einer sehr entzündeten Hand nichts verdienen konnte, auf Zeugniß des Herrn Professors G .... I 30 kr. Unterstützung von der hiesigen Armenpflege zu Theil. Da sie bei dem Empfang dieser Summe bitterlich weinte und der gefühlvolle Aktuar Hr. B . y . r sah, wie dringend nöthig ihr eine größere Unterstützung sei, so steuerte er aus seiner eigenen Tasche denselben Betrag bei. Ein höherer Geistlicher, der die A. G. kannte und ihr begegnete, fragte sie, als er dieses Bild des Leidens sah, was ihr fehle und versprach ihr Hülfe. Verhindert, gleich Unterstützung zu ertheilen, bestellte er sie auf den folgenden Tag, an dem er ihr etwas zusammenmachen wollte, was sie durch ihren Jungen abholen dürfe. Letzterer kam mehrere Tage nach einander, ohne etwas zu erhalten, endlich am fünften Tage erhielt er ein versiegeltes Couvert. In freudiger Erwartung wurde es geöffnet, und enthielt wirklich — drei Bildchen: „Das goldene ABC für alle Stände. Denke oftmals an den Tod. Unsere Heimath ist der Himmel. Bewahre die Keuschheit." Jetzt ist geholfen.

R.

Meinen Dank Herrn Schachtel für seine Recommandation.

Frl. F.

Das Expeditionslokal der Stechäpfel ist in das Strauß'sche, ehemals Zehner'sche Haus 2. Distr. Nr. 168 nächst der Liqueurfabrik verlegt worden, wo auch Mittheilungen in Empfang genommen werden.

Verantwortlicher Redakteur und Verleger: Stephan Gätschenberger.
Druck der Becker'schen Buchdruckerei in Würzburg.

Würzburger Stechäpfel.

Ein humoristisch-satyrisches Originalblatt.

Ganzjährig fl. 1. 36 kr., halbjährig 48 kr., einzelne Nummern 2 kr.
Alle Postämter nehmen Bestellungen an. Die Stechäpfel erscheinen jeden Freitag.
Trägerlohn 1 kr. das Monat. Passende Einsendungen werden erbeten und auf Verlangen honorirt.

(Siebenter Jahrgang.)

Freitag   Nr. 24.   16. Juni 1865.

Politisches Allerlei.

Bismarck.

Das nenn ich Junkerblut! Durch Blei und Eisen
Will Herr von Bismarck seinem Gegner zeigen,
Daß Mannesmuth dem Junkerthum sei eigen,
Das will er ihm im Zweikampf nun erweisen.
Und sehet! die feudalen Blätter preisen
Den Premier, der ohne zu erbleichen,
Dem Feinde fordert auf zum blut'gen Reigen.
Doch Anb're rufen aus: „Was soll das heißen!
Schlimm wär's für Bismarck, wenn er nimmer fände
Für seine Sache beßre Argumente,
Als die der Waffen! dann wär' er verloren,
Denn Jene nennet man gewöhnlich Thoren,
Die es im frechen Uebermuthe wagen,
Dem Schach zu bieten, der sie stets geschlagen." —

R. B.

Seht, es liegt in seinen Blicken
Freude, weil so klüglich herrschte
[...] Voll Entzücken
Sieht den Kaiser man sie küssen.

Trotzend aber, und verschränket
Seine Arme, steht abseiten,
Weil er fühlt sich schwer gekränket
Jerome's großmütiger Sprosse;

Denn der Kaiser tadelt bitter,
Weil er kühnlich es gewaget,
Und als roth gefärbter Ritter.

Doch der Prinz bleibt unerschüttert
Und verschmäht das feige Kriechen;
Wenn auch mancher Schranze zittert,
Er allein will sich nicht fügen.

Lieber will er Frankreich fliehen
Und im fremden Lande weilen,
Will in die Verbannung ziehen,
Und sein „fränkisch Haus" vertheilen.

Dessen freuet sich die Dame
Aus Hispaniens goldnen Auen;
Denn es paßt zu ihrem Krame,
Wenn der Prinz die Heimath meidet.

Und sie denkt: „Ach, bis man kommt
Du auf lange nicht zurücke!
Jubel herrscht im Petersbome,
Wenn verbannet Du vom Kaiser!

Manches ist mir schon gelungen
Und noch And'res wird sich finden;
Wenn der rothe Prinz bezwungen,
Werben meine Pläne siegen.

Meinetwegen mag die Nachwelt finden
Meinen Gatten als den Großen,
Doch Europa das soll finden,
Daß ich heute trag' die Hosen!

R. W.

Frage:

Wenn das Duell zwischen Bismarck und Virchow wirklich vor sich gegangen wäre, wer wäre geblieben?

Antwort:

Auf alle Fälle Bismarck.

Frage:

Warum fordert Bismarck die Abgeordneten auf Pistolen?

Antwort:

Weil er gerne hätte, daß die Abgeordneten ihm was vorschößen.

Briefkasten.

paraturen sehr nöthig; weßhalb sich einige Tünchnerinnen, welche stolze Frauen
seien wollen, und einem Gewerbsmann, welcher seine Steuer bezahlen muß auf diese
Art einige Kreuzer Verdienst entziehen, — sich an öffentlicher Straße hinstellen,
um von allen Leute gesehen werden, und ihr s. g. Hofthor anstreichen. Es wäre
aber nach Ueberzeugung besser, solche stolze Weiber sollten lieber da anstreichen,
wo ihre Strümpfe zerrissen und ihre Fersen herausschauen.

Es ist eine eigenthümliche Begünstigung, daß auf Hauptstraßen das Pflaster aufgerissen werden darf, um Kalkgruben für Privatbauten zu bilden, die bisweilen nicht einmal Nachts zugedeckt sind.

Wunder über Wunder!

Denn ich glaube nicht anders, als daß solche an meinen Pferden geschehen
sind, von denen mir das eine am 3. April in Marktbreit gestochen wurde, welches der Thierarzt N. und Physikatsverweser N. von da für höchst rotzig erklärten. Dasselbe war im Zug, beim Füttern, wie auch in Ställen bei meinen
andern 4 Pferden, welche dann 8 Wochen in Contumaz in Marktbreit stehen
bleiben mußten. Während der Contumazzeit, wie noch heute sind die Pferde gesund und frisch, während doch die Rotzkrankheit die gefährlichste und ansteckendste
aller Pferdekrankheiten ist. Deßwegen zweifle ich auch gar nicht daran, daß
hier ein Wunder geschehen ist und die Pferde während ihre Contumazzeit eine
andere Natur angenommen haben; denn sonst müßten sie ja doch die Rotzkrankheit geerbt haben. Ebenso ist ein zweites Wunder geschehen an dem angeblich
rotzigen Pferde, denn wie es bei der Sektion untersucht werden sollte, war die
Nase des Pferdes kurz vor der Untersuchung plötzlich verschwunden und kam
trotz aller Nachfragen nicht wieder, sondern blieb auch verschwunden. Ich bin
nun großen Dank den beiden Herren Doktoren schuldig, weil sie meine Pferde
während ihrer Contumazzeit so oft und fleißig untersucht und sorgfältig behandelt haben, noch größern Dank verdienen sie für ihren Scharfsinn, weil sie die
Krankheit des gestochenen Thieres gleich erkannten, als ich nach Marktbreit kam,
während andere für geschickt geltende Aerzte in andern Städten, wo ich kurz zuvor war, auch nicht das Geringste an dem Pferde bemerkten. Sollte es vollends der Fall sein, daß die Herren Doktoren dem andern Pferde, welches sie
auch für höchst rotzverdächtig hielten und das doch wieder gesund wurde, während der vielen Untersuchungen in der Contumazzeit ein Pulver gegeben haben.

welches die Roßkrankheit schnell vertrieb (weil sie doch so geschickte Männer sind) so bin ich auch hiefür ihnen zum Danke verpflichtet und empfehle diese Heilkünstler der ganzen Umgebung Marktbreits nicht nur für Pferde, sondern auch für Ochsen, Kühe und sonstiges Rindvieh, indem ich noch zum Abschiede mit ihren Collegen Bartolo und Basilio ihnen zurufe:

Einen Doktor Euresgleichen
Gibt es nicht in deutschen Reichen!

J. Entreß,
Menagerie-Besitzer.

Der Gestank beim Seifensieden in einer engen Gasse verpestet die Zimmer eines benachbarten Hauses bisweilen so stark, daß es kaum möglich ist, dort es auszuhalten. Ist denn hier keine Abhülfe möglich?

Einer, der dort übernachtet hat.

Ein Forstmeister und sein Gehülfe expedirten einen unberufenen Anzeiger von Holzfrevel vor die Thür, mit dem Bemerken: er (der Anzeiger) sei ein Lump, welcher diese Beschimpfung nur in dieser Beziehung verstanden wissen will, weil er nicht vermögend ist x.

Sollte es denn dahier nicht auch wie in andern Städten möglich sein, mehrere einfache Pissoirs an geeigneten Stellen anzubringen, was bei hiesiger Fremden-Frequenz sehr nothwendig ist, und wodurch viele Unreinlichkeiten beseitigt und unsittliche und ärgerliche Scenen vermieden würden.

Frage.

Ist es wohl erlaubt, einen Militär-Sträfling, der 2 Jahre auf der Feste Marienberg war und früher beim Artillerie-Regiment diente (sohin nach Entlassung aus seiner Haft) mit einer sehr schlechten Infanterie-Kleidung fortzuschicken, da seine eigne Civilkleidung ihm willkürlich von seinem vorgesetzten Herrn vorenthalten wird, während doch sein Paß lautet, sich ungesäumt in seine Heimath zu verfügen. Wollen denn die Herren die Kosten dieses Mannes auf sich nehmen, wollte sie so einen armen Teufel noch aufzuhalten suchen, der gerne in seine Heimath möchte.

„Der Herr befiehlt, der Arme muß gehorchen" [...]

Als bei der unlängst stattgefundenen Vertheilung des Nachlasses der verlebten Frau C. auf dem R.-Hofe an die Erben die Reihe an der Verstorbenen Kleider kam, (sie trug nämlich Bauernkleider) machte Niemand besondere Ansprüche auf deren Besitz, einfach deßwegen, weil man sie nicht passend zu verwenden wußte. Jedoch die Klugheit einer Tochter der Verstorbenen, Gattin eines hiesigen Privatier, welche Mutter von 5 erwachsenen Töchtern [ist], fand sofort eine passende Verwendung dafür. „Die Kleider nehme ich, sagte sie, das giebt was für meine Mädchen auf dem Ball!" (Maskenball).

Gewiß, eine eigenthümliche Art, das Andenken verstorbener Eltern zu ehren.

In Nr. 23 Ihres geschätzten Blattes (Stachapfel) sucht ein gewisser Herr R. die höhere Geistlichkeit ihrer sogenannten eigenthümlichen Wohlthätigkeit wegen zu verhöhnen und nebenbei einen Herrn dieses Standes, der wegen seiner fast bis zur Schwäche geübten Barmherzigkeit in hiesiger Stadt allgemein bekannt ist, in ein sehr schiefes Licht (als verhöhne er die Armuth) zu stellen.

Obgleich ich nicht berufen bin, der höheren oder niederen Geistlichkeit Weihrauch zu streuen, worauf diese Herren wirklich nicht Anspruch machen, so kränkt es mich doch bitterlich, einen hochachtbaren Geistlichen mißhandelt und verleumdet zu sehen und das, was weiß ist, schwarz nennen zu lassen.

Aus Erfahrung wissend, wie bitter es ist, verleumdet zu werden, erlaube ich mir, Ihnen zu berichten, was ich von dieser Sache auf dienstlichem Wege in Erfahrung bringen mußte.

Dieser Knabe besucht meine Schule, und auf mein Befragen sagte er mir, daß der gemeinte Herr aus der höheren Geistlichkeit ihm einige Bildchen geschenkt und seiner Mutter eine Geldunterstützung geschickt habe. Diese Bildchen will er selbst in ein Couvert gethan und versiegelt seiner Mutter übergeben haben. Diese Aussage bestätigte auch seine Mutter mit dem Bemerken, daß sie diese Sache Niemanden anders erzählt habe.

Ist diese Aussage von Mutter und Sohn wahr, so hat selbiger Herr R. der wahrscheinlich auch vor seiner eigenen Thüre genug zu säubern haben [...]

möchte, mit Wissen und Willen, gelegen und dadurch seine [...] verleum-
bet und tief gekränkt.

Wurde derselbe aber von beiden Personen mit Unwahrheit berichtet, so ist
es seine Pflicht, diese freche Lüge aufzudecken und sich selbst gegen den Vorwurf
eines Lügners und Verleumbers, der ihm mit Recht gemacht werden muß, zu
schützen. — Er thue, was er kann. —

A. d. Red. In dem uns zugekommenen Schreiben war der Anfangsbuchstabe eines [...]
Herrn Geistlichen erwähnt, denn sonst hätten wir ohnedieß die Einsendung als unglaublich zurückgewiesen; da Herr Domkapitular R. (der demnach der Geber war) bekannt ist wegen seiner
großen und anspruchslosen Wohlthätigkeit und diesem Herrn nichts weniger gleich sieht, als eine
Verhöhnung der Armuth. Wir überlassen dem Einsender, der mit seinem Namen das Mitgetheilte
verbürgen wollte, die Rechtfertigung.

[... mehrere Zeilen unleserlich ...]

Es sei ein trauriges Zeichen der Zeit, daß junge Leute, die eine höhere
Bildung genossen, bei ihrer Vermählung die eigene Mutter ignorirten.

Neuigkeiten-Sammlung.

Ob die schon vor Jahren projektirte Ueberwölbung des der Bachgasse den
Namen gebenden Baches doch nicht durchzuführen sei? Die Ausdünstungen
verpesten die Nachbarschaft und wäre der Bach überwölbt, könnte man dort die
Wägen placiren, die jetzt die Spital-Promenade verengen. [...]

[... mehrere Zeilen unleserlich ...]

Ein Nationalökonom habe die Bemerkung gemacht, daß jetzt die Rathskerzen
sehr billig seien, ohne daß das von Wirkung auf die Preise der Stiefel sei, so
wie das Unschlitt jetzt mehrere Kreuzer billiger sei, als das Fleisch, ohne daß
man dieses den Lichtern ansehe.

Als das Begräbniß eines 2¼jährigen Kindes am 11. Juni vor sich gehen
sollte, fand sich, daß das Grab kaum angefangen war und in Gegenwart der
Leidtragenden erst abgemessen und vollendet werden mußte. Bei dieser Operation

[...] sei auch die Rechte reiche heraus, was den Gram der Eltern vergrößerte. Solcher Nachlässigkeit sollte abgeholfen werden.

Während auf Würzburger Markung auf die Straße nach Rottendorf alles Mögliche verwendet worden sei, habe die Gemeinde Rottendorf für die Straße vom Faulenberg bis Wöllrieder-Hof auch gar nichts gethan. Ob das angehe?

Früher wurden die Uebungen der Tambours unweit des Schießhauses verlegt, weil es dort eine unbewohnte Gegend war; jetzt aber, wo Alles dort bewohnt ist, könnte es nichts schaden, wenn die Uebungen etwas weiter auf Heidingsfeld zu verlegt würden.

Neubauten-Hindernisse.

Wenn man oft die Aeußerung hört, daß Neubauten in der Stadt so selten vorkommen, während doch noch so viele Häuser vorhanden sind, wo 1 ja 2 Stockwerke aufgesetzt werden könnten, so muß man mit Recht glauben, daß es an Unternehmungsgeist fehlt, wenn man aber wieder hört, wie unternehmende Leute oft hingehalten werden, bis sie nur die Genehmigung ihres Bauplans erhalten, oder vernimmt, wie die lieben Nachbarsleute oft ohne alle triftigen Gründe nur aus reiner Chicanen-Sucht oder Neid den Bau aufzuhalten suchen, so kann man sich dann nicht wundern, wenn die Baulust in den alten Stadttheilen so schwach ist, unsere altfränkischen Bauverordnungen mit ihrem confusen Wesen öffnen Streitigkeiten der Nachbarn Thor und Angel; wann wird dieser mittelalterliche Zopf einmal abgeschnitten werden?

Verantwortlicher Redakteur und Verleger: Stephan Gutschenberger.
Druck der Becker'schen Buchdruckerei in Würzburg.

Würzburger Stechäpfel.

Ein humoristisch-satyrisches Originalblatt.

Ganzjährig fl. 1. 36 kr., halbjährig 48 kr., einzelne Nummern 3 kr.
Alle Postämter nehmen Bestellungen an. Die Stechäpfel erscheinen jeden Freitag.
Trägerlohn 1 kr. das Monat. Passende Einsendungen werden erbeten und auf Verlangen honorirt.

(Siebenter Jahrgang.)

Freitag   Nr. 25.   23. Juni 1865.

Politisches Allerlei.

Gratulation

zur 50jährigen Jubelfeier des verehelichen Bundestages.

Schon fünfzig Jahre bist du alt,
Hast manchen Sturm erlebt,
Hast Deutschland gar nicht beschützet,
Und hast auch sonst nichts genützet,
Vor jedem Lüftchen gebebt.

Nur ewig lange Ferien,
Sonst hast du nichts gemacht,
Als Demagogen gefangen,
Der Presse ein Schloß angehangen,
Das ist's, was du vollbracht.

Dann hast du dich für todt erklärt
Und legtest dich in's Grab.

Die Reaktion machte dich wieder lebendig
Und du wardst ganz unbändig,
Nun Alles uns wieder ab.

Dein ... Wort hast du verteilt,
... Franzsaürt,
Schleswig-Holstein gabst du den Dänen
Und die sich Deutsche wähnen,
Hast immer du blamirt.

Jetzt bist du altersschwach und taub,
Beschließe deinen Lauf!
O komm' und laß' dich begraben,
Ganz Deutschland will es haben,
Doch stehe uns nicht wieder auf!

Politisches.

Bundestägliches.

Der Bundestag, dieses Schooßkind der deutschen Nation, hat seinen 50jährigen Geburtstag durch Extra-Ferien gefeiert. In stiller Vergnüglichkeit, wodurch er großartigen Ovationen, die ihm für seine außerordentlichen Verdiensten wenigstens von ... würden wären, in ebenso taktvoller als wunderbarer Einstimmigkeit ausgewichen ist.

Gott erhalte ihn recht lange zum Heile der deutschen Einigkeit, zu Nutz und Frommen der geliebten Landesväter! Welches Unglück für die arme Germania wäre es, wenn auch dieser letzte Rettungsanker sich mit Strike-Gedanken trüge und plötzlich die Arbeit kündigte, ohne diesen Entschluß vorher an die Ausschüsse verwiesen zu haben?! Bundestag-Strike, schon das Wort macht uns das Blut erstarren; diese ungewöhnlich langen Ferien bedeuten nichts Gutes; deutsches Volk mache dich auf das Schrecklichste gefaßt!

Briefkasten.

Schuhflicker-Boutiquen.

Es ist jetzt allgemeine Klage, daß man trotz der 120 Schuhmacher, die dem Namen nach hier sein sollen, nur mit Mühe etwas schnell gemacht bekommt, namentlich wenn es sich nur um Reparaturen handelt. Es sind hier sehr viele Meister, aber sie bleiben unbekannt und warten umsonst auf Arbeit, während bei Wenigen fast Alles concentrirt ist, die natürlich sich nicht gerne mit Flickereien einlassen. Es wäre daher dringendes Bedürfniß, wenn, gleich andern größeren Städten, sich öffentliche Schuhflickereien (so wie z. B. die Scheerenschleifer) an abgelegenen Plätzen, in Höfen, woran hier kein Mangel, etabliren möchten; diese Unternehmung würde vielen herabgekommenen, sonst jedoch geschickten Meistern reichlichen Verdienst schaffen.

Der Herr am Magistrat, der die Verehelichungs-Erlaubniße im Stadt- und Landboten annoncirt, soll den treffenden Herrn ihren gehörigen Charakter geben, nicht dem Einen einen höhern, dem Andern einen niedern.

Steht es einem Uhrmacher schön, wenn er in öffentlicher Wirthschaft an einem Tische, an dem mehrere Herren aus dem Gewerbsstande saßen, erklärt: „man könne mit Ehren nicht mehr hergehen, es kämen lauter Handwerksknoten in diese Wirthschaft." Uhrmacher gehören doch unseres Wissens nicht zu den privilegisten Ständen und Vergolderstöchter bringen ihren künftigen Gatten auch keinen adeligen Stammbaum in's Haus.   Einer, der sich nicht schämt,
                                                                                       Handwerker zu sein.

Es war ein großer Fehler von der Redaktion hiesiger Blätter, auf ein Gerücht hin, welches nur die Erfindung eines müßigen Kopfes war, (man vermuthet von einem Musikanten) die Verwandten und Bekannten des Herrn Stabs-

trompeters Krachhard so zu erschrecken, der sich z. B. ganz wohlbehaglich im Lech-
felblager befindet. Ohne genügende Bürgschaft sollte man solche schlechte Witze
nicht verbreiten, wodurch solche Lügen auch noch in alle andern kleinen Stadt-
Blätter übergehen, wie hier der Fall — es ist Schuldigkeit diese falsche Mittheilung auch zu widerrufen.

Ein Freund der Wahrheit.

Zu wundern ist, daß bei den jüngsten Landtagsverhandlungen keiner unserer
Abgeordneten Gelegenheit nahm, den Bau der hiesigen neuen Bahnhofsgebäude
zu besprechen, über die so Mancherlei zu sagen gewesen wäre. — Jetzt z. B.
kommen die glacirten Backsteine am Hauptgebäude als unbrauchbar wieder heraus, und werden die Ecken mit Sandsteinquadern geblendet. Was würde man
anderwärts über solche Manipulationen sagen??

Es wäre sehr zu wünschen, wenn eine gewisse Gesellschaft in öffentlichen
Localen mehr Anstand an den Tag legen würde.

Die Mutter, die ihr 8jähriges Töchterchen in die Conditorei des Herrn
B.... geschickt, fragen wir, ehe wir den Aufsatz aufnehmen, wie das Kind zu
der naiven Bemerkung kommen konnte?

Während andere Städte Alles aufbieten, die Landleute an sich zu ziehen,
namentlich in Schweinfurt die Letzteren auf das Höflichste behandelt werden,
hat man hier oft das Gegentheil Gelegenheit zu beobachten, was keinesfalls zum
Nutzen unserer Stadt gereicht und schon manchen Bauern veranlaßte, sein Getraide
nach einer andern Schranne zu führen oder an Händler zu verkaufen. Fuhrleute wie Oberseider fahren jetzt nach Ochsenfurt. Unlängst sahen wir einen
Bauern wegen einer ganz geringen Contravention von der Brücke auf die Polizei geschleppt und u. A. klagt uns ein Getreidehändler, daß er beim Abholen
von Getreide aus der Schrannenhalle (wo er doch 5 fl. 51 kr. zahlte) sehr grob
behandelt, ja mit Hinausgeworfenwerden bedroht wurde. Auch verdächtigen die
Messer bisweilen die Wagen, während sie ganz richtig gehen. Es wäre besser

die Messer wechselten (wie es auch anderwärts der Fall ist) im Dienste ab und ihr Verdienst würde gleichmäßig unter sie vertheilt, dann würden sie sich nicht anfeinden und gegenseitig anklagen und die Bauern mißtrauisch machen.

———

In voriger Woche waren es 30 Jahre, seit der deutsche Bundestag sein stilles Leben angefangen hat mit der frommen Bundesakte. Der Hr. v. Rottek sagt nun in s. Geschichte, in dieser Akte seien im 13. Artikel die Rechte des deutschen Volkes mit drei (!!!) Zeilen (!!!) aufgeführt, und in dem Artikel 17. seien dem Fürsten Thurn und Taxis seine Rechte mit dreizehn Zeilen angegeben. Es möchte nun jemand wissen, um viele Zeilen (!) sich seit 50 Jahren die Rechte des deutschen Volkes (!!) vermehrt haben, und dann: ob die Prügelstrafen, die man in Mecklenburg eingeführt hat, auch zu den Rechten des deutschen Volkes gehören. —

Deutscher Michel
verzage
nicht!

———

Bier betreffend.

Ich fühle mich gedrungen bei der allgemeinen Bier-Calamität im Interesse der menschlichen Gesundheit Nachstehendes zum Besten zu geben.

In all den vielen Artikeln, die in unseren Zeitungen schon über dieses Thema verhandelten, hat keiner den eigentlichen modernen Giftstoff, den so viele Biere jetzt enthalten, beim rechten Namen genannt.

Ich will es hiemit thun, es ist ein allgemein bekanntes Giftkraut — welches den Stoff liefert — die Herbstzeitlose (Horba colchici) aus deren Samen der Extrakt (Extractum colchici) gemacht wird. —

Das ist das moderne Mittel — das jetzt so außerordentlich häufig in der Brauerei in Anwendung gebracht wird. —

Das Rezept hiezu stammt von einem Großbrauer aus einer benachbarten großen (nichtbayerischen) Stadt. Derselbe machte vor circa 6 Jahren eine Rundreise durch Bayern, verkaufte sein Geheimniß für theures Geld an seine bayerischen Collegen; da durch seine Manipulation ⅔ Hopfen erspart werden sollen, und außerdem dem sogenannten Bier, trotz aller Sparsamkeit an Hopfen und Malz und der größten Generosität für Wasser, eine außerordentliche Haltbarkeit ertheilt werden soll, so mußte selbstverstanden das Offert den eclatantesten Beifall finden — und fand ihn auch wirklich in der modernen Brauerei — die sogenannten Aufgeklärten kauften das Rezept um theures Geld. —

Der Mann hielt einen wahren Triumphzug als Professor der modernen Bierverderbekunst — durch ganz Bayern.

Das Rezept, anfangs nur in Händen der Grossisten, hat nach und nach auch den Weg zu niedern Größen 2. und 3. Ranges gefunden, so daß es jetzt so furchtbar verbreitet ist, als kaum ein anderes Uebel verbreitet sein kann.

Warum sollte es auch nicht die vollste Anerkennung finden, es ist ja so außerordentlich rentable, daß nur Schwachköpfe, die ihre Zeit nicht verstehn, an ihrem alten Schlendrian festhalten können, die sich in ihren zöpfigen Schädel gesetzt haben, als könne man blos aus Hopfen und Malz ein gutes Bier brauen — dem Fortschritte nicht huldigen. An Anderen ist Hopfen und Malz verloren, heißt es bei den Fortschrittsmännern — während doch gerade sie, die Fortschrittler, demnächst weder Hopfen noch Malz mehr in ihren chemischen Laboratorien brauchen werden — also bei diesen ist Hopfen und Malz verloren. —

Der Extrakt wird in ziemlich starkem Maßstabe zugesetzt, was auch schon die durchbringende Bittere bei den sogenannten Colchici-Bieren erkennen läßt.

Diese eckelhafte Bittere, die namentlich bei nicht mehr ganz frischem Biere den Gaumen malträtirt, findet sich heutzutage so häufig und so gleichartig, daß man versucht sein könnte, zu glauben, alle Biere seien aus einem Kessel geschöpft.

Schlechte Biere gab es von jeher, durch sogenannte Hopfensurrogate, die es dem Hundert nach giebt, wodurch die Biere verhunzt wurden, aber jedes von den schlechten Bieren hatte sonst seinen eigenthümlichen schlechten Geschmack — je nachdem das Hopfenersatzmittel eben gewählt war, es hatte jedes seine eigenthümliche Gähre und so wie man früher äußerst selten in einem Orte Biere von gleichartiger Gähre fand — so wenig verschieden sind heutzutage die Gähren der meisten Biere, beinahe Alle haben denselben prägnanten, eckelhaft bittern Geschmack, so daß man sie von einem Hahnen gelaufen glaubt, ein deutlicher Beweis, wie weit die moderne Bierbrauerei schon ausgedehnt ist. —

Wie selten findet man jetzt ein Bier sowohl in Städten als auf dem Lande, welches die angenehme, gewürzhafte, den Gaumen so kitzelnde echte reine Hopfenbittere hat.

Wer einen Vergleich über die so prägnante Bittere der modernen Biere zu der Bittere der Herbstzeitlose machen will, der kaue nur ein Blatt der Blüthe (in kleinem Maßstabe ist eine Vergiftung nicht zu befürchten) und er wird für alle Zeiten einen Probirstein auf der Zunge behalten.

In wie ferne ein solches Colchicii-Bier auf den menschlichen Organismus nachtheilig wirken kann, wenn es fortgesetzt täglich genossen wird, mögen die Herren Aerzte bestimmen. — Früher brauchten die Erlanger und Windsheimer die Herbstzeitlose, dem Biere Haltbarkeit zu geben, jetzt geschieht's aber in gröherem Maaßstabe, um Hopfen zu ersparen. Auch Tollkirsche und Einbeer wurden schon früher hie und da gebraucht, jedenfalls auch nicht mit Nutzen für den menschlichen Organismus.

Meine Absicht war nur, auf den Unfug aufmerksam zu machen.

Diejenigen aber, die berufen sind, das menschliche Wohl zu beaufsichtigen, mögen diesen meinen Wink, der auf Grund eigener Erfahrung basirt ist, nicht unbeachtet lassen.

Suum cuique.

Einer von denen, der der absoluten Meinung ist, daß sich nur aus Hopfen und
Malz allein — ein reines, gesundes Bier
brauen läßt.

Ich möchte einigen Herren einer Obscuranten-Gesellschaft den guten Rath ertheilen, Abends wenn sie in später Stunde von der Kneipe nach Hause gehen, nicht mehr so lärmend durch die Straße zu wandeln, und so die Leute im Schlafe zu stören. Sie scheinen aber dies jetzt auch Anderen nachthun zu wollen.

Ein ruhelsbender Bürger.

Klage über die enge Passage am Ende der Stifthauger Pfaffengasse, besonders bei dem Bau, man fürchtet überfahren zu werden.

Amtliche Berichtigung von Seite des Armenpflegschaftsrathes der Stadt Würzburg.

Dem Artikel der „Würzburger Stechäpfel“ vom 9. Juni l. J. Seite 184 „Eigenthümliche und billige Wohlthätigkeit“ betr. vom Anfange bis zu den Worten „zu Theil.“

Anna Geimann, 39 Jahre alt, ledige Näherin von hier, ist Mutter zweier außerehelichen Kindern, und erhält für solche aus der Armenpflege eine wöchentliche Unterstützung von 30 kr. und 1 Laib Brod. Deren Eltern, und resp. nachdem ihr Vater seit Kurzem als Pfründner im Ehehaltenhause untergebracht ist, ihre Mutter, ist mit 36 kr. und 1 Laib Brod wöchentlich gleichfalls conscribirt. Auf ein unterm 14. April l. J. übergebenes ärztliches Zeugniß erhielt Anna

Satmann eine momentane Unterstützung von 1 fl., auf ein weiteres vom 2. Mai 2 fl. und auf einen Protokollarantrag vom 23. d. Mts. weitere 2 fl. aus der Armenpflege.

Würzburg, am 22. Juni 1865.

Der Armenpflegschaftsrath.

II. Vorstand.

Göbel.

Hell, Sekret.

Man sollte die im Marobestall krepirten Pferde nicht am hellen Mittag, während Hotelwagen und Passagiere durchs Thor geh'n, zum Abdecker fahren.

Auf die Aufforderung in Nr. 24 d. B., die Wahrheit der Einsendung in Nr. 23 zu beweisen, erwidere ich, daß von Lügen und Verläumden keine Rede sein kann, indem ich die Sache so mittheilte, wie die Frau es einer andern erzählte. Diese Zeugin und noch mehr die Bilder und das Couvert, welches sie überlieferte und die in der Expedition liegen, beweisen, daß ich nichts im blinden Nebel erzählte, und wenn der Junge in Folge eines Firmungs-Geschenks von Prügeln jetzt eingesteht, Geld erhalten zu haben, so verdient er die Prügel; ich aber nicht solche Prädikate, die der Einsender mir geben will.   N.

A. d. R. Uns scheint, die Frau hat den Einsender falsch berichtet, weil auch die Angabe wegen der Unterstützung von Seite der Armenpflege entstellt ist. Uebrigens ist es möglich, daß sie auch anderwärts terminirte, und sie von einer andern Seite nichts erhielt.

Rangstreitigkeiten.

Von der letzten Frohnleichnamsprozession sollen Gemeindebevollmächtigte sich zurückgezogen haben, weil die Herren Polizeikommissäre und Staatsanwälte den Vortritt vor ihnen nahmen. Diese Herren scheinen der Devise: „Dat Justinianus honores" mehr zu huldigen, als sich mit den Forderungen der Neuzeit verträgt. Gewählt zu Repräsentanten der Stadt und in Betracht, daß man ja selbst zum 2. Bürgermeister Jemand wählen darf, der kein Recht studirt hat, sind die bürgerlichen Magistratsräthe und Gemeindebevollmächtigten wohl den Herren Rechtskundigen ebenbürtig und es sieht nicht gut aus, wenn alte, im Dienste der Stadt ergraute Magistratsräthe oder Bevollmächtigte hinter ganz jungen, eben erst angestellten Magistratsbeamten gehen müssen. Begrabe man nächstens solche lächerliche Rangstreitigkeiten, gehe nächstens ein alter bürgerlicher Rath neben dem Herrn Bürgermeister und irgend ein rechtskundiger Rath in zweiter Reihe. Mögen die Väter der Stadt ein Vorbild gegenseitiger Achtung sein!

Verantwortlicher Redakteur und Verleger: Stephan Götschenberger.

Druck der Becker'schen Buchdruckerei in Würzburg.

Würzburger Stechäpfel.

Ein humoristisch-satyrisches Originalblatt.

Ganzjährig fl. 1. 36 kr., halbjährig 48 kr., einzelne Nummern 3 kr.
Alle Postämter nehmen Bestellungen an. Die Stechäpfel erscheinen jeden Freitag.
Trägerlohn 1 kr. des Monat. Passende Einsendungen werden erbeten und auf Verlangen honorirt.

(Siebenter Jahrgang.)

Freitag   Nr. 26.   30. Juni 1865.

Politisches Allerlei.

Dem Herzog von Augustenburg haben unlängst die Sonderburger die Pferde vom Wagen gespannt und ihn selbst gezogen. Den Preußen wäre es lieber gewesen, wenn er sich selbst gezogen hätte.

Die Pariser Kutscher glaubten, besser dabei zu fahren, wenn sie feierten. Das Publikum aber wird feiern, wenn sie nicht besser fahren.

Der König von Preußen will keine Kreisrichter sehen. Diesen Geschmack theilt er mit mir.

      Einer, der mit der Justiz auf gespanntem
           Fuße lebt.

Daß die Kreise am besten sind in dem Namen ohne R hat sich seit dem Erscheinen des Julius Cäsar und Napoleon nicht bewährt.

Briefkasten.

Die Logisvermiether würden besser thun, wenn sie gleich die Nro. ihres Hauses beisetzten, wenn sie etwas einrücken lassen. (:)

Carlstadter Scheibenschießen.

Schießt wirklich nit gut.
Wer's hätt' woll'n sehn,
Hätt' nach Carlstadt soll'n geh'n,
Ist hingefahren statt geloffen,
War wieder —
                            Ener der doit war.

Da es doch gesetzlich verboten ist, daß Anwälte 2 Parteien vertreten, so ist es in L— bei J. doch vorgekommen, daß Dieser nicht nur zwei, sondern mehrere Partheien zu gleicher Zeit vertrat. Schön ist's gerade auch nicht, daß derselbe im Rausch einen Kutscher vom Bock herunter schlug, daß er blutete und in den Armen verbunden werden mußte.

Die protestantischen Kirchenstühle sind freilich theuer, dafür haben auch manche Personen 2 und bezahlen nur einen, sie sind übrigens nicht zu beneiden.

Es wäre sehr wünschenswerth und angenehm, wenn die ungepflasterte Strecke im Zwinger hinter dem Regierungsgarten gepflastert, oder bei nicht vorhandenen Mitteln wenigstens mit einigen Fuhren Kies und Sand überschüttet würde, da bei schlechter Witterung vor Schmutz und Nässe nicht durchzukommen ist.

Bei der Guttenberger Parthie am vergangenen Sonntage zeichnete sich unter anderen auch ein Lehrer (er wurde wenigstens von allen Bewohnern der Umgegend so angeredet, schien aber jedoch Schulgehülfe oder Verweser zu sein) der dortigen Umgegend sehr vortheilhaft aus.

Nachdem er durch verschiedene Bewegungen und Redensarten deutlich zeigte, daß er mehr als genug getrunken hätte, so setzte er seinem Benehmen dadurch die Krone auf, daß er einen Lateinschüler der I. oder II. Klasse unter den Armen festhielt, und denselben wiederholt dreimal zwang, fest zu trinken, und nachdem er nicht mehr könnte, eine Art Fuchstaufe mit seinem Maaßkrüge mit dem Schüler abhielt, so daß er ganz überschüttet ward von Bier.

Um einen öffentlichen Scandal zu vermeiden, wollte ich nicht persönlich ihn deßhalb anreden, konnte aber nicht umhin, einem Theile seine Umgebung wenigstens das Ungeziemende vorzuhalten, was durch so ein Aergerniß gebendes Benehmen an den Tag gelegt wird.

R—s.

Anfrage.

Wenn Richard Wagner in Augsburg seinen Unwillen kund gab, da er nicht seine Reisedecke und Polster mit in's Coupé nehmen sollte, welchen Ausdruck gibt es dann für den Post- u. Bahnbediensteten, der das nach Kissingen reisende Gesammtpublikum so recht zum Narren hält, indem er keinen Postwagen früh 2½ Uhr von Schweinfurt abfahren läßt, trotzdem der Fahrplan der k. Bayerischen Staatseisenbahnen vom 1. Juni 1865 unter Rubrik „Postanschlüsse", einen solchen Anschluß ausweist, dieser Fahrplan bis zur Stunde noch in den Stationen, München, Augsburg, Nürnberg, Bamberg, Schweinfurt, Würzburg, Aschaffenburg verkauft wird, hunderte von Reisende sich darnach richten, da Deutsche Telegraph, — Quälius Eisenbahnführer, — Berliner Eisenbahn-Courier ꝛc. ꝛc. und andere Reisehandbücher diesen besagten Fahrplan aufgenommen und der betreffende Eisenbahnbedienstete in Schweinfurt keine andere Entschuldigung dafür weiß, als daß diese Reiseroute von München aus nicht genehmigt worden sei!! Ein, dazu auch noch krankes, Publikum zum Besten zu haben, gehört zu den Vorzügen der k. b. Eisenbahn-Einrichtungen.

Einer, der von Nachts 1 Uhr bis 7³/₄ Uhr früh
in Schweinfurt im Bahnhofwartsaale warten
mußte.

Anfrage.

Da bekanntlich „Trinkwasser" ein für die Menschen nöthiges Bedürfniß ist, wie kommt es, nachdem so viele Klagen bezüglich des Wassers iu der Bamberger Bahn-Restauration schon laut geworden, da das Wasser daselbst ganz sumpfig schmeckt und ungenießbar ist, daß die dortige Bahnverwaltung nicht für besseres Wasser sorgt? Wäre eine Ausgabe für genießbareres Wasser nicht eher am Plaße, als für ein Gartenhaus? Gibt es denn für die kgl. bayer. Eisenbahndirektion keinen Abée??? —

Anfrage.

So bereitwillig ich mich rasiren ließ für Erweiterung des Schnellers, so ungern vermißt bis zur Stunde das Publikum die Erweiterung dieser Straße. Warum hat man mir jnicht eine längere Lebensdauer vergönnt, da, wie es scheint, mit dieser Straßenerweiterung es doch keine Eile hat!!!

Das weiland B.'sche Haus.

Wie weit die Bevormundung der hiesigen Gymnasiasten sich erstreckt, zeigen folgende Vorfälle:

1) Die Schüler einer Gymnasialklasse hatten Geldsammlungen angestellt, um nach erhaltenen Gymnasialabsolutorium ein Abschiedsfest zu feiern. Als dies zur Kenntniß des Rektors kam, wurden den Kassieren die Bankscheine abverlangt, das Geld vom Rektorate erhoben und durch den Pedell der jeden Schüler treffende Antheil demselben ins Haus getragen, wobei dem Pedellen von jedem Schüler 8 kr. für seine Mühe, die nicht einmal nöthig war, bezahlt wurden. Da doch einmal auf diese Weise in die Privatverhältnisse der Schüler

eingegriffen war, so ist es zu wundern, daß das Geld vom Rektorate nicht confiscirt wurde.

2) Es wurden in den einzelnen Klassen Listen aufgelegt, auf welchen die auf den s. v. Abtritt Gehenden nach Jahr, Tag und Stunde aufgezeichnet werden; es fehlt nur noch, daß auch die Verrichtungen an diesem Orte aufgezeichnet werden! Eine wahrhaft köstliche Tagebur, um den Injurien, die dort gegen Professoren niedergeschrieben werden, vorzubeugen!

Anfrage.

Herr Redakteur! Wird denn, wie hier, auch in andern Städten an Sonn- und Feiertagen (wie dies am Samstag geschah) die Straßenbespritzung früh von 8—9 Uhr vorgenommen, zu einer Zeit, wo man gewöhnlich zur Kirche geht mit einem sauberen Kleid???

Eine für mehrere Frauen, welche nicht in der
Lage sind, für sich und ihre Töchter in jeder
Saison neue Kleider anzuschaffen.

Beabsichtigt Herr B. in H. einen zweiten Höllenhund heranzubilden?

Was ist ein gering datirter Seelsorger?

Es wurde seit einiger Zeit ein Baumeister vermißt. Endlich fand man ihn, nachdem er drei Tage lang mit seinen Schultern ein Gewölbe gehalten hatte.

In kurzer Zeit erscheint das neue Adreßbuch des Hrn. Magistratssekretärs Schneider. Es ist dies eine sehr beschwerliche, wenig beneidenswerthe Arbeit und es kommt dabei sehr wenig Gewinn heraus für die große Mühe. In München gibt die Polizeidirektion in ihrem Verlage ein Adreßbuch heraus und deckt die Kosten, in andern bayerischen Städten (Nürnberg und Augsburg ausgenommen) gelang es trotz aller Mühe nicht, Adreßbücher zu schaffen, was ein Be-

nicht von dem Gesagten ab. Möge deßhalb recht zahlreicher Verkauf den Verleger entschädigen!

Unlängst standen 2 Weiber, die sich nicht in einen Mann theilen wollten, vor Gericht. Die eine erlaubte sich gegen die berechtigte Frau Schimpfworte. „Haben Sie es gehört, Herr Richter?“ fragte die Frau. „Nein“ war die Antwort. „Dann haben Sie auch nichts gesehen“ und sie gab der Nebenbuhlerin eine klatschende Ohrfeige und entfernte sich.

Gibt es auch für öffentliche Kegelbahnen geschlossene Gesellschaften und sind Spieler berechtigt, Andere zurückzuweisen, die mitkegeln wollen, wie das kürzlich in der Leimsud und bei Herrn S. geschah?

Unlängst verlangte ein Amerikaner vom Stamme Levy in einer der besuchtesten Gartenwirthschaft für sich nebst Gemahlin zum Abendessen je ein Ei, Essig und Oel in einer Schale, Pfeffer, Salz und Senf*). Als er für das lucullische Mal die Rechnung von 4 kr. zahlte und ihm für Senf auch noch ein Kreuzer abverlangt wurde, begann unser Amerikaner einen Heidenscandal, sagte, das sei zeitungsmäßig, daß man für Senf auch etwas zahlen müsse und als ihm diese Remonstrationen nichts halfen, zog er Papier aus der Tasche und leerte den Inhalt der Senfbüchse hinein und nahm ihn mit. Wenn er so fortfährt, kann dieser Amerikaner auch bei uns reich werden, ohne nach den Südstaaten zurückkehren zu müssen.

Es ist überhaupt sonderbar, wenn übermüthig geputzte Familien 9 Eier durchaus für 12 kr. wollen und sich darauf berufen, daß sie auf dem Markte auch nicht mehr kosten, als wenn ein Gartenwirth nicht so viele Auslagen hätte, die ihm solche Gäste gewiß nicht ersetzen!!

Ein Zuschauer.

*) Warum nicht auch die Zeitung und einen gewissen Schlüssel?

Wie leicht es ist, der Justiz aus dem Wege zu gehen, beweist folgende
Thatsache: Ein gewisser Associé, der mit einer dem Nordpol nahen Ausländerin,
einer sehr reiselustigen Dame, allhier „associrt" ist, hat im vorigen Jahre sich ein
Haus gekauft und in demselben mit dieser Dame und ihren Kindern unter den
Augen der Polizei seinen häuslichen Heerd aufgeschlagen. Da nun dieser Asso-
cie kein Vermögen besitzt, um den Kaufschilling dieses Hauses nur einigermaßen
decken zu können, so war eine Subhastation in nahe Aussicht gestellt. Diese
Aussicht hat sich dann auch in allerneuster Zeit verwirklicht; der gerichtliche
Verkauf ward angeordnet und das Drama sollte in voriger Woche aufgeführt
werden. Allein was geschah! — Der Hr. Associé, der außer dem verschuldeten
Hause nichts besitzt, hat sich urplötzlich in Concurs begeben. Demzufolge wurde
die Subhastation eingestellt und das neue Verfahren den Gläubigern durch ein
Circular eröffnet, was natürlicher Weise dem letzten derselben nicht gleichgültig
sein kann, indem nur ihm die Aussicht geöffnet ist, für die vergrößerten Gerichtskosten zu haften. Dieser „associrten" Dame, welche auch als Hypothekengläu-
bigerin erscheint, konnte jedoch dieses Eröffnungscircular nicht insinuirt werden,
weil sie nach Anzeige der Gerichtsboten nirgends zu finden sei. Auf diese
Weise wird aus obiger Verzögerung eine zweite, zum Schaden der Gläubiger
und zum Hohne der Justiz. Ein gewiß nicht unschlau angelegter Plan! —
Doch wäre die Dame, wenn nicht im Hause des Hrn. Associé, doch all-
täglich Abends bei den Garten- und Kellermusiken gar leicht zu finden.

[illegible]

Das allerdings in etwas aufgeregtem Zustande vorgefallene Kneipgespräch
ist entstellt und namentlich der Ausdruck „Gewerbsidioten" gar nicht gebraucht
worden. Es fällt mir gar nicht ein, mich über meinen Stand und meine Mit-
Bürger zu überheben. Das habe ich stets bewiesen und kann ich in der Einsendung nur die Absicht vermuthen, mir in meinem Geschäfte schaden zu wollen.

J.

[illegible]

In neuerer Zeit kommen uns wieder viele Klagen zu über Unordnung oder
mangelhafte Pflege im Juliusspitale. Leute, denen Bäder verordnet worden seien,
würden angeblich wegen Wassermangel weggeschickt, von Morgen auf Abend, von
Abend auf Morgen vertröstet. Patienten würden noch ungeheilt entlassen und
zögen dann bettelnd herum, den Ruhm des Spitals nicht besonders ausbreitend.

auch manchmal zeige sich ein Doctor erst nach 24 Stunden, die Leichen blieben oft die ganze Nacht im Krankenzimmer, die Wärterinnen zeigten sich oft unwillig, um Wasser den Durstigen zu holen, auch die Kost lobt man nicht sehr u. s. w. Wir hoffen, daß es nur dieser Erwähnung bedarf, gerechte Klagen zu beseitigen.

Man bittet, das Orchester im Plaß'schen Garten für nächsten Sonntag um Wiederholung des Potpourri Pêle-mêle von Courabi, das sehr gut gefallen hat.

An einem der nächsten Tage gelangt am Stadttheater von Helbingsfeld zur Aufführung: „Christian und Ichsollte" für starke und schwache Nerven.

Es wird wohl den Behörden nicht bekannt sein, daß Handel mit verliehenen Droschkenlicenzen getrieben wird. Seit kurzer Zeit wurden drei Droschken- nummern verkauft.

Einer, der eine Licenz für sich selbst suchte.

Die Einsendung, daß ein in diesen Blättern schon viel genannter Pfarrer erst Abends halb neun eine Taufe vorgenommen, weil ihm eine Excursion vorgegangen, wollen wir nicht aufnehmen, denn sonst läßt er sich wieder von seiner Gemeindeverwaltung bescheinigen, daß dem nicht so ist.

Wenn eine Handwerkerrechnung zur Hälfte übersetzt, aber trotzdem doch bezahlt wird — wozu dann die Frage, ob er nun zufrieden sei. Wahrscheinlich glaubt er, der H. könnte noch eine besondere Belohnung für seine Geschicklichkeit im Rechnungenmachen ansprechen.

Verantwortlicher Redakteur und Verleger: Simson Gütschenberger.
Druck bei Bellet'schen Buchdruckerei in Bamberg.

Würzburger Stechäpfel.

Ein humoristisch-satyrisches Originalblatt.

Ganzjährig fl. 1. 30 kr., halbjährig 48 kr., einzelne Nummern 3 kr.
Alle Postämter nehmen Bestellungen an. Die Stechäpfel erscheinen jeden Freitag.
Trägerlohn 1 kr. das Monat. Passende Einsendungen werden erbeten und auf Verlangen honorirt.

(Siebenter Jahrgang.)

Freitag   **Nr. 27.**   7. Juli 1865.

Politisches Allerlei.

Die Arbeitseinstellungen

greifen epidemisch um sich. Dem Beispiele unserer Schneidergehülfen sind die Pariser Droschkenkutscher gefolgt und für nächste Woche sind folgende Strikes in Aussicht gestellt:

1) Alle jüngeren Jüdischen Literaten wollen feiern, wir werden demnach keine preußischen Zeitungen mehr erhalten.

2) Die Junker in Mecklenburg wollen die Arbeit einstellen. Die Bauern müssen sich dann selbst prügeln.

3) Die rothe Adlerordens-Verleihungsmaschine beabsichtigt einen Stillstand. Was dann aus den Knopflöchern werden soll, ist gar nicht zu sagen.

4) Sämmtliche Wiener Kammerherren werden die Arbeit einstellen. Wer wird dann die Schlüssel hinten tragen?

5) Die Würzburger Pflastertreter und sonstigen nobeln Bummler wollen die Arbeit sistiren. Was soll aus dem Pflaster der Semmelsstraße werden, das auf diese die größten Hoffnungen setzte?

6) Die größte Sensation wird aber die Arbeitseinstellung sämmtlicher Rentiers machen. Diese werden sich gegenseitig verpflichten, nicht eher wieder einen

Coupon abzuschneiden, bis die arbeitende Classe ihre unbescheidenen Forderungen um 50 % ermäßigt.

Bauernklage.

Lehrer: Grüß Gott Michel: wie geht's? wie stehen die Felder?

Michel: O schlacht Harr Lehrer! wenn's nöt bald ragnet it Alles hie!

8 Tage darauf:

Lehrer: Nun Nachbar! ~~jetzt ist euer Wunsch~~ erfüllt, es hat geregnet, wie steht's jetzt?

Bauer: Ja geragnet hat's wohl, aber zu weng, viel zu weng!

3 Tage später:

Lehrer: Aber Michel! dieses herrliche Wetter! 2 Tage regnet es schon ununterbrochen, das muß durchbringen.

Bauer: Dös it grob g'fahlt, jetzt, vor die Arnb' wie leicht könnt da Alles verfaul. ——

Nach der Ernte:

Lehrer: Nun Nachbar! Gott hat's doch gut gemeint; welch' reicher Segen!

Bauer: No 's geht an, aber noch it nit Alles derhem, und wer waß, wies nächste Jahr ausfällt! mer muß zurückhalt, mit dem Verkauf.

Lehrer: An Euch ist Hopfen und Malz verloren! Schade, daß Gott es so gut mit Euch meint!

Briefkasten.

Teufelsthorstraße oder Eisenbahnstraße.

Nachdem jetzt die baldige Eröffnung des allgemeinen Verkehrs zum neuen Bahnhofe durch die alte Teufelsthorstraße in Aussicht steht, so wäre es wohl sehr erwünscht, diese veraltete, häßliche Benennung einer größtentheils aus schönen Häusern bestehenden, mit mehreren öffentlichen Gebäuden gezierten Straße verschwinden zu sehen, und sie in Zukunft „Eisenbahnstraße“ genannt zu wissen; es werden sogar diejenigen, welche die Eisenbahnen als Werke des Teufels verwünschen, auch hier zugeben müssen, daß das alte Teufelsthor doch noch einigen Segen für die Stadt gebracht hat! —

———

Bezüglich der Straßen- und Hundepolizeistrafen, wird den Betreffenden 3, 4 und 5 Wochen nach geschehener Anzeige ganz einfach der Polizist in's Haus geschickt, um die Strafe und Taxe zu erheben, während es jedenfalls gerecht wäre, dem Angezeigten sofort Mittheilung zu machen, um sich nöthigenfalls verantworten zu können. Nach 4 Wochen wird man ganz überrascht und kann sich auf den Thatbestand kaum erinnern.

———

Eine Gastwirthsfrau, in Dettelbach geboren, hat daselbst ausgesagt, daß ein im Unterpleichfeld ansäßiger Ehemann schon geraume Zeit nicht mehr bei seiner Frau wäre, während doch beide Eheleute im ungetrübtesten Verhältnisse leben. Obendrein ließ sie sich aus über die Ungeschicklichkeit derselben Frau, während man von ihrer eigenen Geschicklichkeit noch keine Proben hat, sonst würde man bei ihr in die Lehre gehn.

———

Eisenbahn-Portiers.

Jetzt wo oft binnen ½ Stunde, wie z. B. Nachmittags zwischen 2¾ und 3¼ Uhr, 3 Züge nach verschiedenen Richtungen abgehen und eine große Menge Passagiere und deren Begleiter oder sonstige Neugierige in den Wartsäälen oder Vorhallen sich bewegen, ist es dringend nöthig, daß die Portiers die abgehenden Züge mit lauter, durchdringender Stimme nicht nur in den Wartsäälen, sondern auch in der Gallerie außerhalb derselben, ausrufen, damit keine Irrungen mehr entstehen, wie sie leider so häufig vorkommen; namentlich bei den 2 Zügen nach Nürnberg, Schnellzug und Güterzug, welche nur ¼ Stunde von einander getrennt sind. — Es erscheint überhaupt nöthig jedem Zuge eine Tafel, auf welcher dessen Ziel deutlich mit hervorstehender Schrift zu lesen ist, anzuhängen, wie dieß bei allen größern Bahnhöfen, wo mehrere Züge zugleich expedirt werden, geschieht; weßhalb diese bereits hier bestandene Einrichtung neuerdings wieder beseitigt wurde, ist unbegreiflich! —

Vor Allem aber sollen die Herrn Portiers sich ihre älteren Collegen in Bamberg und Augsburg zum Muster dienen lassen, welche im Ausrufen der abgehenden Züge, namentlich der nun leider verstorbene Riese in Bamberg, Vorzügliches leisteten! — Selbst der ärgste Schnarcher mußte bei den Trompetentönen dieser Bamberger Berühmtheit erwachen.

———

Sehr häufig tauchen Klagen auf, daß hier Aufenthalt nehmende Fremde, welche hierher kommen, um sich die Zeit zu vertreiben, also jedenfalls ziemlich Geld hier sitzen lassen, auf den betreffenden Bureaux von Einzelnen mit einer Schroffheit behandelt werden, die man jetzt in der neuen Aera für unmöglich hielte, wenn es nicht von verschiedenen Seiten bestätigt würde. Nicht jeder Fremde, namentlich Amerikaner, kennt diese servile Art und Weise, wie mancher deutsche Bureauherrscher vom Publikum behandelt sein will, z. B. ist es ein Capitalverbrechen, in ein Zimmer zu treten, ohne zuvor wenigstens 3 mal vergeblich geklopft zu haben u. dgl. m.

Man möge die Leute, welche hier ihr Geld verzehren, nicht anfahren: „Was wollen Sie! wovon leben Sie?!" — Es gibt auch einige sehr artige Leute in besagten Bureaux, deren Benehmen um so angenehmer contrastirt, aber nicht immer können sie den Vermittler machen, wie es vor einiger Zeit bei einem Amerikaner der Fall war.

Es wäre also dringend nöthig, auch in den Bureaux der Magistratur der Neuzeit Rechnung zu tragen, soll die Stadt nicht beim Fremdenpublikum in Mißkredit kommen! —

———

Eines der schönsten Bauwerke der Neuzeit in nächster Umgebung der Stadt erregt die Bewunderung jedes Vorübergehenden; man weiß nicht, wollte der Baumeister, indem er das alte Dach in seiner altfränkischen Facon wieder aufsetzte, seine Tauben nicht verscheuchen, oder soll es eine Art Belvedere werden, um die Gegend zu beschauen, oder, dieß ist das Wahrscheinlichste, er ist selbst mit sich im Unklaren, was es eigentlich sein soll! — Interessant ist es übrigens noch zu erfahren, daß auch die barokesten Bauten genehmigt werden, wenn sie nur dem Sinn für Schönheit und Regelmäßigkeit entsprechen!?

———

Es scheint, daß der Neubau am Markte bis gegen Weihnachten hin doch noch unter Dach kommen soll, denn es herrscht dort eine Rührigkeit, wie man sie selten trifft; seit April ist das Gebäude schon beinahe zum ersten Fensterstock emporgewachsen! Wie baut man in Frankfurt, München, Nürnberg so langsam gegen uns!

Semmelsgasse und Schueller werden in diesem Jahre beide auch noch fertig, nur Gebuld und „keene Ueberstürzung niche!"

———

Wenn ich wirklich „der Baurath" gesagt hätte, statt Herr Baurath (was ich indessen nicht zugebe), so ist ein solcher Verstoß gegen die Etiquette einem schlichten Manne, wie ich, der nur 2 Schulen, die Werktags- und Sonntags- schule besucht hatte, verzeihlich. Wenn aber Herr Rechtsrath Sch. mich deß- halb vor Andern rügt, der sowohl als durchaus studirter Mann, als auch als k. Beamter wissen sollte, daß auch einem k. Advokaten das Prädikat Herr ge- bührt, — und dennoch solches Herrn Advokaten R— (unserm Vertreter) ver- weigerte, so ist das noch mehr zu rügen. Eben so unschicklich finde ich es, daß er uns wegen der vielbesprochenen Pflasterung der Semmelsgasse citirten neun Häuserbesitzern den Cigarrendampf in's Gesicht blies. Mag er in seinem Bureau rauchen, so viel er will, aber nicht bei uns so wichtigen Verhandlungen, die Eigenthums-Beschränkung und Verlust für uns zur Folge haben können.

R—.

Bescheidene Anfrage.

Warum bringt der Stadt- und Landbote, der doch sonst jeden Schund und Quark als interessante, willkommene Neuigkeit seinen Lesern oft mit der größten Uebertreibung verkauft, wie z. B. die letzte schauerliche haarsträubende Geschichte (Moritat) mit der geborstenen Gondel, welche aber noch ganz unverletzt, wie sich Jeder überzeugen kann, an der unteren Mainlände steht, nichts über die letzte großartige Liedertafel-Keilerei im Guttenberger Walde?

Einer, der sich auf eine nähere Beleuchtung
dieser Begebenheit von solch competenter
unparteiischer Seite innig gefreut hätte.

Es scheint es ist auf der unteren Spitalpromenade, gegenüber dem ehem. Arbeitshaus, ein förmlicher Zimmerplatz etablirt. Einsender weiß nicht, wem das Holz gehört oder vielmehr für wen es verarbeitet wird; vielleicht für das Ar- beitshaus, warum geschieht es denn nicht im Hofe desselben? Nur das weiß er, daß das Bauholz mitten auf der Promenade liegt, und daß er darüberstolpernd sich den Kopf an einen Balken anstieß und einen Zahn verlor. Allerdings be- findet sich in einer Entfernung von 100 Schritten eine Gaslaterne, deren Licht reicht aber nicht bis zum provisorischen Zimmerplatz, der im tiefsten Dunkel liegt. Ich genire mich nicht, mein Pech öffentlich mitzutheilen im Interesse von An- deren, vielleicht bewahrt mein Artikel Würzburger vor Arm und Beinbruch, denn ehe nicht ein Unglück passirt ist, kommt doch nie die Polizei. Wenn ein Dienst-

mädchen beim Straßenkehren am Samstag einen Strohhalm liegen läßt, so ist
die Polizei bei der Hand und straft gleich mit Geld. Da fällt mir gerade der
alte Spruch ein:

Sie sehen die Splitter 2c. aber die Balken nicht.

Wenn der provisorische Zimmerplatz nicht entfernt werden kann, so könnte
er doch wenigstens eingeplankt werden.

Indem ich einem von der Polizei (gleich wer?) eine ähnliche Nachtpartie,
wie die meinige anrathe, (wünsche), damit die Polizei aus Erfahrung weiß, was
es heißt, einen Zahn einrennen und die Stirne an einer Balkenkante aufschlagen,
schließe ich.

J. F. T.

Es ist schon längere Zeit auf dem neuen Bahnhofe eingeführt, daß die dortigen Wirthe den Arbeitern nicht mehr Blechzeichen, sondern Silbervorschuß geben. Hiefür zahlt der Arbeiter einen Groschen Zins von einem Gulden. Der
Vorschuß muß alle vierzehn Tage entrichtet werden und so hat der Wirth nicht
einfachen, sondern doppelten Nutzen, jedoch wird man diesen Wucher den Wir-
then nicht so verargen, wie einem Aufseher, der Gleiches treibt.

Ein Adeliger von Einem Ahnen schickte unlängst einen Brief auf die Post,
und ließ sich einen Schein darüber ausstellen. Der unglückliche Postbeamte,
(noch ein Anfänger) vergaß den Baron vor dem Namen, was den Besitzer dieses
Titels veranlaßte, den Schein zurückzuschicken und „sich ein für alle Mal dergleichen zu verbitten.“ Der Postbeamte entschuldigte sich: „Ja wenn ich das
gewußt hätte“! (wie theuer er Ihnen kommt, hätte er hinzufügen können) und
corrigirte den Baron mit großen Frakturbuchstaben hinein. Hoffentlich wird er
jetzt nicht in das Burgverließ geworfen werden.

Einige der Mitglieder der 55er haben Mittwochs mit zwei ganz netten Lust-
spielchen das Sommertheater wieder einmal belebt. Herr Stein vor Allen war
köstlich in seiner Rolle, auch die Damen, besonders Frl. Bossin führten ihre
Partien recht gut durch.

Der jüngsten Einsendung über Gymnasiastenbehandlung wäre noch hinzuzufügen,
daß unlängst ein Schüler äußerte, er würde nach Dürrbach gehen. Er that es

nun zwar nicht, aber wohl der Pedell, der die Worte erlauscht hatte, und weil der Schüler sich nicht auch eingefunden und den vom Pedell gehofften Fang vereitelt hatte, wurde er wegen Verhöhnung des Pedells (incredibile dictu!) von 11—3 Uhr in den Carcer gesperrt. Die Moral ist, daß, wenn ein Gymnasiast ins Wirthshaus zu gehen verspricht, er auch hin muß; denn der Pedell muß es bequemer gemacht bekommen, jetzt, wo die Schuhe so theuer sind.

Ein Fremder, der über Bayreuth und Bamberg hieher kam und dort die Fleischbanken sah, klagt, daß in der hiesigen größere Reinlichkeit herrschen, die Spinnweben entfernt und größerer Gebrauch von unserer Wasserleitung gemacht werden könnte.

Da die Kirche in Rist verschlossen ist, so mußten die Wallfahrer der seit mehreren hundert Jahren am 29. Juni eingeführten Prozession nach Höchberg sich auf dem alten Friedhofe versammeln, der Geistliche sich dort anziehen u. s. w. Wenn das Fürst Julius gesehen hätte!

Ein Herr Deininger in Windsheim verwahrt sich gegen unsern Bierartikel. Wir freuen uns, wenn er die Herbstzeitlose nicht anwendet, wenn er aber glaubt, daß der Einsender ihn, als den zur Zeit einzigen Windsheimer Brauer, der Bier hieher versendet, gemeint habe, so möge er nur den Artikel nochmals lesen, wo deutlich steht: Früher brauchten die Windsheimer die Herbstzeitlose, dem Biere Haltbarkeit zu geben. Daß es jetzt auch geschieht, um Hopfen zu ersparen, bezieht sich nach dem Inhalte des ganzen Artikels nicht auf Windsheim, und wir können Deininger versichern, daß der Einsender nicht an ihn dabei gedacht hat.

Nicht eingeweiht in die Geheimnisse einer löbl. Eisenbahnverwaltung, stellt man die bescheidene Anfrage, ob es Vorschrift ist, die Waggons zur Nachtzeit ohne Beleuchtung zu lassen, wie es am 25. Juni Nachts 11 Uhr bei dem Bamberger Zug der Fall war? Aengstlichen muß bei solchem Lichtmangel nicht ganz wohl zu Muthe sein, und Silber à la Müller und sonstige englische Eisenbahnscenen mögen da leicht vor ihrem Geiste auftauchen.

Wenn Jemand im Julius-Spital stirbt und begraben wird, die Gebühren des Conductes und die Beerdigung 18 fl. 30 kr. betragen, so ist man der Meinung, daß für einen Christen auch ein Kreuz dazu gehöre, welches man auf das Grab stecken kann. Da aber am 4. Juli l. J. Abends 7 Uhr bei einem solchen Leichen-Conduct ein solches fehlte, brachte man es in schickliche Erinnerung, worauf sehr unzarte Antworten von der betreffenden Person folgten, aber wahrscheinlich aus Furcht vor einer Rüge, brachte ein Bursche aus dem Spital über die Kirchhof-Mauer steigend, ein altes Kreuz, den noch zum Theil anwesenden Leidtragenden die ironische Bemerkung zurufend: „Da, habt ihr ein Neumodisches.“

Es wirft sich bei diesen Worten die Frage auf: Ist solche Handlungsweise von Seiten benannten Personals human, religiös und dieses weltberühmten Spitals würdig?

———

Wenn beim Tage die Hausmutter eine Pfründnerin recht schimpft und zankt, und letztere Person trifft Nachts der Schlag, könnte dieses Benehmen nicht dazu beigetragen haben?

———

Noch nie dagewesen!

Im Jahre unseres Heils 1865 im Juli kosten 1 Pfd. Fleisch 17 kr. und 6 Pfd. Brod auch 17 kr, im sogenannten theueren siebzehner Jahr kosteten 1 Laib Brod 1 fl. 12 kr. das Pfd. Fleisch aber 14½ und 15 kr.

Da — denke Jeder selbst nach: warum.

———

Das Abholen der Briefkästen entspricht nicht mehr dem Abgehen der Bahnzüge.

———

(Eingesandt.) Zur Wahrung meiner bürgerlichen Rechte und Ehre sehe ich mich veranlaßt, Herrn Mechaniklehrer Heß hiermit aufzufordern, mir die Gründe anzugeben, welche von seiner Seite Veranlassung geben könnten, bei Gelegenheit des Probirens der Getreide-Mäh-Maschine die Genossenschaft der Dämpf-Dreschmaschine in Giebelstadt zu warnen: „dieselbe sollte sich vor mir hüten.“

Sollte hierauf keine genügende Erwiderung stattfinden, so werde ich gerichtliche Hilfe in Anspruch nehmen.

Würzburg, den 7. Juli 1865.

Lorenz Becher, Bürger, Schlossermeister und Mechaniker aus Naila, zur Zeit hier.

Verantwortlicher Redakteur und Verleger: Stephan Götschenberger.
Druck der Becker'schen Buchdruckerei in Würzburg.

Würzburger Stechäpfel.

Ein humoristisch-satyrisches Originalblatt.

Ganzjährig fl. 1. 36 kr., halbjährig 48 kr., einzelne Nummern 3 kr.
Alle Postämter nehmen Bestellungen an. Die Stechäpfel erscheinen jeden Freitag.
Trägerlohn 1 kr. das Monat. Passende Einsendungen werden erbeten und auf Verlangen honorirt.

(Siebenter Jahrgang.)

Freitag Nr. 28. 14. Juli 1865.

Politisches Allerlei.

Die Ministerkrisis in Oesterreich wäre so ziemlich beendigt, nur ein Finanzminister soll ausnehmend schwer zu finden sein; einnehmend aber noch schwerer. Belcreditirt ist Oesterreich jetzt zwar, aber dennoch hat der Wechsel es biscreditirt.

Der Herzog von Schleswig-Holstein feierte seinen zweiten Geburtstag, ohne daß der erste vorhergegangen. Sein Herz, wie sein Herz—ogthum sind noch nicht gewonnen.

Der Seiltänzer Blondin, der jetzt in Berlin weilt, wollte den Minister von Bismarck auf ein 90 Fuß hohes Seil tragen. Das Berliner Publikum litt es aber nicht, aus Besorgniß, Blondin möge ihn nicht fallen lassen.

Der Prediger Knak hat durch seine Pastoren-Adresse gegen die preußische Abgeordneten-Majorität große Heiterkeit erregt. Manche glauben, daß die Junkerpartei jetzt, nachdem sie einen solchen Knak bekommen, nicht mehr lange existiren könne; Andere glauben, daß er und seine Krummbuckler schwerlich die Konstitution halten könnten.

Erst blamirte sich Schak mit Fluette,
Und jetzt der Knak um die Wette.

———

Die Barbiere in Frankreich fangen auch an, die Arbeit einzustellen, es hat aber wenig zu sagen, da die Franzosen noch genug barbirt werden.

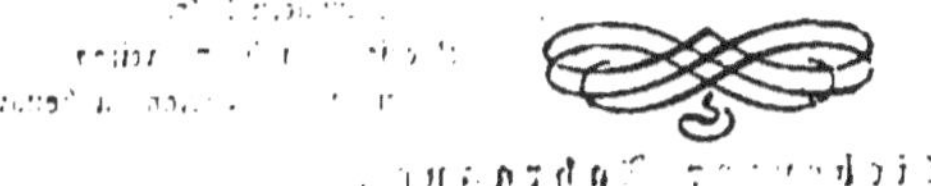

Briefkasten.

Ein Winterkorn, sollte eingedenk seiner 68 Jahre im heimischen Boden bleiben, statt mit 23jährigen Mägdlein Droschken zu fahren.

———

Die Bewohner der Plauensgasse möchten ihre Teppiche u. s. w. weniger in diese enge Gasse, als in den breiteren Kürschnerhof, der mehr Staub vertragen kann, auszuklopfen.

———

In Beziehung auf eine in den letzten „Stechäpfeln" veröffentlichte Mittheilung eines Amerikaners diene, daß man dem Vorstande des Quartierbureaus sehr unrecht thut, wenn man ihn für barsch hält. Da seine Thätigkeit sehr in Anspruch genommen wird, (es sind nur 2 Personen im Bureau, während in andern gleich großen Städten die doppelte Anzahl verwendet wird) so ist es unvermeidlich, daß er manchmal nicht so prompt die Wünsche der Fremden berücksichtigen und im Geschäftsdrange nicht den Zuvorkommenden spielen kann. Wer Herrn W. indeß genauer kennt, weiß wie gefällig er gegen Jedermann (namentlich auch gegen die Armen) ist und daß seine Stelle nicht in besseren Händen sein kann. — Da kommen uns ganz andere Klagen zu, wie z. B. ein Offizial W. auf der Güterexpedition die Leute behandelt.

———

Anfrage.

Hat denn der Vorsteher Andreas Hufnagel von Rimbach, k. Landgerichts Volkach wirklich, wie er versprochen hat, Denjenigen verklagt, welcher ihm, dem Vorsteher, öffentlich vorwarf, er habe Steine, die zu Gemeindezwecken bestimmt waren, für sich verwendet? Wir erwarten eine öffentliche Antwort, um dann Weiteres mitzutheilen.

Ein Interessent
im Namen Mehrerer.

Vorsteher Hufnagel scheint eine in seiner Gemeinde und in der Umgegend wenig beliebte Persönlichkeit zu sein, da den „Stechäpfeln" schon so viele Einsendungen über ihn zukamen, die wir bisher alle zurücklegten, erstens, weil das Treiben eines Dorfschulzen unsere Leser wenig interessiren kann, dann weil er uns sowohl persönlich, als auch brieflich auf's kläglichste bat, doch nichts mehr über ihn aufzunehmen: er würde uns stets dankbar dafür sein. Diese Dankbarkeit bestand zuletzt darin, daß er uns wegen des einzigen Artikels, den wir über ihn gebracht hatten, den uns der jetzt verstorbene Arzt Th. von Volkach gesandt, und dessen Wahrheit er verbürgt hatte, bei Gericht verklagte, obgleich er wußte, daß wir weder den Artikel verfaßt, noch ihn aus Absicht, zu beleidigen aufgenommen hatten; denn wir kannten seine Persönlichkeit gar nicht und haben ihm durch Nichtaufnahme weiterer Artikel (unter anderm eines solchen, der ihn beschuldigte, daß er einen kranken Knecht, für den er vorher nichts bezahlt, in's Spital habe aufnehmen lassen wollen) thatsächlich gezeigt, daß wir ihn nicht beleidigen wollten. Den Artikel des Dr. Th. nahmen wir nur auf, weil es gar zu komisch war, daß ein Vorsteher die Kartoffeln seines Seelsorgers „entführte." Wir verloren nichts desto weniger den Prozeß, weil der Vorsteher schwur, daß die Kartoffeln ohne sein Wissen und seinen Auftrag von seinen (des Vorstehers) Leuten dem Geistlichen weggeführt worden seien und mußten für beiderseitige Advokaten- und Gerichtskosten (besonders da der Vorsteher H. jeden Gang höchst möglich berechnete) nahe an hundert Thaler bezahlen. Wir glaubten, der Tod, der inzwischen den Einsender des Artikels ereilte, würde den Vorsteher versöhnlicher stimmen und er wenigstens seine berechneten Kosten der Wittwe nachlassen (an der ich mich nach Briefen des Dr. Th. regreßiren soll), aber er erwies sich unversöhnlich und, da wir die ohnedieß genug niedergebeugte Wittwe nicht darum belangen wollen, zahlten wir selbst. Vorsteher Hufnagel kann es uns aber bei solchen Verhältnissen nicht übel nehmen, wenn wir die Rücksichten, die er für sich beanspruchte, jetzt außer Augen lassen und Alles was uns über ihn eingesandt wurde und eingesandt werden wird, nach und nach abdrucken, natürlich nur in sofern für die Wahrheit des Mitgetheilten eingestanden wird.

Die Red. d. Stechäpfel.

Wir erhalten einen langen Bericht über das Benehmen eines Forstgehülfen M. zu St. der bei einer Tanzmusik zu B. zufällig gestoßen, in ein schreckliches

Bramarbafiren ausbrach, Leute beim Kragen faßte, Krüge auf dem Boden warf, bis er hinaus spedirt wurde und ihn zuletzt die k. Gensdarmerie mit Verbringung in den Thurm drohen mußte. Andern Tags kam er mit seinem Knicffang bewaffnet, wieder in's Wirthshaus, stieß ihn wohl zwanzigmal in den Wirthstisch und schrie die Gäste an: „Ihr Saubauern, Ihr könnt mit einander ——, Ihr bringt mich noch nicht von St. fort." In's Nebenzimmer geschafft, zechte er dort mit einigen Backofenmachern gemeinschaftlich, er, der sich kurz zuvor geäußert haben soll: „Der k. Revierförster zu St. habe ihn gewarnt, mit Schullehrern zu verkehren, was nicht nöthig gewesen, da es ihm viel zu dumm erschiene, sich mit solchen Leuten einzulassen." Es wird sich übrigens auch jeder Lehrer bedanken, mit einem Manne zu conversiren, der sich so benahm, daß selbst Eisenbahnarbeiter sich entrüstet darüber aussprachen.

———

In der Handgasse werde ein Kanal reparirt, ohne daß ein Zeichen aufgesteckt war.

———

Ob es wahr sei, daß die Herren Aerzte nicht vor's Thor fahren? Das würde denjenigen, die Logis dort zu vermiethen haben, sehr nachtheilig werden.

Antw. Wir glauben es nicht, höchstens wird es nur Einer der verwöhntesten Herren Mediciner zu beschwerlich finden.

———

Der Oekonom Andr. Achtmann aus Liebach verkaufte am Samstag d. 1. Juli d. J. hier 1 Korb mit 5 Schweinchen an Hrn. Peter Kamm, borgte ihm den Korb zum Nachhausetragen der lieben Insassen mit der Verbindlichkeit, den Korb franco in die Stadt Mainz zu liefern.

Der Packträger Nr. 44, der den Korb brachte, verlangte 8 kr. Botenlohn, die ihm natürlich verweigert wurden. Nr. 44 wandte sich — nicht an seinen Direktor, sondern horribile dictu an die höchste Behörde der Semmelsgasse, den Herrn Corporal Brehm. Wie lautete dessen weiser Salomon's Spruch? „Gehe hin Nr. 44, verkaufe auf meine Verantwortung den Korb und mache Dich vom Erlöse bezahlt." —

So wird anno Domini 1865 das Gesetz, wonach Eigenhülfe verboten, ausgelegt von einem Diener der Ordnung.

———

Am Krahnenthor in der dressirten Flößausstellung soll jüngstens ein wüthender Floh durchgegangen sein, derselbe soll einen Oekonomen derart gestochen haben, daß derselbe ebenfalls wüthend geworden ist. Besagter Floh soll sich, aus Furcht vor Maulkörben in den Steigerwald geflüchtet haben.

Anfrage an die Redaktion der Stechäpfel.

Ist der von B— in H. herangebildete Höllenhund derselbe, von dem eine Elle Gedärm für fl. 16 öffentlich zum Ankauf offerirt wurde?
(Wir wissen das nicht, wir haben die Ehre, den Höllenhund nicht zu kennen.)

Der altersschwache Brunnen im Bruderhofe, der bereits kaum mehr gerade stehen kann, sehr wackelig und ruinöse ist, alle 14 Tage eine Reparatur braucht und doch erst nach viertelstündigem Pumpen und herzzerreißenden Tönen ein trübes und untrinkbares Wasser gibt, erkundigt sich hiemit, ob die Väter der Stadt nicht auch gesonnen sind, ihn in Bälde gänzlich zu pensioniren und ihm einen Nachfolger mit laufenden Wasser zu decretiren, verwahrt sich aber gegen einen ähnlichen Ersatzmann, wie der im Kürschnerhof. Er meint, ein sehr schöner Platz wäre an der Scheitemauer zwischen dem Salzamte und dem Gailer'schen Hause. Herr Gailer würde wahrscheinlich nichts dagegen haben und er wäre dort keinem Fuhrwerke im Wege, und es könnte sich in seinen Schatten kein Liebespaar mehr flüchten, wie solches allnächtlich zu sehen ist.

In einer der letzten heißen Nächte hatte ich das Unglück, bei meiner gewohnten Exkursion statt in das Bett, auf den Tisch zu fallen und zwar auf ein Stück von einem alten Stadt- und Landboten (1864?) das dem Geruche nach zum Einwickeln von Limburger Käse benutzt worden war, was bekanntermaßen das Ende aller derartigen Blätter ist. Neugierig, überflog ich den Inhalt und fand mich angenehm überrascht zu lesen

Wanzenpulver
untere Bocksgasse Nr. 308.
Anweisung mündlich.

Durch einen von unsere Leute, Nr. 308 logirend, suchte ich mir davon zu verschaffen und erhielt gegen Erlag von baaren 6 kr. ein kleines Gläschen voll Pulver, welches sich bei näherer Betrachtung mehr als Flüssigkeit auswies.

Es, roch wie Theer und verursachte mir beim Verkosten nur schwache Magenschmerzen, sonst erwies es sich gänzlich unschädlich. Indem ich solches veröffentliche, thue ich es zugleich in unserem, wie im Interesse der Menschheit, um uns vor unnöthigen Magenschmerzen und letztere vor der unnöthigen Ausgabe ihres Geldes zu bewahren.

Eine Wanze, die mit etwas
Leibreißen davongekommen.

Obwohl schon vor Zeiten einmal die öffentliche Anregung gemacht wurde, daß die Neubaustraße ihrer bedeutenden Breite halber gegenüber der Domstraße zum Aufstellen der Meßbuden weit geeigneter erscheine, so hat man doch maßgebenden Orts auf solch wohlgemeinte Winke nicht einzugehen beliebt, sondern blieb am Alten haften, gleichsam als wenn dieses Vorgehen eine Umwälzung aller staatlichen und nichtstaatlichen Verhältnisse erheische. —

Es wird Jedermann der Ueberzeugung sein, daß die Domstraße, als alleiniger Hauptverbindungsweg des Bahnhofes mit dem Innern der Stadt und dem Mainviertel, einem äußerst lebhaften Verkehr aller Art ausgesetzt ist, und wer wäre aber auch nicht schon Zeuge jener so häufig auf einanderfolgenden Scenen gewesen, wo sich während der Messe die Fuhrwerke auf eine äußerst störende, ja fast lebensgefährliche Weise durch die Kopf an Kopf gedrängten Massen bewegen?

Die Neubaustraße dürfte gewiß, sowohl ihre Breite wegen, als auch hinsichtlich dessen, daß der Verkehr dortselbst ein viel weniger reger, als in der Domstraße ist, sehr zu derartigem Zweck empfohlen werden, und will man sich deßhalb der angenehmen Hoffnung hingeben, daß dieser Vorschlag geeigneten Orts angemessener Würdigung unterzogen wird.

Ein Dienstmädchen lag vor einiger Zeit im Spital krank, nachdem es dasselbe verließ, wurden ihr vom Doktor 12 nacheinanderfolgende Salzbäder verordnet und zwar die Zeit von 11—12 Uhr angegeben.

Einige Mal wurde sie abgewiesen, sie fragte, wann sie kommen sollte, es hieß: früh 6 Uhr, sie ging hinein. Die Wärterin befand sich noch im tiefen Schlafe, um 7 Uhr war das Wasser noch nicht heiß — endlich erhielt die Person nach 8 Tagen ein Bad. Man rieth nun dem Mädchen, der Wärterin etwas in die Hand zu drücken, (da man hiedurch eher Berücksichtigung findet) nach ihren Kräften glaubte sie Genüge thun und gab 30 kr. und dies war gut, in einer Woche erhielt die Person 2 Bäder.

Es traf sich auch, daß eine arme Frau nicht ankommen konnte, bitterlich darüber weinte, und äußerte, „wenn ich nur etwas geben könnte, erhielt ich auch ein Bad".

Zur Abwechselung der Sache wurde die Person wieder abgewiesen. „Kommen Sie morgen" hieß es, als sie kam war kein Badwasser mehr vorhanden. — Tags darauf war etwas an der Maschine zerbrochen, welches erst gemacht werden mußte, sonach konnte man wieder nicht baden.

Nachdem 3 Wochen vergingen, erhielt man abermals ein Bad, Tags darauf als sie wieder kam, war, wie man sagte, die Apotheke verschlossen, man erhielt kein Salz.

Ein andermal sagte man, „heute baden die Weibsleute, dann die Mannsleute im Spital, es sind zu viele Patienten da."

Ein andermal war Wassermangel und glücklicherweise nach 22 Gängen wurden mit Unterbrechung 12 Bäder in 1|4 Jahr verabreicht.

Für was geben arme Dienstboten ihr Spitalgeld? So sorgt das reiche Juliusspital für die leidende Menschheit.

Man erlaubt sich die Frage, ob es nicht die strengste Pflicht und Gewissenhaftigkeit erheischen, solche himmelschreiende Unordnungen und Mißstände abzustellen.

Irrthum ist menschlich,

übrigens gibt es oft sonderbare Irrthümer in der Welt. So las z. B. jüngst Einer nachstehende Annonce im Stadt- und Landboten und stutzte über die Firma Chemisches Hofbrauhaus. Er wollte ebenhierüber seine mißbilligende Aeußerung vom Stapel laufen lassen — als er noch zur rechten Zeit auf seinen Irrthum aufmerksam gemacht wurde, daß er das

Chem. für Chem.

angesehen und gelesen habe. Irrthum ist menschlich, der wird der Erste und der Letzte nicht gewesen sein, der sich irrt.

Nach der bekannten Melodie.

Daß sparsam oft die Weiber sind,
Das ist zu tadeln nie,
Doch übe nie an dem Gesind
Zu sehr Oekonomie!

A krank's Kind hat a Frau im Haus
Und muß den Doktor hol';
Der Magd geht auch der Angstschweiß aus
Und 's ihr gar nicht wohl.

Der Doktor kommt zu Kind und Magd,
Kurirt sie alle zwei
Und die Patientin hat gedacht,
Damit wär's jetzt vorbei.

Sie hat sich aber g'waltig' täuscht;
Wie's Vierteljahr war aus
Und sie hat ihren Lohn geheischt,
Da stellt sich's Anders 'raus.

So, sagt die Frau, jetzt aufgepaßt!
Jetzt woll'n mr z'sammazähl'
Wieviel daß du zerbrochen hast
Und was noch sonst kaum' fehl'.

Zwä Häfe und a Schüssala
Des sin' zusamme drei,
Die Doktors-Röste müssen ja
Auch eingerechnet sei'.

A Zwanz'ger rechne ich dir an
Für des Herrn Doktors Müh,
Damit man mir nicht sagen kann,
Ich bieg' es über's Knie.

Ich darf so manches überdies
Noch schmieren an das Bett:
Für Aushelfsmägde ganz gewiß
Sechs Batzen schon allein.

Kurzum die Frau hat's so gemacht:
Die grübelt d'auf und d'rauf,
Bis endlich sie's zum Schluß gebracht:
Ja Null für Null geht auf.

Verantwortlicher Redakteur und Verleger: Stephan Schäschenberger.
Druck der Becker'schen Buchdruckerei in Würzburg.

Würzburger Stechäpfel.

Ein humoristisch-satyrisches Originalblatt.

Ganzjährig fl. 1. 36 kr., halbjährig 48 kr., einzelne Nummern 3 kr.
Alle Postämter nehmen Bestellungen an. Die Stechäpfel erscheinen jeden Freitag.
Trägerlohn 1 kr. des Monat. Passende Einsendungen werden erbeten und auf Verlangen honorirt.

(Siebenter Jahrgang)

Freitag   Nr. 29.   21. Juli 1865.

Politisches Allerlei.

In Wien.

Jakob: Der Itzig kimmt net. Ich sog, es is ihm in der Stadt à Unglück passirt.

Esau: Wer kann wissen? Vielleicht hoben se ihn gemacht zum Finanzminister.

Ein unlängst in Mecklenburg erlassener Steckbrief enthält im Signalement die Bemerkung: Gang — aufrecht. Es scheint der Aufenthalt in Mecklenburg ist so niederdrückend, daß der aufrechte Gang selbst für Spitzbuben zum besonderen Kennzeichen geworden ist.

Die Kaiserin von Frankreich sagte unlängst: „wir haben Alle Aepfel gestohlen!" Aber ist ihr Herr Gemahl dafür, daß er die Früchte des Fortschrittes stahl, noch nicht bestraft worden.

Mit dem Fehlen der Droschkenkutscher in Paris hat die Zügellosigkeit sehr zugenommen.

Frage an die Versammlung der Zahnärzte.

Bekommen die Mecklenburger die Stockzähne gleich bei der Geburt?

Das neue Testament Heine's in Hamburg findet sehr viele Verehrer unter den Juden.

Das Staatsschiff in Oesterreich will nicht flott werden, obgleich außerordentlich viel gesteuert wird.

Für Bienenzüchter.

Eine Königin ist billig zu haben. Näheres in Madrid bei Sancho Pansa.

Den Halbhuber in Schleswig-Holstein können die Preußen deßhalb nicht leiden, weil er nicht vergißt, daß er Halbhaber ist.

Briefkasten.

Den Herren J. Sch. Wirth in der sonst so beliebten und reinlichen Wirthschaft zu Euß ....., möge sich größerer Reinlichkeit befleißen, Tische und Gläser sauber halten, um die Honoratioren nicht vollends zu vertreiben.

Den Artikel über ein beibehaltenes altfränkisches Dach erwidernd, baute der Besitzer nach seinem Bedürfnisse; er wollte keinen Prachtbau, wie es deren manche gibt, in denen die Etage fl. 800—700 kostet, die aber — leer stehen.

M. L. 56 Jahre alt, Viehhändler seit seiner frühesten Jugend, als Bauer und Viehhändler längst verheirathet, machte zwar den Schneiderkursus in Dresden nicht mit, auch hat er vielleicht in seinem ganzen Leben keinen Knopf angenäht, doch machte er am 27. Juni 1865 seine Prüfung als Schneider und ist als solcher bestanden. Wo? bei der Prüfungs-Kommission in Schweinfurt.

Isig. No Mouscha was lies ich, bist g'worn in Schweinfurt a Schneider?
Hast doch user genäht zu Lebtag ka Kleider!
Hast dort oft g'handelt mit Kih und Rinder.

Mouscha. Drum hot mir nit g'falle der Handel mit Kih;
Doch das muß ich sagen, das Schweinfurter Vieh
Ist user alt mias, koscht gleich mehr wie sonst,
Man gibt doch sei Geld nit aus dort umasunst.

Den Einsendern der Anzeige in dem Blatte der Stechäpfel Nr. 28 vom 11. Juli ds. Js. bezüglich der Beiwohnung einer Tanzmusik in B. diene hiemit zur Nachricht, daß sie nach wie vor von mir mit Verachtung und Geringschätzung bestraft werden. Was die Gesellschaft mit Backofenmachern anbelangt, so erscheinen dieselben mir anständiger, als wie ein Lehrer, der mit Mausfallen handelt.

Um Unglück vorzubeugen, wäre es sehr dringend geboten, gegenwärtig in der Semmelsstraße, welche durch die Pflasterung und Kanalbauten sehr beengt und selbst für Fußgänger schwer zu passiren ist, keinerlei Wagen zur Eisenbahn fahren zu lassen, welche sich trotz der Sperre oft nicht betreten lassen, dieselbe zu durchfahren, obwohl ihnen doch die Strohgasse und der Weg längs dem alten Bahnhofe offen steht.

Die neuen Trinkhallen

erweisen sich täglich mehr als ein nicht nur für das Publikum, sondern auch für den Unternehmer sehr einträgliches Institut; nur sollte Letzterer sich auch in Bezug auf die Quantität, welche er den Consumenten bietet, nach den in anderen größeren Städten Gebotenem halten, wo man für einen Groschen etwa das Doppelte bekommt; denn ein so kleines Glas, wie hier, genügt nicht, den Durst zu löschen, wie Jedermann zugeben wird, hiezu ist mindestens 1 Schorpen erforderlich, (welher denn auch überall für dasselbe Geld gegeben wird). — Die Rentabilität würde sich sicher nicht vermindern, sondern nur vermehren; wenn man berücksichtigt, wie billig die Herstellungskosten der Kohlensäure sind, so kann man schon derartige Ansprüche mit Recht machen.

Die Radix colchica — schon wieder da!

Ein Reisender mit der berüchtigten „Radix colchica", bekanntlich das jetzt leider so häufig vorkommende Ersatzmittel für den Hopfen, dessen schädliche Einwirkung auf die Gesundheit längst constatirt ist, soll kürzlich hier gewesen sein. Ob er ganz ohne Aufträge wieder abgereist, wissen wir nicht.

Landwehrnützlichkeit.

Wer bei dem jüngsten Feste in Iphofen war und gesehen hat, wie die vom Herrn Bürgermeister und Landwehr-Commandanten dortselbst aufgebotene Landwehr-Mannschaft die Ruhe und Ordnung am Festplatze so musterhaft aufrecht erhielt, wie sie jedes Winkes ihres Herrn und Gebieters gewärtig, so viel zur Verherrlichung des Ganzen beitrug, namentlich auch am Schlusse des Festes mit farbigen Laternen das abreisende Publikum noch so angenehm überraschte, der wird doch endlich zugeben müssen, daß das Landwehr-Institut seine Lichtseiten auch hat; man muß es nur zu behandeln wissen! —

Buxtehude im Juni 1865.

In Ihren auch hier viel gelesenen Stechäpfeln, stand kürzlich ein Artikel, die Schleppkleider der Damen betreffend, der meine ungetheilte Aufmerksamkeit in Anspruch nahm. — Obgleich auf fraglichen Artikel hin, so manche gebildete Dame sich bewogen fühlte, mit einer einfältigen, unreinen und unschönen Mode zu brechen, so ist die Oppositionspartei doch noch so numerisch stark, daß bis jetzt an eine genügende Abhilfe dieses Uebelstandes nicht zu denken ist.

Kürzlich stieg mir die Galle, als ich, meine Lunge zu erfrischen die Stadt verließ, um in dem sie umgebenden herrlichen Parke zu promeniren und keine drei Schritte vor mir 4 Damen spazieren gingen, die in Folge ihrer langen Schleppen, mir Luft und Lust benahmen.

Aergerlich rief ich aus: Wie ist doch möglich, eine solche verunstaltende, lächerliche und belästigende Tracht schön zu finden! Die Dämchen hörten diese Worte, rümpften die Näschen, lächelten höhnisch und gingen weiter. —

Ein sich eben in der Nähe befindender Herr, trat auf mich zu und sprach: „Wenn Sie, wie ich, tägliche Beobachtungen anstellen würden, so wäre es ganz unmöglich so in Harnisch zu gerathen, wie es bei Ihnen eben der Fall war; im Gegentheil, würden sie Gründe genug finden, um die vor uns gehenden Damen zu entschuldigen.

Die Eine derselben ist eine Dame von früher bescheidenen Verhältnissen, die so glücklich war, durch den Tod eines Verwandten, der sich in Folge seiner Geschäftsthätigkeit, ein bedeutendes Vermögen erwarb, Theilhaberin an der Hinterlassenschaft zu werden. In früherer Zeit war dieses Fräulein oft froh, von Bürgersleuten gegrüßt, und oft auch unterstützt zu werden; jetzt aber, nachdem Fortuna ihr günstig war, fühlt sie sich, wie leicht zu erklären, durch solche Rückerinnerungen beschämt, und sie wendet deßhalb die, nach ihrer Ansicht geeignetsten Mitteln an, um diese Scharten auszuwetzen. — Diese Mittel bestehen in verschiedenen Manipulationen; als da sind: das Unterlassen des Dankes, auf den Gruß Jener mit denen sie früher in Berührung kam, oder die ihr nicht standesgemäß genug erscheinen; denn sie denkt sich erhaben über den Plebs, der durch seiner Hände-Arbeit sein Brod verdient und stellt sich in eine Kategorie mit der Tochter eines Präsidenten. Um nun dieser ihrer innerer Ansicht auch die äußere Weihe zu geben, trägt sie eine lange Schleppe, denn das ist nobel! —

Die zweite der Damen ist eine Mutter, die trotz ihres ziemlich vorgerückten Alters und ihrer nicht gerade junonischen Gestalt, das was ihr die Zeit genommen, durch äußere Aufputze zu ersetzen sucht und deßhalb ihre neben ihr gehende Tochter anleitet, sich noch mehr zu zieren, damit ihr eigenes Benehmen nicht zu sehr auffalle; darum sehen sie bei der Mutter eine kleine und bei der Tochter eine große Schleppe.

Was aber noch mehr zu entschuldigen vermag, ist die körperliche Gebrechlichkeit der Damen. Die Mutter nämlich soll, wie mir gesagt wurde, mit Klump- und die Tochter mit Säbelbeinen begabt sein und sie segnen die glückliche Mode, welche diese Fehler verbirgt.

Die vierte Dame endlich ist die Tochter eines Handwerkers, der es durch unermüdlichen Fleiß sowohl, wie auch durch die Beihülfe seiner, in früheren Zeiten nur karg bezahlten, Arbeiter zu einem großen Vermögen brachte, obgleich er selbst noch immer der anspruchlose Bürgersmann wie ehedem ist.

Was der Vater nun versäumt, seinen Reichthum an die große Glocke zu hängen, das will jetzt das Kind einbringen, und hat sich fest vorgenommen, Effekt zu machen und sollte es auch nur durch die Kleidung sein. — Damit hat sie auch ganz recht, denn: Kleider machen Leute! — Von Weitem schon kündigen aufwirbelnde Wolken Staubes das Nahen der Dame an und ehe es noch vergönnt ist, die Grazie zu sehen, weicht schon Jedermann achtungsvoll zur Seite, um dem Genuß freie Bahn zu lassen, den sie unseren Athmungswerkzeugen bereitet. Sie hat erreicht was sie will und Dank ihrer Schleppe Effekt gemacht.

Bei diesen Worten empfahl sich der gesprächige Herr und ich habe nichts Eiligeres zu thun, als Ihnen seine Belehrung mitzutheilen, damit nicht ferner ungerechte Angriffe auf die Damenwelt in Ihrem Blatte aufgenommen werden.

Ergebenster
N. R.

Kürzlich verlor eine Dame ihren sogenannten Chignon (falschen Zopf); ein Spaßvogel hob ihn auf, und steckte ihn an seinen Hut, damit die Verliererin ihn bemerken sollte, wenn sie danach suchen würde. Der Chignon machte natürlich Aufsehen, jede Dame, die ihn bemerkte, griff unwillkürlich nach ihrem Zopfe, um sich zu überzeugen, ob der ihrige noch festsitze; ein allgemeiner Schrecken hatte sich der Schönen bemächtigt, denn Allen schlug das Gewissen, sich mit falschen Haaren geschmückt zu haben.

Anfrage an den hochlöblichen Magistrat dahier.

Müssen denn die Münchner Schweinehunde auch so oft zur Visitation vorgeführt werden, wie wir?

Caro und Bello
Ausschußmitglieder der hiesigen
vereinigten Hundeschaft.

Daß die sogenannte Hundewuth eine imaginäre Krankheit ist, beweisen die Münchner Schweinhunde am besten; denn wenn man bei einer so gerechten Ursache zur Wuth dennoch dieselbe nicht bekommt, so existirt diese gewiß nur in der Einbildung einiger exaltirter Veterinäre. Wir bitten also um Schonung.

Die Obigen.

Obwohl in dem neuen Eisenbahnfahrplan von direkten Omnibusfahrten von hier nach Dettelbach und Wiesentheid keine Spur mehr zu finden ist, so bringt der Laubbote doch immer noch täglich in seinem Verzeichniß der Omnibusfahrten jener Dettelbacher Linie mit der Abfahrt 3¼ Uhr Mittags; ja vor einiger Zeit kündigte er sogar mit fetter Schrift an, daß nach wie vor ein Post-Omnibus von hier aus nach Dettelbach expedirt würde; auf der Post weiß Niemand etwas davon, es bleibt also nur die Vermuthung übrig, daß es auf eine Verwechselung mit dem nun 3½ Nachmittags abgehenden Bahnzuge nach Dettelbach beruht.

Der Würzburger Anzeiger bringt ebenfalls noch irriger Weise eine Fahrt nach Dettelbach und Wiesentheid.

Aus der Chronik einer fränkischen Stadt.
(Zwischen 15(?)60 und 15(?)70.)

— — Und als ums selbige Zeit der Fürst des Landes starb, weinte das ganze Volk, denn es hatte Frieden mit ihm gehabt sein Lebenlang. Die Kaste aber derer, so man nannte Pharisäer und Schriftgelehrte, erhob trotziglich ihr Haupt und sie sprachen: „Nun ist die Herrschaft unser im Lande, denn der zur Regierung kommt, ist jung und ohne Erfahrung, und wir wollen ihn umgarnen mit Listen, gleichwie wir einst haben umstricket seinen Ahnen, den Ersten seines Namens." Und schrieen vor Freude, daß ihr Geschrei aufdrang zum Himmel; denn ihrer waren viele daselbst (nämlich nicht im Himmel, sondern in selbiger Stadt.)

Aber ihre Hoffnung ward zu eitel Wasser. Denn da der vorige Herrscher wußte, wie groß Unheil durch jene Leute geschehen war unter seinen Vorgängern, hielt er sie ferne von seinem Sohne. Und als der saß auf dem Throne seiner Väter, wählte er sich nicht nach ihrem Wunsche seine Amtleute, noch seinen Koch, item machte er wider ihren Willen zu seinem Psalterspieler einen fremden Wagnermeister, der nicht gesänget war an der Brust der einheimischen Gerstensaftanstalt.

Da ergrimmten sie in ihren Herzen und schäumten vor Wuth, als wollten sie die ganze Pfalz vergiften und sannen auf Gelegenheit, es zu thun.

Es begab sich aber, daß die Männer so geküret waren von den Franken, Pfälzern, Schwaben und Bayern, Rath hielten in der Stadt des guten Bieres mit den Räthen des Fürsten. Und sein Herz war edel und neigte sich zur Versöhnung und sprach: „Ich will vergeben denen, so sich haben aufgelehnt wider meinen Vater!" — Da erhob sich ein Jubel unter den Gesandten des Volkes und riefen einmüthiglich: „Heil unserm guten Fürsten! Heil!" — Nur Einer, der gesetzt war über die Bücher, blieb sitzen und schrie: „Blut will ich sehen vom Volk, Blut!" — Und der war aus der Kaste der Schriftgelehrten und Pharisäer. —

— — Und ihrer Einer saß in der Gesellschaft voll Harmonie und that seinen Mund auf voll Weisheit und sprach die nicht geflügelten Worte: „Wehe den Vätern der Stadt, so da verlegen die Schulen weg von den Häusern der Pfarrherren, denn das ist die Trennung der Schule von der Kirche und so wird die hl. Religion gemordet." Und alle Zuhörer staunten ob seiner Frömmigkeit und

Weisheit und entsetzten sich vor seinem Fluche, denn er war aus der Kaste der Schriftgelehrten und Pharisäer. —

— Da aber sich mehreten die Ketzer in der Stadt, wollte ihnen der Rath geben eine Schule im Hause der Schulen der Unseren (Rechtgläubigen.) Da erhob Augen und Hände zum Himmel der gesetzt war über die Schulen und heulete, daß die Kiesel-Steine bei 24° R. erweichten und schrie: „Verrath! Verrath! Nun werden unsere Kinder angesteckt vom Gifte der Irrlehre und sind verdammt ewiglich!" —

Die Väter der Stadt aber lachten weidlich darüber, da sie solches Zetergeschrei erwartet hatten, denn er war aus der Kaste der Schriftgelehrten und Pharisäer. (F. f.)

Die Klage des Publikums über manches hiesiges Bier hat man schon sehr häufig gehört, zu dem lassen die Herrn Bierbrauer ihren Kunden das Bier erst um 9 ja oft 10 Uhr hinfahren, bei solcher Hitze, ist dies keine Nachlässigkeit? Die Bierfuhrwerke von Reppersdorf und Kitzingen sind jeden Morgen um 7 Uhr schon hier, das ist ein anderer Geschäftsgang.

Notiz für gewisse Wirthe und Gourmands.

Laut Strafgesetzbuch (Gesetz die Bestrafung der Jagdfrevel betreffend) Artikel 0 heißt es:

„Bei den als Polizeiübertretung strafbaren Jagdfreveln sind die Hilfe-
„leistung und die Begünstigung mit einer Gefängnißstrafe bis
„zu der Dauer von acht Tagen oder mit einer Geldbuße bis zum
„Betrage von 25 fl. — zu bestrafen."

Wie kömmt es nun, daß schon seit mehreren Wochen in einigen hiesigen Wirtschaften fast täglich Hasenbraten auf den Speisekarten zu finden ist, während doch die gesetzliche Hegezeit für die an und für sich vielverfolgte Familie Lampe (Löffelmaier) vom 2. Febr. bis zum 15. September incl. festgestellt ist! — Da sich mit Bestimmtheit annehmen läßt, daß Jagdpächter um diese Zeit keine Hasen zum Verkauf ausbieten, indem sie durch eine derartige Manipulation bei den an und für sich hochgespannten Pachtsummen sich selbst die empfindlichsten Nachtheile beibringen würden, indem zur Zeit des 8ten Juli bis zum 2. Sept. der Hase noch zweimal setzt, so können dies also nur gefrevelte Hasen sein, und wer gestohlene Waare kauft, macht sich einer Hülfeleistung und Begünstigung schuldig, darum meine Herrn Wirthe und Gourmands rathe ich ihnen den eben angeführten Artikel fleißig zu studiren und den Hasenbraten erst Mitte September auf ihre Karten zu setzen, sonst könnte wohl einmal das Häslein ein theurer Hase werden. Mehrere Schießteufel.

Verantwortlicher Redakteur und Verleger: Stephan Götschenberger.
Druck der Becker'schen Buchdruckerei in Würzburg.

Würzburger Stechäpfel.

Ein humoristisch-satyrisches Originalblatt.

Ganzjährig fl. 1. 36 kr., halbjährig 48 kr., einzelne Nummern 3 kr.
Alle Postämter nehmen Bestellungen an. Die Stechäpfel erscheinen jeden Freitag.
Trägerlohn 1 kr. das Monat. Passende Einsendungen werden erbeten und auf Verlangen honorirt.

(Siebenter Jahrgang.)

Freitag. Nr. 30. 28. Juli 1865.

Politisches Allerlei.

Wenn das Abgeordnetenfest auch zu Kölnischem Wasser geworden ist, gezeigt wird es dem Geiger doch noch einmal werden.

Auf die jüngste Bismarck'sche Conferenz in Regensburg, wohin selbst der französische Gesandte berufen wurde, um mit zu berathen, ob man Schleswig-Holstein annectiren könne, soll folgender Vers circuliren:

Als sie jüngst in Regensburg waren,
Wollten sie über den Strudel fahren;
Aber ER nicht wollte
Und Herr Bismarck grollte.

Alles feiert und feuert: der Bundestag in Frankfurt, die Schützen in Bremen und beinahe auch die Soldaten in Köln und Nassau. Den Preußischen Abgeordneten muß man aber jetzt nur: „Man immer Feste" „man immer feste!" zurufen.

Im Spiegel.

Wie man Jäger schießt. Der literarische Freibeuter Alexander Dumas
hat wieder einmal ein Stück für sein Eigenthum ausgegeben, welches Ponfanb
schon lange vor ihm gemacht hatte. Er fing die Jäger. Da reißt uns in's
Blaue.

Man sprach unlängst in Bremen die Hoffnung aus: die deutsche Schützen-
armee würde für die Fortschrittspartei in's Feld ziehn. Es erwies sich aber,
daß die Schützen alle für das Centrum waren.

Frankenau ist noch immer nicht vom Kurfürsten von Hessen erbaut.

Die preußische Regierung soll, um ihre Stellung als Großmacht würdig
zu behaupten, entschlossen sein, sich großmächtig zu blamiren.

— — Die schlesischen Festungen sind bereits mit einer Million Butterbemmchen
verproviantirt, und wenn die preußische Armee nicht gegen Oesterreich marschirt,
marschirt vielleicht Herr von Bismarck allein. — Wenn dann doch Oesterreich ein
einziger Hausknecht wäre!

Politisches Allerlei.

Wie mag Preußen den Herzog von Augustenburg aufheben wollen, da
doch bekannt ist, daß es ihn fallen ließ?

Ein Gymnastiker.

Wenn auch die preußischen Abgeordneten kein Fest feiern dürfen, so steht
doch fest, daß sie nicht fest reben dürfen.

Bei der größten Hitze, die wir unlängst gehabt haben, als die Eier gekocht
auf die Welt kamen, die Pflaumen gebraten vom Baume fielen und die Krebse
im Maine roth wurden, befand sich Bismarck äußerst wohl, da er vom Schweiße
des Volkes lebt und er soll durchaus kein Gewitter wünschen.

Briefkasten.

Es scheint man will von dem Avis (Pfaffengäßchenecke Nr. 17 … Erdapfel Nr. 25 Seite 199 betr.) keine Notiz nehmen, bis ein größeres Unglück passirt ist. Es geschah am 19. d. M., daß ein Postomnibus einen Theil vom Ecke des Hauses mitnahm und einen Fensterstock einrannte, aus dieser Thatsache wird sich die erste und zweite Einsendung rechtfertigen und die betreffende Behörde ihre Aufmerksamkeit darauf richten.

Hat denn die Wärterin im Spitale die fl. 100, die ihr wegen einer verabreichten Tasse Café vorenthalten wurden, jetzt erhalten?

Der Wunsch wird ausgesprochen, daß doch bei der großen Hitze die Metzgermeister dafür Sorge tragen wollten, daß das Fleisch beim Transport zugedeckt wird, wie in andern Städten auch.

Herr Redakteur! Sie haben schon mehreremale für unverfälschte Lebensmittel in ihrem Blatte gekämpft, möchten Sie nicht auch erwähnen, daß in der Nähe Aschaffenburg's Schwerspath gegraben und den Müllern und Bäckern zum Verfälschen des Mehls offerirt wird. Ob die Offerte angenommen worden sind, wissen wir nicht, das aber wissen wir, daß in anderen Ländern z. B. Frankreich das Graben des Schwerspath streng verboten und Fälschen der nothwendigsten Lebensmittel mit Zuchthausstrafe bedroht ist.

Unlängst stand in einem hiesigen Lokalblatte: man möge bei Gewittern ja nicht unter die Bäume gehn, denn von 34, die der Blitz auf freiem Felde erschlagen, wären 15 unter Bäumen gestanden. Das ist eine eigenthümliche Schlußfolgerung und Arithmetik! Wenn 19 erschlagen worden sind, die nicht unter Bäumen standen, da ist es ja zu rathen, bei Gewittern sich unter die Bäume zu flüchten.

Unlängst sei ein unterwegs geschlachtetes Schwein vom Fleischbeschauer, ohne daß es geöffnet oder vom Veterinärarzt untersucht würde, als vom Brand ergriffen, confiscirt worden. Sei auch Strenge bei etwaigen Ueberschreitungen der Gesundheitspolizei nicht zu tadeln, so könne doch der Unschuldige nicht darunter leiden.

———

Die Wasserleitung am Walle liege ganz offen, ohne Schutz da, während früher es so strenge verboten war, ihr nur nahe zu kommen. —

———

Schülern, die Privatstunden zu Hause nehmen, wie ihren Lehrern, wäre es sehr unangenehm, daß in einer Klasse einer Studienanstalt hier der Unterricht so lange währe, daß die Schüler erst nach 11 ½ nach Hause kommen könnten.

———

Ein Herr Grübel zu Würzburg hat vor 4 Wochen ein Adreßbuch von Unterfranken herausgegeben, und darin steht, „die Dompfarrei (S. 181) zu Würzburg trage 375 Gulden an Einkommen; und im Jahre 1836 hat Herr J. A. Barthelme in seiner Beschreibung der Pfarreien S. 96 von der Dompfarrei zu Würzburg gesagt, dieselbe trage 854 Gulden. Wie reimt sich diese Sache?

———

Ist denn den Bauersleuten in Gramschatz, die von früh 4 bis Nachts 9 Uhr bei 41 Grad Hitze auf dem Felde arbeiten, zur Mittagsstunde nicht zu gönnen, daß sie sich mit einem Glas Bier erfrischen und auszuruhen?

Will denn der Herr Pfarrer von der Canzel herab, wenn die Leute das Gotteswort hören wollen, mit solchen Sticheleien als: „die Haue könnt ihr einweichen, statt zur Kirche zu gehen" und derlei mehr, was halt die Junfer Köchin aus ihren Klatschhäusern zusammengetragen hat, den Leuten den Weg zum Wirthshause versperren, so möge er bedenken, daß seine und seiner Köchin ungewöhnliche Dickleibigkeit auch nicht von Hunger, Durst und Müdigkeit herkommen und sich eines bessern Textes befleißen.

———

Höflichkeit über Alles!

Mit dem Hute in der Hand kommt man durchs ganze Land, aber mit der Grobheit auch und oft noch weiter.

Das kann man täglich mit eigenen Augen und Ohren sehen und hören, man braucht nur auf den Bahnhof und in die dortige Restauration zu gehen, darf aber froh sein, wenn man auf einer solchen Inspektionsreise nicht selbst unversehens einige saftige Grobheiten oder sonstige fette Injurien mit heimbekommt.

Meistens weiß man nicht, bei wem man sich für die empfangenen Grobheiten bedanken soll, denn der Name eines solchen Groblans ist schwer zu erfahren, bei solcher Gelegenheit kennt Keiner den Anderen, wie's ja gewöhnlich geht. Revanche kann man sich also nicht verschaffen. Ich theile hier einige gelungene Pröbchen mit.

Nr. 1. Ein hiesiger bejahrter Bürger setzt sich vorige Woche im Wartsaal an einen gedeckten Tisch, bestellt Caffee, erhält von dem Kellner die Antwort: „An dem Tisch wird kein Kaffee getrunken!!!"

Nr. 2. Ein anderer Würzburger begleitet eines seiner Angehörigen Nachts an die Bahn und läßt sich hierauf ein Glas Bier geben, welches er auch erhält. Ein Bahnbediensteter tritt in den Wartsaal, fährt ihn an: „Wollen sie mit dem nächsten Zug fort?!" — Nein. — „Dann machen's daß nau's kommen. Sie Pfaffenhund." (Wie wohl ein solches Thier aussieht?)

Nr. 3. Ein Anderer trinkt vorige Woche sein Bier aus offenem Glas im Wartsaal I. und II. Klasse. Ein Kellner macht sich die Beschäftigung, in seiner Nähe ein halbdutzend gepolsterte Stühle tüchtig auszuklopfen — nicht mit Abstauben zu verwechseln — erregt dadurch natürlich Staub in Hülle und Fülle, der unserm Gast endlich zu dick wird.

Er macht den Kellner darauf aufmerksam, daß es mindestens unschicklich sei, muß aber dafür die impertinentesten Grobheiten einstecken. Zum würdigen Schluß erscheint ein Bediensteter, wahrscheinlich derselbe wie oben und schnaubt den Gast an. „Was wollen Sie?!! Wer sind Sie?!!" und erklärte ihm, daß er dahier überhaupt das Maul halten müße, wenn er raisonniren wolle.

Ist denn eigentlich das Publikum wegen der Bahnrestauration und der Eisenbahn da, oder diese des Publikums halber und muß man sich für sein gutes Geld auch noch Grobheiten gefallen lassen, oder hat vielleicht der hiesige Restaurateur für seine Kellner und die übrigen Bediensteten das Patent des weiland Fränkel (ehemal. Lohnkutscher in München) erworben? das wäre freilich was anders, dann müßt' man schon das Maul halten.

Könnten's das nit rausbringe Herr Redakteur?

J. L.

Sind denn die Polizeidiener derart vertheilt, und angewiesen daß sie, wenn man sie zum Schutze gegen die Zudringlinglichkeit und Frechheit eines im üblen Rufe stehenden Subjekts Namens D . . . . . . aus A . . . . . . aufruft, (der Jedem Grobheiten macht, der ihm nichts zahlt) sagen: „die Sache ginge sie nichts an." Sollen denn solche L. gehegt werden?

Nach dem neuen Polizeistrafgesetz kann die Polizei in solchen Fällen allerdings wenig machen.

Patienteni morbi debere esse patientem injuriae non sequitur.

Es ist eine traurige Wahrnehmung, daß in Anstalten, wie das Juliusspital, verschiedene Mißbräuche herrschen, die doch wahrlich so klar und deutlich vor Augen liegen, daß sie dem Auge eines auch nur oberflächlichen Beobachters unmöglich entgehen können, und die nicht eher entfernt werden, als bis sie jedesmal der öffentlichen Rüge unterworfen worden sind.

Folgendes mag in Bezug auf das Juliusspital und zwar hauptsächlich für die „Hautkrankenabtheilung" daselbst zu erwähnen sein.

Ist es billig, wenn daselbst Kinder von 4—8 Jahren verpflegt werden, da dieselben, wie mehrere Beispiele zeigen, physisch und moralisch zu Grunde gerichtet werden. Ist es billig, wenn obige Abtheilung auch die syphilitische in sich begreift, die auf keine andere Weise getrennt ist, als durch eine einfache 7 Fuß hohe Bretterwand, so daß eine beständige Communication zwischen den Personen beider Zimmer existirt, ist es da zu verwundern, daß von der syphilitischen die ganze Abtheilung den Namen hat, so daß ein anständiger Mensch weder einen Besuch annehmen, noch sich sehen lassen kann, aus Furcht ausgebracht und gebrandmarkt zu werden, obgleich er nicht zu ersterer gehört; oder trägt ein Kranker, der an Ekzem, Lupus, Psoriasis ac. leidet, mehr Ursache an seinem Leiden, als ein anderer, der an Tuberculose oder an irgend einer andern Brustaffection oder an Caries leidet? Ist es billig, wenn daselbst Leute von einem jeden Schlage neben einander untergebracht werden, von einem Menschen in der tiefsten Versunkenheit an, wenn sie nur unter die lange Zipfelhaube „Hautkrank" gebracht werden können? Man sollte glauben, daß in einem Krankenhause die Reinlichkeit hauptsächlich repräsentirt sei; allein dem ist nicht so, wenigstens auf dieser Abtheilung nicht; hier herrscht Schmutz und Unrath an allen Orten. Wie sieht die Wäsche aus! und gar s. v. die Abtritte! Einsender glaubt, daß dieselben in den geringsten Lucipen kein anderes Aussehen haben. Warum ferner wird die weibliche Abtheilung gleicher Art nicht besser von der männlichen getrennt, könnten bei einer Entfernung von nur 4 Fuß nicht auch einige Unterschleife vorgehen? Einsender wundert sich, daß dieses nicht schon früher höhererseits bemerkt wurde, da doch gleich gesehen wird, wenn man im Garten mit einem Frauenzimmer einige Worte wechselt. So oft ein Herr Spitalgeistlicher Besuch macht, so ist die Frage an das Wartpersonal: „Ist hier Alles in Ordnung, gehorchen die Patienten?" Nach dem Wissen des Einsenders wurde der Kranke aber niemals gefragt, ob er auch mit seiner Pflege zufrieden sei oder ob er in irgend einer Beziehung eine Klage zu stellen habe. Frage eines Herrn Geistlichen an einen Patienten: „Wie befindest Du dich?" Antwort: „Wohl!"

„Ein Schwein auf dem Miste befindet sich auch wohl!" Fürwahr ein trefflicher
Trostspruch für einen Kranken von einem Diener Gottes und dessen Würde ganz
angemessen. Fast allgemein wird Klage erhoben gegen ungebührliche Aufführung
des Wartpersonals, die sich nicht nur allein in Unwilligkeiten und Grobheiten
äußert, sondern bisweilen sogar in Thätlichkeit ausartet. Man kann dieses täglich im Holzhofe wahrnehmen; verübt an den armen Geisteskranken. Anstatt daß
sie andere bedienen, wollen dieselben bedient sein. Daß doch diese Leute nicht
einsehen wollen, daß die Patienten nicht ihretwegen da sind, sondern das Wartpersonal wegen der Patienten. Es ist auch nicht zu verwundern, denn kaum
ist das Landmädchen mit kurzem Röckchen, die Brust geschmückt mit Medaillons
dem Heere des Wartpersonals eingereiht, so wird man es sicher nach Verlauf
eines Quartals mit Hut und Crinoline antreffen. Möchte doch das Wartpersonal sich von den Herren Aerzten, mit denen es doch täglich conversirt, ein
Beispiel nehmen, wie man Kranke behandelt!

Auch die Kost dürfte besser und etwas reinlicher zubereitet sein.

Es sei ferne von mir, den Ruf des Spitals zu verunglimpfen, noch Ver-
leumdungen zu erheben, allein was hier gesagt ist, ist Thatsache, von der sich
jeder parteilose Beobachter leicht überzeugen kann.

Einsender hofft, daß diejenigen seinen Schritt billigen werden, die in dem
Falle gewesen sind, unter ähnlichen Verhältnissen behandelt worden zu sein, zugleich aber auch, daß diesen Uebelständen nach Kräften abgeholfen wird.

Unter vielen andern Berichten über die Zustände im Juliusspitale wollen
wir einstweilen nur noch folgenden aufnehmen:

In Nr. 62 sind ihre Pfründner. Einer derselben heißt M . . . . h . . . t
und war früher Arzt. Der schreit nun den ganzen Tag nach Brod, besonders
an Tagen, wo er zu körperlich anstrengenden Arbeiten, wie Holzsägen, verwendet
wird. Der Hunger plagt diesen Unglücklichen fortwährend, denn die Wärterin
hat eben Roßhaber (einen Schreiber des Spitals), an welchen sie das Essen,
welches diesen Armen entwendet wird, ja wie den Wein, verschenkt. Diese Irren können sich nicht beschweren, Niemand glaubt Ihnen, deßhalb wäre es Pflicht
der Beamten, nachzusehn, ob die Wärterin ihnen gibt, was ihnen gehört. Aber
das geschieht nicht. Der Hausverwalter F . . . . l bezieht zwar großen Gehalt (wir glauben 1200 Gulden fix und an Präsenten wohl das Doppelte) aber
er und sein Schreiber thun so viel, als nichts. Seit dem Tod des Hauptkas-
siers Vor hat er sich, trotzdem immer über Mangel an Localitäten geklagt wird,
noch ein großes Zimmer annectirt, so daß er allein jetzt drei Zimmer hat. In
diesem großen Zimmer zupften früher die Pfründnerinnen Roßhaare, jetzt müssen
diese alten Leute sich damit auf den Speicher setzen, was bei der großen Hitze

und dem großen Staub, den diese Arbeit mit sich bringt, Krankheiten erzeugen muß. Dagegen sitzt der Hausverwalter behaglich in seinen 3 Zimmern, statt im Hause herumzugehn, um zu sehn, wo es fehlt. Deßhalb fehlt ihm dann die Sachkenntniß, wenn etwas zur Anzeige kommt, und um diese Unkenntniß zu verbergen, schreit er die Leute grob an. Gehen diese nun zum Vorstande, sich zu beschweren, so finden sie selten Hülfe; denn dort steht die Hausverwaltung in großer Gunst. Würde sich der Herr Verwalter die Mühe nehmen, sich einmal Abends in Nr. 27 blicken zu lassen, so würde er nach 9 Uhr den Liebhaber der Wärterin finden und in Nr. 43 die Geliebte sammt Kind bei ihrem Liebhaber den Wärter. Ob da auf Spitalkosten gegessen und getrunken wird, wer kann das sagen?

Wenn der Herr Verwalter dann einige Schritte weiter gehen wollte, so würde er ein hell erleuchtetes Haus sehen. Da brennen die Lichter fast die ganze Nacht. Die Privatkranken, statt nach der Ordnung um 5 Uhr zu speisen, essen nach ihren Besuchen in der Stadt gegen 10 Uhr Nachts, befehlen dann noch Bäder, rauchen Cigarren in den Betten und schreien oft, wie in Wirths-häusern. Auch die Syphilitischen benehmen sich oft aufs ausgelassenste, da sie sich Bier heraufziehen. Die armen kranken Kinder kommen zu keiner Nachtruhe; denn die Nacht wird zum Tage gemacht. Die Wärterin („das liebenswürdige Lenchen in Nro. 13") die selbst sehr spät zu Bette geht, oft erst um Mitternacht, wird dann unwillig, wenn die Kinder sie im ersten Schlafe stören und trocken gelegt sein wollen, — quält und schlägt die kleinsten Kinder. Auch am Tage ist keine Ordnung dort. Gestank kommt Einem schon an der Stiege entgegen. Die Kinder liegen halb nackt auf den Steinen und im Hof im größten Schmuß, so vernachläßigt, daß jedes noch menschlich fühlende Herz ergriffen wird von so vielem und so frühem Elend. Möge man recht vorsichtig sein in der Auswahl der Wärterinnen und sie lieber besser bezahlen, als daß man oft Mädchen, die dazu nicht passen, nimmt. So hieß Nr. 62 nicht anders als die H.r..wart, weil eine Wärterin dort sich so betrug, daß man sie die „Allgemeine" nannte. Besonders aber zur Pflege der Kinder nehme man nur Solche, die Liebe zu diesen armen Geschöpfen haben, die sich nicht selbst helfen können, und deren Leben so oft und von einer liebevollen, aufmerksamen Behandlung abhängt.

Das Gedicht an die gefeierte Schönheit Heßfelds kann, da es zu wenig witzig und zu persönlich ist, keine Aufnahme finden.

Verantwortlicher Redakteur und Verleger: Stephan Göschenberger.
Druck der Göschen'schen Buchdruckerei in Würzburg.

Würzburger Stechäpfel.

Ein humoristisch-satyrisches Originalblatt.

Ganzjährig fl. 1. 36 kr., halbjährig 48 kr., einzelne Nummern 3 kr.
Alle Postämter nehmen Bestellungen an. Die Stechäpfel erscheinen jeden Freitag.
Trägerlohn 1 kr. das Monat. Passende Einsendungen werden erbeten und auf Verlangen honorirt.

(Siebenter Jahrgang.)

Freitag — Nr. 31. — 4. August 1865.

Politisches Allerlei.

Schleswig-Holsteiner Mayenlied.

In des Sommer's Julitagen
Ward ein May auch uns geraubt.
Soll das Herz nicht höher schlagen,
Das an preuß'sche Freiheit glaubt?
Armer May! armer May!
Wenn ein Volk ist preußisch- frei.

Briefkasten.

Das Juliusspital und wieder das Juliusspital.

Der Grundstein für jedes sittlich gute Streben und Wirken war und bleibt
die Liebe — nur der Glaube gilt, der durch die Liebe wirkt!

Sicherlich hatte dereinst der Stifter des Juliushospitals dieselbe Intention, als er der leidenden Menschheit ein Asyl gründete und kaum lag es in seinem Willen, daß aus demselben später ein großes Ritter- oder Bauerngut entstehe; doch schweigen wir vorläufig hierüber.

Wenn wir nun aber schon so oft wiederholt lesen und hören mußten, wie gleichgiltig und oft traurig es um die Pflege der armen Kranken, welche zu ihrer Heilung im Juliusspitale sind, bestellt sei, müssen jedem Menschen, der kein Herz von Stein hat, die Thränen in die Augen treten und man muß fragen: „Wo ist da die Religion; wo der Glaube, der durch Liebe wirkt?

Wie in allen reichfondirten Instituten scheint auch hier ein schleichender Geist sich eingeschlichen zu haben, dem noch ein Schleicher nachschleicht, nemlich der Geist des verkehrten Sparsystems!

Die Hausmutter spart, der Hausverwalter spart, der Küchenverwalter spart und — das ist ja recht, wirst du sagen lieber Leser? aber bedenke, wenn du dieses liest — nicht an sich sparen sie, sondern an den armen Kranken!

Nicht etwa, daß die Kranken nichts zu essen bekämen, o nein, zu essen genug!

Aber an Pflege sparen sie, und an richtiger, den Kranken zuträglicher Kost sparen sie.

Es fehlt nicht an Quantitäten, aber an Bereitung und vor allem an Pflege; das Erste aber ist für den Kranken eine sorgfältige, liebevolle Pflege. —

Man spricht da nur immer gleich von den Wärterinnen und nur sie will man für Alles verantwortlich machen; so wurde z. B. allerdings mit vollem Recht die grobe Unreinlichkeit und der stinkende Eingang im sog. Kinderhause gerügt. Bedenke man aber, daß für dasselbe nur zwei Wärterinnen bestellt sind, welche neben einer Unzahl kranker Kinder, wovon manches eine Person allein schon nöthig hätte, noch einen Saal mit chirurgisch Kranken und zwei Zimmer mit Privatpatienten zu verpflegen haben und sagen wir dann: ist dieß möglich? Wenn in einem Geschäfte keine Ordnung, wenn mangelhafte oder schlechte Arbeit geliefert wird, wen macht man da verantwortlich? — etwa die Gehilfen? nein den Meister! und mit Recht! Mache man es doch auch hier so, fange man nicht von unten, statt von oben an!   Schluß folgt.

———————

Auf die in Nr. 30 der Stechäpfel enthaltene Anfrage bezüglich der Erträgnisse der Dompfarrei Würzburg erklärt der Unterzeichnete, daß bei Herstellung seines Amts- und Adreßhandbuches, beziehungsweise bei dem Vertrage der Pfarreien nicht die Beschreibung eines gewissen Herrn Barthelme vom Jahre 1836, wohl aber die neusten superrevisorisch festgestellten Pfründbesoldungen zu Grunde gelegt wurden.

Warum sich bei der Dompfarrei die Ertragsziffer so gering stellt, hierüber ist der Unterzeichnete nicht in der Lage, auf diesem Wege nähere Aufklärung zu geben, muß es vielmehr dem Einsender überlassen, sich bei der competenten Behörde und beziehungsweise dem k. Dompfarramte von der Richtigkeit des Vortrags im Amtshandbuche und den der Fassion zu Grunde liegenden Bestimmungen überzeugen und seine Neugierde befriedigen zu lassen.

Grübel.

Der in der letzten Nr. dieses Blattes enthaltene Artikel über das neue Schulgebäude, früher Arbeitshaus, veranlaßt einen Unpartheiischen zu folgenden Erörterungen:

Es dürfte keinem Bedenken unterliegen, daß die Wahl der fraglichen Localität als Schulgebäude eine höchst unglückliche, nur vom finanziellen Standpunkte zu rechtfertigende, war und dabei alle anderen Rücksichten, besonders für die Kinder, die vor Allen maßgebend sein mußten, unbeachtet blieben.

Da es aber einmal so ist und erst die Zeit zeigen wird, daß die beliebte Einrichtung sich nicht praktisch bewährt, so will man es bei diesen Andeutungen belassen und zu dem zweiten Passus des früheren Aufsatzes übergehen.

Es ist gar nicht abzusehen, warum die neue protest. Schule nicht auch im Regierungsgebäude untergebracht werden könne, da die 2 darin wohnenden Lehrer bloß Miethleute sind und es überhaupt unbegreiflich ist, daß man diesen Herren als Wohnungsentschädigung 100 fl. gibt und ihnen Quartiere von 4 Zimmern u. s. w. für ca. 32 fl. per Jahr vermiethet!

Man verfüge, wie es Anfangs im Plane war, über die eine oder andere Wohnung und es wird dann der Mißstand, der die Verlegung der einen protestantischen Schule in's Arbeitshaus immer wäre, beseitigt sein.

Aber freilich so spottwohlfeile Quartiere, wie die Hrn. Lehrer bisher gehabt, fänden sie in der ganzen Stadt nicht mehr. Das ist vielleicht die Ursache, warum die fragliche Schule in's Arbeitshaus gesteckt wird.

A. d. R. Die Redaktion dieses Blattes gönnt gerne den Herrn Lehrern, die ohnedies nicht übermäßig botirt sind, billige Quartiere, konnte aber dem Herrn Einsender den Abdruck dieses Artikels nicht abschlagen. Einverstanden sind wir mithin, daß ein Gebäude, welches nach Urkunden und verschiedenen ärztlichen Gutachten als zu feucht und ungesund für ein Arbeitshaus erkannt wurde, um so weniger sich für so viele Schulen und Lehrerwohnungen eignet. Auf drei Seiten steckt es in engen Gassen, die ihm Luft und Sonne entziehen und nur die Fronte an der Spitalpromenade ist frei. Unter dem Hause fließt ein Bach. Weder für die Kinder, noch für die Lehrer, die, weil sie nicht viel spazieren gehen können, Luft und Sonne zu Hause brauchen, ist das Local gesund. Ein weiterer Mißgriff ist, daß man entfernter wohnende Kinder auch dahin schicken will und beabsichtigen soll, die Stiftbauer Schulen gar zu veräußern. Denn nach einigen Jahren wird sich voraussichtlich die Schülerzahl in diesem Distrikte bedeutend vermehren, so daß

neue Schulen nöthig werden; dann wird man das Sechs- und Achtfache des vielleicht jetzt Ge-
lösten für neue Schulbauten aufwenden müssen, ohne jedoch solche Plätze und solche Gelegenheit
zu finden. Drum mögen alle Bewohner Stift-Haug's die Adresse unterschreiben, die
gegen den Verkauf der dortigen Schulgebäude circulirt; denn mit späteren Klagen ist nicht gedient. Wir sind überzeugt, daß man später über das restaurirte Arbeitshaus ebenso raisonniren
wird, wie über das Schrannenhallengebäude und es auch vom finanziellen Standpunkte aus nicht
gerechtfertigt finden wird. Dann wird man sagen: hätte man doch mit den fl. 60,000, welche diese
Herstellung kostet, zwei einfache Schulgebäude in den Distrikten hergestellt, wo solche nöthig waren. Nun da es aber schon zu spät, möge man wenigstens den Fehler nicht begehn, Schulgebäude, wie die Stifthauger, zu veräußern, sondern man verlege, wenn's nicht anders geht, nur die
nächstgelegenen Schulen, die Bleicher-, die Grabenschulen in das Arbeitshaus, denn eine solche
Menge Schüler, die zum Theil so entfernt wohnen, hinzuschicken, wie man beabsichtigte, ist ein
großer Mißstand.

Herr Stechapfel!

Es soll noch mehr Stiftungen geben, wo die schönen Weibspersonen alle
Gewalt haben und thun was sie wollen, warum kann man denn keine barmher-
zigen Schwestern brauchen?

A. d. R. Herr Einsender! Dies hat auch seine gewissen Schattenseiten.

Vorige Woche gehe ich durch die Marktgasse, biege beim Stachelwirth um's
Eck in die Gressengasse ein und sehe die ohnedies enge und gegenwärtig durch
ein Gerüst verschmälerte Straße durch einen im Laden begriffenen Mistwagen
versperrt. Dieses geschah um die Mittagszeit zwischen 1 und 2 bei einer glü-
henden Sonnenhitze. Weit und breit war die Luft mit erstickendem mephitischem
Gestank erfüllt. Der Wagen stand keine 50 Schritte vom Polizeigebäude. Der
Mist kam aus dem Hause Nr. 435.

Ein Vorübergehender sagte, das sei noch gar nichts, wenn ich einmal einen
rechten Saustall sehen wolle, solle ich mit ihm kommen. Er führte mich in die
öffentlichen Abtritte unten im Bezirksamtsgebäude. Es blieb aber bei dem Ver-
suche hineinzugehen. Was ich gesehen und gerochen, darüber schweige ich. Wen
die näheren Details interessiren, der betrachte sich die Sache selber.

Nur eines verrathe ich, wenn vielleicht ein hiesiger Oekonom in Dungver-
legenheit ist, ein Fuhrchen könnte er mit leichter Mühe da zusammenbringen.

Herr Redakteur, ich habe die Thatsachen hingestellt wie sie sind, ohne Uebertreibung, beleuchten sie derartige Vorkommnisse in Ihrem Blatte ein wenig vom
sanitätspolizeilichen Standpunkte aus!

J. L.

Schon einmal erwähnte man, daß der „Oelberg", dessen Schieferdach all-
mälig einfällt, jetzt noch mit geringen Kosten zu repariren wäre. Will Niemand
die Sache in die Hand nehmen?

Der Weg nach dem Gieshügel sei schlecht, daß z. B. eine Holzfuhr darüber zu bringen, eine Thierquälerei sei. Schon vor etwa 4 Jahren habe man
ihn repariren wollen und abgesteckt, ohne daß übrigens seit der Zeit von der
Universität oder der Gemeinde Gerbrunn etwas geschehen sei.

Der Artikel eines Amerikaners kann keine Aufnahme finden. Er hat irri-
gerweise den Vorstand des Quartierbüreaus verantwortlich gemacht für das, was
ihm in andern Bureaus widerfahren, oder für gesetzliche Bestimmungen, deren
Nichtachtung ihm größere Unannehmlichkeiten zugezogen hätte.

Einsender, der unlängst nach M . b . sh . . . kam, schreibt uns von Thün-
gen: Der Herr Pfarrer zu M. habe die Einsendung über seinen Collegen in
Gramschatz sehr übel vermerkt. Er schiene auch zu Jenen zu gehören, die den
Bauern jeden Schluck Bier mißgönnen; dagegen es ganz in der Ordnung finden, daß diese, so oft sie schlachten, den hochwürdigen Herren das beste Stück
Fleisch, die größten Grievenwürste bringen. Hinten her aber über die Ortsnachbarn loszuziehen, sei nicht in der Ordnung. Doch sei als milderuder Umstand
anzunehmen, daß er jede Grobheit, die er den männlichen Ortsbewohnern sage,
durch ein Compliment an die Ortsschönen, seien sie Weiber oder Jungfrauen,
vergelte und zwar in so poetischen Tropen, als: „Du bist so schön, mein Glanz,
meine Amazone; u. dgl. Unlängst sei er überhaupt sehr kriegerisch gesinnt gewesen. Nachdem er einen Buben abgeschellt und erklärt hatte, daß er in seiner
Pfarrwohnung mit Gewehr und Säbel bewaffnet sei, bedauerte er, daß er in
dem Rufe bei seinen Herrn Collegen stehe, zu gut gegen die Lehrer zu sein.
Die Lehrer sollten aber, wenn er Prüfung halte, das Gegentheil empfinden.
Hoffentlich wird inzwischen diese kriegerische Stimmung des neuen Herrn In-
spectors verraucht sein und das drohende Gewitter sich nicht über dem Haupte
der unschuldigen Lehrer entladen.

Schonet die Ruhebänke!

Nachdem die löbl. Verschönerungs-Commission die Ruhebänke in den Glacis-Anlagen neu anstreichen ließ, wäre es im Interesse der Reinhaltung derselben sehr am Platze, wenn sowohl die Dienstmädchen, als auch die Eltern, welche
ihre Kinder in die Anlagen führen, darauf aufmerksam gemacht würden, daß das
Beschmutzen der Bänke mit Sand u. dgl. verboten ist, wie auch das Betreten
mit den Füßen. Gleiches gilt auch für die eleganteren Ruheplätze des Hofgartens, welche oft in unverantwortlicher Weise besudelt werden, ohne daß die über-
wachenden Invaliden Einhalt thun können; es könnten dort die Kindermägde
recht wohl in jenen Platz verwiesen werden, wo die Parade-Musik zu spielen
pflegt, damit die besseren Plätze den übrigen Besuchern bleiben. In anderen
größeren Städten bestehen solche Kindergärtchen längst; die Kinder können sich
dann gemüthlich herumtummeln, ohne das erwachsene Publikum zu belästigen.

Winterhausen.

Die junge, namentlich die weibliche, Welt in Winterhausen ist seit 8 Tagen
in gelinde Aufregung versetzt, weil der Zugang zum Bahnhofe ihnen plötzlich
verboten wurde, wo sie sich gewöhnlich, an Sonntagen namentlich, mit den mit
dem letzten Zuge abgehenden Würzburger Vergnügens-Touristen zu amüsiren
pflegten. Der Herr Expeditor scheint aber daran keinen Gefallen gefunden zu
haben; auch das Singen ganz anständiger patriotischer Lieder, wie z. B. „Heil
dir im Siegerkranz", jüngst von einigen Herrn aus Würzburg vorgetragen,
scheint ihm wehe zu thun, daher in ziemlich barscher Weise der Ukas des Ver-
bots erschien.

Die Herren erinnerten sich, daß es eine Station der k. Staats-Eisenbah-
nen war und schwiegen, konnten jedoch nicht unterlassen, beim Abfahren dem Hrn.
Expeditor ein dreimaliges kräftiges „Hoch" nachzurufen.

Waldbickelbronn's Vorsteher hat sich nicht, wie oft Andere in Unkosten ge-
steckt, um zu dieser Ehre zu gelangen, er verstand auf schlaue Weise einen Orts-
Bürger in solche zu versetzen. Einen solchen Schulzen dürfte man zu einem
Finanzminister machen, weil er sich so gut aus schlimmer Lage zu ziehen ver-

steht. Des allgemeinen Nutzens wegen wollen mehrere an der Schulzenzeche zahlende Mitbürger diese neue Manier zur allgemeinen Kenntniß bringen.

In demselben Ort hat sich auch zugetragen, daß ein Schuhmachergeselle statt eines Zimmergesellen nach Vollendung des Schulgebäudes an die Ortsbewohner eine Rede hielt, worin er sehr ehrlich oftmals erwähnte: „aber ich habe es nicht gemacht." Im Uebrigen war seine Rede gut.

Die Gesellenvereinler laden im Stadt- und Landboten zum Beitritt in ihre Gesellschaft ein. Die Nachbarn dieses Gesellenhauses werden aber keineswegs dieser Einladung folgen; denn sie sind durchaus nicht von ihnen erbaut, weder von dem Spektakel, den sie Nachts machten, noch von den Fröschen und sonstigem Feuerwerk, das sie auf der Straße los ließen, und welches die Nachbarn in Furcht setzte, ihre Häuser möchten in Brand stehen.

Von dem neugebauten Hause in der Laußgaße wurde ein Hammer 2 Stock hoch auf die Straße geworfen, der einer Frau eine tüchtige Beule (wie man sich denken kann) beibrachte. Eine Klage wegen dieser fahrlässigen Verletzung wurde nicht angenommen, „weil kein Blut geflossen." Eine öffentliche Rüge verdient ein solcher Leichtsinn, der Menschenleben kosten könnte, jedenfalls.

Der Verfasser des Artikels über das Duell möge uns erlauben, weder für noch gegen dasselbe eine Einsendung aufzunehmen. Wenn er uns in seinem Begleitschreiben verpflichtet dazu glaubt, so irrt er sich. Der Redakteur der „Stechapfel" hat keine Zeile in irgend einem andern Blatte darüber geschrieben und die fraglichen Artikel selbst erst gelesen, als sie gedruckt wurden.

Büttnermeister H. von. im Malmviertel äußerte sich vor ungefähr sechs Wochen, als ein Geselle bei ihm um Arbeit anfragte: „er bedürfe sehr nöthig einen Gesellen, aber die Gemüser sind jetzt zu theuer."

Es wird nach so gedeihlicher Witterung angefragt, ob jetzt ein nicht sehr Gemüsliebender Arbeit bei ihm bekommen könne.

———

Betreffs der in voriger Nummer der „Stechäpfel" beredeten Hasen auf der Speisekarte eines Wirthshauses diene zur Beruhigung, daß es wild gemachte Stallhasen waren.

Nur langsam voran.

Am 1. August, wo bereits an manchen Schulen Ferien eingetreten sind, wurde auch ein Ministerial-Rescript publizirt, daß wegen zu großer Hitze Nachmittags keine Schulen mehr stattfinden sollen. Besser zu spät als niemals.

———

Den Artikel über einige Corpsschwestern Bavaria's können wir nicht aufnehmen, da er zu ungalant ist. Uebrigens werden die Veranstalter des Festes selbst einsehen, daß die strenge Exclusivität ihrer Feier geschadet hat und es kein glücklicher Gedanke war, sich mit großen Kosten in eine Einsteighalle einzuschließen, während wir die schönen Gartenlokale und den Schrannensaal haben. Das Studentenfest der Moenania war glücklicher arrangirt.

Das Diner mit haut goût wird auch nicht sonderlich gelobt.

———

Schnaderhüpfeln.

Sie thäten gern spielen
Im Platz'schen Garten.
Bis sie aber dürfen?
Könnens warten. —

Sie haben den Platz g'habt,
Warum hab'n sen nit b'halten?
Sie hab'n halt nit dacht,
Daß sich so wird g'stalten.

Verantwortlicher Redakteur und Verleger: Stephan Gätschenberger.
Druck der Becker'schen Buchdruckerei in Würzburg.

Würzburger Stechäpfel.

Ein humoristisch-satyrisches Originalblatt.

Ganzjährig fl. 1. 36 kr., halbjährig 48 kr., einzelne Nummern 3 kr.
Alle Postämter nehmen Bestellungen an. Die Stechäpfel erscheinen jeden Freitag.
Trägerlohn 1 kr. das Monat. Passende Einsendungen werden erbeten und auf Verlangen honorirt.

(Siebenter Jahrgang.)

Freitag. Nr. 32. 11. August 1865.

Briefkasten.

Das Juliusspital und wieder das Juliusspital.

(Schluß.)

Würde die Hausverwaltung ordentlichen Lohn geben und mehr Wärterinnen anstellen, dann würden auch die armen Kranken besser gepflegt sein.

Man muß aber Geld kaufen; es ist wieder ein großes Gut feil, man kann sich dabei nach einer gewissen Seite insinuiren; was gehen uns die Kranken an?

Selbst was die Herren Aerzte im Interesse der Kranken in Bezug auf Pflege und Bäder anordnen, geschieht oder geschieht nicht, je nachdem es den Verwaltungen beliebt, oder nicht und dieß immer mit Grobheit und Widerwillen.

Wie müßte es um dieses Spital stehen, wenn die obersten Beamten nur den zehnten Theil von Liebe für die Menschheit an den Tag legten, wie es die Aerzte thun?

Die größten Celebritäten an der Spitze, schonen diese Herren keine Mühe bei Tag und Nacht, sind besorgt um ihre Kranken, wie um ihre Kinder und geben sich ihrem Berufe mit einer Liebe hin, welche uns Rührung und Hochachtung einflößen muß.

Wär es auch nicht die Liebe zu den Kranken und zu ihrem Berufe, was sollte sie sonst an's Haus fesseln? Etwa die Pflichtlichkeit der Haushaltung oder die zarte Sorge [...] der Herr [...] Wiesen an [...] Gesetz nicht [...]

Wer jemals im [...] Dank genossen, wird wissen, wie dankbar man für einen Tropfen Wasser; wie vielen Dank, wie vielen Segen würden solche Beamte ernten, wenn sie es der Mühe werth fänden, ihre Pflicht zu thun, ihre Schuldigkeit gegenüber den ärmsten der Armen, gegenüber den armen Kranken?

Sehen wir ein Thierchen wie es um ein krankes Mitgeschöpf sich bemüht, wie sorglich es seiner pflegt und schämen wir uns? —

Das Juliusspital und wieder das Juliusspital

mag der Leser auch einmal durch ein anderes Glas sehen. Mißstände werden dabei freilich sichtbar, allein bei einer ruhigen Anschauung wird sich auch erkennen lassen, daß sie theils nicht radical, theils nicht so schnell beseitigt werden können. Ist es doch unserem lieben Herrgott trotz seiner Allwissenheit und Allmacht nicht möglich, alle Menschen [...] oder auch nur den größten Theil derselben zufrieden zu stellen, wie soll dieß einigen Erdwürmern möglich sein!

Klagen über Wärter, Wärterinnen und Dienstpersonal überhaupt werden leider nie ganz verstummen. Es ist dies ja schon seit undenklicher Zeit das stehende Thema, das in allen Städten und an allen Orten täglich, fast stündlich von schönen Lippen variirt wird. Wenn es oft schwer, nicht selten unmöglich wird, einen einzigen Dienstboten vollständig zu überwachen, ihn zur gewissenhaften Erfüllung seiner Pflichten zu vermögen, wie soll dieß bei einem Dienstpersonal, das in einem so ausgedehnten Hause die Zahl von 100 überschreitet, durchaus möglich sein? der Hausverwalter kann namentlich Nachts nicht überall, noch vielweniger der Keuschheitswächter jeder einzelnen Person sein, zumalen er nicht im Hause wohnt; allein, würde er auch im Hause wohnen, so könnte er doch nicht allen Mißständen vorbeugen. Und ihm eine Wohnung darin anweisen, würde dem Krankenhause sehr benöthigte Räume entziehen. Aber seine 3 Bureauzimmer könnten für ihn auch zur Wohnung dienen? Bitte, Leser, inspicite sie und Du wirst ihn nicht beneiden. Ein größerer Lohn wird in den Wärtern und Wärterinnen kaum eine größere Liebe zu den Kranken erwecken, es dürfte sich der schon gerügte Lizus nur vermehren und ein noch mehr zu tadelnde Yeppigkeit entwickeln. Wenn selbst wohlhabende Bürger nicht soviel Liebe und Aufopferungsfähigkeit besitzen, um ihre leiblichen Kinder selbst zu pflegen, und sie lieber im Spitale, wohl nur zur Ersparung von Kosten oder Mühen unterzubringen versuchen, und dadurch armen Stiftungsberechtigten Plätze versperren, so kann man von allen Wärtern und Wärterinnen nicht eine sehr große Aufopferungsfähigkeit und die liebevollste Pflege von ihnen, an und für sich fremd stehenden, nur durch das Geld resp. ihren Lohn nahegestellten Personen verlangen. Uebrigens wollen wir einer ziemlich großen Anzahl ihre Pflichten treu erfüllender Wärter und Wärterinnen nicht zu nahe treten, und können nach den eingezogenen Erkundigungen auch bemerken, daß das unbrauchbare, der Instruktion und Hausordnung nicht entsprechende oder unordentliche Wart- und Dienstpersonal alsbald entlassen wird. Der Wechsel soll stark, der Andrang schwach, und um deswillen eine Auswahl unmöglich sein.

Vielen Beschwerden und Mißständen läßt sich aber jedenfalls, jedoch nur durch eine entsprechende Anzeige beim Oberpflegamte abhelfen, und wird demselben jede begründete Anzeige im Interesse der Anstalt nur willkommen sein müssen. Auf einen Artikel in diesem oder einem anderen Blatte wird Niemand eine Verurtheilung oder Bestrafung der angeschuldigten Person wünschen, es verlangt Jedermann ein rechtliches Gehör und einen Beweis, der in einer bloßen, überdieß nur anonymen Anschuldigung noch nicht liegt.

Man rügt einerseits die Mißstände des Wartpersonals, und verlangt ihre Abstellung, andererseits nimmt man Wärterinnen wegen ihrer Unfuge in Schutz, man tadelt, daß eine Wärterin wegen Abgabe von Kaffee an Patienten nicht ihre Belohnung von 100 fl. erhielt. Verdient denn Belohnung, wenn eine Wärterin ihrer ausdrücklichen Instruktion entgegen viele Monate, vielleicht Jahre lang, regelmäßig des Mittags Kaffee an kranke Dienstboten verabreichte und dafür 2 kr. per Tasse verlangte, trotzdem die Krankenkost im Juliusspitale bekanntlich eine reichliche ist? Den Dienstherrschaften, welche von ihren kranken Dienstboten um Geld zur Bezahlung des Nachmittagskaffee an Wärterinnen angegangen wurden, mußte dieß natürlich auffallen und durften sie hiewegen, nachdem doch das Spitalgeld gegen die Zusicherung vollständiger Verpflegung im Erkrankungsfalle gezahlt wird, sich beschweren; eine solche Beschwerde mußte aber auch untersucht und die schuldige Wärterin bestraft werden. Wenn nun derselben in diesem Jahre die Belohnung nicht verabfolgt, übrigens für eine spätere Zeit und für den Fall ihres künftigen Wohlverhaltens und ihrer treuen Pflichterfüllung in Aussicht gestellt wurde, so ist die Ungerechtigkeit und Härte keineswegs zu groß.

Die große Sparsamkeit der Küchen- und Hausverwaltung! Wo ist eine solche Sparsamkeit in der Küche möglich, wenn für Kranken die ordinirten Speisen zubereitet und abgegeben werden müssen? Oft hört man das Gegentheil und selbst die Ansicht aussprechen, daß mit dem gleichen Aufwande eine größere Anzahl Kranker unterhalten werden könnte. Wo ist der schleichende Geist der verkürzten Sparsamkeit, wo noch ein Schleicher nachschleicht, wenn bei einem rentirenden Vermögen von etwa 3 ½ Millionen und bei einer Einnahme von nur circa 50,000 fl. für kranke Studenten, Commis, Gesellen, Dienstboten und zahlende Patienten überhaupt, die Küchenverwaltung circa 100,000 fl. die Hausverwaltung über 30,000 fl., die Apotheke über 10,000 fl. ir. fr. w. per Jahr ausgeben soll, wenn in einem Monat nur für die Kranken über 19 Eimer Krankenwein à 28 fl. und über 27 Eimer Bier abgegeben werden sollen? Oder ist es der bewußte schleichende Geist, wenn die Wärterinnen nur das Ordinirte erhalten und die Küchenverwaltung sich über das anscheinend nicht nöthige Vielerlei einfache Bemerkungen erlaubt oder die Hausverwaltung nicht schnell auf einander alles Geschirr ꝛc. ꝛc. durch die Wärterinnen zerbrechen läßt? Die Stiftung ist so reich, sie kann es bezahlen, warum daher auf Etwas Acht geben!

Die Reinlichkeit in der Küche und bei der Zubereitung der Speisen wird, wenn man sich davon überzeugen will, kaum in einer anderen großen Anstalt oder in einem Gasthofe und selbst in einer wohlhabenden Familie größer seyn. Mitunter mag es vorkommen, daß die Zubereitung der Speisen eine bessere seyn könnte, allein jeder Unparteiische muß ehrlich zugestehen, daß Gleiches in ganz kleinen Haushaltungen und nicht selten vorkömmt. Wer könnte sich so glücklich nennen, nie in einer Familie und selbst in einem Gasthause eine nicht fein oder nicht nach seinem Gaumen zubereitete Speise vorgesetzt erhalten zu haben? Welcher auch noch so ausgezeichnete und gut gelohnte Koch oder Köchin ist im Stande, den Geschmack von etwa 750 Menschen, die täglich im Juliusspitale mit Speis und Trank versehen werden müssen, zu treffen, und namentlich allen Kranken und an Appetitlosigkeit Leidenden die Speisen so zu bereiten, daß die Appetitlosigkeit sofort verschwindet und von den mehr als 420 Kranken auch nicht ein einziger klagt? Wem es aber nicht schmeckt, der findet natürlich nicht in sich, sondern in der Zubereitung der Speisen, die Ursache. Denke doch jeder, der einmal krank war, oder Kranke pflegte, an diesen Zustand zurück! Mißstände im Badhause, auf der Abtheilung für Hautkranke, in dem Kinderspitale und noch in verschiedenen anderen Theilen des Spitalbaues wird Niemand in Abrede stellen wollen, allein bauliche Mißstände finden sich in jedem, selbst dem neuesten Spitale vor; hier sind sie aber um so erklärlicher und natürlicher, als der obere Theil des Badhauses für die Irrenabtheilung bestimmt war, als ferner das Kinderspital oder der äußerste Bau in der Stelzengasse ursprünglich ein Oekonomiegebäude mit Speicher war und darin nur für den Nothfall einige Reserve-Kranken-Zimmer eingerichtet wurden, die aber bei dem immer stärkeren Andrange von Kranken zu ständigen Krankenzimmern avancirten. Eine Beseitigung der Mißstände hinsichtlich der Eintheilung ꝛc. ꝛc. könnte zur Zeit nur durch eine Reducirung der Krankenzahl möglich werden, was man aber gewiß nicht wünschen kann und jedenfalls die armen Kranken, welche vielleicht nur einen Winkel bewohnen und ohne alle Wart und Pflege sind, nicht wünschen werden.

Im Uebrigen sind diese Mißstände an kompetenter Stelle bekannt und soll [...] Vernehmen nach zur Beseitigung eben jener, sowie noch anderer baulicher Mißstände im Juliusspitale, zur möglichsten Erweiterung und zweckmäßigeren Einrichtung desselben schon vor einiger Zeit eine von der hohen Kreisstelle selbst geleitete commissionelle Berathung statt. Zur Zeit sollen die verschiedenen nothwendigen Pläne und Kostenvoranschläge angefertigt und dann, wenn nur immer möglich, schon im nächsten Frühjahre mit den baulichen Veränderungen begonnen werden.

Wie aus dem Juliusspitale ein großes Ritter- oder Bauerngut entstehen [...], ist unerklärlich. Soll vielleicht diese Stiftung keinen Grund und Boden, sondern nur Papiere ankaufen? Bildet etwa eine solche Kapitalsanlage die sicherste Garantie auch für alle Kriegs- und sonstige Stürme? Woher stammt denn das große Stiftungs-Vermögen? Aus dem vom Stifter erworbenen Gütern und Zehnten. [...]

Schließlich muß im allgemeinen Interesse noch Einiges in Bezug auf die Badeanstalt bemerkt werden, die aus feuerpolizeilichen Gründen nur bis Mittags 2 Uhr benützt werden darf und bei einem Umbaue total eingelegt werden soll. Es scheint nämlich fast allseitig die Meinung verbreitet zu sein, daß das Spitalgeld von Gesellen und Dienstboten an das Juliusspital gezahlt wird, während doch der Stadtmagistrat jene Beiträge vierteljährig für die von ihm verwalteten Kranken-Gesellen- und Dienstboten-Institute erheben läßt und aus diesen Kassen für jeden im Juliusspitale verpflegten Gesellen und Dienstboten 30 kr. per Tag bezahlt. Im Jahre 1854 wurde nun versuchsweise die Abgabe der Bäder an Arme und an Gesellen und Dienstboten und zwar an die beiden letzteren gegen eine von der Krankengesellen- und Dienstboten-Institutskasse zu leistende geringe Vergütung (8 kr. für ein warmes Bad) gestattet. [...]

Seit letzterer Zeit ist aber der Andrang von Dienstboten in die Juliusspital-Badeanstalt sehr bedeutend und noch im Zunehmen begriffen; denn während im Jahre 1854 108 Bäder abgegeben worden sein sollen, werden dem Vernehmen nach jetzt 1400 und im Ganzen über 20,000 per Jahr verabreicht. Dabei verlangen die Dienstboten sofort nach ihrer Ankunft ein Bad, fordern, daß sie vor den Kranken im Spitale bedient werden, und daß man überhaupt auf die häuslichen Verhältnisse eines Jeden Rücksicht nehme. Geschieht dieß nicht, so beschwert man sich, geschieht es, so müssen, wie es schon mehrmals vorgekommen sein soll, die Aerzte im Interesse der Kranken dagegen protestiren. Um dergleichen Uebelstände zu beseitigen und Dienstboten oder Armen in der Stadt Gänge möglichst zu ersparen, scheint auch das kgl. Oberpflegamt bestimmte Wochentage und Stunden, wie dieß eben nach den besonderen Verhältnissen möglich ist, festgesetzt zu haben. Dieses Zudrängen zu Bädern im Spitale scheint aber nach gemachten Wahrnehmungen in jener irrigen Meinung seinen Grund zu haben.

Man will, wenn nicht krank, das Spitalgeld nicht umsonst bezahlen und es wenigstens abbaden. Dadurch werden der Bäder wirklich Bedürftige verdrängt, oder doch in ihrer nothwendigen Kur gehemmt, auf der anderen Seite die Kranken-Instituts-Kasse belastet, so daß die Folge davon nur eine Erhöhung der Spitalbeiträge sein kann, die übrigens nur die Dienstherrschaften treffen wird. Letztere dürften daher in ihrem eigenen Interesse ihre Dienstboten belehren und unter Umständen vom unnöthigen Baden auf Kosten der Institutskasse abhalten.

———

Um 7 Uhr 15 Minuten Abends geht ein einziger Postzug von Würzburg nach Hof ab, der um 11 Uhr Nachts nach Bamberg kommt, dort übernachtet und um 6 Uhr des andern Tages erst nach Hof geht. Ebenso trifft um 11 Uhr der von Hof kommende Postzug in Bamberg ein und bleibt dortselbst über Nacht. Die sämmtlichen Passagiere müssen nun in Bamberg übernachten, und die Zahl derselben ist nicht gering.

Da nun außer dem Erlanger Hof in Bamberg keine Gelegenheit zum Uebernachten in der Nähe des Bahnhofes gegeben ist, in diesem Gasthof aber kaum die Hälfte der Angekommenen übernachten können, so entsteht, zumal bei Fahrten ein fürchterliches Chaos, weil solche mitten in der Nacht nicht mehr in die Stadt können. Es sind deßhalb, da nur ein Postzug geht, die Leute gezwungen entweder mit dem theuern Schnellzug II. Classe oder mit dem Güterzuge, der von Würzburg bis Hof 6 Stunden länger braucht als der Postzug, zu fahren. Ueberhaupt ist schon so häufig die Klage aufgetaucht, daß so wenig für Bequemlichkeit des reisenden Publikums gesorgt wird. Ist es nicht das Publikum, was die Anstalten frequent und rentabel macht? warum demselben nicht jede Gelegenheit bieten? Warum fahren die theuren Courierzüge stets entweder ganz oder halb leer hin und wieder? Warum hängt man diesen Zügen nicht III. Classe an, glaubt der Staat etwas dabei zu verlieren? Warum haben die Ostbahnen dieses Jahr wieder eine erhöhte Dividende zu gewärtigen? wohl nicht durch Bequemlichkeit und leeres Hin- und Wiederfahren; sondern durch die dem Publikum leicht gebotene Gelegenheit. Bei früheren Landtagen haben unsere Minister die Versicherungen gegeben, daß die Eisenbahnen 4% rentirten. Dies zu können, wurden keine Nachschaffungen gemacht; nun aber werden auf einmal 3 Millionen dafür nachverlangt? Wo bleiben also die 4 Prozent? Es scheint übrigens, daß es die Oberleitung der Eisenbahnen vorzieht eines einzigen arroganten Franzosen oder hektischen Engländers willen, leer um einige Stunden früher mit I. und II. Classe nach Paris zu kommen, als mit angehängter III. Classe und vollem Wagen um eine Stunde später.

Wer nicht hören will, muß fühlen.

Diese Devise scheinen sich die Münchner bei ihren Wallfahrten fürgesteckt zu haben, denn wenn der liebe Gotte ihre Gebete nicht erhört, so kriegen die Kutscher die Prügel.

Herr Gätschenberger!

Für Ihren Stechapfel findet sich eine schöne Gelegenheit, der Großmuth des Stadt- und Landboten das Wort zu reden.

Besagter Redaktion hat es in ihrem heutigen Blatte (Nr. 181. 1. Aug.) beliebt, zum Nutzen und Frommen des Publikums dem Stadt- und Landboten eine andere Inserateneintheilung zu geben.

Betrachtet man die Sache genauer, so ist das inserirende Publikum verkürzt und die Verlagshandlung hat sich mit dieser Escamotage ein bedeutendes Profitchen von weiteren 3—4000 fl. pr. Jahr verschafft.

Beweis: Man zähle die Buchstaben einer früheren dreispaltigen Zeile und vergleiche nun die einer vierspaltigen, so wird man sich überzeugen, daß in letzterer 7 Buchstaben weniger enthalten sind. — Die durchlaufende Zeile kostete früher 9 kr., jetzt aber, da dieselbe um ein Weniges breiter geworden ist, 12 kr.

Warum setzt denn die so aufopferungsfähige Verlagshandlung ihre 4spaltige Zeilen, die doch weniger enthalten, als die früheren 3spaltigen, nicht im Preise herunter? Die Verlagshandlung gewinnt durch diese Manipulation wenigstens täglich 5—6 fl. Man berechne nun, wie viele Beilagen erspart werden, die Vertheuerung der Zeilen wollen wir hier nicht einmal in Anschlag bringen.

Glaubt denn die Stadtfranbase, das Publikum sei so einfältig, um nicht diese zu ihrem eigenen Gunsten vorgenommene Preiserhöhung zu beurtheilen? Wenn sie, statt dem Publikum durch seine so zahlreich gebrachten Inserate, Vortheile zu bieten, es noch mehr besteuert, dann sollte sie wenigstens nicht renommiren, daß sie ihm ein Bene damit gethan.

Herr Redakteur!

Erwähnen Sie gelegentlich in ihrem vielgelesenen Blatte einmal lobend der Handels-Lehranstalt des Hrn. Weber, die wirklich in diesem Jahre sich so erweitert hat und so schöne Resultate erzielte, daß es zu wundern ist, daß hiesige Einwohner ihre Söhne noch in auswärtige Institute schicken, während sie es viel besser und billiger in der eigenen Stadt haben. Ich habe mich bei der Prüfung sehr an der Gewandtheit der jungen Leute, namentlich in Kopfrechnen erfreut und halte es für Pflicht auf diese Anstalt aufmerksam zu machen.

Ein unparteiischer Kaufmann.

Ob ein Polizist berechtigt ist, zu verbieten, daß ein Bürger vor seinem Hause (wie es Bäckermeister G ... in der Semmelsgasse geschah) Mehl- und Getreidesäcke von einem Wagen auf den andern ladet, was in 5 Minuten und ohne daß die Säcke die Straße berührten, geschah?

Michael Kneiß, Schuhmachermeister in Rettersheim, ist nicht zufrieden mit den schönen Verdienst, welchen jetzt diese Meister haben, er behält auch noch den Lohn seines Gesellen zurück, weil dieser nicht länger mehr bei ihm arbeiten will.

Zu klagen und das Resultat abzuwarten das wäre einem wandernden Gesellen zu zeit- und geldraubend, darum übergebe ich diese Handlung der Öffentlichkeit.

Jakob Kleinhas aus Kreuz-Wertheim.

Den Artikel eines glaubwürdigen Mannes aus Karlbach über eine rührende Scene, wobei eine dortige Bettlerperson sich ihrer schon viele Jahre im Blinden-institut zu München befindlichen Schwester zu erkennen gab u. s. w. nehmen wir auf, wenn der Einsender uns seinen Namen nennt und für die Wahrheit des Gesagten einsteht.

Ein Zuschauer fand es sehr uncollegialisch von jenen Herren Beamten, die bei dem Studentenfeste die oberen Fenster sich reservirt hatten, daß andere Post-Beamte zurückgewiesen wurden, wenn sie auch einmal zuschauen wollten.

Bekommst du mir die Wurst, so lösch' ich dir den Durst!

Diese Sentenz erinnerte uns an eine in Nr. ... des Würzburger Stadt- und Landboten enthaltenes Inserat über die Schulprüfung des Lehrers Göpfert.

Zwar sind wir nicht befugt, die Leistungen dieses Lehrers zu beurtheilen, doch müssen wir gestehen, daß es schlimm mit den hiesigen Schulen stände, wenn die übrigen Lehrkräfte weniger Begabung und geringeren Eifer bezeigten. Allein war man einem Manne, der mit seinen übrigen Collegen gänzlich außer allem Verkehr bleibt, den die öffentlichen Blätter bestrickten und dessen öffentliche freimüthige Erklärung betreffs der Schulfrage ein so glänzendes Zeugniß seiner Gesinnungstüchtigkeit ablegte, von Betheiligten und auch Nichtbetheiligten diese Revange nicht schuldig?

Verantwortlicher Redakteur und Verleger Stephan Eichenseher. — Druck der Deutschen Buchdruckerei in Würzburg.

Würzburger Stechäpfel.

Ein humoristisch-satyrisches Originalblatt.

Ganzjährig fl. 1. 36 kr., halbjährig 48 kr., einzelne Nummern 3 kr.
Alle Postämter nehmen Bestellungen an. Die Stechäpfel erscheinen jeden Freitag.
Trägerlohn 1 kr. das Monat. Passende Einsendungen werden erbeten und auf Verlangen honorirt.

(Siebenter Jahrgang.)

Freitag   **Nr. 33.**   18. August 1865.

Briefkästen.

Der Artikel über einige Mißstände im k. Hofgarten wird dem Style nach aus der Feder eines oder einer Fremden sein, der oder die nicht wissen wird, daß kaum das nöthigste Geld zur Erhaltung dieses schönen Gartens bewilligt wird und der Herr Hofgärtner und seine Leute weder Zeit, noch Beruf haben, die Wißbegierde des Publikums zu befriedigen, oder Arbeiten vorzunehmen, die allerdings nicht unnöthig wären, aber Wichtigerem nachstehen müssen. Uebrigens ist der Einsender im Irrthume, wenn er glaubt, daß Herr Heller des Publikums wegen da ist. Der Garten gehört dem Könige und Hr. Heller ist dessen Beamter und das Publikum hat zwar den Genuß des Gartens, kann aber keine weitern Ansprüche machen.

Das Publikum, das beßungeachtet Ansprüche an den Hofgarten macht, möge aber auch die neuen Anschaffungen (für Kanapee's wurden heuer fl. 130 verausgabt) rücksichtsvoller behandeln; denn kaum standen diese eleganten Ruhesitze im Hofgarten, kaum waren sie trocken, so sah man sie schon verkratzt, Latten derselben abgerissen u. s. w.

[hebräischer Titel, unleserlich]

Eine Hand wäscht die andere.

St. Burkart. Sie wissen, würdiger Herr, daß ich mir aus ehrenwerther Rücksicht für ihren Stand so viele Unannehmlichkeiten durch meine Erklärung gegen die Reform der Schule zugezogen; es wäre angezeigt, mir einen Gegendienst zu erweisen.

Killanum. Das will ich; aber worin soll er bestehen?

St. Burkart. Nun so erklären Sie im Blättle, meine Schule stünde am glänzendsten.

Killanum. Ich kenne aber die Leistungen der übrigen gar nicht.

St. Burkart. Thut auch nichts. Sie schreiben halt Ihren Namen nicht d'runter — ganz wie bei Anpreisung von Schaububen zwischen politischen Artikeln im Boten des Landes.

Die Abschiedsscene oder die Trostbedürftigen am Bahnhofe zu Goßmannsdorf ist zu persönlich und für unsere Leser deßhalb zu uninteressant.

An einen gewissen Distriktsschulinspektor und Schullehrerfresser.

Mit Gaß erleuchtet man die Kirchen nicht,
Drum ist auch Gaß kein Kirchenlicht.

Ein „Blättle" octroyirt unsern Stadtschulen einen neuen ungenannten gemeinsamen Prüfungskommissär auf, der da weiß (wahrscheinlich ohne verglichen zu haben, auf pure Eingebung des hl. Geistes), daß d e r Lehrer, welcher durch amtsbrüderliches Benehmen gegen Colleginnen und Collegen bekannt ist, am besten erzieht; daß ferner der Unterzeichner der Erklärung gegen die Schulreform musterhaften Zeichnen- und Schreibunterricht gibt, — daß schon die Eintheilung seiner Schüler in „zahlbare und unzahlbare" den großen Styllehrer ahnen läßt und der gründliche Religionsunterricht bis zum Artikel über die grauen und schwarzen Geister sich vertieft; — kurz: daß diese Schule am glänzendsten steht. Wahrscheinlich verbietet nur die Hochachtung vor dem fraglichen Blatt, das bekanntlich jede Schaubube anpreist, den Betheiligten jeden Schritt gegen diese Anmaßung.

Als vor einem halben Jahre die Broschüre des Hrn. Huller gegen die Denkschrift des bayr. Lehrerstandes erschien, war allgemeiner Jubel unter den Frommen. „Jetzt ist alles abgemacht, sagten sie." Doch hat man das nicht überall geglaubt, denn soeben ist bei dem Buchhändler Zenkner in München eine Broschüre erschienen, welche die Sache noch weiter zieht. Für die Interessirten setze ich hier den Titel bei. Er heißt: Randglossen zum Dr. Huller'schen Votum zur Reform des deutschen Schulwesens in Bayern von einem alten Praktikus aus dem niedern schwäbischen Walde. So weit ich sie gelesen habe, habe ich darin von der Kapitelskasse nichts gefunden.

Der Artikel über den Pfarrer R. hat sehr ergötzt. Bei den Geistlichen im Laude heißt er der Schulz von Hesselbach. Vor 10 J. war dieser R. Pfarrer zu Hesselbach und machte am L. Schweinfurt einmal eine Eingabe und fragte, ob er bei der neuen Wahl nicht zum Gemeindevorsteher (!) gewählt werden könne. Die Gründe und Vortheile, die er angab, waren grundgelehrt. Das L. Schweinfurt hat ihn abgewiesen, die Sache ist aber bekannt geworden und jetzt heißt er der „Schulze von Hesselbach". — Wie es bekannt wurde, R. sei Distr.-Schul-Insp. geworden, war hier im Casino allgemeiner Jubel: dieser Inspektor macht alle Schulmeister närrisch; weil er selbst ein — ist.

Wie man mit den Relikten eines k. Staatsbeamten verfährt.

Der Vater stirbt — aber von einer Wunde, die erst vernarben muß, um sich gegen die Ansprüche des Lebens zu waffnen, darf hier nicht die Rede sein; denn die Hinterbliebenen eines Beamten auf dem Lande, betrachtet man als todte Maschinen, aus deren traurigen Lage manche Leute, gleichviel für welches Interesse, irgend einen Nutzen zu ziehen suchen.

Vor Allem erscheint der Repräsentant eines H. Baubeamten. Derselbe nimmt die zu renovirenden Gebäulichkeiten auf. Alle Zimmer der k. Wohnung stehen zu seiner Verfügung, nur das einzige, in dem eine sterbende Schwester liegt, muß respektirt werden.

Der H. Baubeamte äußert sich über diese Rücksicht seines Untergebenen sehr energisch und mißbilligend und droht 2 Tage nach dem Tode der Unglücklichen, sogleich den Relikten die Wohnung in kürzester Zeit herstellen zu lassen.

Appellation an ein menschliches Gefühl hilft hier nichts; denn es ist ihm weit leichter, gerade durchzugehen, als einen Federzug für das persönliche Interesse eines Gedrückten zu thun, von dem man freilich nichts hat, als ein schönes Bewußtsein.

Wenn nun, unter solchen trau igen Umständen, der neueinzutretende Beamte sich zufrieden gibt, die Wohnung wie sie ist zu übernehmen, wie dieselbe von seinem verlebten Vorgänger, aus gleicher edler Rücksicht übernommen wurde, ist es nicht eine Grausamkeit des Baubeamten den Relikten gegenüber seine Autorität fühlen zu lassen?

Auch kann es nicht im Interesse der k. Regierung gelegen sein, [von deren Humanität man allerseits überzeugt ist, den Buchstaben des Gesetzes, zur moralischen Geißel einer durch zwei, kurz aufeinander folgenden Todesfälle, tieferschütterten Familie, mißbraucht zu wissen.

Die einzige Salbe für das sich empörende Gefühl ist allenfalls der gute Rath, sich ein Armuthszeugniß ausstellen zu lassen, daß man nicht im Stande sei, seine Verpflichtungen erfüllen zu können.

Solche Worte verfehlen leider nie ihre Wirkung, denn jeder gebildete Mensch wird unter allen Umständen der Ehre seines Namens Rechnung tragen wollen. Der h. Baubeamte möge seine Autorität Männern gegenüber in Anwendung zu bringen suchen; denn es ist dies eine weit größere Kunst, als unglücklichen Frauen gegenüber.

Wenn der verlebte Vater der Relikten das Glück hatte, Inhaber der goldenen Verdienstmedaille zu sein, präsentirt der Ortspolizeidiener mit brüsker Miene ein offenes Dekret, als habe er irgend einen Verhaftsbefehl zu verkünden, oder auf dem Zwangswege ein Pfand zu fordern. Könnte nicht auf andere, delicatere Weise diese Ehrendenkmünze, die der Stolz jedes verdienstvollen Mannes ist, von seinen Hinterbliebenen abgefordert werden? Dürfte sich nicht vielleicht eine respektable Amtsperson bewogen finden, dem Andenken eines verstorbenen Beamten diese letzte Ehre zu erzeigen?

Aber noch einmal erhebt sich der Vorhang um dem Publikum die letzten Schattenseiten der Beamtenwelt zu zeigen.

Der neue Beamte rückt heran.

Die Relikten ahnen es noch nicht, man hat es ihnen vorenthalten, wahrscheinlich aus Pietät! —

Sie sehen, zu ihrem Erstaunen, die untergeordneten Creaturen, die man einstens mit Wohlthaten überhäuft, sich der neuaufgehenden Sonne zuwenden, um den Wagen des neuen Gebieters sich schaaren, mit tiefen Bücklingen und lächerlichen Pantomimen sich nahn. Diese fürchten nun schon, es könne ihnen schaden, den Kindern ihres verlebten Gebieters einen Blick der Theilnahme zu schenken, oder gar eine hilfreiche Hand zu leihen. Diese werden entweder mit moralischen Rippenstößen zur Thüre hinauscomplimentirt oder als Decorationsgegenstand zurückgehalten; denn auf dem Lande pflegt man gerne den Einen auf Kosten des Andern zu verherrlichen.

———

Es war am 9. Juli anno domini 1865, als in einem Filialorte ohnweit unserer Herbipolis ein Predicateur auf die Kanzel stieg, um den Andächtigen das Evangelium „seid barmherzig; Luc. 6. 36—42“ zu verkünden und auszulegen. Nachdem die Versammelten vorher den hl. Geist um Erleuchtung ihrer und des Predigers angerufen hatten, wählte sich Letzterer als Motto seiner Predigt

„Welches ist die Stellung des Geistlichen und des Schullehrers gegenüber und in Beziehung zur Kirche und Schule?" Nachdem sich Derselbe in verschiedenen Präliminarien ergangen hatte, brachte er die nun angestrebt werdende Trennung der Schule von der Kirche zur Sprache und kämpfte mit aller Macht gegen die von mehreren Schullehrern verfaßte Denkschrift und beschuldigte dieselbe, daß sie von Hochmuth und Dünkel strotze, daß darin Verlangen angestrebt würden, welche nie gestattet werden könnten und dürften, daß die Schullehrer ein hochmüthiges Volk seien, welche die Nase und den Kamm höher trügen, als sie ihnen gewachsen wären und sich nichts von ihren einschlägigen Parochii, welche doch ihre Vorgesetzten seien, befehlen lassen wollten. Weiter behauptete der beregte Kanzelredner, daß der Schullehrer ein untergeordnetes Organ und der Parochus über ihn erhaben sei, daß Letzterer befehlen und Ersterer gehorchen müsse. Als Beweis, wie hochfahrend z. B. die Schullehrer, ja selbst die Schulgehilfen schon seien, führte er folgende Erzählung auf: „Als ich einstens Kaplan in einem gewissen Orte in der Umgegend von Aschaffenburg war, ging ich eines Tages spaziren, und da begegnete mir auf der Straße ein stolzes Bürschchen mit einer Brille auf der Nase, ob ihn, den Hrn. Prediger, dies stolze Bürschchen gegrüßt habe, wußte er sich nicht mehr zu erinnern; genug der hochwürdige Herr drehte sich um und ging dem stolzen Bürschchen bis ins nächste Dorf nach, fragte, wer dieses hochfahrende Bürschchen sei und erfuhr zum Schrecken, daß es ein Schulgehilfe wäre. Die ganze Predigt also drehte sich nur um den Hochmuth der Schullehrer und die hochfahrende Denkschrift.

Nachdem wir annehmen müssen, daß die in der Kirche versammelte Landkultusgemeinde ebensowenig weiß, was diese Denkschrift ist, als sie die Bedeutung der Trennung der Kirche von der Schule begreift, so können wir keinen andern Schluß folgern, als daß es dem beregten Hrn. Kanzelredner gefiel, seinem Schullehrer — welcher doch die Unschuld von all diesem Streben selbsten ist, und der sich Alles gefallen läßt — einmal von der Kanzel herab die Leviten tüchtig zu lesen.

Ueberhaupt wird sehr geklagt, daß sich der Herr Seelsorger sehr wenig in seinen Predigten mit Auslegung des Wortes Gottes befasse, sondern lieber damit, die in seinem Sprengel vorkommenden häuslichen Familien-Verhältnisse aufs Tapet zu bringen. So soll derselbe besonders sehr gegen die kurzen Unterröcke der Bauernmädchen, welche sie über ihre Hemden tragen und in diesem Costüme auf dem Felde bei 40° Hitze Getreide schneiden, eifern. Jedenfalls muß der Hr. Eiferer die verkehrte Fronte der Getreidkinder sehr scharf ins Auge fassen. Es ist dies ein Widerspruch mit dem Kampf gegen die langen Schleppkleider unserer Stadtdamen. Wäre daher ein Tausch nicht möglich?

Welche Resultate übrigens der Hr. Prediger mit all seinem Morallehren erzielt, wollen wir noch beweisen. Er verbietet nämlich allen erwachsenen Mädchen, je in Gesellschaft, namentlich zur Tanzmusik in ihrem Orte zu gehen, und bringt es zuweilen auch dahin, daß sie die einheimischen Wirthshäuser meiden, dagegen auf einen anderen in ihrer Nähe gelegenen Platz gehen, dann kommt das Thema bei der nächsten Predigt aufs Brett, und der beregte Ort wird als Sodom und Gomorrha erklärt. Besonders richtete der genannte Herr sein Augenmerk auf 4 Mariahilbsjungfern, welche er hauptsächlich retten zu müssen glaubte und denen er deßhalb den Wirthshausbesuch verbot. Bei dreien fiel der Samen auf Felsen und er predigte tauben Ohren, nämlich diese Drei gingen ins Wirthshaus nach wie vor, und blieben wie sie waren. Bei der vierten aber trug der Samen seine guten Früchte, nämlich dieselbe ging nicht ins Wirthshaus, dagegen singt sie jetzt „wollst auch unser Vater sein," d. h. sie befindet sich in Umständen, welche zu den frohesten Hoffnungen berechtigen. Uebrigens ladet der gedachte Herr die erwachsenen Mädchen ein, stets mit ihm spazieren zu gehen, allerdings kein übler Geschmack, aber die Mädchen beten „und führe uns nicht in Versuchung."

***

Betreff des in voriger Nr. (Nr. 31.) der Stechäpfel besprochenen Schwerspathes wurde dem Einsender dies — bevor er nur jenen Artikel kannte — von einem Aschaffenburger Militär geklagt, daß das Militärbrod stets knirsche und Schwerspath enthalten müsse, welcher in dortiger Gegend gegraben wird.

***

Wir haben kürzlich die Behandlungsweise Fremder betreffs ihres Aufenthaltes in hiesiger Stadt besprochen, und sind genöthigt, noch einmal auf dieses Thema zurückzukommen.

Mag auch das Polizeigesetzbuch vorschreiben, daß Fremde sich über ihre Existenzmittel auszuweisen hätten, so wird doch auch so häufig geklagt, daß genanntes Gesetz in vielen Fällen mehr lästig als zweckentsprechend sei. Wollte man auch diesem Passus getreulich nachkommen, so könnte es auf eine manirliche und den Fremden eher gewinnende als abstoßende Weise geschehen; und zudem wird sich kein Amerikaner, Engländer oder Türke nach Würzburg begeben, um zu privatisiren, wenn er die Mittel nicht dazu hat.

Wenn wir auch die sofortige Besteuerung für Aufenthalt der Fremden — dafür daß sie ihr gutes Geld sitzen lassen — nicht bekämpfen wollen, so erscheinen doch Vielen die zu entrichtenden Bürger-, Einzugs- und Rüstgelder als Last und es unterbleibt somit manche vortheilhafte Ansiedelung.

Will man übrigens doch sein Augenmerk auf die Existenz richten, so ist es uns äußerst auffällig, warum solches nicht auf die s. g. einheimischen d. h. vom Lande in die Stadt übergesiedelten Fremden und Schwindler fällt. Sollte es dem gesammten Polizei-Organ denn so gänzlich unbekannt bleiben, wie sich Leute in hiesiger Stadt lediglich mit Schwindel abgeben, Wechsel auf Wechsel ausstellen, diejenigen Tollpatschen, die in die Falle gehen, nach Tausenden prellen und keinen Pfifferling zur Deckung ihrer umfangreichen Schwindeleien besitzen. Trotzdem aber müssen Töchter und Frauen bei allen Gelegenheiten erscheinen und die Crinoline darf nicht leiden.

Ist es weiter der Sicherheitsbehörde so gänzlich unbekannt, wie sich ein Herr Jahre hindurch in hiesiger Stadt aufhält, ohne nur einen Streich zu thun, und sich lediglich von ihren Liebhaberinnen, mit welchen sie ungehindert zusammenleben, ernähren läßt, und welche letztere es daher in ihren Diensten nicht sehr gewissenhaft nehmen.

***

Neue und Leid.

Edler Vertheidiger!

Ihrem geschätzen Rathe zufolge haben wir unser Glas vertauscht und uns das Juliusspital durch ein anb'res Glas angesehen! —

Wir wählten, um sicher zu gehen, ein Stück von einem alten Weinglase und können Sie, edler Herr! versichern, daß nicht nur im Wein, daß selbst auch in den Scherben eines Weinglases Wahrheit ist.

Es ist dieß möglicherweise sogar eines der Gläser gewesen, aus welchen von den monatlich 19 Eimern Wein à 28 fl. nur für die Kranken von Faß zu Mund wandelte, doch ist dieß sicher Nebensache! —

Sie werden nun wohl fragen: „Nun was habt ihr denn gesehen, ihr Nasenweiß? —

Edler Herr! Wir haben gesehen, geguckt, gestaunt und endlich sogar gewundert!! Wahrheit und Wunder haben wir gesehen! Zuerst zur Wahrheit!

Wir sehen erstens, wie Sie, edler Herr, schweißtriefend in ein Tintenfaß noch einige Galläpfel geworfen, um mit ganz außergewöhnlicher Liebenswürdigkeit einen Satz niederzuschreiben, in welchem sie mit hinterpommerisch junkergleicher Anmaßung ohnehin tief gekränkten Eltern, welche auf dringenden Wunsch und Veranlassung Ihres so hochgeschätzen und weltberühmten Herrn Oberarztes, wenn auch mit sehr schwerem Herzen, ihren Liebling, ihr theueres Kind, dem Juliusspitale, gegen jede verlangte Bezahlung anvertrauten, diesen ohnehin schon so sehr gekränkten Eltern, sage ich, den Vorwurf der Lieblosigkeit machen. Wir haben gesehen, wie es diese Eltern, deren theueres Kleinod durch ein großes Unglück von ihnen getrennt sein muß, tief gekränkt und verletzt haben würde, wenn ihnen nicht der fromme Wunsch auf die Lippen gekommen wäre: „Vater! vergib ihnen, denn sie wissen nicht, was sie thun!“ —

Wir strengten unser Auge vergebens nochmal an, um zu sehen, wo Sie Ihr Herz haben; konnten jedoch an der gewöhnlichen Stelle nicht die Spur, wohl aber ein Stück Kieselstein finden.

Allerdings ist zugleich auch unser Glas von dieser Ihrer unwürdigen Bemerkung etwas roth angelaufen und wir sehen Sie mit Ihrer dienstwilligen Feder schamroth vor uns stehen; wollen Sie daher so lange freundlichst gedulden, bis wir dasselbe wieder geputzt haben!

So nun ist es hell! — Ach! — Jetzt sehen wir die Wunder! — Ach! —

Wir sehen den Herrn Hausverwalter in geschäftiger Eile von Gang zu Gang, von Zimmer zu Zimmer wandeln, um das Inventar zu besichtigen, wir sehen, wie Mängel auf freundlichste Weise beseitigt und fehlende Requisiten schleunigst angeschafft werden. Seine liebevolle Zuvorkommenheit sehen wir überhaupt in einer Weise sich entfalten, daß wir entzückt sind und um uns're Freude auf den Gipfelpunkt zu steigern, sehen wir noch schließlich, wie er ganz im Stillen an einem neuen Complimentirbuche arbeitet, das alsbald in Druck erscheinen soll.

Den schleichenden Geist sehen wir, Arm in Arm mit seinen Gefährten mit frischgewaschenem Gesichte, fein frisirt, die Hände in gelben Glacé's, angethan mit bespornten Kanonenstiefeln, schnurstraks davoneilen, dem Herrn Küchenverwalter noch ein freundliches Kußhändchen zuwerfend; so daß wir ihn wirklich mit Freude nachgesehen und ihn höchst liebenswürdig gefunden haben.

Vom Tische der Herren Assistenten trägt uns ein zarter Zephyr Gerüche entgegen, welche uns an Nektar und Ambrosia aus dem Olymp erinnern und eine höchst feine Tafel vermuthen lassen; die leeren Weinflaschen stehen in Pyramiden vor den Zimmern dieser Herren und man sieht sie mit einer Sorgfalt und wohlverdienten Zuvorkommenheit behandelt, daß uns vor Freude das Herz lacht! —

Wärterinnen in Unzahl sehen wir mit freudestrahlenden Gesichtern ihre strotzenden Portemonnai's anlachen; kurz, Wunder! nichts als Wunder!!! —

Wir sahen noch schließlich, wie man mit ängstlicher Sorgfalt bemüht ist, den Anordnungen der Herren Aerzte auf das Pünktlichste und Gewissenhafteste nachzukommen; kurz, wir waren überrascht und glauben jetzt an Wunder! —

Wir klopfen darum reuig auf die Brust, vor Ihnen edler Autor! auf den Knieen liegend, und bitten um Vergebung ob so arger Unthat; wir wollen nie wieder in das häßliche Glas sehen und das letztbenützte Wunderglas in wohlverwahrtem Schrein für fernere Anschauungen uns sorglich verschließen! —

———————

Die Pflastersteine um, die Domkirche herum könnten doch auch einen andern Platz erhalten. Man kann ja kaum mehr mit einer Braut-Chaise ausfahren.

Verantwortlicher Redakteur und Verleger: Stephan Götschenberger.
Druck der Becker'schen Buchdruckerei in Würzburg.

Würzburger Stechäpfel.

Ein humoristisch-satyrisches Originalblatt.

Ganzjährig fl. 1. 36 kr., halbjährig 48 kr., einzelne Nummern 3 kr.
Alle Postämter nehmen Bestellungen an. Die Stechäpfel erscheinen jeden Freitag.
Trägerlohn 1 kr. das Monat. Passende Einsendungen werden erbeten und auf Verlangen honorirt.

(Siebenter Jahrgang.)

Freitag   Nr. 34.   25. August 1865.

Politisches Allerlei.

Der Graf Bloome fährt hin und her, der Herr von Beust das ganze Jahr reist, der Herr v. d. Pfordten fährt nicht minder, nun sagt mir: „fahren wir deutschen Mittelstaatler nicht am schlechtesten bei all diesen Fahrereien und wird nicht alles noch mehr verfahren, so daß zuletzt unsere politische Kutsche auch so steckt, wie jetzt die österreichische?"

Früher brachte der Mai den Kukuk, jetzt holt der preußische Kukuk den Mai.

Seit der berühmte Anatom und Rektor Hyrtl eine so fromme Rede gehalten, soll die todte Hand in Oesterreich keine Sektion mehr fürchten.

Im Augsburger Morgenblatt vom 12. August zeigt Häfnermeister Karl Michael an, daß Häfnergeselle Adam Hofmockel „aus administrativen Erwägungen" (sehr wahrscheinlich auf Grund des Art. 19 der IX. Beilage zur Verfassungs-Urkunde) seines Dienstes entlassen worden sei.

Exminister von Schmerling zeigte bei der Wiener Universitäts-Jubiläumsfeier an, daß bald zum Drittenmale ein Parlament aus Universitäts-Professoren nach Frankfurt berufen werden würde, um die Grundrechte des deutschen Volkes zu schaffen. Da würde wieder eine schöne Mißgeburt zum Vorschein kommen, und es könnte auch dort dem Herrn Schmerling selbst die Hundspeitsche um die Ohren sausen, wie weiland im Würzburger akadem. Musiksaale.

Briefkasten.

Offizielle Spielbanken sind in Bayern aufgehoben, und wenn wir nicht sehr irren, geheime Spielhöhlen und Hazardspiele strengstens verboten. Es scheint übrigens, daß es unserer s. g. so wachsamen Polizei nicht gelingen will, eine solche zu entdecken, wo junge Bürgers- und Handwerksmänner bis tief in die Nacht resp. zum Tagesanbruche sitzen bleiben, um den sauren Schweiß für Wochen oder Monate lange Arbeit zu verspielen.

Ist es da ein Wunder, wenn solche liebe Gatten dann voller Unmuth und Widerwärtigkeit nach Hause kommen und die Frau und die Kinder dafür büßen müssen?

Dr. Seifenschaum: Sagen Sie mal Professor, hat denn der König von Schweden keine verantwortlichen Minister?

Prof. Rothhaut: Ich glaube nicht, doch wozu diese Frage?

Dr. Seifenschaum: Je nun ich meine halt, weil der König so mit seinen Orden um sich schleudert, daß sich manche an deutsche Universitäten verirren.

Es sind nun bereits sechs Monate, daß Hr. Schaßmin, ein Greis von 75 Jahren an der Ecke des Hauses des Hrn. Dr. Warmuth am Markte, worin die Wittib Frau Hiller ihren Laden hat, hinfiel, den Schenkelhals brach und die Kugel aus der Pfanne fiel, und noch liegt derselbe zu Bette und konnte in vergangener Woche zum Erstenmale, und zwar nur mit Hülfe einer Krücke und seines Wärters, den er nun schon seit seines Falles und wer weiß noch wie lange haben muß — auf einige Augenblicke sein Lager verlassen.

Wie viele Menschen sind nicht seit der Zeit daselbst wieder hingefallen? wie viele Gefäße wurden nicht dabei verbrochen? Erst vor ein paar Tagen fiel wieder ein armer Lehrjunge daselbst hin, und zerbrach ein Deckelglas, welches er vermuthlich bezahlen mußte.

Mit wie geringen Kosten wäre nicht diesem Uebel abzuhelfen? Man dürfte nur ein paar glatte Steine daselbst herausnehmen und ein paar rauhe dafür hinein machen.

Es wäre sehr zu wünschen, daß der hochlöbliche Stadtmagistrat diese kleine Abänderung würde vornehmen lassen.

————

Die zwei Kracken in Opferbaum oder der Korb.

Eine Fabel.

Eine Saamenhändlerin aus der Stadt,
Die viel Lokalkenntniß auswärts hat,
Wählt sich im schönen Heirathstraum
Mit seinem dicken Sohne
Ein Krack zur Schmuserin in Opferbaum.

Ein Käthchen mit vielen Thalern
Wäre den beiden dicken Prahlern
So ganz nach Wunsch gewesen,
Jedoch mit einem Korbe
Beschenkt sie das holde Wesen.

Sie tranken den Wein in Flaschen,
Um's Mädchen sicher zu haschen
Und führten gar kostspieligen Tisch,
Allein das Mädchen sagte:
„Glaubt ihr, man fängt Mädchen wie Fisch?" —

„Dicker Vater Du, und dicker Freier!
Bekannt als Prahler und Schreier!
Wohn' ich auch gleich auf dem Lande,
So lieb' ich doch nur allein
Bescheidenheit in jedem Stande."

Das Geschäftchen wär' freilich kein schlechtes,
20,000 fl. ist wirklich was Rechtes;
Doch würden dann gar Eure Bäuche
Wohl niemals mehr leer,
Wie den Kameelen ihre Schläuche.

Es mußten die Korbtragenden Dicken
Wohl in das Mißlingen sich schicken,
Doch geschieht es ihnen ganz Recht,
Weil den geldgierigen Kracken
Die Mädchen in Würzburg zu schlecht.

Lernt ihr Kracken aus der Geschichte:
Man schätzt Mädchen nicht nach dem Gewichte!
Sind Tugend und häuslicher Sinn
Für Euch keine Schätze,
Dann nehm't Körbe noch dutzendweis hin! —

Avis für Steinhauer.

Das Stationsgebäude Reichenberg wird Schichtenweise mit Laufer und Binder ausgeführt. Da nun aber die Steinhauer, als auch die Steinbrecher, alle laufen, so sucht der Accordant jetzt mehr Binder, d. h. solche, welche sich am Platze anbinden lassen. Auf diese Art wird seine Weissagung auch erfüllt, daß die Zeit kommt, wo ein Steinhauer wieder für 36 kr. arbeitet.

Auch ein Laufer.

Jener Pflasterer, gegenwärtig in der Semmelsgasse arbeitend, der ein junges, helles Hündchen hat, könnte endlich einmal seine Thier-Quälerei aufgeben, sonst macht man polizeiliche Anzeige.

Daß unser Schlachthaus, wie überhaupt dessen ganze Einrichtungen und Utensilien sehr viel in puncto „Reinlichkeit" zu wünschen übrig lassen, ist zu bekannt, als daß es noch einer Besprechung bedürfte, aber das sollte man doch erwarten, daß man wenigstens die Schlachtbänke, welche von Blut und Excrementenresten so vieler Jahre förmlich umkrustet sind, nicht dem Publicum quasi zur Schau ausstellt, damit es zu dem ekelhaften Nasenschmauße auch noch eine Augenweide habe.

Waren denn diese Herren nicht draußen in der Welt und haben gesehen, daß es Schlachthäuser gibt, wo nicht der geringste Geruch die Nase beleidigt, wo täglich Abends Alles rein gespült wird? — doch das geschieht hier ja auch, aber wie! —

So ein bischen Schmutz sind wir Unterfranken ja gewöhnt, es schmeckt Alles noch einmal so gut, je länger und schwerer die Wurst, desto besser, „für'n

Sechser 3mal um'n Leib rum" ist die Hauptsache, Qualität und Reinlichkeit sind Nebensache.

Der Landbote, in stiller Verachtung auf die öffentliche Meinung herabsehend, bringt in seinem Fahrplan-Verzeichniß der Omnibusfahrten immer noch den Dettelbacher Omnibus mit der Abfahrt von Würzburg 3½ Uhr Nachmittags, der nicht einmal vor Eröffnung der Bahn nach der Station Dettelbach existirt hat, geschweige jetzt noch! Das Löschpapier ist gar geduldig und zähe, was kümmern ihn die Stimmen der Critik!

Vor ungefähr 8 Tagen befanden sich in den oberen Lokalitäten der W...schen Brauerei circa 6 Personen, von welchen um 11½ Uhr noch 3 Glas Bier verlangt, vom Schenker jedoch nicht mehr gegeben wurden, und zwar aus dem Grunde, weil derselbe keine Lust hatte, das Fäßchen, welches vorher von ihm zugeschlagen wurde, mehr aufzumachen. Auf wiederholtes Drängen der Kellnerin, Bier herzugeben, da man Gästen, welche oft daselbst einkehren, um diese Zeit Bier nicht verweigern könne, bekam dieselbe nur Grobheiten und Schimpfworte.

Derartige Fälle, daß man vor der Polizeistunde kein Bier mehr bekommen hat, sind schon öfter vorgekommen, und können Sie dies bei Erkundigung leicht bestätigt finden.

Wir haben gelesen, daß am letzten Wochenmarkte eine Person durch Ueberfahren beschädigt worden ist, und in das Spital gebracht werden mußte.

Das ist kein Wunder, denn durch Fuhrwerke aller Art wird die Passage, besonders an der Marienkapelle, an solchen Tagen für die Marktgehenden sehr beeinträchtigt. Man weiß oft nicht, wie man diesen Fuhrwerken nur ausweichen soll.

Nicht weniger strafwürdig ist es aber auch, wenn ein am Markt wohnender Offizier am Markttage, wie es am letzten Samstag früh ½9 Uhr vis-à-vis der Häuser Nr. 430 und 431 der Fall gewesen ist, durch seinen Bedienten sein junges Reitpferd — wahrscheinlich um demselben eine Bewegung zu verschaffen — durch die ohnehin so engen Gänge der Gemüshändler, wo oft zwei Personen mit Körben Mühe haben, sich auszuweichen, hindurchreiten, oder besser gesagt, hindurchdrängen läßt.

Einsender war selbst Zeuge, daß eine Dame beinahe überritten worden war, und daß, als mehrere dem Reiter das Ungeeignete seines Benehmens darhielten, Dieser sie kurzweg anschnaubte: „macht's anders," sein Pferd antrieb und durch die Reihen drängte.

Bei solchen Vorkömmnissen liegt es gewiß im allgemeinen Interesse, daß am Samstage, als dem Hauptwochentage durch die Marktlokalitäten nicht mehr gefahren und der noch größere Unfug des Reitens untersagt werde, denn entsteht ein Unglück, so ist es zu spät, wie denn wir auch Fälle aufzählen können, daß die Sicherheitsbehörde dergleichen Regreßklagen nicht entging. —

Ueber die ländliche Creditlosigkeit

wird seit einiger Zeit in verschiedenen Blättern Klage erhoben und als Abhilfe das Institut der Creditkassen empfohlen.

Weit entfernt, diese Anschauung bekämpfen zu wollen, sind wir doch der Meinung, daß es damit allein nicht gethan sei und so frei, das fragliche Uebel etwas näher zu betrachten.

Die durch die gesunkenen Getreidpreise an den Tag getretene Creditlosigkeit des kleineren Grundbesitzers läßt sich auf folgende Momente zurückführen:

1) auf die zu große Zersplitterung des Besitzes, besonders bei uns,
2) auf die kostspielige und schwerfällige Rechtspflege,
3) auf die Vorurtheile und üblen Gewohnheiten der Landleute, die fast nie pünktliche Zinszahler sind,
4) weßhalb das Capital schon lange andere Anlagen vorzieht und der kleine Capitalist, der auf richtigen Zinseingang angewiesen ist, gar nicht egistiren kann, wenn er sich so einläßt,
5) daß seit Aufhebung der Ausnahmsgesetze die ländlichen Banquiers in die Städte ziehen, sohin
6) ihr Geld in Häusern u. s. w. anlegen und ihre früheren Geschäfte aufgeben.

Sind, wie wir glauben, diese Aufstellungen richtig, so folgt, daß das Uebel mit sogen. Creditkassen allein nicht gehoben werden kann, und noch mehr von sich reden machen wird.

Ein Küchengespräch.

Frau: Aber Babet, Du bringst gar keine Enten mehr mit!
Babet: Es gibt keine.
Frau: Was? ich sehe doch die schönsten heimtragen!
Babet: Ich krieg halt keine.
Frau: Hör', das sind faule Fische, da steckt was dahinter, gleich sag's!

Babet: Nun, Enten gibt's schon, aber ich weiß nicht, was sie fressen, am Enb' gar Menschenfleisch, da ekl' ich mich und kauf' keine.

Geschwindigkeit ist keine Hexerei,
oder Sehenswürdigkeiten Würzburg's.

(Nachtrag zum neuesten Wegweiser.)

1. Semmelsgasse. Diese schmale Gasse, vor einigen Jahren durchaus mit einem neuen Pflaster versehen, das noch in demselben Jahre gründlicher Reparaturen bedurfte, wird in diesem Jahre total umgepflastert, und zwar dies- mal mit schönen, aber auch sehr theueren Basaltsteinen. Die rasch betriebene Arbeit, erst vor 5 Monaten begonnen, wird, da die genannte Gasse die Haupt- verbindung mit dem neuen Bahnhofe bildet, noch vor Herbstes-Anfang vollen- det sein.

2. Schneller. Diese kurze, aber äußerst enge, ebenfalls zum Bahnhofe führende Passage erheischte den Abbruch eines anstoßenden, theuer angekauften Hauses. Letzteres war in der kurzen Zeit von 4 Wochen eingelegt, und die Pflasterung des nun erweiterten, 45 Schritte langen und 20 Schritte breiten Platzes schreitet, da auch hier ein dringendes Kommunikationsbedürfniß vorliegt, mit augenfälliger Beschleunigung vorwärts, so daß auch diese Arbeit nach Ab- lauf von kaum 6 Monaten ihrem Ende fast schon zugeführt ist. *)

3. Bauplätze. Die Kunst, die Auflagerung von Baumaterialien auf den möglichst kleinsten Raum zu beschränken, um den Straßenverkehr nicht zu stören oder zu sperren, bewundere man auf dem Markte, der Theaterstraße und an anderen Orten.

4. Obere Bahnhofsbrücke. Die hier ausgeführte Tannenanlage ge- währt einen imposanten Anblick. Obschon die Setzlinge vor ihrer Verpflanzung ein schwindsüchtiges Aussehen hatten und noch obendrein vor der Blüthe gesetzt wurden, sind dennoch von den gepflanzten 40 Stück nur 32 eingegangen, d. h. ihrem vorauszusehenden Untergange erlegen. Das emporgewucherte, die Setz- linge überragende Unkraut, welches an und für sich ein stattliches Bouquet bil- det, wird lediglich aus zarter Rücksicht für den bedenklichen Zustand der ihrer Nadeln noch nicht völlig entkleideten acht Tannenreste übergehalten.

5. Allee. Von den längs dem neuen Bahnhof im Frühjahre gesetzten 69 Kastanienbäumen sind nur 37 Stück nicht angegangen, jedenfalls weil ihnen die Aussicht nicht gefallen hat.

---

*) Bereits vollendet. (Der Setzer.)

6. **Neuer Bahnhof.** Wanderer! Komm', sieh' und staune, mit welcher Schnelligkeit die Bauten ihrer Vollendung entgegenschreiten. Es ist alle Hoffnung gegeben, daß die Wartesäle schon Ende August 1866 werden in Benützung kommen. Daß dies schon Ende August dieses Jahres erfolgen werde, wie vor einigen Monaten ein Lokalblatt verkündigte, scheint lediglich ein Druckfehler gewesen zu sein.

Gespräch.

St. Du hättest, lieber Freund, doch keine so entschiedene Erklärung gegen die Schulreform veröffentlichen sollen, deine Standesgenossen mißachten dich ja überall!

St. Burkart. Warum? Soll ich billigen, daß die Leitung und Beaufsichtigung meiner Schule von Standesgenossen geschieht? Nimmermehr!

St. Nun dieses ist nicht so bald zu befürchten. Aber seinen eigenen Stand darf man halt nicht beschimpfen, wenn man auch anders denkt!

St. Burkart. Grad darin war ich klug. Durch jene Erklärung wurde die Aufmerksamkeit auf mich gelenkt und mein Verdienst ward noch größer mir wird die Martyrerkrone nicht ausbleiben.

St. Aber die Meinung und Achtung deiner Standesgenossen kann dir unmöglich gleichgültig sein?

St. Burkart. Die Meinung? — die kümmert mich nichts. Der leibhafte Gottseibeiuns ist in sie gefahren und die allerwenigsten thun ihre Schuldigkeit.

St. Wenn, (wovor uns Gott behüten wolle) ein neues Schulgesetz erlassen wird und doch Manches zu Gunsten der Lehrer geschieht — Was dann?

St. Burkart. Dann genieß' ich ja auch ganz dieselben Früchte und habe meine Gönner erhalten, die mir dann auch wieder nützen können.

St. So schlau hätte ich dich nicht geglaubt — Komm reich mir die Hand — mein Lieber so mach ich's auch. Adieu — Apropos: künftig wirst du mich als Professor in spe begrüßen können (vorläufig unter uns).

Verantwortlicher Redakteur und Verleger: Stephan Gätschenberger.
Druck der Becker'schen Buchdruckerei in Würzburg.

Würzburger Stechäpfel.

Ein humoristisch-satyrisches Originalblatt.

Ganzjährig fl. 1. 36 kr., halbjährig 48 kr., einzelne Nummern 3 kr.
Alle Postämter nehmen Bestellungen an. Die Stechäpfel erscheinen jeden Freitag.
Trägerlohn 1 kr. das Monat. Passende Einsendungen werden erbeten und auf Verlangen honorirt.

(Siebenter Jahrgang.)

Freitag	Nr. 35.	31. August 1865.

Politisches Allerlei.

Herr von Bismarck soll nun zum Grafen erhoben werden, wie weiland sein hannoveranischer College Herr von Borries. Mag er aber Titel erhalten wie nur immer, er bleibt stets ein ächter — Junker.

Den Fürsten Cousa haben sie auf der Reise gestört. Hoffentlich lassen ihn seine treuen Unterthanen bald ruhig abfahren.

In der von der Gräfin Hahn-Hahn zu gründenden neuen freien katholischen Universität soll Rektor Hyrtl bereits die Lehrkanzel für römisch-katholische Anatomie übernommen haben.

Da der Mann Lauenburger auf 50 Thlr. zu stehen kommt, so hat der preußische Junker Eulenburg, der wieder einmal einen Koch erstochen, die Rechnung für denselben verlangt und ebenfalls 50 Thlr. mit 2 pCt. per comptant von seiner Gage sich abziehen lassen zu wollen erklärt.

Bismarck-Schnadahüpfln aus Gastein.

Ih, I bin der preußische Ochsel,
I hob' halt viel Schneid,
Die Andern hamm koane,
Drum komm' i so weit.

So stark, als wie i bin,
Is ka Bua mehr im Land;
Denn i nehm's Schleswig-Holstein
Und ~~reiß's ausanand.~~ ———

Fürn Launburger geb i
Fünfzig Thaler per Mann,
Der Franzl der ziert sich
Und nimmt's doch gern an.

I merk wohl, der Franzl
~~Der braucht noch mehr Geld,~~
Drum kauf i in Deutschland.
Doch was mer gefällt.

I kauf bis zum Main Alles,
Dann bin i rund,
I kauf mir Hannover,
I kauf mir den Bund.

I kauf mir die Hessen
Und Mecklenburg's Stock.
I krieg Alles billiger,
Nehm' ich's en bloc.

Eine zeitgemäße Rede.

Meine Herren!!!

Endlich ist nach vielem Ausharren und Zuwarten und nach vielen Protesten, nach langen Geburtswehen eine Entscheidung der Herzogthümer-Frage zu Tage gefördert worden; und ich denke, daß es einem Jeden endlich wie Schuppen von den Augen gefallen ist, und daß sich ein Jeder den Sand, der ihm von den beiden Sämännern in die Augen ~~gestreut worden~~, ausgewischt hat.

Nun, meine Herrn, jetzt werden Sie klar sehen, wie weit wir mit all unseren Zusammenkünften und Protestationen gekommen sind: Schleswig-Holstein ist mehrumschlungen, nämlich von Preußen, und Oesterreich, hat sich, um am Ende nicht ganz leer auszugehen, mit einigen Millionchen abschmieren lassen, denn es denkt: besser einige Millionen als am Ende gar nichts. Nun aber meine Herrn! nachdem Schleswig von dem Regen in die Traufe gerathen, so ist es unsere Pflicht als Stammverwandte, daß wir bis zum letzten Mann ausharren und unsere deutschen Brüder mit Gut unterstützen. Für Blut und Eisen wird Bismarck schon sorgen.

Vor allererst legen wir Protest dagegen ein, daß Schleswig-Holstein in andere Hände übergehe, als in die seines angestammten Herzogs — wenn er nemlich Bajonette genug hat, sich es zu verschaffen — sodann wollen wir, wie bisher unser Schärflein zur Unterstützung unserer nordischen Brüder auf den Opferaltar legen.

Bald meine Herrn! wird der Ruf an den Bund ergehen „laßt die Kleinen zu mir kommen, denn mir gehört das deutsche Reich", und dieser Ruf wird gewiß in jedem deutschen Herzen wiederhallen. Endlich eine deutsche resp. preußische Flotte! Und dann ihr kleinen deutschen Flottenmänner tüchtig in die Tasche gelangt und geblecht!

Damit aber unser Protest ein allgemeiner und nachdrücklicher werde, laden wir jeden Patrioten auf Donnerstag zu einer Versammlung zu Kraut und Knöchle ein, damit jeder Vaterlandsfreund, wenn er tüchtig gegessen und getrunken hat, seine Meinung mit Begeisterung über eine so delikate Sache aussprechen kann.

In der badischen Kammer sprach sich der Abgeordnete Bluntschli dahin aus, daß der König von Bayern seine Provinzen auch nicht alle auf rechtmäßige Weise erworben habe. Wüßte vielleicht der Herr Abgeordnete einen Fall aufzuzählen, in welchem Bayerns Fürsten ihre Provinzen auf eine ähnliche Weise erworben haben, wie Baden die ehemals bayerischen Landstriche sich durch Rußland hat zuerkennen und garantiren lassen? Wenn Herr Bluntschli dieses und das Kaspar Hauser'sche Drama allenfalls nicht kennt, so sind wir erbötig, sie ihm mitzutheilen.

Politischer Leitartikel.

Oesterreich mit seinen besoluten Finanzen
Muß nach Preußens Pfeife tanzen.
Sachsen und Bayern sind isolirt,
D'rum wird Nichts ausgeführt.

Deutschland bleibt geographischer Begriff,
Das ist das Unglück und der Kniff.
Der Mann an der Seine
Lauert auf Arrondirung am Rheine.
Allen Ideologen und Professoren
Schwirrt nun um die Ohren
Die bekannte Musiksaalphrase,
Die da war 'ne Seifenblase.
Es steht also gar nicht gut
Und fehlt an Kraft und an Muth.

Betrug

die Summe, um welche Oesterreich Lauenburg an Preußen verschacherte, wirklich nur 2½ Millionen? —

Und

ist dies der genaue Werth des österreichischer Seits auch für dieses Land vergossenen Menschenbluts?

Wieviel hat Judas für den

Verrath

an seinen Herrn und Meister bekommen, und was war

das Ende

dieses Verräthers? „U. A. w. g."

Neuestes.

Würzburg. Gestern hatten wir hier eine höchst seltene Erscheinung: 8 Ballen Hopfen wurden vom Bahnhof zur Stadt gebracht; seit Menschengedenken der erste Hopfen wieder, der unsere Stadt passirte. —

München. Seit einigen Tagen befinden sich von Würzburg einige höhere Eisenbahn-Ingenieure hier, um sich bei Hr. v. Denis Rath zu erholen, wegen des dortigen Eisenbahnhofes. — Es soll sich auch hier das Sprichwort bewähren: „wenn die Karren im Dr . . . x".

Briefkasten.

Man hat es uns von gewisser Seite verdacht, daß wir die Einsendung über den Reitknecht, der am Markttage eine Dame fast überritten hätte, aufgekommen haben, und sich ähnliche Artikel für die Folge verbeten, da sonst das Offiziercorps es als Corpssache aufnehmen und sich Satisfaction verschaffen würde. Wir haben darauf Folgendes zu erwidern:

1) Die Thatsache, deren Wahrheit man in Abrede stellt, ist wahr. Der Einsender war Augenzeuge und will noch andere Zeugen dafür beibringen, daß eine Dame nahe daran war, überritten zu werden. Keine Animosität gegen den ihm unbekannten Reitknecht oder gar seinen Herrn, sondern lediglich die Sorge für sein eigenes Leben und das anderer Einwohner veranlaßte ihn zum Artikel.

2) Es ist schwer einzusehen, wie ein Hr. Offizier oder gar ein Offiziercorps beleidigt sein kann, wenn das anmaßende Benehmen eines Reitknechts gerügt wird.

3) Die Stechäpfel haben während der sieben Jahre ihres Bestehens n i e weder persönliche, noch Standesverhältnisse eines Offiziers zum Gegenstande ihrer Besprechungen gemacht, so oft ihnen auch solche Artikel zugekommen sind, im Gegentheil haben sie selbst Artikel, zu deren Aufnahme sie berechtigt gewesen wären, zurückgewiesen, da wir nicht Ursache sein wollten, Offizieren wegen irgend einer raschen Handlung Unannehmlichkeiten zu bereiten. Wir finden es auch ganz in der Ordnung, wenn Offiziere, deren persönliche oder Standesehre von irgend einem Blatte angegriffen wird, sich jede mögliche Satisfaction verschaffen.

4) Ganz anders verhält sich aber die Sache in solchen Fällen, wenn der Herr Offizier, oder sein Untergebener, die für sich alle Rücksichten verlangen, sich so rücksichtslos gegen das Publikum benehmen, daß sie die größte Mißachtung des Lebens bayrischer Bürger zeigen. In einem solchen Falle wird ein Redacteur, der auf Ehre hält und keine Furcht kennt, n i e schweigen, und wenn sich alle Offizierscorps der Welt zu Rittern für ihre Reitknechte aufwerfen wollten, und dies um so weniger, als man ja aus den Verhandlungen unserer Kammer weiß, welch' sonderbaren Ansichten oft die Militärgerichte bei Vergehen der Militärs gegen Civilisten huldigen. Da aber Bayern keine Sklaven und keine bevorrechteten Klassen hat, sondern Jeder, Proletarier wie Offizier, vor dem Gesetze gleich ist, so kann man Niemanden, dessen Leben durch den Uebermuth eines Militärs bedroht wird, verwehren, seine Stimme dagegen zu erheben, denn sonst könnten wir auch preußische Militärzustände bekommen. Schon vor fünf Jahren tadelten wir als eine eines kgl. Oberlieutenants unwürdige Handlung, daß ein solcher ein junges, mit einer Butte bepacktes Mädchen, das nicht gleich ausweichen konnte, vom Trottoir der Mainbrücke herabstieß, so daß es fast unter die Räder eines Omnibus gekommen wäre. Nach unserer Ansicht muß der Herr Offizier gegen die Schwachen, die Damen und Kinder, so schonend sein, daß er im Nothfalle selbst ausweicht. Viele Male ist das fast rasende Jagen der leeren Fouragewägen durch enge Straßen unserer Stadt ge

tadelt worden.. Wir haben selbst gesehen, daß ein Schulkind nur durch die Kühnheit eines Erwachsenen, der es von den Rädern wegriß, gerettet wurde. Vor Kurzem sahen wir einen Reitknecht so betrunken, daß er mehrmals vom Pferde fiel. Wenn Der in einer engen Straße Jemand überritten hätte, hätte da die Presse schweigen müssen? Nach unserer unmaßgeblichen Ansicht wäre ein sichereres Mittel, nicht durch die Presse besprochen zu werden, jenes, daß die Herren Offiziere ihre Untergebenen belehren wollten, daß die Nichtmilitärs auch Menschen sind, und die gleiche Rechte haben wie sie, worunter auch das gehört, nicht von den Hufen ihrer Pferde zerstampft zu werden.

Bekanntlich hat am Samstage das Lokalblatt „Stadt- und Laubbote" eine Annoncenbeilage von einem Bogen stark, worin das Publikum, welches sich hierum interessirt, in seinen Nachfragen auf die Expedition genannten Blattes hingewiesen wird.

Da nun nach dem Samstage der Sonntag folgt, an dem die Expedition geschlossen ist, so möchte nach meiner Ansicht mit der neuen Auskunft über alte Annoncen am Montage sowohl dem inserirenden, wie Auskunft haben wollenden Publikum nicht gedient sein, und wäre es daher schon sehr am geeigneten Platze, wenn künftig an Sonn= und Festtagen wenigstens einige Stunden ein jour habender Bediensteter der Verlagshandlung dieses Blattes die erforderliche, gewiß geräuschlose, nothwendige und gut honorirte Auskunft ertheilen würde, wie in anderen größeren Städten Deutschlands!

Während die Holzsteigerer nichts rückständig bleiben dürfen, ohne verklagt zu werden, haben die Holzmacher in Heidingsfeld noch nichts bekommen, aber der Archer, der große Johann, hat es.

Beim Aufsetzen eines Holzstoßes vor der Wohnung eines Herrn Magistratsrathes machte man wieder die Bemerkung, daß es viel schneller ginge und überhaupt besser wäre, wenn es einen Holzmesser gäbe, statt daß Körner oder Holzspälter es aufsetzen.

Man klagt, daß die Kirchthüre am Spitale über den Main stets zum Versammlungsorte diene.

Bei so großer Hitze, wie vergangenen Montag, sei es wirklich eine Thierquälerei, Mastochsen zu transportiren, die ohne den geringsten Schutz gegen die Sonnenstrahlen, mit niedergebogenem Kopfe, ohne Wasser, die größten Qualen ausstehen müssen.

———

Weiß eine mißliebige Persönlichkeit in Arnstein ihre Stellung nicht besser zu schätzen, als einen Polizeisoldaten und Hundsjäger zu agiren? Schade, daß keine Anzeigegebühren mehr bezahlt werden!

———

Mostmeier: Du, das war aber ein erhebender Akt, die Vertheilung der Denkzeichen für 24 und 50jährige Militär-Dienstzeit am letzten Königstage; die kräftige schöne Ansprach dazu, ich hätt' weinen mögen.

Bierhuber: Ja wo war denn das Alles? hab' ja gar nichts davon gemerkt.

Mostmeier: Ich glaub's, ich mein' ja die in Augsburg.

———

Am Sonntag den 20. Aug. Nachts zwischen ½ bis ¾ auf 11 Uhr fand eine fast diese ganze Viertelstunde dauernde Schlägerei am Eingange vor der Wohlfarths- und Augustinergasse statt.

4—5 Bursche hieben fortwährend mit Stöcken aufeinander ein, bis einige davon verwundet am Boden lagen, sich kaum mehr aufraffen konnten und schließlich von ihren Kameraden fortgeschleppt wurden.

In Folge dieser Affaire sammelten sich über 50 Menschen rings um die Raufenden und ertönte allseitig fortwährend der laute aber vergebliche Ruf nach Polizei.

Zwei hiesige Einwohner begaben sich daher endlich eiligst in das Polizeigebäude, um von dorther rasch Mannschaft zu requiriren. Vor dem Thore wurde ihnen zunächst von einem daselbst stehenden Polizeidiener die lakonische Antwort: ihm gehe die Sache gar nichts an, sie sollten nur die Anzeige selbst machen!

Als dies geschehen war, begaben sich einige Polizeidiener zu der betreffenden Stelle, von der jedoch die streitenden Parteien sich entfernt hatten, während die Straße aber noch dicht mit Zuschauern gefüllt war.

In dem Baumann'schen Wirthshause, (von welchem die Schlägerei ausging) wurden zwei am Kopfe stark Verwundete verbunden, die Polizeidiener erklärten jedoch, trotz der mehrfachen Aufforderung mehrerer Umstehenden, sich nicht weiter um die Sache bekümmern zu können, weil sie nicht selbst Zeugen des Vorfalls gewesen und sie nach dem neuen Gesetze nur dann Arretirungen vornehmen dürften, wenn sie selbst dazu kämen. Dieselben waren auch nicht dazu zu bewegen, die Verwundeten zur weiteren Vernehmung über diesen empörenden Vorfall zum Polizeibureau zu führen.

Wenn es sich nun wirklich so verhält, daß die Polizei nachträglich und ohne persönliche Wahrnehmung nicht einschreiten darf, so kann man doch wenigstens fragen „ob es nicht erforderlich, daß wenigstens an Sonn- und Feiertagen auf dem belebtesten Platze unserer Stadt (in der Nähe des Vierröhrenbrunnens) allwo 8 Kaffee- und Wirthshäuser sich befinden, zur Zeit wo sich diese entleeren, eine ständige Polizeiwache sich befinde?“ Es bitten hierüber zu ihrer Beruhigung um Aufschluß

mehrere hiesige Einwohner.

Am vergangenen Samstage hat man wohl, was dankenswerth ist, an der Ecke des Dr. Warmuth'schen Hauses einige rauhe Steine eingesetzt, aber nicht an dem rechten Orte. Schon an demselben Abend fiel wieder ein Mann der Länge nach hin, und Viele haben sich seit der Zeit nur mit genauer Noth daselbst des Falles erwehrt. Die Nachbarn könnten angeben, welche Steine herauszunehmen sind.

Man klagt über die übelriechenden Abflüsse aus einer Fabrik und einer Gartenwirthschaft an Sander Glacis. Die Eigenthümer möchten sich Senkgruben anschaffen, namentlich jetzt, wo sich wieder auf die Cholera die unerfreuliche Aussicht eröffnet.

Wenn ein Metzgermeister wieder so rasend fahren will, daß er den Wagen zertrümmert, möge er Leute zum Mitfahren einladen, denen nichts an ihrem Leben liegt, aber keine Familienväter.

Verantwortlicher Redakteur und Verleger: Stephan Gätschenberger.
Druck der Becker'schen Buchdruckerei in Würzburg.

Würzburger
Stechäpfel.

Ein humoristisch-satyrisches Originalblatt.

Ganzjährig fl. 1. 30 kr., halbjährig 48 kr., einzelne Nummern 3 kr.
Alle Postämter nehmen Bestellungen an. Die Stechäpfel erscheinen jeden Freitag.
Trägerlohn 1 kr. das Monat. Passende Einsendungen werden erbeten und auf Verlangen honorirt.

(Siebenter Jahrgang.)

Freitag   Nr. 36.   8. September 1865.

Politisches Allerlei.

Allgemeiner Ausverkauf.

Noch nicht dagewesen

Um einen Bankerott zu vermeiden, hat sich unterfertigte Firma entschlossen, folgende Gegenstände unter dem Preise abzugeben.

☞ Garantie, ob Das, was sie verkauft, ihr gehört, leistet die Firma nicht.

1) Mehrere Millionen deutscher Seelen, alle diesseits der Mainlinie gelegen, zum Tagwerth von 66 fl. per Seele, Männchen und Weibchen.

2) Verschiedene alte Souveränitätsrechte und Pergamente zum Maculaturwerth.

3) Die Akten des Bundestags zu ihrem wirklichen Werth, d. h. weit unter dem Maculaturwerthe.

4) Eine Partie halb- und ganzhuberische Proteste.

5) Diverse Fürsten-, Kurfürsten-, Herzogs- und Königs-Kronen zum Einstampfen.

6) Verschiedene Schachteln mit kleinstaatlichen Soldaten.

7) Ein Schock entbehrlich gewordener Minister à tout prix abzugeben. Man sieht baldigen Offerten entgegen, aber nur gegen baar.

Die Schleswig-Holsteiner verändern die Inschrift ihres Landeswappens: „Auf ewig ungetheilt!" in „Auf ewig ungetheilt!"

Fortschritt: Seit der Gasteiner Convention werden doch die Unterthanen auch von den Fürsten geschätzt.

Wird aus der Gasteiner Conventions-Münze, mit der sich die Großen bezahlten, nicht eine Scheidemünze für's übrige Deutschland?

Lauenburg ist unter Brüdern mehr werth, als 2 Millionen, aber es hatten eben seine Brüder mit einander zu thun, und was dem Einen nicht recht war, war dem Andern billig.

Der national-ökonomische Congreß, welcher kürzlich in Nürnberg tagte, hat, außer andern interessanten Dingen, auch die unerhörte Raulgkeit zu Tage gefördert, daß die Wohnungsnoth da entstanden sei, wo die Neubauten nicht im Verhältniß zur wachsenden Bevölkerung geblieben seien, daß die Wohnungstheuerung theils von der erhöhten Nachfrage, theils von Speculation und dem Wucher herrühre. Letzter Punkt wurde aber natürlich nur mit Glace-Handschuhen berührt und allerlei Mittel dagegen vorgeschlagen, die sehr problematisch sind.

Es gereicht uns zur besonderen Befriedigung, dagegen erwähnen zu können, daß bei uns eine solche Wohnungsnoth noch nicht existirt und bei uns ganz einfach dadurch geholfen werden kann, daß die alten Festungswerke thunlichst durchbrochen und Verbindungen nach Außen hergestellt werden, die den außerhalb Wohnenden zusagen.

Also die Sache praktisch, nicht mit leeren Phrasen, sondern mit Thaten angepackt, das ist's, um was es sich handelt und rasch — nicht nach einem „Programme", gegen welches sich viel sagen ließe!

Wenn eine Verbindung im Zwinger geschaffen und das Sanderthor cassirt, der Ausgang durchs Heumagazin hergestellt wird, so sind wir, da die Sanderau immer mehr zunimmt, gegen alle Wohnungsnoth gesichert und bedürfen dann Gott sei Dank! zur Regelung unserer Localangelegenheiten keines national-ökonomischen Congreßes mit seiner Professorenweisheit! —

Briefkasten.

Frage.

Warum kauft das Militär in Würzburg das Württemberger Heu lieber, als das der bayrischen Bürger? Weil mir dies unbegreiflich, so würde ich dankbar für die Aufklärung sein.

(Ist vielleicht besser oder billiger. A. d. R.)

Was thun denn die in der Nähe bei Büttharb befindlichen 3 Bauerntöchter mit diesem alten 60jährigen Graukopf, daß sie bald nach Ochsenfurt auf den Markt, bald Killiani nach Würzburg, bald nach Giebelstadt gehen und mit ihm Visiten machen?

Geheime Feldpolizei ist uns unbekannt, dennoch ereignete sich, daß in Bellingen ein Mann öfters Frauenspersonen auf der Straße den Graskorb ganz ausleeren ließ, um zu sehen, ob sich nicht gestohlene Trauben darin befänden. „Man sucht Niemand hinter dem Ofen, man sei denn selbst dahinter gesteckt."

Dieser Mann wolle sich künftig hüten, unter so nichtigem Vorwand so anmaßend zu sein.

Vom frühen Morgen bis zum späten Abend sieht man einzelne überladene Pferde mit Frachtsachen in die Stadt kommen, die gemarterten Thiere biegen sich zusammen vor Anstrengung, besonders vom Bürgerspitale an, bis über die Anhöhe; da die armen Thiere nicht fort können, so werden diese auch noch von ihrem Fuhrmanne geschlagen. Es wäre nun billig und recht, an so schweren Ladungen statt ein, zwei Pferde zu spannen. Im Interesse der Eigenthümer läge es doch selbst, daß die gequälten Thiere mit mehr Schonung behandelt würden.

Johann denket noch mit Grausen
An den Ball zu Winterhausen,
Weil ihn dort mit so viel Kraft
Die Gemahlin abgestraft.

Höflichkeit

ist eine schöne Sache, übertrieben artet sie aber in Kriecherei aus.

Da heißt's immer im Stadt- und Landboten: Unser „hoher" Stadtmagistrat ꝛc. als ob vom hohen Senat der freien Stadt Frankfurt die Rede sei, der aber bekanntlich souverain ist, was unsers Wissens unsere Stadtmagistrate in Bayern nicht sind. Man lasse es doch bei dem hergebrachten „löblich" und wem das zu wenig ist, der sage „wohllöblich," aber „hohe" Behörden, (Stelle ist auch falsch, Herr Landbote!) sind unsere Magistrate nicht und wenn sie auch ihre Sitzungen noch so hoch abhalten.

In dem benachbarten Städtchen Arnstein hat der Bauer L. ein Mädchen angetroffen, welches auf seinem sogen. Brach-Acker etwa 6 Stöcke Klee abgeschnitten hatte, dasselbe zur Anzeige gebracht und den Schaden beim dortigen Magistrat auf 6 fl. taxirt, man ließ aber den Feldschütz kommen, welcher den Schaden bei allem Futtermangel bloß auf 30 kr. taxirte.

Dieser Bauer verlangte wohl nur deßhalb 6 fl., um seiner Frau einen Shawl zu kaufen, welchen sie schon bereits beim Kaufmann gesehen hatte; aber diese Freude ist ihr nicht geworden, weil es unerhört war, für 6 Busch Klee 6 fl. zu verlangen.

Was den schon einmal besprochenen Landwehr-Commandanten und Bürgermeister betrifft, ist es gut, daß er diese Posten in J. begleitet, denn an einem andern Platze würde sich die Landwehrmannschaft sehr bedanken, sich zur Förderung des Ehrgeizes von obigem Herrn, bei einer Gelegenheit strapaziren zu lassen, welche zu dem Institute nicht in geringster Beziehung steht.

Ist es denn den Postillions der Postomnibusse verboten, auf den Wunsch von Passagieren, an den Thoren zu halten, wenn solche, die doch die Fahrt bezahlt haben, dort aussteigen wollen? Wenn nicht, so ist es eine große Ungefälligkeit des Postknechts von Roßbrunn, die Angehörigen eines Passagiers trotz aller Bitten bis zum alten Bahnhof zu fahren, statt sie am Zeller Thore abzusetzen, so daß diese den weiten Weg zu Fuße zurückmachen mußten.

Motto: Böse Nachbarn
Teufels Heftgarn.

Wer noch gebaut hat, und je bauen will, wird wenigstens etwas von obigem Spruch empfunden haben oder empfinden. Wenn aber Feindschaft ohne Ursache auf das Höchste getrieben wird, und das Gesetz machtlos ist, derselben zu steuern, so ist die Presse das einzige Mittel, gegen solche böse Nachbarn zu appelliren, und zugleich dadurch Manchen ein warnendes Beispiel zu geben, wie boshafter Nachbarnzwist bestraft wird.

Im Zwinger treibt sich der Bauprozeßteufel schon seit Jahren herum, und wenn ers auch nicht selbst ins Werk setzte, so wars doch gewiß seine Großmutter. Der Saame ist gesät und wenn sie sich auch jetzt zur Ruhe begeben hat, so ist doch noch ein würdiger Nachfolger vorhanden, zumal einer, der unter der Maske der Religiosität und sonstiger Tugenden um so rücksichtsloser gegen seinen Nachbarn ist.

Der Streit ist eben dadurch entstanden, daß eine Brille gebaut werden soll, was zwar schon öfters da war und immer unangenehm ist.

Wenn aber der beschädigte Nachbar den 5—6fachen Werth zur Verhinderung bezahlen will, wenn weiter der würdige Mann keinen vernünftigen Grund hat, so zu bauen, daß des Nachbars Haus total verdorben wird, ja sogar die Gelegenheit, seine Wohnung praktischer, billiger und schöner zu vergrößern, aufder Hand liegt, so muß offen hervorleuchten, daß außer dem Eigensinn noch andere böse Leidenschaften maaßgebend sein müssen, denn Sinn ist wenigstens nicht dabei.

Wenn man freilich ein früheres Bauwerk desselben Herrn, wenns auch blos eine Höhle ist, betrachtet, so findet man es einigermaßen möglich, daß in seinem Kopfe solche eigen sinnlose Pläne entstehen und mit krankhafter Zählgkeit festgehalten werden, was aber um so bedauerungswürdiger ist, da ihn selbst Verwandte und Freunde eher noch bestärken, und am Ende, nachdem viel Geld verschleudert ist, sich davon ziehen, und ihn, der jetzt so nicht im Stande ist, sein so äußerst einfaches Amt troß Gehilfen versehen zu können, in so aufregende Prozeßgeschichten verwickeln.

Uebrigens ist auch in diesem Falle zu beklagen, wie verschieden oft die Ansichten der polizeilichen Bauaufsicht sind.

Während z. B. Bürgern, die in guten Geschäftslagen theuere und sehr beschränkte Häuser besitzen, verboten wird, in ihren freien Höfen sich nach Oben etwas Wohnungs-Raum zu schaffen, auch noch Sanitätskommissionen zitirt werden, wo ringsum noch Alles frei ist; weiter in mittelbreiten Straßen mit allen Mitteln dagegen gewirkt wird, nicht mehr wie 30—35' hoch zu bauen, und so mancher Hausbesitzer in seiner Rente geschmälert wird, gibt man hier ohne allen Anstand zu, daß einer dem andern auf 1½' eine über 40' hohe Giebelmauer dicht vor das Gesicht setzen, einen überall geschlossenen Winkel für alles Gewürme bilden darf, in dem, wenn er auch eine Oeffnung hätte, sich doch Niemand bewegen könnte; denn der Mensch braucht 2½' Platz zur thätigen Bewegung.

Nicht genug, ein gegen einen dritten Nachbarn bestehender, jetzt beiderseitig offener Winkel wird auch versperrt, und dadurch jedenfalls nicht reinlich und gesünder gemacht. Doch alles das ist in diesem Falle anstandslos, und selbst eine vom beschädigten Nachbarn vorgeschlagene Sanitätskommission ist für unnöthig erklärt worden, obgleich diese von beiden Partheien acceptirt wurde.

Der Fall ist graß und deutlich und kann jeder Baulustige oder Baunachbar sich in Person im Zwinger überzeugen, um künftig in ähnlichen Fällen auf der Hut zu sein. Zu finden ist es leicht und werden die nächsten Hauseigenthümer gerne Einsicht gestatten.

R.

Im Juliusspital hat's vor 14 Tagen wieder große Vorstellung gegeben. Dem Geroldsgarten gegenüber waren die Dienstboten in Streitigkeiten gerathen, verführten ein solches Geschrei, daß die Leute in Menge in der Stelzengasse stehen blieben, um zuzuhören. Man hörte, wie sie sich gegenseitig beschuldigten. Man

sehr deutlich, wie der Herr Vertheidiger der Spitalzustände erklärt hat, daß Einen Dienstboten zu übersehen schon Mühe macht, daß bei einer so großen Menge dies noch weniger geschehen kann. Wie wird es werden, da wieder gebaut werden soll, und noch mehr Dienstboten erforderlich sein werden?

Der Mangel an Dienstboten macht sich im Spital so bemerkbar, daß man in neuerer Zeit selbst solche behält, welche lange Finger machen, und sogar solche, die ihrer Entbindung ganz nahe sind.

Im Spital ist es die höchste Zeit, daß an solche Krankenwärterinnen gedacht werden muß, welche keine Beaufsichtigung bedürfen und aus eigenem Antriebe ihre Pflichten erfüllen.

Steinbacher Kirchweihfest.

Ein Jahr ist jetzt verflossen,
Die Kirchweih rückt heran
Es thut mich sehr verdrießen,
Daß ich nicht dort sein kann.

Mich mit Fräulein? W . . . . . . drehen
Im Kreise der Gemeind',
Es thut mich nicht verdrießen,
Denn sie hat's bös gemeint.

Sie strebte stets nach Höheren,
Hängt sich an Verwalter an,
Der Andres bleibet stets
Nur immer hinten d'ran.

Wie wohl sie einst u. s. w.

In dieser Woche gab es mancherlei Skandale. Die „Stechäpfel" sind sonst kein Freund von Klatsch, aber was zu arg ist muß besprochen werden. So führte eine jetzt privatisirende Gastwirthin eine skandalöse Scene auf im Hause eines Großhändlers, wo der Geliebte ihrer Tochter (ein junger Mann, der sich in den letzten Jahren aufs sollbeste und fleißigste benahm) beschäftigt ist, und ein Attentat auf einen sehr beliebten jungen Bürger und bisherigen Gastwirth von Seite seiner Anverwandten verdient noch härtere Rüge. Derselbe, der schon mehrmals seine Lebensstellung auf Wunsch seiner sehr empfindlichen Gattin geändert, der als Gastwirth Alles gethan, seine Gäste zufrieden zu stellen, sollte sich ein Cigarrengeschäft gründen. Unterdeß packte die zärtliche Gattin sämmtliche Baarschaft, Schubladen mit Weißzeug, kurz Alles auf, zog sogar das Bett ihres Gemahls ab, und begab sich mit der Beute in's Haus ihres Vaters. Ihr Mann stellte sie deßhalb zur Rede, bat sie sogar, zu ihm zurückzukehren, da überfiel aber der Herr Schwiegervater mit 2 Gesellen den Sohn, mißhandelte, schimpfte ihn, zerrte ihn auf die Straße und schlug ihn zu Boden.

Ein Nachbar und ein Reisender nahmen sich des Mißhandelten an und sagten: „man mißhandelt so kein Thier, vielweniger den eigenen Tochtermann." Daß Letzterer, als er gedrosselt wurde, erklärte, zur Nothwehr von seinem Messer Gebrauch machen zu müssen und die zärtliche Gattin sich daran ritzte, will man gegen den Mißhandelten ausbeuten. Das Publikum weiß aber, daß er seit Jahren ein Opfer dieser Familie war.

Höfliche Anfrage.

Ist denn das Thürzuschlagen in einem Gasthofe zu Zellingen in Gegenwart anständiger Fremden, die daselbst ihr Geld verzehren wollten, in Leipzig wo, wie in ganz Sachsen die Höflichkeit zu Hause ist, gelernt worden?

Die Betheiligten.

Das Prinzip, die jungen Polizeisoldaten durch Belohnungen zu recht vielen Anzeigen zu ermuntern, hat oft auch zur Folge, daß die unbedeutendsten Dinge benuncirt werden.

Wer den Pfaffenberg entlang geht, wird zu seiner großen Verwunderung einen Weinberg gewahr werden, der auch im Sommer gedeckt ist. Der Eigenthümer desselben kam (glaube ich) in Concurs und der Weinberg blieb gedeckt. Ein Schade! namentlich In einem solchen Jahrgang! Jedenfalls hätten die Gläubiger mehr erhalten, wenn der Weinberg gebaut worden wäre.

Verantwortlicher Redakteur und Verleger: [illegible] Glück [illegible].
Druck der Becker'schen Buchdruckerei in Würzburg.

Würzburger Stechäpfel.

Ein humoristisch-satyrisches Originalblatt.

Ganzjährig fl. 1. 36 kr., halbjährig 48 kr., einzelne Nummern 3 kr.
Alle Postämter nehmen Bestellungen an. Die Stechäpfel erscheinen jeden Freitag.
Trägerlohn 1 kr. das Monat. Passende Einsendungen werden erbeten und auf Verlangen honorirt.

(Siebenter Jahrgang.)

Freitag   Nr. 37.   15. September 1865.

Politisches Allerlei.

Groß und klein.

(Eine sehr alte und wieder neue Geschichte.)

Zwei Adler schossen auf zwei Tauben,
Warum? Das war nicht völlig klar.
„O, wollt uns nicht das Leben rauben!"
Bat zitternd das gefang'ne Paar.
Die Adler sprachen: „Müßt Euch fassen,
Verspeisen Euch fällt uns nicht ein;
Doch rupfen müßt Ihr Euch schon lassen,
Denn wir sind groß und Ihr seid klein.

Eine Partie Mehrumschlungener tief unter dem Anschaffungspreis zu verkaufen. Näheres sub rosa (Bloome)

        poste restante Wien.

... n. Die Klostergüter werden blos säkularischirt.

Interessen

Die ... Wien verlautet, daß in Gastein ein geheimer Artikel, in welchen ... des schleswig-holsteinischen Volkes gehört werden, ... nicht zu ... gekommen ist.

Ferienlied des deutschen Bundestages.

Ich bin der Bundestag auf Ferien,
Ich bin der deutsche Bundestag;
Ich will mich jetzt um gar nichts scherien,
Erholen mich von Müh' und Plag'.
Ich laß' die selber großen Herrien
Indessen thun', was Jeder mag,
Sie sollen sich jetzt nur erklärien,
Ich unterschreib dann den Vertrag.

Ich bin der Bundestag auf Ferien,
Ich bin der deutsche Bundestag,
Was soll ich mir den Kopf beschwerien,
's gilt gleich, ob „Ja", ob „Nein" ich sag! —
Bald kommt der Herrscher von Algerien
Und legt ganz Deutschland auf die Wag';
D'rum geh' bei Zeiten ich auf Ferien: —
Ich bin der deutsche Bundestag!

München, 10. Sept. (Aus der „Mediz. Zeitung".) Die Premierminister haben sich hier besprochen. Ein Erfolg ist jedoch noch nicht bemerkbar.

Lauenburg, 11. Sept. Till Eulenspiegel macht in den Zeitungen bekannt, daß der Staat Preußen an sein Vaterland Lauenburg gefallen sei.

Dresden, 12. Sept. Hr. v. Beust hat die Einladung der Stände der preußischen Provinz Sachsen zur Feier der Verbindung derselben mit Preußen, welche am 17. d. M. stattfindet, abgelehnt.

Trost für die un ewig ungetheilten Herzogthümer.

Eines Herzens noch bedarf das Herz,
Daß es Nichts versäume, Nichts vergeube,
Denn getheilter Schmerz ist halber Schmerz, —
Doppelte Freude ist getheilte Freude.

Freundschaftliche Frage an die Herzogthümer.

Habe ich gelogen, als ich Euch meiner Theilnahme versicherte?
Borussia.

„Wie haißt Condominimum?", Was thu' ich mit 50,000 halbe Seelen?!
Da sind mir 2,500,000 ganze Thaler lieber!
Oesterreich, Handelsmann.

Staats-Philosophische Logik.

Was ist ein Staat? — Ein dauernder Verband vieler Menschen unter
sich zum Schutz der gemeinsamen, politischen Interessen. — Was ist ein politischer Verein? — Dasselbe! — Was ist also ein Staat? — Ein politischer Verein. — Was ist also auch Preußen? — Auch ein politischer Verein! — Was
sind seine Gesandtschaften? — Die Institutionen, durch welche die Staaten mit
einander communiciren, und mit einander in Verbindung treten. — Ist das
nach Preußischen Gesetzen erlaubt? — Nein, politische Vereine dürfen nicht mit
anderen communiciren und in Verbindung treten, sonst sollen sie aufgelöst werden! — Hat Preußen Gesandtschaften? — Ja! — Ergo ist Preußen ein politischer Verein, der mit anderen in Verbindung und Communication steht; sequi-
tur: ich erkläre es hiermit für aufgelöst und fordere Preußen auf, sofort aus-
einanderzugehen.

So gegeben zu Cöln 1865.

Aristoteles Fiebler,
Staats-Philosoph der Neuzeit.

Bescheidene Anfrage.

Ist der jetzige Zustand in den Herzogthümern ein provisorisches Definitivum oder ein definitives Provisorium?

Aus Friedrichs Tagbuch.

Die Welt ist doch rund und muß sich dreh'n!
Juchhaißa, wie muß mir das nützen!
Ein riesiger Umschwung für mich ist gescheh'n:
Die Preußen, die wollten, ich sollte geh'n,
Die Oesterreicher — lassen mich sitzen!

Ausruf in Kiel.

Das kann der Zehnte nicht vertragen, höchstens der Achte!

Friedrich der Standhafte.

Sie stürmten gar wild gen das Kieler Schloß
Mit wuchtigen Acten-Stößen,
Der Diplomaten- und mätchen-Troß
Und die Norddeutsch-Allgemeinen Größen.

Sie wollten verdrängen vom hohen Sitz
Den Herzog, den tapferen Streiter;
Wie schwangen das Schwert, so scharf und spitz.
Herr Göbsche und Braß und so weiter!

Sie stürmten so wild auf sein Schloß wohl ein,
Wie auf innere Düppeler Schanzen,
Doch der Herzog schaute gar muthig drein
Und hielt Stand mit den wenigen Schranzen.

Hielt Stand, — und was schon ihm selbst nicht gelang,
Wie könnte es jenen gelingen?
Sie vermochten trotz Zank und Drang und Zwang
Ihn nicht von der Stelle zu bringen!

Er stand wie ein Fels, und ob auch so keck
Ihn zerrten und drängten die Bösen:
Er blieb und blieb auf demselben Fleck,
Wo Er schon immer gewesen!

Doch grimmer stets stürmten gen sein Verhau
Die Feinde mit schrecklichen Streichen!
„Weh!“ rief er, „soll wirklich denn der Au — Au —
Augustenburger hier weichen?!“

Doch nein! Beschlossen ward's — spät genug —
Von des Schicksals Calculatorium,
Es erbarmte sich sein die Vorsehung,
Das ewige Provisorium!

Denn, wie sich auch müh'te der Dränger Schaar,
Sie haben ihn nicht vertrieben:
Er ist auf dem Fleck, wo er immer war,
Im ewigen Frieden geblieben!

Drum mögen noch lange früh und spat
Der Musen herrlichste Weisen,
Diese erste und einzige Heldenthat
Friedrichs des Standhaften preisen!

Klient oder Patient?

Bei unserer ärztlichen Versammlung zu Schweinfurt kam, wie ich in einem Blatte las, auch eine Beschwerde über den Undank der „Klienten“ vor.

Wie? dachte ich; also, wenn ich mir den Magen verstaucht, etwa saure Trauben gegessen, oder, aber natürlich nur beispielweise gesagt, neues Bier getrunken habe, wogegen mein Magen energischer protestirt, als die sämmtl. Deutschen gegen die Gasteiner Uebereinkunft und meinen Hausarzt zu mir bitten lasse, so bin ich nicht sein Patient, sondern sein Klient und er ist mein Patron? Das ist unmöglich richtig, das geht auf mehr als 2000 Jahre des römischen Reichs zurück und gemahnt an Patrizier und Plebejer, welche Letztere die Klienten der Ersteren waren! Es muß ein Druckfehler sein, wie sie den geplagten

Setzern in der Hast der Arbeit entwischen; ich sehe alle anderen Blätter nach, überall heißt es „Klient".

Also ein Druckfehler ist's nicht, das steht fest; aber sollte der Ausdruck doch nicht unter die „Erratas" gehören? — Das weiß ich nicht.

Briefkasten.

Wenn man von den Wein-, Bier- und Speisehaus des Johann Keller in Schwebenried bei Arnstein, der besonders auf seiner Firma schreiben ließ „genehmigt von der hohen k. Regierung" vorbei geht, so wirft sich die Frage auf, warum der Hintertheil seines Hauses, der schon am 20. Februar b. J. brannte, noch nicht renovirt ist?

Das ist wirklich keine Sterbe für diesen Ort.

—————

Daß Schneider in Hosen machen, ist etwas altes, daß aber Schneider in Compagnie (Vater und Sohn) und zwar dem eigenen Tochtermann die Hosen auf öffentlicher Straße anmeßen, dürfte etwas Neues sein.

—————

Warum war es denn den Herrn Geschwornen der Schuhmacher-Innung nicht genehm, ihrem verstorbenen Mitmeister das Geleit zum Grabe zu geben, es wäre wenigstens schicklich und durch Pietät geboten gewesen.

Bei Meister Burger war nicht nur allein der Fall, daß die Herrn Geschwornen fehlten. Wenn von über 300 hiesigen Meistern nur 5 ihre Zunft repräsentirten, ist das vielleicht der Fortschritt?

—————

Vor Kurzem erzählte in einer hiesigen Restauration ein Bäckermeister, daß er seiner Katze öfter die Nase mit Butter bestreiche und sich alsdann daran ergötze, wenn sich die Katze immer und immer wieder lecke. Ein anwesender Spaßvogel gab dem Bäcker zu beherzigen, er möge seine Butter lieber in seine Hörnchen thun, welche Bemerkung von den Anwesenden mit großem Gelächter aufgenommen wurde.

—————

Klage, daß in einem Café Hörnchen verabreicht werden, welche mit ausgelassener Butter gemacht sind.

Dem Vernehmen nach würde es unserm Stadtmagistrate überlassen, ein Lokal für die demnächst zu errichtende Stadtpost ausfindig zu machen. Erfordernisse derselben sind: daß es in der Mitte der Stadt gelegen, sicher und hinreichend geräumig sei, damit man nicht, nachdem es eingerichtet, es wieder verändern oder vergrößern muß, wie das schon oft hier der Fall war. Denn Diejenigen täuschen sich, die da glauben, daß die meisten Briefe oder Fahrpostgegenstände im neuen Bahnhofe künftig aufgegeben werden, die dortigen Beamten werden im Vergleich zu denen in der Stadt beschäftigten nur wenig zu thun bekommen und es wäre demnach unzureichend, und für das Publikum, wie für den Beamten höchst lästig, wenn nur ein Schalter in der Stadt, zugleich für Briefe und Pakete errichtet würde. Wenn es uns erlaubt ist, auf ein Lokal hinzuweisen, das in Mitte der Stadt gelegen, allen Anforderungen der Sicherheit und Geräumigkeit entspräche, so würden wir jenen Theil des Polizeigebäudes, wo bisher die Gefangenen verwahrt wurden, zur Einrichtung einer Stadtpost empfehlen.

Man sprach in einem öffentlichen Blatte die Ansicht aus, als würden von Seite der Regierung nicht die gehörigen Anordnungen bezüglich der Hunde getroffen.

Kann mehr geschehen, als bereits gethan wurde?

Und macht denn eine hohe Steuer, daß eine Krankheit, die vielleicht in der Luft liegt, aufhört, oder daß weniger Fälle derselben vorkommen?

Mögen Leute ihre Thiere menschlicher behandeln, als mitunter geschehen, selbe mit nöthigem Futter und Wasser versehen, so wäre vielleicht mancher so bedauernswerthe Fall nicht vorgekommen. Auch unterlasse man, diese Thiere zu reizen, was man bei der Jugend so häufig findet.

Wir stellen die Frage auf:

„Ob denn weniger und so hoch besteuerte Hunde nicht auch beißen können, und ob wir nicht genug in Allem besteuert sind?!

„Ist denn mit der Besteuerung allem Uebel abgeholfen?

„Ueber das Tragen dieser Körbe wird kein vernünftiger Mensch sich aufhalten, und die Ordnung ist bei solchen Fällen nicht zu tadeln, auch nicht die Strenge, doch bei allem steht nur die Steuer und abermal die Steuer heraus.

„Kann man keine räubigen Löber, wie man selbe benannt, ohne 4 fl. Steuer abschaffen, wenn selbe zur Visitation kommen?“

Es möchte doch gerügt werden, warum der Landbote in der Semmelgasse erst gegen 6 Uhr in die Häuser kommt, wo er sonst, als es die 80jährige Frau noch beforgte, schon um 4 Uhr in das Haus kam, da konnte man doch noch beim Tage lesen, aber die jungen Trägerinnen patschen in jedem Hause erst

Holde Ottilie
Deiner Familie
Reizende Lilie!

Lieblicher Engel mein,
Dir möcht ich ganz allein
Angetraut ewig sein!

Aus deinen Blicken schlau
Lacht mir im schönsten Blau
Himmlische Frühlingsau.

Feuriger Liebe bewußt,
Schmacht ich mit stiller Lust
Nach deiner warmen Brust.

Liebliche nur mit Dir
Möcht ich durch's Leben hier
Wandern, ja nur mit Dir.

An deinem Herzelein
Möcht' ich Du Liebste mein
Lebend begraben sein!

Deiner Familie
Reizende Lilie,
Holde Ottilie!

B.

Klage über Mißhandlungen von Pferden an Steinfuhren in der Nähe des Schlachthauses.

Durch Ministerialrescript ist es den Patres auf dem Rhönberge verboten worden, Bier auszuschenken und Fremde zu beherbergen. Wenn dieses Rescript in Kraft tritt, dann ist die Wallfahrt dahin unmöglich gemacht, da das Wirthshaus daselbst beschränkt ist und zu ärmliche Lokalitäten hat, um viele Fremde beherbergen zu können.

Verantwortlicher Redakteur und Verleger: Stephan Glückenberger.
Druck der Becker'schen Buchdruckerei in Würzburg.